I0595194

Johann Peter Hebel

Schatzkästlein des rheinischen Hausfreundes

Eine Auswahl aus verschiedenen Quellen

Johann Peter Hebel

Schatzkästlein des rheinischen Hausfreundes
Eine Auswahl aus verschiedenen Quellen

ISBN/EAN: 9783337354039

Hergestellt in Europa, USA, Kanada, Australien, Japan

Cover: Foto ©Andreas Hilbeck / pixelio.de

Weitere Bücher finden Sie auf **www.hansebooks.com**

Schatzkästlein des rheinischen Hausfreundes
Eine Auswahl aus verschiedenen Quellen

Johann Peter Hebel

Abendlied wenn man aus dem Wirtshaus geht
Baumzucht
Bequeme Schiffahrt, wer's dafür halten will
Blutbad in Neuburg am Rhein
Böser Markt
Brassenheimer Siegesnachrichten vom Jahre 1813
Brennende Menschen
Brotlose Kunst
Dankbarkeit
Das Bettlerkind
Das Blendwerk
Das Bombardement von Kopenhagen
Das Branntweingläslein
Das fremde Kind
Das letzte Wort
Das Mittagessen im Hof
Das schlaue Mädchen
Das seltsame Rezept
Das Vivat der Königin
Das wohlbezahlte Gespenst
Das wohlfeile Mittagessen
Denkwürdigkeiten aus dem Morgenlande
Der Barbierjunge von Segringen
Der betrogene Krämer
Der Bock
Der falsche Edelstein
Der fechtende Handwerksbursche in Anklam
Der fremde Herr
Der Fremdling in Memel
Der fromme Rat
Der Furtwanger in Philippsburg
Der geduldige Mann
Der geheilte Patient
Der geheilte Patient
Der Generalfeldmarschall Suwarow

Der geschlossene Magen
Der grosse Sanhedrin zu Paris
Der grosse Schwimmer
Der Handschuhhändler
Der Heiner und der Brassenheimer Müller
Der Herr Graf
Der Herr Wunderlich
Der Husar in Neisse
Der kann Deutsch
Der kluge Richter
Der kluge Sultan
Der Kommandant und die badischen Jäger in Hersfeld
Der Lehrjunge
Der listige Kaufherr
Der listige Quäker
Der listige Steiermarker
Der Prozess ohne Gesetz
Der Rekrut
Der Rekrut
Der schlaue Husar
Der schlaue Mann
Der schlaue Pilgrim
Der Schneider in Pensa
Der Schneider in Pensa
Der schwarze Mann in der weissen Wolke
Der sicherste Weg
Der silberne Löffel
Der sinnreiche Bettler
Der Star von Segringen
Der Talhauser Galgen
Der unschuldig Gehenkte
Der Vater und der Sohn
Der verachtete Rat
Der verwegene Hofnarr

Der Wasserträger
Der Wegweiser
Der Wettermacher
Der wohlbezahlte Spassvogel
Der Wolkenbruch in Türkheim
Der Zahnarzt
Der Zirkelschmied
Des Dieben Antwort
Des Seilers Antwort
Die Bekehrung
Die Besatzung von Oggersheim
Die drei Diebe
Die falsche Schätzung
Die gute Mutter
Die lachenden Jungfrauen
Die leichteste Todesstrafe
Die nasse Schlittenfahrt
Die Ohrfeige
Die Ohrfeige
Die Probe
Die Raben
Die Schlafkameraden
Die Schmachschrift
Die Tabaksdose
Die Wachtel
Die Wachtel
Die Weizenblüte
Die zwei Postillione
Drei Worte
Drei Wünsche
Drei Wünsche
Ein gutes Rezept
Ein Hausmittel
Ein teurer Kopf und ein wohlfeiler
Ein Wort gibt das andere

Eine merkwürdige Abbitte
Eine seltsame, jedoch wahrhafte Geschichte
Eine sonderbare Wirtszeche
Einer Edelfrau schlaflose Nacht
Einer oder der andere
Einfältiger Mensch in Mailand
Einträglicher Rätselhandel
Erinnerung an die Kriegszeit
Etwas aus der Türkei
Farbenspiel
Franz Ignaz Narocki
Franziska
Geschwinde Reise
Gleiches mit Gleichem
Glück im Unglück
Glück im Unglück
glücklich über die Grenzen kam
Gute Antwort
Gute Geduld
Gutes Wort, böse Tat
Heimliche Enthauptung
Herr Charles (Eine wahre Geschichte)
Hilfe in der Not
Hochzeit auf der Schildwache
Ist der Mensch ein wunderliches Geschöpf
Jakob Humbel
Kaiser Napoleon und die Obstfrau in Brienne
Kannitverstan
Kindesdank und Undank
König Friedrich und sein Nachbar
König Friedrichs Leibhusar
Lange Kriegsfuhr
List gegen List
Mancherlei gute Lehren 1

Mancherlei gute Lehren 3
Mancherlei gute Lehren 4
Mancherlei gute Lehren 5
Mancherlei gute Lehren 6
Mancherlei gute Lehren 7
Mancherlei gute Lehren 8
Mancherlei gute Lehren 9
Mancherlei gute Lehren 10
Mancherlei gute Lehren 11
Mancherlei gute Lehren 12
Merkwürdige Gespenstergeschichte
Merkwürdige Schicksale eines jungen Engländers
Merkwürdiges Rechnungsexempel 5
Merkwürdiges Rechnungsexempel 6
Missverstand
Missverstand
Mittel gegen Zank und Schläge
Mohammed
Moses Mendelssohn
Pieve
Reise nach Frankfurt
Rettung einer Offiziersfrau
Rettung vom Hochgericht
Schlechter Gewinn
Schlechter Lohn
Schreckliche Unglücksfälle in der Schweiz
Seinesgleichen
Seltene Liebe
Seltsame Ehescheidung
Seltsamer Spazierritt
Streich spielen
Suwarow
Teure Eier
Teures Spässlein
Tod vor Schrecken

Unglück der Stadt Leiden
Unglück in Kopenhagen
Untreue schlägt den eigenen Herrn
Unverhofftes Wiedersehen
Unverhofftes Wiedersehen
Vereitelte Rachsucht (Eine wahre Geschichte)
Verloren oder gefunden
Wasserläufer
Wie der Zundelfrieder eines Tages aus dem Zuchthaus
entwich und
Wie der Zundelfrieder und sein Bruder dem roten Dieter
abermal einen
Wie einmal ein schönes Ross um fünf Prügel feil gewesen ist
Wie man aus Barmherzigkeit rasiert wird
Wie man in den Wald schreit, also schreit es daraus
Wie sich der Zundelfrieder hat beritten gemacht
Willige Rechtspflege
Willige Rechtspflege
Zwei Erzählungen
Zwei Gehilfen des Hausfreunds
Zwei honette Kaufleute
Zwei Kriegsgefangene in Bobruisk
Zwei Sprichwörter
Zwei Weissagungen

Abendlied wenn man aus dem Wirtshaus geht

Jetzt schwingen wir den Hut.
Der Wein, der war so gut.
Der Kaiser trinkt Burgunder Wein,
Sein schönster Junker schenkt ihm ein,

Nicht besser.
Der Wirt, der ist bezahlt,
Und keine Kreide malt
Den Namen an die Kammertür
Und hintendran die Schuldgebühr.
Der Gast darf wiederkommen,
Ja kommen.
Und wer sein Gläslein trinkt,
Ein lustig Liedlein singt
Im Frieden und mit Sittsamkeit
Und geht nach Haus zu rechter Zeit,
Der Gast darf wiederkehren,
Mit Ehren.
Des Wirts sein Töchterlein
Ist züchtig, schlank und fein,
Die Mutter hält's in treuer Hut,
Und hat sie keins, das ist nicht gut,
Musst' eins in Strassburg kaufen,
Ja kaufen.
Jetzt, Brüder, gute Nacht!
Der Mond am Himmel wacht;
Und wacht er nicht, so schläft er noch.
Wir finden Weg und Haustür doch
Und schlafen aus im Frieden,
Ja Frieden.

Baumzucht

Der Adjunkt tritt mit schwarzen Lippen, ohne dass er's
weiss, mit blauen Zähnen und herabhängenden Schnüren
an den Beinkleidern zu dem Hausfreund. "Die Kirschen",
sagt er, "schmecken mir doch nie besser, als wenn ich selber
frei und keck wie ein Vöglein auf dem luftigen Baum kann

sitzen und essen frischweg von den Zweigen die schönsten
— auf einem Ast ich, auf einem andern ein Spatz.

Wir nähren uns doch alle", sagt er, "an dem nämlichen
grossen
Hausvaterstisch und aus der nämlichen milden Hand; die
Biene, die
Grundel im Bach, der Vogel im Busch, das Rösslein und der
Herr Vogt,
der darauf reitet.

Hausfreund", sagt der Adjunkt, "singt mir einmal in Eurer
Weise das
Liedlein vom Kirschbaum. Ich will dazu pfeifen auf dem
Blatt."
Der lieb Gott het zum Früehlig gseit:

"Gang, deck im Würmli au si Tisch!" Druf het der
Chriesbaum Blätter treit, viel tausig Blätter grüen und
frisch. Und's Würmli, us em Ei verwacht's, 's het gschlofen
in sim Winterhus; es streckt si und sperrt 's Müli uf Und
ribt die blöden Augen us.

Und druf, se het's mit stillem Zahn am Blättli gnagt
enanderno und gseit: "Wie isch das Gmües so guet! Me
chunnt schier nimme weg dervo."

Und wieder het der lieb Gott gseit:

"Deck jetz im Imli au si Tisch!"

Druf het der Chriesbaum Blüete treit, viel tausig Blüete wiss
und frisch.

Und 's Imli sieht's und fliegt druf los, früeih in der Sunne
Morgeschin; Es denkt: "Das wird mi Kaffi sy, sie hen doch

"Wie sufer sin die Chächeli geschwenkt!"
Es streckt si troche Züngli dry.

Es trinkt und seit: "Wie schmeckt's so süess,
Do muess der Zucker wolfel sy."

Der lieb Gott het zuem Summer gseit:

"Gang, deck im Spätzli au si Tisch!"
Druf het der Chriesbaum Früchte treit,
viel tausig Chriesi rot und frisch.
Und 's Spätzli seit: "Isch das der Bricht?
Do sitzt me zue und frogt nit lang.
Das git mer Chraft in Mark und Bei
Und stärkt mer d' Stimm zuem neue Gsang."

"Hausfreund", sagte der Adjunkt, "hat Euch auch manchmal
der Feldschütz verjagt ab den Kirschenbäumen in Eurer
Jugend? Und habt Ihr, wenn's noch so dunkel war, den Weg
doch gefunden auf die Zwetschgenbäume im Pfarrgarten zu
Schopfen und Äpfel und Nüsse eingetragen auf den Winter
wie meiner Schwiegermutter ihr Eichhörnlein, das sie Euch
geschenkt hat? Man denkt doch am längsten dran, was
einem in der Jugend begegnet ist."

"Das geht natürlich zu,", sagte der Hausfreund; "man hat
am längsten
Zeit daran zu denken."

Der lieb Gott het zum Spötlig gseit:

"Rum ab! sie hen jetz alli gha!" Druf het e chüele Bergluft
gweiht, Und 's het scho chleini Rife gha. Und d' Blättli
werden gel und rot und fallen eis im andere no, und was
vom Boden obsi chunnt, muss au zuem Bode nidsi go.

Der lieb Gott het zuem Winter gseit:

"Deck weidli zui, was übrig isch."

Druf het der Winter Flocke gstreut—

"Hausfreund", sagt der Adjunkt, "Ihr seid ein wenig heiser.
Wenn ich die Wahl hätte: ein eigenes Kühlein oder ein
eigener Kirschbaum oder Nussbaum, lieber ein Baum."

Der Hausfreund sagt: "Adjunkt, Ihr seid ein schlauer Gesell.
Ihr denkt, wenn ich einen eigenen Baum hätte, so hätt' ich
auch einen eigenen Garten oder Acker, wo der Baum darauf
steht. Eine eigene Haustüre wäre auch nicht zu verachten,
aber mit einem eigenen Kühlein auf seinen vier Beinen
könntet Ihr übel dran sein."

"Das ist's eben", sagt der Adjunkt, "so ein Baum frisst keinen
Klee und keinen Haber. Nein, er trinkt still wie ein
Mutterkind den nährenden Saft der Erde und saugt reines,
warmes Leben aus dem Sonnenschein und frisches aus der
Luft und schüttelt die Haare im Sturm. Auch könnte mir
das Kühlein zeitlich sterben. Aber so ein Baum wartet auf
Kinder und Kindeskinder mit seinen Blüten, mit seinen
Vogelnestern und mit seinem Segen. Die Bäume wären die
glücklichsten Geschöpfe, meint der Adjunkt, wenn sie
wüssten, wie frei und lustig sie wohnen, wie schön sie sind
im Frühling und in ihrem Christkindleinsstaat im Sommer,
und alles stehen bleibt und sie betrachtet und Gott dankt,
oder wenn der Wanderer ausruht in ihrem Schatten, und
ein Pfeiflein Tabak geniesst, oder ein Stücklein Käs, und wie
sie gleich dem Kaiser Wohltaten austeilen können und jung
und alt froh machen umsonst und im Winter allein nicht
heimgehen. Nein, sie bleiben draussen und weisen den
Wandersmann zurecht, wenn Fahrwege und Fusspfade
verschneit sind: "Rechts— jetzt links—jetzt noch ein wenig
links über das Berglein.

"Hausfreund", sagt der Adjunkt, "wenn Ihr einmal Vogt
werdet, Stabhalter seid Ihr schon, oder gar Kreisrat, das
Alter hättet Ihr, so müsst Ihr Eure Untergebenen fleissig zur
Baumzucht und zur Gottseligkeit anhalten und ihnen selber
mit einem guten Beispiel voranleuchten. Ihr könnt Eurer
Gemeinde keinen grösseren Segen hinterlassen. Denn ein
Baum, wenn er gesetzt oder gezweigt wird, kostet nichts
oder wenig; wenn er aber gross ist, so ist er ein Kapital für
die Kinder und trägt dankbare Zinsen. Die Gottseligkeit aber
hat die Verheissung dieses und des zukünftigen Lebens".

"Wenn ich mir einmal so viel bei Euch erworben habe", sagt
der Adjunkt zum Hausfreund, "dass ich mir ein eigenes
Gütlein kaufen und meiner Schwiegermutter ihre Tochter
heiraten kann, und der liebe Gott beschert mir Nachwuchs,
so setze ich jedem meiner Kinder ein eigenes Bäumlein, und
das Bäumlein muss heissen wie das Kind, Ludwig,
Johannes, Henriette, und ist sein erstes eigenes Kapital und
Vermögen, und ich sehe zu, wie sie miteinander wachsen
und gedeihen und immer schöner werden, und wie nach
wenig Jahren das Büblein selber auf sein Kapital klettert und
die Zinsen einzieht. Wenn mir aber der liebe Gott eines von
meinen Kindern nimmt, so bitte ich den Herrn Pfarrer oder
den Dekan und begrabe es unter sein Bäumlein, und wenn
alsdann der Frühling wiederkehrt, und alle Bäume stehen
wie Auferstandene von den Toten in ihrer Verklärung da,
voll Blüten und Sommervögel und Hoffnung, so lege ich
mich an das Grab und rufe leise hinab: "Stilles Kind, dein
Bäumlein blüht. Schlafe du indessen ruhig fort! Dein Maitag
bleibt dir auch nicht aus."

Er ist kein unwäger Mensch, der Adjunkt.

Bequeme Schiffahrt, wer's dafür halten will

Ein Schiff wurde von Mannheim den Neckar hinauf nach Heidelberg gezogen. Kommt hinterdrein mit vollem Felleisen und ein Paar heraushängender Stiefelschuhe ein Handwerksbursche. "Darf ich auch mit für Geld und gute Worte? Was muss ich geben?" Der Schiffmeister, der ein gar lustiger Kumpan war, sagte: "Fünfzehn Kreuzer, wenn Ihr in's Schiff wollt sitzen. Wollt Ihr aber helfen ziehen, nur sechs. Das Felleisen könnt Ihr mir in das Schiff werfen, es hindert Euch sonst nur." Der Handwerksbursche fing an zu rechnen. "Fünfzehn Kreuzer—sechs Kreuzer—sechs von fünfzehn bleibt neun." Die neun Kreuzer, dachte er, kann ich verdienen. "Wenn's denn erlaubt ist", sagte er und warf das Felleisen in das Schiff. Hernach schlang er eins von den Seilern über die Achsel und half ziehen, was er nach Leibeskräften vermochte. "Wir kommen eher an Ort und Stelle", dacht' er, "wenn ich nicht lass bin." In Heidelberg aber entrichtete er sechs Kreuzer Fährgeld—für die Erlaubnis mit zu ziehen und nahm das Felleisen wieder in Empfang.

Blutbad in Neuburg am Rhein

Als im Dreissigjährigen Krieg der Schwed am Rhein war, stachen einmal die Neuburger eine schwedische Patrouille tot und sagten: "Wenn wir nach Schweden kommen, macht's uns auch so." Darob entrüstete sich der schwedische General dergestalt; dass er einen hohen und teuren Schwur tat. "Auch kein Hund soll am Leben bleiben", schwur er hoch und teuer, und hatte etwas im Kopf, ein Gläslein Norschinger zuviel. Als solches die Neuburger hörten, schlossen sie die Tore zu. Aber am andern Tag, als der Zorn und der Wein von dem General gewichen war, da reute es

bekam fast grosse Anfechtung in seinem Gewissen, dass er
mit viel unschuldigem Blut sein Wort und seinen Eid sollt'
lösen. Also liess er den Feldprediger kommen und klagte
ihm seine Not. Der Feldprediger meinte zwar, massen der
Feldhauptmann einen Schwur getan hätte, der Gott leid sei,
so sei brechen besser als halten. Das glaubte der
Feldhauptmann nicht, denn er hielt sein Wort und seinen
Schwur über alles teuer. Aber nach langem Besinnen kam's
auf einmal wie Sonnenschein in sein Angesicht, und sagte:
"Was ich geschworen habe, das will ich auch halten,
Punktum!" Als aber die schwedischen Zimmerleute das
Stadttor hatten eingehauen, und der Feldhauptmann ritt
selber mit drei Fähnlein hinein, befahl er, alle Hunde im
Städtlein zu töten, aber die Menschen liess er leben, und
wurden selbigen Tages neunzehn grosse Metzgerhunde, drei
Schäferhunde, vierundsechzig Pudel, acht Windhunde,
zwölf Dachshunde und zwei gar feine Möpperlein
jämmerlich teils zusammengehauen, teils mit Büchsen zu
Tod geschossen. Also hat der Feldhauptmann das
menschliche Blut verschont und doch seinen Eid gehalten.
Denn er hatte den Schwur getan: Kein Hund soll am Leben
bleiben, und ist auch keiner daran geblieben.

Böser Markt

In der grossen Stadt London und rings um sie her gibt es
ausserordentlich viel gute Narren, die an anderer Leute Geld
oder Sackuhren oder kostbaren Fingerringen eine kindische
Freude haben und nicht ruhen, bis sie dieselben haben. Dies
bringen sie zuweg manchmal durch List und Betrug, noch
öfter durch kühnen Angriff, manchmal am hellen, lichten
Tag und an der offenen Landstrasse. Einem geratet es, dem
andern nicht. Der Kerkermeister zu London und der

Scharfrichter wissen davon zu erzählen. Eine seltsame Geschichte begegnete aber eines Tages einem vornehmen und reichen Mann. Der König und viele andere grosse Herren und Frauen waren an einem schönen Sommertage in einem grossen königlichen Garten versammelt, dessen lange, gewundene Gänge sich in der Ferne in einem Wald verloren. Viele andere Personen waren auch zugegen, denen es nicht auf einen Gang und auf ein paar Stunden ankam, ihren geliebten König und seine Familie froh und glücklich zu sehen. Man ass und trank, man spielte und tanzte; man ging spazieren in den schönen Gängen und zwischen dem duftenden Rosengebüsch, paarweise und allein, wie es sich traf. Da stellte sich ein Mensch, wohl gekleidet, als wenn er auch dazu gehörte, mit einer Pistole unter dem Rock in einer abgelegenen Gegend an einen Baum, wo der Garten an den Wald grenzt, dachte: es wird schon jemand kommen. Wie gesagt, so geschehen. Kommt ein Herr mit funkelndem Fingerring, mit klingenden Uhrenketten, mit diamantnen Schnallen, mit breitem Ordensband und goldnem Stern, will spazieren gehn im kühlen Schatten und denkt an nichts. Indem er an nichts denkt, kommt der Geselle hinter dem Baum hervor, macht dem guten Herrn ein bescheidenes Kompliment, zieht die Pistole zwischen dem Rock und Kamisol heraus, richtet ihr Maul auf des Herrn Brust und bittet ihn höflich, keinen Lärm zu machen, es brauche niemand zu wissen, was sie miteinander zu reden haben. Man muss übel dran sein, wenn man vor einer Pistole steht, weil man nicht weiss, was drin steckt. Der Herr dachte vernünftig: Der Leib ist kostbarer als das Geld; lieber den Ring verloren als den Finger; und versprach zu schweigen. "Gnädiger Herr", fuhr jetzt der Geselle fort: "wären Euch Eure zwei goldenen Uhren nicht feil für gute Bezahlung? Unser Schulmeister richtet die Uhr alle Tage anderst, man weiss nie, wie man dran ist, und an der Sonnenuhr sind die

muss er dem Halunken die Uhren verkaufen für ein paar
Stüber oder etwas, so man kaum ein Schöpplein dafür kann
trinken. Und so handelt ihm der Spitzbube Ring und
Schnallen und Ordensstern und das goldne Herz, so er
vorne auf der Brust im Hemd hatte, Stück für Stück ab um
schlechtes Geld und immer mit der Pistole in der linken
Hand. Als endlich der Herr dachte: Jetzt bin ich absolviert,
gottlob! fing der Spitzbube von neuem an: "Gnädiger Herr,
weil wir so gut miteinander zurechtkommen, wollet Ihr mir
nicht auch von meinen Waren etwas abhandeln?" Der Herr
denkt an das Sprichwort, dass man müsse zu einem bösen
Markt ein gutes Gesicht machen, und sagt: "Lasst sehen!"
Da zog der Bursche allerlei Kleinigkeiten aus der Tasche
hervor, so er vom Zweibatzenkrämer gekauft oder auch
schon auf einem ungewischten Bank gefunden hatte, und
der gute Herr musste ihm alles abkaufen, Stück für Stück
um teures Geld. Als endlich der Spitzbube nichts mehr als
die Pistole übrig hatte und sah, dass der Herr noch ein paar
schöne Dublonen in dem grünen, seidenen Geldbeutel hatte,
sprach er noch: "Gnädiger Herr, wolltet Ihr mir für den
Rest, den Ihr da, in den Händen habt, nicht die Pistole
abkaufen? Sie ist vom besten Büchsenschmied in London
und zwei Dublonen unter Brüdern wert." Der Herr dachte
in der Überraschung: "Du dummer Dieb!" und kauft die
Pistole. Als er aber die Pistole gekauft hatte, kehrte er den
Stiel um und sprach "Nun halt, sauberer Geselle, und geh
augenblicklich voraus, wohin ich dich heissen werde, oder
ich schiesse dich auf der Stelle tot." Der Spitzbube aber
nahm einen Sprung in den Wald und sagte: "Schiesst
herzhaft los, gnädiger Herr; sie ist nicht geladen." Der Herr
drückte ab, und es ging wirklich nicht los, wie
nebenstehende Figur beweist; denn sonst müsste man
Rauch sehen. Er liess den Ladstock in den Lauf fallen, und
es war kein Körnlein Pulver darin. Der Dieb aber war
unterdessen schon tief im Wald, und der vornehme

Engländer ging schamrot zurück, dass er sich also habe in Schrecken setzen lassen, und dachte an vieles.

Brassenheimer Siegesnachrichten vom Jahre 1813

Im Spätjahr 1813 erfuhren wir Brassenheimer von dem Krieg in Sachsen auch lange nichts anders, als lauter Liebes und Gutes, wer nämlich französisch gesinnt war, und niemand hatte bei Turmstrafe das Herz, etwas anderes zu wissen, noch viel weniger zu sagen, ausgenommen ein lustiger Kumpan, der Spielmann in der untern Gasse, hat's gemerkt. Was tut der Spielmann? Er geht ins Amtshaus. "Herr Amtmann, die Hochzeiten- und Kirchweihtänze wollen heuer gar nicht recht geraten. Wolltet Ihr mir und meinen Kameraden nicht erlauben, dann und wann an einem Sonntag abends im Roten Löwen eine Komödie zu spielen für ein Geringes?" Der Amtmann erwiderte: "Reichenauer, das lob' ich an Euch, dass Ihr Euch lieber auf eine geziemliche Art forthelfen und Euern Mitbürgern einen lustigen Abend dafür machen wollt, als dass Ihr wieder Schulden macht oder stehlt." Also kündeten sie auf den nächsten Sonntag eine nagelneue Komödie an. Es sei die neueste, sagten sie, die es gibt. In derselben Komödie musste einer mitspielen, der hiess Franz, und hatte eine Frau mit Namen Viktoria, ein gar stattliches, handfestes Weibsbild. Im Verlauf der Komödie musste es sich schicken, dass der Franz mit einem fremden Mann Verdruss bekam. Der Zank gebar Schimpf, der Schimpf gebar Schläge, und wer die meisten bekam, war nicht der fremde Mann, sondern der Franz, also dass er zuletzt seine Frau zu Hilfe rief. Weil sie aber Viktoria hiess, konnte er nicht Apollonia oder Kunigunda rufen, und also fügete es sich, dass, je mehr er Schläge bekam und

Viktoria!" Daran haben wir Brassenheimer, was verständige
Leute unter uns sind, zum ersten Mal gemerkt, wie es
damals in Sachsen stehen mochte, und was es zu bedeuten
hatte, wenn man schrie: "Viktoria! Viktoria!" Der Herr
Amtmann hat zum Glück nichts gemerkt.

Brennende Menschen

Zwar von feurigen Mannen hat man schon oft gehört, aber
seltener von brennenden Frauen. Eine Apothekersfrau geht
nachts mit der Magd in den Keller und will etwas holen. Die
Magd steigt mit dem Licht auf eine Stellasche, greift auf den
Schaft, wirft eine grosse Flasche voll Branntwein um, worin
ungefähr 6-8 Mass waren, und zerbricht sie, der Branntwein
strömt plötzlich herab, so über die Magd, so über die Frau.
Das Licht kommt der Magd an den Ärmel. Die Magd fangt
an lichterloh zu brennen, rot mit gelbem Schein. Die Frau
will ihr zu Hilfe eilen. Die Frau brennt auch an. Beide
rennen brennend die Treppe hinauf in den Hof. Der
Apothekerjung sieht's und springt davon, meint, es woll'
ihn einer holen, mit dem man nicht gern geht, den der
Hausfreund nicht nennen darf. Im Hof am Brunnen
begiessen sie sich mit Wasser. Das Wasser wird nicht Meister
über den Branntewein. Endlich wirft sich die Magd auf den
Dunghaufen im Hof und wälzt sich darauf. Die Frau wirft
sich ebenfalls auf den Dunghaufen und wälzt sich auch.
Beide löschten aus; die Magd wurde noch geheilt, aber die
Frau musste sterben. Merke: Wenn man brennt, muss man
sich auf einem Misthaufen wälzen. Solches ist auch gut für
die, welche den Branntewein inwendig im Leib haben. —

Brotlose Kunst

In der Stadt Aachen ist eine Fabrik, in welcher nichts als Nähnadeln gemacht werden. Das ist keine brotlose Kunst. Denn es werden in jeder Woche 200 Pfund Nadeln verfertigt, von denen 5000 Stück auf ein Pfund gehen; Facit: eine Million, und der Meister Schneider und die Näherin und jede Hausmutter weiss wohl, wieviel man für einen Kreuzer bekommt, und es ist nicht schwer auszurechnen, wie viel Geld an den Aachener Nadeln in der Fabrik selbst und durch den Handel jährlich verdient und gewonnen wird. Das Werk geht durch Maschinen, und die meisten Arbeiter sind Kinder von acht bis zehn Jahren. Ein Fremder besichtigte einst diese Arbeiten und wunderte sich, dass es möglich sei, in die allerfeinsten Nadeln mit einem noch feinern Instrument ein Loch zu stechen, durch welches nur der allerfeinste, fast unsichtbare Faden kann gezogen werden. Aber ein Mägdlein, welchem der Fremde eben zuschaute, zog sich hierauf ein langes Haar aus dem Kopfe, stach mit einer der feinsten Nadeln ein Loch dadurch, nahm das eine Ende des Haares, bog es um und zog es durch die Öffnung zu einer artigen Schleife oder, wie man's sonst nennt, Schlupf oder Letsch.

Das war so brotlos eben auch nicht. Denn das Mägdlein bot dieses künstlich geschlungene Haar dem Fremden zum Andenken und bekam dafür ein artiges Geschenk, und das wird mehr als einmal im Jahr geschehen sein. Solch ein kleiner Nebenverdienst ist einem fleissigen Kinde wohl zu gönnen.

Aber während ehrliche Eltern und Kinder aller Orten etwas Nützliches arbeiten und ihr Brot mit Ehren verdienen und mit gutem Gewissen essen, zog zu seiner Zeit ein Tagdieb durch die Welt, der sich in der Kunst geübt hatte, in einer ziemlich grossen Entfernung durch ein Nadelöhr kleine Linsen zu werfen. Das war eine brotlose Kunst. Doch lief es auch nicht ganz leer ab. Denn als der Linsenschütz unter anderm nach Rom kam, liess er sich auch vor dem Papst sehen, der sonst ein grosser Freund von seltsamen Künsten war, hoffte ein hübsches Stück Geld von ihm zu beikommen und machte schon ein paar wunderfreundliche Augen, als der Schatzmeister des Heiligen Vaters mit einem Säcklein auf ihn zuging, und bückte sich entsetzlich tief, als ihm der Schatzmeister das ganze Säcklein anbot.

Allein was war darin? Ein halber Becher Linsen, die ihm der weise Papst zur Belohnung und Aufmunterung seines Fleisses übermachen liess, damit er sich in seiner Kunst noch ferner üben und immer grössere Fortschritte darin machen könne.

Dankbarkeit

In der Seeschlacht von Trafalgar, während die Kugeln sausten und die Mastbäume krachten, fand ein Matrose noch Zeit, zu kratzen, wo es ihn biss, nämlich auf dem Kopf. Auf einmal streifte er mit zusammengelegtem Daumen und Zeigefinger bedächtig an einem Haare herab und liess ein armes Tierlein das er zum Gefangenen gemacht hatte, auf den Boden fallen. Aber indem er sich niederbückte, um ihm den Garaus zu machen, flog eine feindliche Kanonenkugel ihm über den Rücken weg, paff, in das benachbarte Schiff. Da ergriff den Matrosen ein dankbares Gefühl, und überzeugt, dass er von dieser Kugel wäre zerschmettert worden, wenn er sich nicht nach dem Tierlein gebücket hätte, hob er es schonend von dem Boden auf und setzte es wieder auf den Kopf. "Weil du mir das Leben gerettet hast", sagte er; "aber lass dich nicht zum zweiten Mal attrapieren, denn ich kenne dich nimmer."

Das Bettlerkind

Zu einem betagten Herrn, der zwar wohltätig, aber fast
wunderlich war, kommt ein freundliches Bettelkind und
bittet ihn um ein Almosen. "Wir haben schon seit dem
Samstag kein Weissbrot mehr, und das schwarze ist so teuer,
weil die Laibe so gross sind." Der Herr, der auf Ordnung
hielt und das Betteln nicht wohl leiden konnte, sagte: "Weil
du sonst so bescheiden bist, ich habe dich noch nie gesehen,
und heute zum ersten Mal zu mir kommst, so will ich dir
zwar ein Sechskreuzerlein schenken. Aber unterstehe dich
nicht, dass du dich wieder bei mir blicken lassest, sonst
geht's mit einem Groschen ab." Also holte das Kind in
Zukunft den Groschen fast über jeden andern Tag. Als er
aber des Überlaufens müde war, sagte er: "Jetzt bin ich's
müde. Wenn du dich noch einmal unterstehst, so setze ich
dich auf einen Kreuzer herab." Also kam das Kind in
Zukunft alle Morgen und holte den Kreuzer. Die Köchin riet
dem Herrn, er solle dem Kind gar nie mehr etwas geben, so
wird's schon wegbleiben. "So?" sagte er, "das ist mir ein
sauberer Rat. Seht Ihr nicht, je weniger man ihm gibt, desto
öfter kommt's?"

Das Blendwerk

Manche Leute, wenn sie etwas sehen, das sie nicht begreifen,
noch weniger nachmachen können, so sagen sie kurz und
gut, das ist ein Blendwerk. Nämlich, dass man etwas zu
sehen glaube, wo nichts ist, oder dass man die Sache anders
sehe, als sie wirklich ist. Dass es aber viel Blendwerk gibt,
das unterliegt keinem Zweifel. Z. B. wenn jemand im
Mondschein auf der Strasse ist und sieht an einer Mauer

ein ungebetener Kamerad, der mit ihm geht, einer von der
schwarzen Legion.

Item, wenn jemand einen falschen Freund für einen guten
Freund hält und trotz aller Warnung dem Spitzbuben traut,
bis er zuletzt um Hab und Gut betrogen ist und die Hände
über dem Kopf zusammenschlägt. Das ist ein grosses
Blendwerk. Item, wenn jemand meint, etwas sei ein
Blendwerk, und ist doch keins.

In einem namhaften Ort am Rheinstrom kam ein Gaukler
an, ein Tausendkünstler, und bekam die Erlaubnis, auf einer
alten Heubühne, die schon lange nicht mehr war gebraucht
worden, seine Künste zu zeigen, und zwar gleich zum
letzten Mal. Fast die ganze Gemeinde versammelte sich, und
es war der Mühe wert.

Dem Vernehmen nach — der Hausfreund war nicht dabei —
brachte der Tausendkünstler zuerst zwei schwarze Katzen
hervor, die hörten einander das grosse Einmaleins ab und
rechneten verschiedene Exempel aus der verkehrten
Regeldetri.

Nachdem schlupfte er durch einen metallenen Fingerring
hindurch und kam auf der andern Seite lebendig und
ebenso dick wieder an, als er vorher war.

Etwas an der Sache scheint übertrieben zu sein.

Hierauf sagte er, das sei aber noch alles nichts. Jetzt wolle er
sich mit einem scharfen Schrotmesser den Bauch
aufschneiden. Hernach wolle er ganz in den Bauch
hineinschlupfen, dass man gar nichts mehr von ihm sehe.
Hernach wolle er sich wieder aus sich selber herauswickeln,
dass er wieder sichtbar werde.

Ehe er aber das grosse Wägestück beginnen konnte, fing die

Bühne an zu knacken. Es kracht links, es kracht rechts. Knack, stürzte der morsche Boden zusammen, und die ganze Zuschauerschaft wäre in dem untern Raume zusammengestürzt, wenn nicht noch einer sich an einem schwebenden Balken erhalten hätte. Die andern lagen alle unten. Da entstand nun ein grosses, vierstimmiges Not- und Zetergeschrei von Männern, Weibern, Kindern und Säuglingen. Es ist gar klug, wenn man kleine Kinder zu so etwas mitträgt. Sie sehen alles gar gut, und wenn's an Musik fehlt, so können sie machen. Alles schrie: "O mein Kopf, o mein Arm, o meine Rippen", so dass der oben auf dem Balken genug zu trösten und zu ermahnen hatte. "Habt doch nur Geduld", sagte er, "und seid verständig! Man muss sich ja schämen vor dem fremden Mann: Merkt ihr denn nicht, dass es nur Blendwerk ist? Euch Leuten", sagte er, "ist keine Ehre anzutun." Denn er hielt das Unglück für ein Blendwerk vom Künstler und meinte, unversehens würden wieder alle an ihren Plätzen sitzen.

Das Bombardement von Kopenhagen

In der ganzen gefahrvollen Zeit von 1789 an, als ein Land nach dem andern entweder in die Revolution oder in einen blutigen Krieg gezogen wurde, hatte sich das Königreich Dänemark teils durch seine Lage, teils durch die Weisheit seiner Regierung den Frieden erhalten. Sie lebte niemand zu lieb und niemand zu leid, dachte nur darauf, den Wohlstand der Untertanen zu vermehren, wurde deswegen von allen Mächten in Ehren erhalten. Als aber im Jahr 1807 der Engländer sah, dass Russland und Preussen von ihm abgegangen sei, und mit dem Feind Frieden gemacht habe, und dass die Franzosen in allen Häfen und festen Plätzen an der Ostsee Meister sind, und die Sache schlimm gehen kann

wenn sie auch noch sollten nach Dänemark kommen, sagte
er kein Wort, sondern liess eine Flotte auslaufen, und
niemand wusste, wohin. Als aber die Flotte im Sund und an
der dänischen Küste und vor der königlichen Haupt- und
Residenzstadt Kopenhagen stand, und alles sicher und
ruhig war, so machten die Engländer Bericht nach
Kopenhagen hinein: "Weil wir so gute Freunde zusammen
sind, so gebt uns gutwillig bis zum Frieden eure Flotte,
damit sie nicht in des Feindes Hände kommt, und die
Festung. Denn es wäre uns entsetzlich leid, wenn wir euch
müssten die Stadt über dem Kopfe zusammenschiessen." Als
wenn ein Bürgersmann oder Bauer mit einem andern einen
Prozess hat, und kommt in der Nacht mit seinen Knechten
einem Nachbar vor das Bette, und sagt: "Nachbar, weil ich
mit meinem Gevattermann einen Prozess habe, so müsst Ihr
mir bis Ausgang der Sache Eure Rosse in meine Verwahrung
geben, dass mein Gegenpart nicht kann darauf zu den
Advokaten reiten, sonst zünd' ich Euch das Haus an, und
müsst mir erlauben, dass ich an der Strasse mit meinen
Knechten in Euer Kornfeld stehe, auf dass, wenn der
Gevattermann auf seinem eigenen Ross zum Hofgericht
reiten will, so verrenn' ich ihm den Weg." Der Nachbar sagt:
"Lass mir mein Haus unangezündet! Was gehn mich eure
Händel an?" Und so sagten die Dänen auch. Als aber der
Engländer fragte: "Wollt ihr gutwillig oder nicht?" und die
Dänen sagten: "Nein, wir wollen nicht gutwillig!" so stieg er
mit seinen Landungstruppen ans Ufer, rückte immer näher
gegen die Hauptstadt, richtete Batterien auf, führte Kanonen
drein, und sagte am 2. September nach dem Frieden von
Tilsit, jetzt sei die letzte Frist. Allein alle Einwohner von
Kopenhagen und die ganze dänische Nation sagten: Das
Betragen des übermütigen Feindes sei unerhört, und es wäre
eine Schande, die der Belt nicht abwaschen könnte, sich
durch Drohungen schrecken zu lassen und in seine
ungerechten Forderungen einzuwilligen. Nein! Da fing das

fürchterliche Gericht an, das über diese arme Stadt im Schicksal beschlossen war. Denn von abends um sieben Uhr an hörte das Schiessen auf Kopenhagen, mit 72 Mörsern und schweren Kanonen, die ganze Nacht hindurch zwölf Stunden lang nimmer auf; und ein Satan, namens Congreve, war dabei, der hatte ein neues Zerstörungsmittel erfunden, nämlich die sogenannten Brandraketen. Das war ungefähr ein Art von Röhren, die mit brennbaren Materien angefüllt wurden, und vorne mit einem kurzen spitzigen Pfeil versehen waren. Im Schuss entzündet sich die Materie, und, wenn nun der Pfeil an etwas hinfuhr, wo er Habung hatte, so blieb er stecken, manchmal wo niemand zukommen konnte, und die Feuermaterie zündete an, was brennen konnte. Auch diese Brandraketen flogen die ganze Nacht in das arme Kopenhagen hinein. Kopenhagen hatte damals 4000 Häuser, 85965 Einwohner, 22 Kirchen, 4 königliche Schlösser, 22 Krankenspitäler, 30 Armenhäuser, einen reichen Handel und viele Fabriken. Da kann man denken, wie mancher schöne Dachstuhl in dieser angstvollen Nacht zerschmettert wurde, wie manches bange Mutterherz sich nicht zu helfen wusste, wie manche Wunde blutete, und wie die Stimme des Gebets und der Verzweiflung, das Sturmgeläute und der Kanonendonner durcheinander ging. Am 3. September, als der Tag kam, hörte das Schiessen auf, und der Engländer fragte, ob sie noch nicht wollten gewonnen geben. Der Kommandant von Kopenhagen sagte: "Nein!" Da fing das Schiessen nachmittags um vier Uhr von neuem an, und dauerte bis den 4. September mittags fort, ohne Unterlass und ohne Barmherzigkeit. Und als der Kommandant noch nicht wollte Ja sagen, fing abends das Feuer wieder an, und dauerte die ganze Nacht bis den 5. des Mittags. Da lagen mehr als 300 schöne Häuser in der Asche; ganze Kirchtürme waren eingestürzt, und noch überall wütete die Flamme.

schwer verwundet. Ganz Kopenhagen sah hier einer
Brandstätte, oder einem Steinhaufen, da einem Lazarett, und
dort einem Schlachtfeld gleich. Als endlich der Kommandant
von Kopenhagen nirgends mehr Rettung noch Hülfe und
überall nur Untergang und Verderben sah, hat er am 7.
September kapituliert, und der Kronprinz hat's nicht einmal
gelobt. Das erste war, die Engländer nahmen die ganze
Seeflotte von Kopenhagen in Besitz und führten sie weg: 18
Linienschiffe, 15 Fregatten und mehrere kleinere bis auf eine
Fregatte, welche der König von England ehemals dem König
von Dänemark zum Geschenk gemacht hatte, als sie noch
Freunde waren. Diese liessen sie zurück. Der König von
Dänemark schickte sie ihnen aber auch nach, und will
nichts Geschenktes mehr zum Andenken haben. Im Land
selbst und auf den Schiffen hausten die Engländer als böse
Feinde, denn der Soldat weiss nicht, was er tut, sondern
denkt: Wenn sie es nicht verdient hätten, so führte man
keinen Krieg mit ihnen. Zum Glück dauerte ihr Aufenthalt
nicht lange; denn sie schifften sich am 19. Oktober wieder
ein, und fuhren am 21. mit der dänischen Flotte und dem
Raub davon, und der Congreve ist unterwegs ertrunken
und hat Frau und Kinder nimmer gesehen. Von dem an
hielten die Dänen gemeinschaftlich mit den Franzosen, und
Kaiser Napoleon will nicht eher mit den Engländern Friede
machen, als bis sie die Schiffe wieder zurückgegeben, und
Kopenhagen bezahlt haben. Dies ist das Schicksal von
Dänemark, und die Freunde der Engländer sagen, es sei
nicht so schlimm gemeint gewesen; andere aber sagen, es
hätte nicht können schlimmer sein, und die Dänen meinen's
auch.

Das Branntweingläslein

Ein Unteroffizier trat im Roten Rösslein ein von der Parade. Der Wirt sagt zu ihm: "Aber den habt Ihr nicht schlecht getroffen heut in dem Kasernenhof. Was hat er angestellt?"—"Nicht wahr, ich hab' ihn gut getroffen?" sagte der Unteroffizier. "Es ist ein ausgelernter Spitzbube, gegen den keine Vorsicht hilft. Er ist imstand und stiehlt Euch ein Rad vom Wagen, während Ihr darauf sitzt und Wein holt im Ramstal. Kommt Ihr herein, so habt Ihr noch drei Räder." Der Wirt sagt: "Mir ist keiner schlau genug. Der ist noch nicht auf der Welt." Denn der Wirt war ein wenig dumm. Es ist fast immer ein Zeichen von Unverstand, wenn man allein klüger zu sein glaubt als alle andern. Deswegen sagte er: mir ist keiner schlau genug. Der Unteroffizier sagte: "Gilt's einen Taler, er führt Euch an?" Der Wirt geht die Wette ein. Nachmittags kommt der Soldat mit einem Branntweinfläschlein in der Hand und verlangt für einen Sechser Branntenwein. Er habe daheim einen kranken Kameraden. Er hatte aber noch ein anderes Fläschlein von gleicher Grösse und Gestalt in der Tasche, darin war Brunnenwasser, so viel als man Branntwein bekommen mag für sechs Kreuzer. Als er in das leere Fläschlein den Branntwein bekommen hatte, steckte er es zu dem andern in die nämliche Tasche und gab dem Wirt einen Sechser, der war falsch. Als er aber schon an der Türe war, während der Wirt den Sechser umkehrte, ruft er dem Soldaten: "Guter Freund, Euer Sechser ist falsch auf der untern Seite. Gebt mir einen andern." Der Soldat stellte sich schrecklich erbost über den Spitzbuben, der ihm den falschen Sechser gegeben hatte, und zum Unglück habe er keinen andern bei sich. Er wolle aber sogleich einen holen.—"Nein", sagte der Wirt, "so ist's nicht gewettet. Gebt den Branntwein wieder heraus, und holt zuerst das Geld." Da stellte ihm der Soldat das Fläschlein auf den Tisch, wo das Brunnenwasser drin war, und ging und kam nicht wieder. Abends kam der

"Ei, seid Ihr es?" sagte der Wirt und lachte aus vollem Halse.
"Was gilt's, Ihr wollt mir einen Taler bringen." Der
Unteroffizier aber lächelte nur, zwar etwas spöttisch und
sagte: "Nein, ich will einen holen. Versucht einmal Euern
Branntwein, ob er nicht schmeckt akkurat wie
Brunnenwasser." Da wusste der Wirt vor Verwunderung
und Beschämung nicht, was er sagen wollte. Der
Unteroffizier aber sagte spöttisch: "Euch ist keiner schlau
genug." Also hatte er den Taler gewonnen, doch durfte der
Wirt sechs Kreuzer davon abziehen, was der Branntwein
kostete, und bekam, wie das Sprichwort sagt, zum Schaden
den Spott.

Das fremde Kind

Durch den Schnee und durch die Tannen des Schwarzwalds
kommt abends am 5. Dezember 1807 ein achtjähriges
Mägdlein halb barfuss, halb nackt vor das Häuslein eines
armen Taglöhners im Gebirg und gesellt sich, mir nichts, dir
nichts, zu den Kindern des armen Mannes, die vor dem
Hause waren, und gaukelt mit ihnen, geht mit ihnen, mir
nichts, dir nichts, in die Stube und denkt weiter nimmer ans
Fortgehen. Nicht anders als ein Schäflein, das sich vor der
Herde verlaufen hat und in der Wildnis herumirrt, wenn es
wieder zu seinesgleichen kommt, so hat es keinen Kummer
mehr. Der Taglöhner fragt das Kind, wo es herkomme.
"Oben aben von Gutenberg."—"Wie heisst dein Vater?"—"Ich
habe keinen Vater."—"Wie heisst deine Mutter?"—"Ich habe
keine Mutter."—"Wem gehörst du denn sonst an?"—"Ich
gehöre niemand sonst an."—Aus allem, was er fragte, war
nur so viel herauszubringen, dass das Kind von den
Bettelleuten sei aufgelesen worden, dass es mehrere Jahre mit
Bettlern und Gaunern sei herumgezogen, dass sie es zuletzt

in St. Peter haben sitzen lassen, und dass es allein über St. Märgen gekommen sei und jetzt da sei. Als der Taglöhner mit den Seinigen zu Nacht ass, setzte sich das fremde Kind auch an den Tisch. Als es Zeit war zu schlafen, legte es sich auf den Ofenbank und schlief auch; so den andern Tag, so den dritten. Denn der Mann dachte: ich kann das arme Kind nicht wieder in sein Elend hinausjagen, so schwer es mich ankommt, eins mehr zu füttern. Aber am dritten Tag sagte er zu seiner Frau: "Frau, ich will's doch auch dem Herrn Pfarrer anzeigen." Der Pfarrherr lobte die gute Denkungsart des armen Mannes, der Hausfreund auch; "aber das Mägdlein", sagte der Pfarrherr, "soll nicht das Brot mit Euern Kindern teilen, sonst werden die Stücklein zu klein. Ich will ihm einen Vater und eine Mutter suchen." Also ging der Pfarrherr zu einem wohlhabenden und gutdenkenden Mann in seinem Kirchspiel, der selber wenig Kinder hat, und der Hausfreund weiss just nicht, wie er's dem Manne sagte: "Peter", sagte er, "wollt Ihr ein Geschenk annehmen?"—"Nach dem's ist", sagte der Mann.—"Es kommt von unserm lieben Herr Gott.— "Wenn's von dem kommt, so ist's kein Fehler." Also bot ihm der Pfarrherr das verlassene Mägdlein an und erzählte ihm die Geschichte dazu, so und so. Der Mann sagte: "Ich will mit meiner Frau reden. Es wird nicht fehlen." Der Mann und die Frau nahmen das Kind mit Freuden auf. "Wenn's guttut", sagte der Mann, so will ich's erziehen, bis es sein Stücklein Brot selber verdienen kann. Wenn's nicht guttut, so will ich's wenigstens behalten bis im Frühjahr. Denn dem Winter darf man keine Kinder anvertrauen." Jetzt hat er's schon viermal überwintert und viermal übersommert auch. Denn das Kind tat gut, ist folgsam und dankbar und fleissig in der Schule, und Speise und Trank ist nicht der grösste Gotteslohn, den das fromme Ehepaar an ihm ausübt, sondern die christliche Zucht, die väterliche Erziehung und die mütterliche Pflege.

sieht, sollt' es nicht erkennen, so gut sieht es aus, und so
sauber ist es gekleidet. So etwas tut dem Hausfreund wohl,
und er könnte den braven Taglöhner und die braven
Pflegeeltern des Kindes mit Namen nennen, wer sie sind,
und wie sie heissen. Aber über seinen Mund kommt's nicht.

Das letzte Wort

Zwei Eheleute in einem Dorf an der Donau herwärts Ulm
lebten miteinander, die waren nicht für einander gemacht,
und ihre Ehe ward nicht im Himmel geschlossen. Sie war
verschwenderisch und hatte eine Zunge wie ein Schwert; er
war karg, was nicht etwa in den eigenen Mund und Magen
ging. Nannte er sie eine Vergeuderin, so schimpfte sie ihn
einen Knicker, und es kam nur auf ihn an, wie oft er seinen
Ehrentitel des Tags hören wollte. Denn wenn er hundertmal
in einer Stunde Vergeuderin sagte, sagte sie
hundertundeinmal: "Du Knicker", und das letzte Wort
gehörte allemal ihr. Einmal fingen sie es wieder miteinander
an, als sie ins Bett gingen, und sollen's getrieben haben bis
früh um fünf Uhr, und als ihnen zuletzt vor Müdigkeit die
Augen zufielen und ihr das Wort auf der Zunge einschlafen
wollte, kneipte sie sich mit den Nägeln in den Arm und
sagte noch einmal: Du Knicker! Darüber verlor er alle Liebe
zur Arbeit und zur Häuslichkeit und lief fort, sobald er
konnte, und wohin? Ins Wirtshaus. Und was im
Wirtshaus? Zuerst trinken, danach spielen, endlich saufen,
anfänglich um bares Geld, zuletzt auf Borgs. Denn wenn die
Frau nichts zu Rat hält und der Mann nichts erwirbt, in
einer solchen Tasche darf schon ein Loch sein, es fällt nichts
heraus. Als er aber im Roten Rösslein den letzten Rausch
gekauft hatte, und konnte ihn nicht bezahlen, und der Wirt
schrieb seinen Namen und seine Schuld, sieben Gulden

einundfünfzig Kreuzer, an die Stubentür, und als er nach
Haus kam und die Frau erblickte: "Nichts als Schimpf und
Schande hat man von dir, du Vergeuderin", sagte er zu ihr.
"Und nichts als Unehre und Verdruss hat man von dir, du
Säufer, du der und jener, du Knicker", sagte sie. Da stieg es
schwarz und grimmig in seinem Herzen auf, und die zwei
bösen Geister, die in ihm wohnten, nämlich der Zorn und
der Rausch, sagten zu ihm: "Wirf die Bestie in die Donau!"
Das liess er sich nicht zweimal sagen. "Wart', ich will dir
zeigen, du Vergeuderin" ("du Knicker", sagte sie ihm drauf),
"ich will dir schon zeigen, wo du hingehörst", und trug sie
in die Donau. Und als sie schon mit dem Mund im Wasser
war, aber die Ohren waren noch oben, rief der Unmensch
noch einmal: "Du Vergeuderin." Da hob die Frau noch
einmal die Arme aus dem Wasser empor und drückte den
Nagel des rechten Daumens auf den Nagel des linken, wie
man zu tun pflegt, wenn man einem gewissen Tierlein den
Garaus macht, und das war ihr Letztes. — Dem geneigten
Leser, der auf Recht und Gerechtigkeit hält, wird man nicht
sagen dürfen, dass der unbarmherzige Mörder auch nimmer
lebt, sondern er ging heim und henkte sich noch in der
nämlichen Nacht an einen Pfosten.

Das Mittagessen im Hof

Man klagt häufig darüber, wie schwer und unmöglich es
sei, mit manchen Menschen auszukommen. Das mag denn
freilich auch wahr sein. Indessen sind viele von solchen
Menschen nicht schlimm, sondern nur wunderlich, und
wenn man sie nur immer recht kennete, inwendig und
auswendig, und recht mit ihnen umzugehen wüsste, nie zu
eigensinnig und nie zu nachgiebig, so wäre mancher wohl
und leicht zur Besinnung zu bringen. Das ist doch einem

Bedienten mit seinem Herrn gelungen. Dem konnte er manchmal gar nichts recht machen und musste vieles entgelten, woran er unschuldig war, wie es oft geht. So kam einmal der Herr sehr verdriesslich nach Hause, und setzte sich zum Mittagessen. Da war die Suppe zu heiss oder zu kalt oder keines von beiden; aber genug, der Herr war verdriesslich. Er fasste daher die Schüssel mit dem, was darinnen war, und warf sie durch das offene Fenster in den Hof hinab. Was tat der Diener? Kurz besonnen warf er das Fleisch, welches er eben auf den Teller stellen wollte, mir nichts, dir nichts, der Suppe nach auch in den Hof hinab, dann das Brot, dann den Wein und endlich das Tischtuch mit allem, was noch darauf war. "Verwegener, was soll das sein?" fragte der Herr und fuhr mit drohendem Zorn von dem Sessel auf. Aber der Bediente erwiderte ganz kalt und ruhig: "Verzeihen Sie mir, wenn ich Ihre Meinung nicht erraten habe. Ich glaubte nicht anders, als Sie wollten heute in dem Hofe speisen. Die Luft ist so heiter, der Himmel so blau, und sehen Sie nur, wie lieblich der Apfelbaum blüht, und wie fröhlich die Bienen ihren Mittag halten!"—Diesmal die Suppe hinabgeworfen, und nimmer. Der Herr erkannte seinen Fehler, heiterte sich im Anblick des schönen Frühlingshimmels auf, lächelte heimlich über den schnellen Einfall seines Aufwärters und dankte ihm im Herzen für die gute Lehre.

Das schlaue Mädchen

In einer grossen Stadt hatten viele reiche und vornehme Herren einen lustigen Tag. Einer von ihnen dachte: "Könnt ihr heute dem Wirt und den Musikanten wenigstens 1500 Gulden zu verdienen geben, so könnt ihr auch etwas für die liebe Armut steuern." Also kam, als die Herren am fröhlichsten waren, ein hübsches und nett gekleidetes Mädchen mit einem Teller und bat mit süssen Blicken und liebem Wort um eine Steuer für die Armen. Jeder gab, der eine weniger, der andere mehr, je nachdem der Geldbeutel beschaffen war und das Herz. Denn kleiner Beutel und enges Herz gibt wenig. Weiter Beutel und grosses Herz gibt viel. So ein Herz hatte derjenige, zu welchem das Mägdlein jetzt kommt. Denn als er ihm in die hellen, schmeichelnden Augen schaute, ging ihm das Herz fast in Liebe auf. Deswegen legte er zwei Louisdor auf den Teller und sagte dem Mägdlein ins Ohr: "Für deine zwei schönen blauen Augen." Das war nämlich so gemeint: Weil du, schöne Fürbitterin für die Armen, zwei so schöne Augen hast, so geb' ich den Armen zwei so schöne Louisdor, sonst tät's eine auch. Das schlaue Mädchen aber stellte sich, als wenn es die Sache ganz anders verstünde. Denn weil er sagte: "Für deine zwei schöne Augen" - nahm es ganz züchtig die zwei Louisdor vom Teller weg, steckte sie in den eigenen Sack und sagte mit schmeichelnden Gebärden: "Schönen, herzlichen Dank! Aber seid so gut und gebt mir jetzt auch noch etwas für die Armen." Da legte der Herr noch einmal zwei Louisdor auf den Teller, kneipte das Mägdlein freundlich in die Backen und sagte: "Du kleiner Schalk!" Von den andern aber wurde er ganz entsetzlich ausgelacht, und sie tranken auf des Mägdleins Gesundheit, und die Musikanten machten Tusch.

Das seltsame Rezept

Es ist sonst kein grosser Spass dabei, wenn man ein Rezept in die Apotheke tragen muss; aber vor langen Jahren war es doch einmal ein Spass. Da hielt ein Mann von einem

Stieren vor der Stadtapotheke still, lud sorgsam eine grosse
tannene Stubentüre ab und trug sie hinein. Der Apotheker
machte grosse Augen und sagte: "Was wollt Ihr da, guter
Freund, mit Eurer Stubentüre? Der Schreiner wohnt um
zwei Häuser links." Dem sagte der Mann, der Doktor sei bei
seiner kranken Frau gewesen und habe ihr wollen ein
Tränklein verordnen, so sei in dem ganzen Haus keine
Feder, keine Tinte und kein Papier gewesen, nur eine Kreide.
Da habe der Herr Doktor das Rezept an die Stubentüre
geschrieben, und nun soll der Herr Bachin so gut sein und
das Tränklein kochen.

Item, wenn es nur gut getan hat. Wohl dem, der sich in der
Not zu helfen weiss.

Das Vivat der Königin

Nicht ebenso gut als der Franzos, der dem Engländer auf
der Brücke zu Pferd begegnete, kam ein anderer Franzos zu
Königszeiten mit einem andern Engländer davon in einem
Wirtshaus. Der Engländer sass schon über eine halbe
Stunde still und stumm in einer Ecke und wartete auf einen
Chirurgus, hätte gern die Zähne zusammengebissen vor
Ungeduld, aber einer davon war hohl und tat ihm von Zeit
zu Zeit entsetzlich weh, zum Exempel diesmal. Kommt auf
einmal der Franzose, ein Perückenmacher oder so etwas, an
den Tisch, wo der Engländer sass, und wollte seinen
Kameraden einen Spass zum besten geben. Denn er glaubte,
der Engländer sei dumm oder noch scheu dortzuland. Also
fing er ein langes Gespräch mit ihm an, worauf der
Engländer wenig antwortete, rühmte ihm, was Frankreich
für ein reiches und grosses Land sei, und dass einer schon
ein gutes Pferd haben müsse, wenn er's in drei Vierteljahren

durchreiten wollte, und wie der König so gerecht sei, und
die Königin so gut. "Aber auf das Wohl der Königin", sagte
er, "trinkt Ihr doch eins mit mir, und noch mehr?" Als sie
ausgetrunken hatten, zerriss der Franzos die Hemdkrause
an seinem alten, abgewaschenen Hemde und sagte: "Es lebe
die Königin! Gentleman", sagte er, "Ihr müsst Eure
Hemdkrause auch zerreissen auf das Wohlsein der Königin.
Ich hab' meine auch zerrissen." "Geht zum Henker, Ihr
Sapperment", sagte der Engländer, "Euer Hemd hat nimmer
weit in die Papiermühle. Meins kommt nagelneu von der
Näherin weg und ist an einigen Orten noch ganz heiss vom
Durchzug der Nadel." Aber der Perückenmacher sagte:
"Herr, ich verstehe keinen Spass! Entweder zerreisst Ihr
Euer Hemd, oder Ihr müsst Euch mit mir stechen auf Leben
und Tod." Wollte der fremde Engländer keinen Spektakel
haben, so musste er seine Hemdkrause zerreissen wie der
Franzose. Aber jetzt wurde er auf einmal freundlich und
redselig und erzählte dem Perückenmacher viel von England
und von London und von dem grossen Kirchturm in
London, und wie einer droben schon gute Augen haben
müsse, wenn er unten die Stadt noch sehen wolle; bis der
Chirurgus kam. Als der Chirurgus kain und fragte, was der
fremde Herr befehle, "seid so gut", sagte der Engländer, "und
zieht mir diesen Stockzahn da aus, den dritten, aufs
Wohlsein der Königin von England.! Herr", sagt er zu dem
Perückenmacher, "Ihr bleibt da sitzen und rührt Euch
nicht." Als der Zahn glücklich heraus war, sagte er zu dem
Zahnarzt: "Seid so gut und zieht jetzt diesem Herrn da
ebenfalls einen Zahn aus aufs Wohlsein der Königin von
England. Guter Freund", sagte er, "Ihr müsst Euch auch
einen ausreissen lassen, ich hab' mir auch einen ausreissen
lassen." Da verging dem Spassmacher der Mutwillen und die
roten Backen, und protestierte zwar, die Sache sei nicht
gleich. "Euer Zahn da", sagte er, "ist so hohl, dass eine Häsin

dass ich eine Bleikugel damit breit beissen kann. Wenn drei Lilien drauf wären könnt' ich Geld damit prägen." Aber der andere gab darauf kein Gehör, sondern sagte: "Herr, ich verstehe keinen Spass! Entweder Ihr lasst Euch einen Zahn ausbrechen auf der Stelle, oder Ihr könnt Euch mit mir stechen auf Leben und auf Tod, und ich bohr' Euch da an die Tür hinan, dass der Degen eine Elle weit in die Kammer hineingeht." Da dachte der Perückenmacher: Ein Zahn, — Ein Leben! — Neun Kinder hab ich daheim. — Lieber ein Zahn. Also liess er sich wohl oder übel auch einen ausreissen, und schieden darauf in Frieden voneinander. Aber zu seinen Kameraden sagte er nachher: "Diesmal mit einem Fremden Mutwillen getrieben, den ich nicht kenne! Hört man mir nichts an, wenn ich rede?"

Das wohlbezahlte Gespenst

In einem gewissen Dorfe, das ich wohl nennen könnte, geht ein üblicher Fussweg über den Kirchhof und von da durch den Acker eines Mannes, der an der Kirche wohnt, und es ist ein Recht. Wenn nun die Ackerwege bei nasser Witterung schlüpfrig und ungangbar sind, ging man immer tiefer in den Acker hinein, und zertrat dem Eigentümer die Saat, so dass bei anhaltend feuchter Witterung der Weg immer breiter und der Acker immer schmäler wurde, und das war kein Recht. Zum Teil wusste nun der beschädigte Mann sich wohl zu helfen. Er gab bei Tag, wenn er sonst nichts zu tun hatte, fleissig acht, und wenn ein unverständiger Mensch diesen Weg kam, der lieber seine Schuhe als seines Nachbars Gerstensaat schonte, so lief er schnell hinzu und pfändete ihn oder tat's mit ein paar Ohrfeigen kurz ab. Bei Nacht aber, wo man noch am ersten einen guten Weg braucht und sucht, war's nur desto schlimmer, und die Dornenäste und

Rispen, mit welchen er den Wandernden verständlich
machen wollte, wo der Weg sei, waren allemal in wenig
Nächten niedergerissen oder ausgetreten, und mancher tat's
vielleicht mit Fleiss. Aber da kam dem Mann etwas anderes
zustatten. Es wurde auf einmal unsicher auf dem Kirchhofe,
über welchen der Weg ging. Bei trockenem Wetter und etwas
hellen Nächten sah man oft ein langes, weisses Gespenst
über die Gräber wandeln. Wenn es regnete oder sehr finster
war, hörte man im Beinhaus bald ein ängstliches Stöhnen
und Winseln, bald ein Klappern, als wenn alle Totenköpfe
und Totengebeine darin lebendig werden wollten. Wer das
hörte, sprang bebend wieder zur nächsten Kirchhoftüre
hinaus, und in kurzer Zeit sah man, sobald der Abend
dämmerte und die letzte Schwalbe aus der Luft
verschwunden war, gewiss keinen Menschen mehr auf dem
Kirchhofwege, bis ein verständiger und herzhafter Mann
aus einem benachbarten Dorfe sich an diesem Ort verspätete
und den nächsten Weg nach Haus doch über diesen
verschrienen Platz und über den Gerstenacker nahm. Denn
ob ihm gleich seine Freunde die Gefahr vorstellten und
lange abwehrten, so sagte er doch am Ende: "Wenn es ein
Geist ist, geh' ich mit Gott als ein ehrlicher Mann den
nächsten Weg zu meiner Frau und zu meinen Kindern heim,
habe nichts Böses getan, und ein Geist, wenn's auch der
schlimmste unter allen wäre, tut mir nichts. Ist's aber
Fleisch und Bein, so habe ich zwei Fäuste bei mir, die sind
auch schon dabei gewesen." Er ging. Als er aber auf den
Kirchhof kam und kaum am zweiten Grab vorbei war, hörte
er hinter sich ein klägliches Ächzen und Stöhnen, und als er
zurückschaute, siehe, da erhob sich hinter ihm, wie aus
einem Grab herauf, eine lange, weisse Gestalt. Der Mond
schimmerte blass über die Gräber. Totenstille war
ringsumher, nur ein paar Fledermäuse flatterten vorüber. Da
war dem guten Manne doch nicht wohl zumute, wie er

zurückgegangen, wenn er nicht noch einmal an dem
Gespenst hätte vorbeigehen müssen. Was war nun zu tun?
Langsam und still ging er seines Weges zwischen den
Gräbern und manchem schwarzen Totenkreuz vorbei.
Langsam und immer ächzend folgte zu seinem Entsetzen
das Gespenst ihm nach, bis an das Ende des Kirchhofs, und
das war in der Ordnung, und bis vor den Kirchhof hinaus,
und das war dumm.

Aber so geht es. Kein Betrüger ist so schlau, er vertratet
sich. Denn sobald der verfolgte Ehrenmann das Gespenst
auf dem Acker erblickte, dachte er bei sich selber: Ein rechtes
Gespenst muss wie eine Schildwache auf seinem Posten
bleiben, und ein Geist, der auf den Kirchhof gehört, geht
nicht aufs Ackerfeld. Daher bekam er auf einmal Mut, drehte
sich schnell um, fasste die weisse Gestalt mit fester Hand
und merkte bald, dass er unter einem Leintuch einen
Burschen am Brusttuch habe, der noch nicht auf dem
Kirchhof daheim sei. Er fing daher an, mit der andern Faust
auf ihn loszutrommeln, bis er seinen Mut an ihm gekühlt
hatte, und da er vor dem Leintuch selber nicht sah, wo er
hinschlug, so musste das arme Gespenst die Schläge
annehmen, wie sie fielen.

Damit war nun die Sache abgetan, und man hat weiter
nichts mehr davon erfahren, als dass der Eigentümer des
Gerstenackers ein paar Wochen lang mit blauen und gelben
Zieraten im Gesicht herumging und von dieser Stunde an
kein Gespenst mehr auf dem Kirchhof zu sehen war. Denn
solche Leute wie unser handfester Ehrenmann, das sind
allein die rechten Geisterbanner, und es wäre zu wünschen,
dass jeder andere Betrüger und Gaukelhans ebenso sein
Recht und seinen Meister finden möchte.

Das wohlfeile Mittagessen

Es ist ein altes Sprichwort: Wer andern eine Grube gräbt,
fällt selber darein. — Aber der Löwenwirt in einem gewissen
Städtlein war schon vorher darin. Zu diesem kam ein
wohlgekleideter Gast. Kurz und trotzig verlangte er für sein
Geld eine gute Fleischsuppe. Hierauf forderte er auch ein
Stück Rindfleisch und ein Gemüs für sein Geld. Der Wirt
fragte ganz höflich, ob ihm nicht auch ein Glas Wein
beliebe? "O freilich ja!", erwiderte der Gast, "wenn ich etwas
Gutes haben kann für mein Geld." Nachdem er sich alles
hatte wohl schmecken lassen, zog er einen abgeschliffenen
Sechser aus der Tasche und sagte: "Hier, Herr Wirt, ist mein
Geld." Der Wirt sagte: "Was soll das heissen? Seid Ihr mir
nicht einen Taler schuldig?" Der Gast erwiderte: "Ich habe
für keinen Taler Speise von Euch verlangt, sondern für mein
Geld. Hier ist mein Geld. Mehr hab' ich nicht. Habt Ihr mir
zuviel dafür gegeben, so ist's Eure Schuld." — Dieser Einfall
war eigentlich nicht weit her. Es gehörte nur
Unverschämtheit dazu, und ein unbekümmertes Gemüt, wie
es am Ende ablaufen werde. Aber das Beste kommt noch.
"Ihr seid ein durchtriebener Schalk", erwiderte der Wirt,
"und hättet wohl etwas anderes verdient. Aber ich schenke
Euch das Mittagessen und hier noch ein
Vierundzwanzigkreuzerstück dazu. Nur seid stille zur Sache
und geht zu meinem Nachbarn, dem Bärenwirt, und macht
es ihm ebenso!" Das sagte er, weil er mit seinem Nachbarn,
dem Bärenwirt, aus Brotneid in Unfrieden lebte und einer
dem andern jeglichen Tort und Schimpf gerne antat und
erwiderte. Aber der schlaue Gast griff lächelnd mit der einen
Hand nach dem angebotenen Geld, mit der andern
vorsichtig nach der Türe, wünschte dem Wirt einen guten
Abend, und sagte: "Bei Eurem Nachbarn, dem Herrn
Bärenwirt, bin ich schon gewesen, und eben der hat mich

zu Euch geschickt und kein anderer." So waren im Grunde beide hintergangen, und der dritte hatte den Nutzen davon. Aber der listige Kunde hätte sich noch obendrein einen schönen Dank von beiden verdient, wenn sie eine gute Lehre daraus gezogen und sich miteinander ausgesöhnt hätten. Denn Frieden ernährt, aber Unfrieden verzehrt.

Denkwürdigkeiten aus dem Morgenlande 1.

In der Türkei, wo es bisweilen etwas ungerade hergehen soll, trieb ein reicher und vornehmer Mann einen Armen, der ihn um eine Wohltat anflehte, mit Scheltworten und Schlägen von sich ab, und als er ihn nicht mehr erreichen konnte, warf er ihn noch mit einem Stein. Die es sahen, verdross es, aber niemand konnte erraten, warum der arme Mann den Stein aufhob und, ohne ein Wort zu sagen, in die Tasche steckte, und niemand dachte daran, dass er ihn von nun an so bei sich tragen würde. Aber das tat er.

Nach Jahr und Tag hatte der reiche Mann ein Unglück, nämlich er verübte einen Spitzbubenstreich, und wurde deswegen nicht nur seines Vermögens verlustig, sondern er musste auch nach dortiger Sitte zur Schau und Schande, rückwärts auf einen Esel gesetzt, durch die Stadt reiten. An Spott und Schimpf fehlte es nicht, und der Mann mit dem rätselhaften Stein in der Tasche stand unter den Zuschauern eben auch da, und erkannte seinen Beleidiger. Jetzt fuhr er schnell mit der Hand in die Tasche; jetzt griff er nach dem Stein; jetzt hob er ihn schon in die Höhe, um ihn wieder nach seinem Beleidiger zu werfen, und wie von einem guten Geist gewarnt, liess er ihn wieder fallen und ging mit einem bewegten Gesicht davon.

Daraus kann man lernen: Erstens, man soll im Glück nicht

übermütig, nicht unfreundlich und beleidigend gegen
geringe und arme Menschen sein. Denn es kann vor Nacht
leicht anders werden, als es am frühen Morgen war, und
"wer dir als Freund nichts nutzen kann, der kann vielleicht
als Feind dir schaden". Zweitens, man soll seinem Feind
keinen Stein in der Tasche und keine Rache im Herzen
nachtragen. Denn als der arme Mann den seinen auf die
Erde fallen liess und davonging, sprach er zu sich selber so:
"Rache an dem Feind auszuüben, so lange er reich und
glücklich war, das war töricht und gefährlich; jetzt wo er
unglücklich ist, wäre es unmenschlich und schändlich."

Denkwürdigkeiten aus dem Morgenlande 2.

Ein anderer meinte, es sei schön, Gutes zu tun an seinen
Freunden, und Böses an seinen Feinden. Aber noch ein
anderer erwiderte, das sei schön, an den Freunden Gutes zu
tun, und die Feinde zu Freunden zu machen.

Denkwürdigkeiten aus dem Morgenlande 3.

Es ist doch nicht alles so uneben, was die Morgenländer
sagen und tun.

Einer, namens Lockmann, wurde gefragt, wo er seine feinen
und wohlgefälligen Sitten gelernt habe? Er antwortete: "Bei
lauter unhöflichen und groben Menschen. Ich habe immer
das Gegenteil von demjenigen getan, was mir an ihnen nicht
gefallen hat."

Denkwürdigkeiten aus dem Morgenlande 4.

Ein anderer entdeckte seinem Freund das Geheimnis, durch
dessen Kraft er mit den zanksüchtigen Leuten immer in
gutem Frieden ausgekommen sei. Er sagte so: "Ein
verständiger Mann und ein törichter Mann können nicht

Tor zieht, so lässt der Verständige nach, und wenn jener
nachlässt, so zieht dieser. Aber wenn zwei Unverständige
zusammenkommen, so zerreissen sie eiserne Ketten.

Der Barbierjunge von Segringen

Man muss Gott nicht versuchen, aber auch die Menschen
nicht. Denn im vorigen Spätjahr kam in dem Wirtshause zu
Segringen ein Fremder von der Armee an, der einen starken
Bart hatte und fast wunderlich aussah, also dass ihm nicht
recht zu trauen war. Der sagt zum Wirt, eh' er etwas zu
essen und zu trinken fordert: "Habt Ihr keinen Barbier im
Ort, der mich rasieren kann?" Der Wirt sagt Ja und holt den
Barbierer. Zu dem sagt der Fremde: "Ihr sollt mir den Bart
abnehmen, aber ich habe eine kitzliche Haut. Wenn Ihr
mich nicht ins Gesicht schneidet, so bezahl' ich Euch vier
Kronentaler. Wenn Ihr mich aber schneidet, so stech' ich
Euch tot. Ihr wäret nicht der erste." Wie der erschrockene
Mann das hörte (denn der fremde Herr machte ein Gesicht,
als wenn es nicht vexiert wäre, und das spitzige, kalte Eisen
lag auf dem Tisch), so springt er fort und schickt den
Gesellen. Zu dem sagt der Herr das nämliche. Wie der Gesell
das nämliche hört, springt er ebenfalls fort und schickt den
Lehrjungen. Der Lehrjunge lässt sich blenden von dem Geld
und denkt: "Ich wag's. Geratet es und ich schneide ihn
nicht, so kann ich mir für vier Kronentaler einen neuen
Rock auf die Kirchweihe kaufen und einen Schnepper.
Geratet's nicht, so weiss ich, was ich tue", und rasiert den
Herrn. Der Herr hält ruhig still, weiss nicht, in welcher
entsetzlichen Todesgefahr er ist, und der verwegene
Lehrjunge spaziert ihm auch ganz kaltblütig mit dem
Messer im Gesicht und um die Nase herum, als wenn's nur
um einen Sechser oder im Fall eines Schnittes um ein

Stücklein Zundel oder Fliesspapier darauf zu tun wäre und nicht um vier Kronentaler und um ein Leben, und bringt ihm glücklich den Bart aus dem Gesicht ohne Schnitt und ohne Blut und dachte doch, als er fertig war: "Gottlob!"

Als aber der Herr aufgestanden war und sich im Spiegel beschaut und abgetrocknet hatte und gibt dem Jungen die vier Kronentaler; sagt er zu ihm: "Aber junger Mensch, wer hat dir den Mut gegeben, mich zu rasieren, so doch dein Herr und der Gesell sind fortgesprungen? Denn wenn du mich geschnitten hättest, so hätt' ich dich erstochen." Der Lehrjunge aber bedankte sich lächelnd für das schöne Stück Geld und sagte: "Gnädiger Herr, Ihr hättet mich nicht verstochen, sondern wenn Ihr gezuckt hättet und ich hätt' Euch ins Gesicht geschnitten, so wär' ich Euch zuvorgekommen, hätt' Euch augenblicklich die Gurgel abgehauen und wäre auf- und davongesprungen." Als aber der fremde Herr das hörte und an die Gefahr dachte, in der er gesessen war, ward er erst blass vor Schrecken und Todesangst, schenkte dem Burschen noch einen Kronentaler extra und hat seitdem zu keinem Barbier mehr gesagt: "Ich steche dich tot, wenn du mich schneidest."

Der betrogene Krämer

Ein Rubel ist in Russland eine Silbermünze und beträgt 27 Batzen hin oder her, ein Imperial aber ist ein Goldstück und tut zehen Rubel; deswegen kann man wohl für einen Imperial einen Rubel bekommen, zum Beispiel, wenn man in den Karten neun Rubel verliert, aber nicht für einen Rubel einen Imperial. Allein ein schlauer Soldat in Moskau sagte doch: "Was gilt's? morgen auf dem Jahrmarkt will ich mit einem Rubel einen doppelten Imperial angeln." Als den

andern Tag in langen Reihen von Kaufläden der Jahrmarkt
aufging, vor allen Ständen standen schon die Leute, lobten
und tadelten, boten ab und boten zu, und die Menge ging
auf und ging ab, und die Knaben grüssten die Mägdlein,
kommt auf einmal der Soldat mit einem Rubel in den
Händen. "Wem gehört dieser Kaisertaler, dieser Rubel?
Gehört er Euch?" fragt er jeden Krämer an jedem Stand.
Einer, der ohnehin nicht viel Geld löste und lange zusah,
dachte endlich: wenn dich dein Geld an die Finger brennt,
die meinigen sind nicht so blöde. "Hieher, Musketier, der
Rubel ist mein." Der Soldat sagte: "Wenn Ihr mir nicht
gerufen hättet, ich hätt' Euch schwerlich gefunden unter der
Menge", und gibt ihm den Rubel. Der Kaufmann betrachtet
ihn hin und her und klingelt daran, ob er gut sei; ja, er war
gut, und steckt ihn in die Tasche. "Seid so gut und gebt mir
denn jetzt auch meinen Imperial", sagte der Musketier. Der
Kaufmann erwiderte: "Ich habe keinen Imperial von Euch,
so bin ich Euch keinen schuldig. Da habt Ihr Euren
einfältigen Rubel wieder, wenn Ihr nur Spass wollt
machen." Aber der Musketier sagte: "Meinen zweifältigen
Imperial gebt mir heraus, mein Spass ist Ernst, und die
Marktwache, die Polizei wird zu finden sein." Ein Wort gab
das andere, das glimpfliche gab das trotzige, und das
trotzige gab das schnöde, und es hängt sich an den Stand
mit Leuten an, wie ein Bart an einem Bienenkorb. Auf
einmal bohrt etwas wie ein Maulwurf durch die Menge.
"Was geht hier vor?" fragte der Polizeisergeant, als er sich
mit seinen Leuten durch die Menge durchgebohrt hatte.
"Was geht vor? frag' ich." Der Krämer wusste wenig zu
sagen, aber desto mundfertiger war der Musketier. Vor
keiner Viertelstunde, erzählte er, hab' er diesem Mann für
einen Rubel abgekauft, das und das. Als er ihn bezahlen
wollte, in allen Taschen hatte er kein Geld gefunden, nur
einen doppelten Imperial, den ihm sein Pate geschenkt hatte,
als er gezogen wurde. So habe er ihm den Imperial als

Unterpfand zurückgelassen, bis er den Rubel bringe. Wie er mit dem Rubel wieder kommen sei, hab' er den rechten Kaufladen nimmer gefunden und an allen Ständen gefragt: "Wem bin ich einen Rubel schuldig?" so habe dieser da gesagt, er sei derjenige, und sei's auch und habe ihm auch den Rubel abgenommen, aber von dem Imperial wolle er nichts wissen. "Wollt Ihr ihn jetzt gutwillig herausgeben oder nicht?" Als aber der Polizeisergeant die Umstehenden fragte und die Umstehenden sagten: ja, der Musketier habe an allen Kaufläden gefragt, wem der Rubel gehöre, und dieser habe bekannt, er gehöre ihm und habe ihn auch angenommen und daran geklingelt, ob er probat sei. Als der Polizeihauptmann das hörte, so gab er den Bescheid: "Habt Ihr Euren Rubel bekommen, so gebt dem Soldaten auch seinen Imperial zurück, oder man petschiert Euch Euren Stand mit Lattnägeln zusammen, und Ihr werdet zwischen Euren eigenen Brettern eingeschachtelt und eingeschindelt, und könnt Ihr alsdann lang Hunger leiden, so könnt Ihr auch lang leben." Das sagte der Anführer der Polizeiwache, und wer dem Musketier für seinen Rubel einen Imperial herausgeben musste, war der Kaufmann.

Merke: Fremdes Gut frisst das eigene, wie neuer Schnee den
alten.

Der Bock

Einst im strengen Winter, an einem Sonntag abends, fuhr
eine fremde, wunderschöne Frau den Schliengener Berg
hinauf, und als auf einmal die Pferde stillstanden, waren sie
auch klüger als ein Bauersmann, der vor ihnen mitten im
Weg und im Schnee lag und schlief. Denn die Pferde hatten
nur Haber im Leib, aber der Bauersmann Branntewein und
kam von unten herauf, wollte nach Kandern gehen,
verfehlte aber in Schliengen den Rang. Die wunderschöne
Frau liess ihn wecken. "Fehlt Euch etwas, guter Mann, oder
seid Ihr sonst in den Schnee gefallen?" - "Nein", stammelte
der Bauersmann, " da ist mir eine schwarze Katze mit
feurigen Augen vor meinen Augen herumgefackelt und hat
mich irregeführt und schlaftrunken gemacht, und wenn ich
weiss, wo ich bin, —so weiss es"—das Kind im Mutterleib,
wollte er etwa sagen, aber er brachte es nicht heraus. —"Ihr
seid betrunken, guter Mann, und wenn Ihr hier liegen
bleibt, müsst Ihr erfrieren."—"Wenn ich betrunken bin",
fragte er, "habt Ihr mir den Rausch bezahlt, oder hab' ich
ihn bezahlt, oder bin ich ihn nicht vielmehr noch schuldig?"
Als aber die Frau, so freundlich sie ist und sein kann, ihm
zuredete, vornen auf den Bock zu sitzen bis zum nächsten
Ort, — "Bock sitzen?" dachte er in seinem erschrecklichen
Rausch und fing auf einmal an, aus einem andern Ton zu
sprechen. "Ihr seid die schwarze Katze und habt Euch in
eine heidnische Prinzessin verwandelt. Um Gottes willen,
verschont mich nur diesmal!" Denn er dachte an einen
andern Bock, auf dem die Hexen reiten, und jetzt geh' es

zum Pech- und Schwefel-Brünnlein, und nicht zur Kalten
Herberge, die auf dem Schliengener Berg steht, sondern zur
heissen. In seinem Leben wollte er keinen Rausch mehr
trinken. Allein das half alles nichts, sondern der Kutscher,
der Postillion von Müllheim, band ihn auf den Bock. Und so
fuhr er mausstill und in ängstlicher Erwartung seines
Schicksals mit bis zur Station. Auf der Station aber, auf
Kaltenherberge, legten ihn die Postknechte in einen warmen
Kuhstall und liessen ihn seinen Rausch dort ausschlafen.
Aber noch bis, auf diese Stunde glaubt der Mann, er sei
verhext und bezaubert gewesen, und hat seitdem keinen
Rausch mehr getrunken, ausgenommen an den Werktagen.

Dies Geschichtlein ist wahr, und wenn's auch nicht
zwischen
Schliengen und Kaltenherberge sollte geschehen sein, und
der
Hausfreund kennt die schöne Frau. Hat sie's ihm nicht
selber
geschrieben von Freiburg aus im Üchtland?

Der falsche Edelstein

In einem schönen Garten vor Strassburg vor dem
Metzgertor, wo jedermann für sein Geld hineingehen und
lustig und honett sein darf, da sass ein wohlgekleideter
Mann, der auch sein Schöpplein trank, und hatte einen
Ring am Finger mit einem kostbaren Edelstein und spiegelte
den Ring. So kommt ein Jude und sagt: "Herr, Ihr habt
einen schönen Edelstein in Eurem Fingerring, dem wär' ich
auch nicht feind. Glitzert er nicht wie das Urim und
Thummim in dem Brustschildlein des Aharons?" Der
wohlgekleidete Fremde sagte ganz kurz und trocken: "Der

Stein ist falsch; wenn er gut wäre, steckte er wohl an einem andern Finger als an dem meinigen." Der Jud bat den Fremden, ihm den Ring in die Hand zu geben. Er wendet ihn hin, er wendet ihn her, dreht den Kopf rechts, dreht den Kopf links. Soll dieser Stein nicht echt sein? dachte er und bot dem Fremden für den Ring zwei neue Dublonen. Der Fremde sagte ganz unwillig: "Was soll ich Euch betrügen? Ihr habt es schon gehört, der Stein ist falsch." Der Jude bittet um Erlaubnis, ihn einem Kenner zu zeigen, und einer, der dabei sass, sagte: "Ich stehe gut für den Israeliten, der Stein mag wert sein, was er will." Der Fremde sagte: "Ich brauche keinen Bürgen, der Stein ist nicht echt."

In dem nämlichen Garten sass damals an einem andern Tisch auch der Hausfreund mit seinen Gevatterleuten, und waren auch lustig und honett für ihr Geld, nämlich für das Geld der Gevatterleute, und einer davon ist ein Goldschmied, der's versteht. Einem Soldaten, der in der Schlacht bei Austerlitz die Nase verloren hatte, hat er eine silberne angesetzt und mit Fleischfarbe angestrichen, und die Nase war gut. Nur einblasen einen lebendigen Odem in die Nase, das konnte er nicht. Zu dem Gevattermann kommt der Jude. "Herr", sagte er, "soll dieses kein echter Edelstein sein? Kann der König Salomon einen schönern in der Krone getragen haben?" Der Gevattermann, der auch ein halber Sternseher ist, sagte: "Er glänzt wie am Himmel der Aldebaran. Ich verschaffe Euch neunzig Dublonen für den Ring. Was Ihr ihn wohlfeiler bekommt, ist Euer Schmus." Der Jud kehrt zu dem Fremden zurück. "Echt oder unecht, ich gebe Euch sechs Dublonen", und zählte sie auf den Tisch, funkelnagelneu. Der Fremde steckte den Ring wieder an den Finger und sagte jetzt: "Er ist mir gar nicht feil. Ist der falsche Edelstein so gut nachgemacht, dass Ihr ihn für einen rechten haltet, so ist er mir auch so gut", und steckte die Hand in die Tasche, dass der lüsterne Israelit den Stein

gar nicht mehr sehen sollte.—"Acht
Dublonen."—"Nein."—"Zehn Dublonen." "Nein."—"Zwölf—
vierzehn—fünfzehn Dublonen." "Meinetwegen", sagte
endlich der Fremde, "wenn Ihr mir keine Ruhe lassen und
mit Gewalt wollt betrogen sein. Aber ich sage es Euch vor
allen diesen Herren da, der Stein ist falsch, und ich gebe
Euch kein gut Wort mehr dafür. Denn ich will keinen
Verdruss haben. Der Ring ist Euer."

Jetzt brachte der Jud voll Freude dem Gevattermann den
Ring. "Morgen komm ich zu Euch und hole das Geld." Aber
der Gevattermann, den noch niemand angeführt hat,
machte ein paar grosse Augen. "Guter Freund, das ist nicht
mehr der nämliche Ring, den Ihr mir vor zwei Minuten
gezeigt habt. Dieser Stein ist zwanzig Kreuzer wert
zwischen Brüdern. So macht man sie bei Sankt Blasien im
Eieli in der Glashütte." Denn der Fremde hatte wirklich
einen falschen Ring in der Tasche, der völlig wie der gute
aussah, den er zuerst am Finger spiegelte, und während der
Jud mit ihm handelte und er die Hand in der Tasche hatte,
streifte er mit dem Daumen den echten Ring vom Finger ab
und steckte den Finger in den falschen, und den bekam der
Jud. Da fuhr der Betrogene, als wenn er auf einer
brennenden Rakete geritten wäre, zu dem Fremden zurück:
"Au waih, au waih! Ich bin ein betrogener Mann, ein
unglücklicher Mann, der Stein ist falsch." Aber der Fremde
sagte ganz kaltblütig und gelassen: "Ich hab' ihn Euch für
falsch verkauft. Diese Herren hier sind Zeugen. Der Ring ist
Euer. Hab' ich Euch ihn angeschwätzt, oder habt Ihr ihn
mir abgeschwätzt?" Alle Anwesenden mussten gestehen: "Ja,
er hat ihm den Stein für falsch verkauft und gesagt: der
Ring ist Euer."

Also musste der Jud den Ring behalten, und die Sache
wurde nachher vertuscht.

Der fechtende Handwerksbursche in Anklam

Im August des Jahrs 1804 stand in der Stadt Anklam in
Pommern ein reisender Handwerksbursche an einer
Stubentüre und bat um einen Zehrpfennig ganz fleissig. Als
sich niemand sehen liess noch rührte, öffnete er leise die
Türe und ging hinein. Als er eine arme und kranke Witwe
erblickte, die da sagte, sie habe selber nichts, so ging er
wieder hinaus.

Lieber Leser, denke nicht, der hat's lassen drauf ankommen,
ob jemand in der Stube ist, hat seinen Zehrpfennig selber
wollen nehmen. Sonst musst du dich schämen und in
deinem Herzen einem edeln Menschen Abbitte tun. Denn
der Handwerksbursche kam nach ungefähr fünf Stunden
wieder. Die Frau, rief ihm zwar entgegen: "Mein Gott! ich
kann Euch ja nichts geben. Ich selbst lebe von anderer
Menschen Milde und bin jetzt krank." Allein der edle
Jüngling dachte bei sich selber: Eben deswegen. Anständig
und freundlich trat er bis vor den Tisch, legte aus beiden
Taschen viel Brot darauf, das er unterdessen gesammelt
hatte, und viele auf gleiche Art gesammelte kleine
Geldstücke. "Das ist für Euch, arme, kranke Frau", sagte er
mit sanftem Lächeln, ging wieder fort und zog leise die
Stubentüre zu. Die Frau war die Witwe eines ehemaligen
braven Unteroffiziers namens Laroque bei dem preussischen
Regiment von Schönfeld.

Den Namen des frommen Jünglings aber hat ein Engel im
Himmel für ein ander Mal aufgeschrieben. Ich kann nicht
sagen, wie er heisst.

Der fremde Herr

Einem Schneider in der Stadt waren seit ein paar Jahren die Nadeln ein wenig verrostet und die Schere zusammengewachsen; also nährt er sich, so gut er kann. "Gevatter", sagt zu ihm der Peruckenmacher, "Ihr tragt nicht gerne schwer; wollt Ihr nicht dem Herrn Dechant von Brassenheim eine neue Perücke bringen in einer Schachtel? Sie ist leicht, und er zahlt Euch den Gang."—"Gevatter", sagt der Schneider, "es ist ohnedem Jahrmarkt in Brassenheim. Leiht mir die Kleider, die Euch der irrende Ritter im Versatz gelassen hat, der Euch angeschmiert hat, so stell' ich auf dem Jahrmarkt etwas vor." Der Adjunkt hat die Tugend, wenn er auf drei Stunden im Revier einen Markt weiss, so ist ihm der Gang auch nicht zu weit, und ist er von dem Hausfreund wohl bezahlt, so gibt er dem Jahrmarkt viel zu lösen für neue weltliche Lieder und feine Damaszener Maultrommeln. Also sass jetzt der Adjunkt auch zu Brassenheim im Wilden Mann und musterte die Lieder. Erstes Lied: Ein Lämmlein trank vom frischen usw. Zweites Lied: Schönstes Hirschlein über die Massen usw. Drittes Lied: Kein schöner Leben auf Erden usw. und probierte die Trommeln. Kommt auf einmal der Schneider herein mit rotem Rock, hirschledernen Beinkleidern, Halbstiefeln und Zotteln daran und zwei Sporen. Der Wirt zog höflich die Kappe ab, die Gäste auch, und: "Hat Euch, Herr Ritter, der Hausknecht das Pferd schon in den Stall geführt?" fragte ihn der Wirt. "Mein Normänder, der Scheck?" sagte der Schneider.

"Ich hab' ihn au Cerf eingestellt, im Hirschen. Ich will hier nur ein Schöpplein trinken. Ich bin der berühmte Adelstan und reise auf Menschenkenntnis und Weinkunde. Platz da!" sagte er zum Adjunkt. "Holla", denkt der Adjunkt, "der meint auch, grob sei vornehm. Was gilt's, er ist nicht weit her?" Als aber der Schneider die Gerte breit über den Tisch

Leute mit einem Brennglas und den Adjunkt auch, steht der
Adjunkt langsam auf und sagt dem Wirt etwas halblaut in
das Ohr. Ein Ehninger, der es hörte, sagt: "Herr
Landsmann, Ihr seid auf der rechten Spur. Ich hab' ihn
gesehn die Stiefel am Bach abwaschen und eine Gerte
schneiden. Er ist zu Fuss gekommen." Ein Scherenschleifer
sagte: "Ich kenn' ihn wohl, er ist einmal ein Schneider
gewesen. Jetzt hat er sich zur Ruh' gesetzt und tut
Botengänge um den Lohn." Also geht der Wirt ein wenig
hinaus und kommt wieder herein. "So kann denn doch kein
hiesiger Markt ohne ein Unglück vorübergehen", sagt er im
Hereinkommen. "Da suchen die Hatschierer in allen
Wirtshäusern einen Herrn in einem roten Rocke, der heute
durch die Dörfer galoppiert ist und ein Kind zu Tod geritten
hat." Da schauten alle Gäste den Ritter Adelstan an; der
sagte in der Angst: "Mein Rock ist eher gelb als rot." Aber
der Ehninger sagte: "Nein, aber Euer Gesicht ist eher blass
als gelb, und hat auf einmal viel Schweisstropfen darauf
geregnet. Gestehts, Ihr seid nicht geritten."—"Doch, er ist
geritten", sagte der Wirt; "ich hab' ihm eben das Ross
draussen angebunden. Es ist losgerissen im Hirsch und
sucht ihn. Hat nicht Euer Normänder die Mähnen unten
am Hals und gespaltene Hufe, und wenn er wiehert, sollte
man schier nicht meinen, dass es ein Ross ist! Zahlt Euer
Schöpplein und reitet ordentlich heim." Als er aber vor das
Haus kam und den Normänder sah, den ihm der Wirt an
die Türe gebunden hat, wollte er nicht aufsitzen, sondern
ging zu Fuss zum Flecken heraus und wurde von den
Gästen entsetzlich verhöhnt.

Merke: Man muss nie mehr scheinen wollen, als man ist
und als man sich zu bleiben getrauen kann wegen der
Zukunft.

Der Fremdling in Memel

Oft sieht die Wahrheit wie eine Lüge aus. Das erfuhr ein
Fremder, der vor einigen Jahren mit einem Schiff aus
Westindien an den Küsten der Ostsee ankam. Damals war
der russische Kaiser bei dem König von Preussen auf
Besuch. Beide Potentaten standen in gewöhnlicher
Kleidung, ohne Begleitung, Hand in Hand, als zwei rechte
gute Freunde beieinander am Ufer. So etwas sieht man nicht
alle Tage. Der Fremde dachte auch nicht dran, sondern ging
ganz treuherzig auf sie zu, meinte, es seien zwei Kaufleute
oder andere Herren aus der Gegend, und fing ein Gespräch
mit ihnen an, war begierig, allerlei Neues zu hören, das seit
seiner Abwesenheit sich zugetragen habe. Endlich, da die
beiden Monarchen sich leutselig mit ihm unterhielten, fand
er Veranlassung, den einen auf eine höfliche Art zu fragen,
wer er sei. "Ich bin der König von Preussen", sagte der eine.
Das kam nun dem fremden Ankömmling schon ein wenig
sonderbar vor. Doch dachte er: Es ist möglich, und machte
vor dem Könige ein ehrerbietiges Kompliment. Und das war
vernünftig. Denn in zweifelhaften Dingen muss man immer
das Sicherste und Beste wählen und lieber eine Höflichkeit
aus Irrtum begehen als eine Grobheit.

Als aber der König weiter sagte und auf seinen Begleiter
deutete: "Dies ist Se. Majestät der russische Kaiser", da war's
doch dem ehrlichen Mann, als wenn zwei lose Vögel ihn
zum besten haben wollten, und sagte: "Wenn ihr Herren mit
einem ehrlichen Mann euern Spass haben wollt, so sucht
einen andern als ich bin. Bin ich deswegen aus Westindien
hierher gekommen, dass ich euer Narr sei?"— Der Kaiser
wollte ihn zwar versichern, dass er allerdings derjenige sei.
Allein der Fremde gab kein Gehör mehr. "Ein russischer
Spassvogel möget Ihr sein", sagte er. Als er aber nachher im

da kam er ganz demütig wieder, bat fussfällig um
Vergebung, und die grossmütigen Potentaten verziehen
ihm, wie natürlich, und hatten hernach viel Spass an dem
Vorfall.

Der fromme Rat

Ein achtzehnjähriger Jüngling ging, noch unerfahren,
katholisch und fromm, zum ersten Mal aus der Eltern Haus
auf die Wanderschaft. In der ersten grossen Stadt auf der
Brücke blieb er stehen und wollte rechts und links ein
wenig umschauen, weil er fürchtete, es möchten ihm
nimmer viel solche Brücken kommen, an welche unten und
oben solche Städte angebaut seien wie diese. Als er aber
rechts umschaute, kam daher von einer Seite ein Pater und
trug das hochwürdige Gut, vor welchem jeder Katholik
niederkniet, der demütig ist und es recht meint. Als er aber
links umschaute, kam von der andern Seite der Brücke auch
ein Pater und trug auch das hochwürdige Gut, vor welchem
jeder Katholik niederkniet, der demütig ist und es recht
meint, und beide waren ihm schon ganz nahe, und beide
waren im Begriff, an ihm vorbeizugehen im nämlichen
Augenblick, der eine links von daher, der andere rechts von
dorther. Da wusste sich der arme Mensch nicht zu helfen,
vor welchem hochwürdigen Gut er niederknien, und
welches er mit Gebet und Liebe grüssen soll, und es war ihm
auch schwer zu raten. Als er aber den einen Pater mit
Bekümmernis anschaute und ihn gleichsam mit den Augen
fragte und bat, was er tun sollte, lächelte der Pater wie ein
Engel freundlich die fromme Seele an und hob die Hand und
den Zeigefinger gegen den hohen und sonnenreichen
Himmel hinauf. Nämlich vor dem dort oben soll er
niederknien und ihn anbeten. Das weiss der Hausfreund zu

loben und hochzuachten, obwohl er noch nie einen
Rosenkranz gebetet hat; sonst schrieb' er den lutherischen
Kalender nicht.

Der Furtwanger in Philippsburg

Im Jahre 1734, als der Franzos Sturm lief auf Philippsburg,
und die Reichstruppen lagen darin, steht ein Rekrut, ein
Furtwanger, auf einem einsamen Posten seitwärts vom
Angriff und denkt: "Wenn's nur nicht hieher kommt!"
Indem wächst ganz leise eine französische Grenadierkappe
hinter dem Rempart herauf, und kommt ein Kopf nach mit
einem Schnauzbart, wie wenn der Mond aufgeht hinter den
Bergen. Denn ein paar Dutzend Waghälse hatten draussen
eine Sturmleiter angelegt, um unbeschrien auf den Rempart
zu kommen, und sahen die Schildwache nicht, dass eine da
sei. Springt der Furtwanger herbei und gibt dem Franzosen
einen Stich. Pfeifen auf einmal Kugeln genug um ihn her
aus Windbüchsen, und geht ein zweites Franzosengesicht
auf hinter dem Rempart. Gibt ihm der Furtwanger auch
einen Stich und sagt: "Aber jetzt kommst du nimmer." Item:
es kam der dritte und der vierte und bis zum zwölften. Als
der Sturm abgeschlagen war und der Platzkommandant auf
dem Platz herumritt, ob alles in der Ordnung sei, sieht er
von weitem die Sturmleiter und zwölf tote Franzosen dabei,
und wie er zu dem Posten kommt, fragt er den Furtwanger:
"Was hat's hier gegeben?"—"So?" sagt der Furtwanger, "Ihr
habt gut fragen. Wisst Ihr, dass mir einer mehr zu schaffen
gemacht hat als Euch alle? Nur zwölfmal hintereinander hat
er angesetzt. Unten im Graben muss er liegen." Denn er
meinte, es sei immer der nämliche gewesen, und es könne
nur mit dem Bösen zugegangen sein, dass ihm allemal

Kommandant und die Offiziere, so mit ihm waren, und
nahm ihm seinen Unverstand nicht übel, sondern er liess
ihm für jeden ein Halbguldenstück Stechgeld bezahlen, und
durfte er überdies selbigen Abend auf Rechnung der Reichs-
Operationskasse Wein trinken und Speck essen, so viel er
wollte.

Der geduldige Mann

Ein Mann, der eines Nachmittags müde nach Hause kam,
hätte gern ein Stück Butterbrot mit Schnittlauch darauf
gegessen oder etwas von einem geräucherten Bug. Aber die
Frau, die im Haus ziemlich der Meister war und in der
Küche ganz, hatte den Schlüssel zum Küchenkästlein in der
Tasche und war bei einer Freundin auf Besuch. Er schickte
daher die Magd und den Knecht, eins um das andere, die
Frau soll heimkommen oder den Schlüssel schicken. Sie
sagte allemal: "Ich komm' gleich, er soll nur ein wenig
warten." Als ihm aber die Geduld immer näher
zusammenging und der Hunger immer weiter auseinander,
trägt er und der Knecht das verschlossene Küchenkästlein in
das Haus der Freundin, wo seine Frau zum Besuch war und
sagt zu seiner Frau: "Frau, sei so gut und schliess mir das
Kästlein auf, dass ich etwas zum Abendessen nehmen kann,
sonst halt' ich's nimmer aus." Also lachte die Frau und
schnitt ihm ein Stücklein Brot herab und etwas vom Bug.

Der geheilte Patient

Reiche Leute haben trotz ihrer gelben Vögel doch manchmal
auch allerlei Lasten und Krankheiten auszustehen, von
denen gottlob der arme Mann nichts weiß, denn es gibt

Krankheiten, die nicht in der Luft stecken, sondern in den vollen Schüsseln und Gläsern und in den weichen Sesseln und seidenen Betten, wie jener reiche Amsterdamer ein Wort davon reden kann. Den ganzen Vormittag saß er im Lehnsessel und rauchte Tabak, wenn er nicht zu faul war, oder hatte Maulaffen feil zum Fenster hinaus, aß aber zu Mittag doch wie ein Drescher, und die Nachbarn sagten manchmal: "Windet's draußen oder schnauft der Nachbar so?" Den ganzen Nachmittag aß und trank er ebenfalls bald etwas Kaltes, bald etwas Warmes, ohne Hunger und ohne Appetit, aus lauter Langeweile bis an den Abend, so daß man bei ihm nie redet sagen konnte, wo das Mittagessen aufhörte und wo das Nachtessen anfing. Nach dem Nachtessen legte er sich ins Bett und war so müd, als wenn er den ganzen Tag Steine abgeladen oder Holz gespalten hätte. Davon bekam er zuletzt einen dicken Leib, der so unbeholfen war wie ein Sack. Essen und Schlaf wollten ihm nimmer schmecken, und er war lange Zeit, wie es manchmal geht, nicht redet gesund und nicht recht krank; wenn man aber ihn selber hörte, so hatte er 365 Krankheiten, nämlich alle Tage eine andere.

Alle Ärzte, die in Amsterdam sind, mußten ihm raten. Er verschluckte ganze Feuereimer voll Mixturen und ganze Schaufeln voll Pulver und Pillen wie Enteneier so groß, und man nannte ihn zuletzt scherzweise nur die zweibeinige Apotheke. Aber alles Doktern half ihm nichts, denn er befolgte nicht, was ihm die Arzte befahlen, sondern sagte: "Wofür bin ich ein reicher Mann, wenn ich leben soll wie ein Hund, und der Doktor will mich nicht gesund machen für mein Geld?" Endlich hörte er von einem Arzt, der hundert Stunden weit weg wohnte, der sei so geschickt, daß die Kranken gesund würden, wenn er sie nur redet anschaue, und der Tod geh' ihm aus dem Wege, wo er sich sehen lasse.

seinen Umstand. Der Arzt merkte bald, was ihm fehlte,
nämlich nicht Arznei, sondern Mäßigkeit und Bewegung,
und sagte: "Wart', dich will ich bald kuriert haben."
Deswegen schrieb er ihm ein Brieflein folgenden Inhalts:
"Guter Freund, Ihr habt einen schlimmen Umstand, doch
wird Euch zu helfen sein, wenn Ihr folgen wollt. Ihr habt
ein böses Tier im Bauch, einen Lindwurm mit sieben
Mäulern. Mit dem Lindwurm muß ich selber reden, und Ihr
müßt zu mir kommen. Aber für's erste, so dürft Ihr nicht
fahren oder auf dem Rößlein reiten, sondern auf des
Schuhmachers Rappen, sonst schüttelt Ihr den Lindwurm,
und er beißt Euch die Eingeweide ab, sieben Därme auf
einmal ganz entzwei. Fürs andere dürft Ihr nicht mehr essen
als zweimal des Tages einen Teller voll Gemüs, mittags ein
Bratwürstlein dazu, und nachts ein Ei, und am Morgen ein
Fleischsüpplein mit Schnittlauch drauf. Was Ihr mehr esset,
davon wird nur der Lindwurm größer, so daß er Euch die
Leber verdrückt, und der Schneider hat Euch nimmer viel
anzumessen, aber der Schreiner. Dies ist mein Rat, und
wenn Ihr mir nicht folgt, so hört Ihr im anderen Frühjahr
den Kuckuck nimmer schreien. Tut, was Ihr wollt!" Als der
Patient so mit sich reden hörte, ließ er sich sogleich den
anderen Morgen die Stiefel salben und machte sich auf den
Weg, wie ihm der Doktor befohlen hatte. Den ersten Tag
ging es so langsam, daß eine Schnecke hätte können sein
Vorreiter sein, und wer ihn grüßte, dem dankte er nicht,
und wo ein Würmlein auf der Erde kroch, das zertrat er.
Aber schon am zweiten und am dritten Morgen kam es ihm
vor, als wenn die Vögel schon lange nimmer so lieblich
gesungen hätten, und der Tau schien ihm so frisch und die
Kornrosen im Felde so rot, und alle Leute, die ihm
begegneten, sahen so freundlich aus, und er auch; und alle
Morgen, wenn er aus der Herberge ausging, war's schöner,
und er ging leichter und munterer dahin, und als er am
achtzehnten Tage in der Stadt des Arztes ankam und den

anderen Morgen aufstand, war es ihm so wohl, daß er sagte:
"Ich hätte zu keiner ungeschickteren Zeit können gesund
werden als jetzt, wo ich zum Doktor soll. Wenn's mir doch
nur ein wenig in den Ohren brauste, oder das Herzwasser
lief' mir." Als er zum Doktor kam, nahm ihn der Doktor bei
der Hand und sagte ihm: "jetzt erzählt mir denn noch
einmal von Grund aus, was Euch fehlt." Da sagte er: "Herr
Doktor, mir fehlt gottlob nichts, und wenn Ihr so gesund
seid wie ich, so soll's mich freuen." Der Doktor sagte: "Das
hat Euch. ein guter Geist geraten, daß Ihr meinem Rat
gefolgt habt. Der Lindwurm ist jetzt abgestanden. Aber Ihr
habt noch Eier im Leib, deswegen müßt Ihr wieder zu Fuß
heimgehen und daheim fleißig Holz sägen und nicht mehr
essen, als Euch der Hunger ermahnt, damit die Eier nicht
ausschlupfen, so könnt Ihr ein alter Mann werden", und
lächelte dazu.

Aber der reiche Fremdling sagte: "Herr Doktor, Ihr seid ein
feiner
Kauz, und ich versteh Euch wohl', und hat nachher dem
Rat gefolgt
und siebenundachtzig Jahre, vier Monate, zehn Tage gelebt,
wie ein
Fisch im Wasser so gesund, und hat alle Neujahr dem Arzt
zwanzig
Dublonen zum Gruß geschickt."

Der geheilte Patient

Reiche Leute haben trotz ihrer gelben Vögel doch manchmal
auch allerlei Lasten und Krankheiten auszustehen, von
denen gottlob! der arme Mann nichts weiss; denn es gibt
Krankheiten, die nicht in der Luft stecken, sondern in den

vollen Schüsseln und Gläsern und in den weichen Sesseln
und seidenen Bettern, wie jener hautreiche Amsterdamer ein
Wort davon reden kann. Den ganzen Vormittag sass er im
Lehnsessel und rauchte Tabak, wenn er nicht zu faul war,
oder hatte Maulaffen feil zum Fenster hinaus, ass aber zu
Mittag doch wie ein Drescher, und die Nachbarn sagten
manchmal: "Windet's draussen oder schnauft der Nachbar
so?"—Den ganzen Nachmittag ass und trank er ebenfalls,
bald etwas Kaltes, bald etwas Warmes, ohne Hunger und
ohne Appetit, aus lauter langer Weile, bis an den Abend,
also, dass man bei ihm nie recht sagen konnte, wo das
Mittagessen aufhörte, und wo das Nachtessen anfing. Nach
dem Nachtessen legte er sich ins Bett und war so müd, als
wenn er den ganzen Tag Steine abgeladen oder Holz
gespalten hätte. Davon bekam er zuletzt einen dicken Leib,
der so unbeholfen war wie ein Maltersack. Essen und Schlaf
wollte ihm nimmer schmecken, und er war lange Zeit, wie es
manchmal geht, nicht recht gesund und nicht recht krank;
wenn man aber ihn selber hörte, so hatte er 365
Krankheiten, nämlich alle Tage eine andere. Alle Ärzte, die
in Amsterdam sind, mussten ihm raten. Er verschluckte
ganze Feuereimer voll Mixturen und ganze Schaufeln voll
Pulver, und Pillen wie Enteneier so gross, und man nannte
ihn zuletzt scherzweise nur die zweibeinige Apotheke. Aber
alles Doktern half ihm nichts, denn er folgte nicht, was ihm
die Ärzte befahlen, sondern sagte: "Foudre, wofür bin ich
ein reicher Mann, wenn ich soll leben wie ein Hund, und
der Doktor will mich nicht gesund machen für mein Geld?"
Endlich hörte er von einem Arzt, der hundert Stund weit
wegwohnte, der sei so geschickt, dass die Kranken gesund
werden, wenn er sie nur recht anschaue, und der Tod geh'
ihm aus dem Weg, wenn er sich sehen lasse. Zu dem Arzt
fasste der Mann ein Zutrauen und schrieb ihm seinen
Umstand. Der Arzt merkte bald, was ihm fehle, nämlich
nicht Arznei, sondern Mässigkeit und Bewegung, und

sagte: "Wart', dich will ich bald kuriert haben." Deswegen
schrieb er ihm ein Brieflein folgenden Inhalts: "Guter
Freund, Ihr habt einen schlimmen Umstand; doch wird
Euch zu helfen sein, wenn Ihr folgen wollt. Ihr habt ein bös
Tier im Bauch, einen Lindwurm mit sieben Mäulern. Mit
dem Lindwurm muss ich selber reden, und Ihr müsst zu mir
kommen. Aber fürs erste, so dürft Ihr nicht fahren oder auf
dem Rösslein reiten, sondern auf des Schuhmachers Rappen,
sonst schüttelt Ihr den Lindwurm, und er beisst Euch die
Eingeweide ab, sieben Därme auf einmal ganz entzwei. Fürs
andere dürft Ihr nicht mehr essen, als zweimal des Tages
einen Teller voll Gemüs, Mittags ein Bratwürstlein dazu,
und Nachts ein Ei, und am Morgen ein Fleischsüpplein mit
Schnittlauch drauf. Was Ihr mehr esset, davon wird nur der
Lindwurm grösser, also, dass er Euch die Leber verdruckt,
und der Schneider hat Euch nimmer viel anzumessen, aber
der Schreiner. Dies ist mein Rat, und wenn Ihr mir nicht
folgt, so hört Ihr im andern Frühjahr den Kuckuck nimmer
schreien. Tut, was Ihr wollt!" Als der Patient so mit ihm
reden hörte, liess er sich sogleich den andern Morgen die
Stiefel salben und machte sich auf den Weg, wie ihm der
Doktor befohlen hatte. Den ersten Tag ging es so langsam,
dass perfekt eine Schnecke hätte können sein Vorreiter sein,
und wer ihn grüsste, dem dankte er nicht, und wo ein
Würmlein auf der Erde kroch, das zertrat er. Aber schon am
zweiten und am dritten Morgen kam es ihm vor, als wenn
die Vögel schon lange nimmer so lieblich gesungen hätten
wie heut, und der Tau schien ihm so frisch und die
Kornrosen im Feld so rot, und alle Leute, die ihm
begegneten, sahen so freundlich aus, und er auch; und alle
Morgen, wenn er aus der Herberge ausging, war's schöner,
und er ging leichter und munterer dahin, und als er am
achtzehnten Tage in der Stadt des Arztes ankam und den
andern Morgen aufstand, war es ihm so wohl, dass er sagte:

werden als jetzt, wo ich zum Doktor soll. Wenn's mir doch nur ein wenig in den Ohren brauste, oder das Herzwasser lief' mir." Als er zum Doktor kam, nahm ihn der Doktor bei der Hand und sagte ihm: "Jetzt erzählt mir denn noch einmal von Grund aus, was Euch fehlt." Da sagte er: "Herr Doktor, mir fehlt gottlob nichts, und wenn Ihr so gesund seid wie ich, so soll's mich freuen." Der Doktor sagte: "Das hat Euch ein guter Geist geraten, dass Ihr meinem Rat gefolgt habt. Der Lindwurm ist jetzt abgestanden. Aber Ihr habt noch Eier im Leib. Deswegen müsst Ihr wieder zu Fuss heimgehen und daheim fleissig Holz sägen, dass niemand sieht, und nicht mehr essen, als Euch der Hunger ermahnt, damit die Eier nicht ausschlupfen, so könnt Ihr ein alter Mann werden", und lächelte dazu. Aber der reiche Fremdling sagte: "Herr Doktor, Ihr seid ein feiner Kauz, und ich versteh' Euch wohl", und hat nachher dem Rat gefolgt und 87 Jahre, 4 Monate, 10 Tage gelebt, wie ein Fisch im Wasser so gesund, und hat alle Neujahr dem Arzt 20 Dublonen zum Gruss geschickt.

Der Generalfeldmarschall Suwarow

Das Stücklein von Suwarow im Kalender 1809 hat dem geneigten Leser nicht übel gefallen. Von ihm selber wäre viel Anmutiges zu erzählen. Wenn ein vornehmer Herr nicht hochmütig ist, sondern redet auch mit geringen Leuten und stellt sich manchmal, als wenn er nur ihresgleichen wäre, so sagt man zu seinem Lob: er ist ein gemeiner Herr. Suwarow konnte manchen schimmernden Ordensstern an die Brust hängen, manchen Diamantring an die Finger stecken, und aus mancher goldenen Dose Tabak schnupfen. War er nicht Sieger in Polen und in der Türkei, russischer Generalfeldmarschall und Fürst und an der Spitze von dreimal hunderttausend Mann, soviel als seinesgleichen ein anderer? Aber bei dem allen war er ein sehr gemeiner Herr. Wenn es nicht sein musste, so kleidete er sich nie wie ein General, sondern wie es ihm bequem war. Manchmal, wenn er kommandierte, so hatte er nur Einen Stiefel an. An dem andern Bein hing ihm der Strumpf herunter, und die Beinkleider waren auf der Seite aufgeknüpft. Denn er hatte einen Schaden am Knie.

Oft war er nicht einmal so gut gekleidet. Morgens, wenn's noch so frisch war, ging er aus dem Bett oder von der Streue weg vor dem Zelt im Lager spazieren, nackt und bloss wie Adam im Paradies, und liess ein paar Eimer voll kaltes Wasser über sich herabgiessen zur Erfrischung.

Er hatte keinen Kammerdiener und keinen Heiduck, nur einen Knecht, keine Kutsche und kein Ross. In dem Treffen setzte er sich aufs nächste beste.

Sein Essen war gemeine Soldatenkost. Niemand freute sich gross, wenn man von ihm zur Mittagsmahlzeit eingeladen wurde. Manchmal ging er zu den gemeinen Soldaten ins Zelt und war wie ihresgleichen. Wenn ihn auf dem Marsch oder im Lager, oder wo es war, etwas ankam, wo ein anderer an einen Baum steht oder hinter eine Hecke geht, da machte er kurzen Prozess. Seinetwegen durfte ihm jedermann zuschauen, wer's noch nie gesehen hat.

Bei den vornehmsten Gelegenheiten, wenn er in der kostbarsten Marschallsuniform voll Ehrenkreuzen und Ordenssternen dastand und, wo man ihn ansah, von Gold und Silber funkelte und klingelte, trieb er's doch wie ein säuberlicher Bauer, der wegwirft, was ein Herr in die Rocktasche steckt. Er schneuzte die Nase mit den Fingern, strich die Finger am Ärmel ab und nahm alsdann wieder

Also lebte der General und Fürst Italinsky-Suwarow.

Der geschlossene Magen

Als einst der Zirkelschmied wieder auf vier bis sechs Wochen
in gute Umstände gekommen war, lebte er so lange gar
ehrbar und häuslich mit seiner Frau, der Bärbel, und war in
keinem Wirtshaus mehr zu sehen. Nein, er ass alle Mittag
ein Pfündlein Fleisch mit ihr daheim und liess eine halbe
Mass Wein dazu holen aus dem Adler und gab auf ihre
Ermahnungen. Einmal jedoch, als es ihm besonders
schmeckte, schickte er nach dem Essen das Büblein heimlich
in das Wirtshaus, dass es noch eine Halbe holen sollte. Als
aber das Büblein die zweite Halbe brachte und auf den Tisch
stellte, schaute seine Frau ihn bittend an: "Männlein", sagte
sie, "lass es jetzt genug sein! Weisst du nicht, was im
Doktorbuch steht, dass der Magen nach dem Essen
geschlossen sei." Dem entgegen schaute der Zirkelschmied so
lieb und freundlich zuerst den Wein, hernach die Bärbel an:
"Liebes Weiblein", sagte er, "sei unbesorgt! Soll der Magen
auch geschlossen sein, so viel bring' ich noch wohl durch
das Schlüsselloch."

Der grosse Sanhedrin zu Paris

Dass die Juden seit der Zerstörung Jerusalems, das heisst,
seit mehr als 1700 Jahren, ohne Vaterland und ohne
Bürgerrecht auf der ganzen Erde in der Zerstreuung leben;
dass die meisten von ihnen, ohne selber etwas Nützliches zu
arbeiten, sich von den arbeitenden Einwohnern eines
Landes nähren; dass sie daher auch an vielen Orten als
Fremdlinge verachtet, misshandelt und verfolgt werden, ist

Gott bekannt und leid. — Mancher sagt daher im
Unverstand: "Man sollte sie alle aus dem Lande jagen." Ein
anderer sagt im Verstand: "Man sollte arbeitsame und
nützliche Menschen aus ihnen machen und sie alsdann
behalten."

Der Anfang dazu ist gemacht. Merkwürdig für die
Gegenwart und für die Zukunft ist dasjenige, was der grosse
Kaiser Napoleon wegen der Judenschaft in Frankreich und
dem Königreich Italien verordnet und veranstaltet hat.

Schon in der Revolution bekamen alle Juden, die in
Frankreich wohnen, das französische Bürgerrecht, und man
sagte frischweg: Bürger Aaron, Bürger Levi, Bürger Rabbi,
und gab sich brüderlich die Hand. Aber was will da
herauskommen? Der christliche Bürger hat ein anderes
Gesetz und Recht, so hat der jüdische Bürger auch ein
anderes Gesetz und Recht und will nicht haben
Gemeinschaft mit den Gojim. Aber zweierlei Gesetz und
Willen in einer Bürgerschaft tut gut wie ein brausender
Strudel in einem Strom. Da will Wasser auf, da will Wasser
ab, und eine Mühle, die darin steht, wird nicht viel Mehl
mahlen.

Das sah der grosse Kaiser Napoleon wohl ein, und im Jahr
1806, ehe er antrat die grosse Reise nach Jena, Berlin und
Warschau und Eylau, liess er schreiben an die ganze
Judenschaft in Frankreich, dass sie ihm sollte schicken aus
ihrer Mitte verständige und gelehrte Männer aus allen
Departementern des Kaisertums. Da war nun jedermann in
grossem Wunder, was das werden sollte, und der eine sagte
das, der andere jenes, z. B. der Kaiser wolle die Juden wieder
bringen in ihre alte Heimat am grossen Berg Libanon, an
dem Bach Ägypti und am Meer.

Departementern, worin Juden wohnen, beisammen waren,
liess bald der Kaiser ihnen gewisse Fragen vorlegen, die sie
sollten bewegen in ihrem Herzen und beantworten nach
dem Gesetz, und war daraus zu sehen, es sei die Rede nicht
vom Fortschicken, sondern vom Dableiben und von einer
festen Verbindung der Juden mit den andern Bürgern in
Frankreich und in dem Königreich Italien. Denn alle diese
Fragen gingen darauf hinaus, ob ein Jude das Land, worin
er lebt, nach seinem Glauben könne ansehen und liebem als
sein Vaterland und die andern Bürger desselben als seine
Mitbürger und die bürgerlichen Gesetze desselben halten.

Das war nun fast spitzig, und wie es anfänglich schien, war
nicht gut sagen: Ja, und war nicht gut sagen: Nein.

Allein die Abgeordneten sagen, dass der Geist der göttlichen
Weisheit erleuchtet habe ihre Gemüter, und sie erteilten eine
Antwort, die war wohlgefällig in den Augen des Kaisers.

Darum formierte die jüdische Versammlung aus sich, zum
unerhörten Wunder unsrer Zeit, den Grossen Sanhedrin.
Denn der Grosse Sanhedrin ist nicht ein grosser Jude zu
Paris wie der Riese Goliath, so aber ein Philister war,
sondern — Sanhedrin, das wird verdolmetscht: eine
Versammlung, und wurde vor alten, alten Zeiten also
genannt der Hohe Rat zu Jerusalem, so bestand aus 71
Ratsherren, die wurden für die verständigsten und
weisesten Männer gehalten, ein ganzes Volk, und wie diese
das Gesetz erklärten, so war es recht und musste gelten in
ganz Israel.

Einen solchen Rat setzten die Abgeordneten der Judenschaft
wieder ein und sagen, es sei seit 1500 Jahren kein Grosser
Sanhedrin gewesen als dieser unter dem Schutz des
erhabenen Kaisers Napoleon. Dies ist der Inhalt der Gesetze,
die der Grosse Sanhedrin aussprach zu Paris im Jahr 5567

nach Erschaffung der Welt im Monat Adar desselbigen
Jahres, am 22sten Tag des Monats:

1. Die jüdische Ehe soll bestehen aus einem Manne und
einer Frau. Kein Israelite darf zu gleicher Zeit mehr haben
als eine Frau.

2. Kein Rabbiner darf die Scheidung einer Ehe aussprechen,
es sei dann, die weltliche Obrigkeit habe zuvor gesprochen,
die Ehe sei nach dem bürgerlichen Gesetz aufgelöst.

3. Kein Rabbiner darf die Bestätigung einer Ehe
aussprechen, es sei dann, dass die Verlobten von der
weltlichen Obrigkeit einen Trauschein haben.

Aber ein Jude darf eine Christentochter heiraten und ein
Christ eine jüdische Tochter. Solches hat nichts zu sagen.

4. Denn der Grosse Sanhedrin erkennt, die Christen und die
Juden seien Brüder, weil sie Einen Gott anbeten, der die Erde
und den Himmel erschaffen hat, und befiehlt daher, der
Israelite soll mit dem Franzosen und Italiener und mit den
Untertanen jedes Landes, in welchem sie wohnen, so leben
als mit Brüdern und Mitbürgern, wenn sie denselben
einigen Gott anerkennen und verehren.

5. Der Israelite soll die Gerechtigkeit und die Liebe des
Nächsten, wie sie befohlen ist im Gesetz Moses, ausüben,
ebenso gegen die Christen, weil sie seine Brüder sind, als
gegen seine eigenen Glaubensgenossen in oder ausser
Frankreich und dem Königreich Italien.

6. Der Grosse Sanhedrin erkennt, das Land, worin ein
Israelite geboren und erzogen ist oder wo er sich
niedergelassen hat und den Schutz der Gesetze geniesst, sei
sein Vaterland, und befiehlt daher allen Israeliten in

ihr Vaterland anzusehen, ihm zu dienen, es zu verteidigen
usw.

Der jüdische Soldat ist in solchem Stand von den
Zeremonien frei, die damit nicht vereinbar sind.

7. Der Grosse Sanhedrin befiehlt allen Israeliten, der Jugend
Liebe zur Arbeit einzuflössen, sie zu nützlichen Künsten
und Handwerkern anzuhalten, und ermahnt sie, liegende
Gründe anzukaufen und allen Beschäftigungen zu
entsagen, wodurch sie in den Augen ihrer Mitbürger
können verhasst oder verächtlich werden.

8. Kein Israelite darf von dem Geld, welches ein israelitischer
Hausvater in der Not von ihm geliehen hat, Zins nehmen.
Es ist ein Werk der Liebe. Aber ein Kapital, das auf Gewinn
in den Handel gesteckt wird, ist verzinsbar.

9. Das nämliche gilt auch gegen die Mitbürger anderer
Religionen. Aller Wucher ist gänzlich verboten, in und
ausser Frankreich und dem Königreich Italien, nicht nur
gegen Glaubensgenossen und Mitbürger, sondern auch
gegen Fremde.

Diese neun Artikel sind publiziert worden den 2. März 1807
und unterschrieben von dem Vorsteher des Grossen
Sanhedrin, Rabbi d. Sinzheim von Strassburg und andern
hohen Ratsherren.

Der grosse Schwimmer

Vor dem leidigen Krieg, als man noch unangefochten aus
Frankreich nach England reisen und in Dover ein
Schöpplein trinken oder Zeug kaufen konnte zu einem
Westlein, ging wöchentlich zweimal ein grosses Postschiff

von Calais nach Dover durch die Meerenge und wieder
zurück. Denn dort ist das Meer zwischen beiden Ländern
nur wenige Meilen breit. Aber man musste kommen, eh' das
Schiff abfuhr, wenn man mitfahren wollte. Dies schien ein
Franzos aus Gaskonien nicht zu wissen, denn er kam eine
Viertelstunde zu spät, als man schon die Hühner eintat in
Calais, und der Himmel überzog sich mit Wolken. Soll ich
jetzt ein paar Tage hier sitzen bleiben und Maulaffen feil
haben, bis wieder eine Gelegenheit kommt? Nein, dachte er,
ringer, ich gebe einem Schiffsmann ein Zwölfsousstücklein
und fahre dem Postschiff nach. Denn ein kleines Boot fährt
geschwinder als das schwere Postschiff und holt es wohl
ein. Als er aber in dem offenen Fahrzeuge sass, "wenn ich
daran gedacht hätte", sagte der Schiffsmann, "so hätt' ich ein
Spanntuch mitgenommen"; denn es fing an zu tröpfeln; aber
wie? In kurzer Zeit strömte ein Regenguss aus der hohen
Nacht herab, als wenn noch ein Meer von oben mit dem
Meer von unten sich vermählen wollte. Aber der Gaskonier
dachte: "Das gibt einen Spass."—"Gottlob!" sagte endlich der
Schiffsmann, "ich sehe das Postschiff." Als er nun an
demselben angelegt hatte, und der Gaskonier war
hinaufgeklettert und kam mitten in der Nacht und mitten
im Meer auf einmal durch das Türlein hinein zu der
Reisegesellschaft, die im Schiff sass, wunderte sich jeder, wo
er herkomme, so spät, so allein und so nass. Denn in einem
solchen Meerschiff sitzt man wie in einem Keller und hört
vor dem Gespräch der Gesellschaft, vor dem Geschrei der
Schiffsleute, vor dem Getöse, vor dem Rauschen der Segel
und Brausen der Wellen nicht, was draussen vorgeht, und
keinem dachte das Herz daran, dass es regnete. "Ihr seht ja
aus", sagte einer, "als wenn Ihr wäret gekielholt, das heisst
unter dem Schiff durchgezogen worden."—"So? Meint Ihr",
sagte der Gaskonier, "man könne trocken schwimmen?
Wenn das noch einer erfindet, so will ich's auch lernen,

Montage mit Briefen und Bestellungen nach dem festen Lande, weil's geschwinder geht. Aber jetzt hab' ich etwas in England zu verrichten. Wenn's erlaubt ist", fuhr er fort, "so will ich nun vollends mitfahren, weil ich euch glücklicherweise angetroffen habe. Es kann den Sternen nach nimmer weit sein nach Dover."—"Landsmann", sagte einer und stiess eine Wolke von Tabaksrauch aus dem Mund (es war aber kein Landsmann, sondern ein Engländer), "wenn Ihr von Calais bis hierher geschwommen seid durch das Meer, so seid Ihr noch über den schwarzen Schwimmer in London."—"Ich gehe keinem aus dem Weg", sagte der Gaskonier.— "Wollt Ihr's mit ihm versuchen", erwiderte der Engländer, "wenn ich hundert Louisdor auf Euch setze?" Der Gaskonier sagte: "Mir an!" Reiche Engländer haben im Brauch, auf Leute, die sich in einer körperlichen Kunst hervortun, grosse Summen untereinander zu verwetten; deswegen nahm der Engländer im Schiff den Gaskonier auf seine Kosten mit sich nach London und hielt ihm gut zu mit Essen und Trinken, dass er bei guten Kräften bliebe. "Mylord", sagte er in London zu einem guten Freund, "ich habe einen Schwimmer mitgebracht vom Meer. Gilt's hundert Guineen: er schwimmt besser als Euer Mohr?" Der gute Freund sagte: "Es gilt!" Den andern Tag erschienen beide mit ihren Schwimmern auf einem bestimmten Platz an dem Themsefluss, und viel hundert neugierige Menschen hatten sich versammelt und wetteten noch extra, der eine auf den Mohr, der andere auf den Gaskonier, einen Schilling, sechs Schilling; eine, zwei, fünf, zehn, zwanzig Guineen, und der Mohr schlug den Gaskonier nicht hoch an. Als sich aber beide schon ausgekleidet hatten, band sich der Gaskonier mit einem ledernen Riemen noch ein Kistlein an den Leib und sagte nicht warum, als wenn's so sein müsste. Der Mohr sagte "Wie kommt Ihr mir vor? Habt Ihr so etwas dem grossen Springer abgelernt, der Bleikugeln an die Füsse binden musste, wenn er einen Hasen fangen

wollte, damit er den Hasen nicht übersprang?" Der
Gaskonier öffnete das Kistlein und sagte: "Ich habe nur eine
Flasche Wein darin, ein paar Knackwürste und ein Laiblein
Brot. Ich wollte Euch eben fragen, wo Ihr Euere
Lebensmittel habt. Denn ich schwimme jetzt geradeswegs
den Themsefluss hinab in die Nordsee und durch den Kanal
ins Atlantische Meer nach Cadix, und wenn's nach mir
geht, so kehren wir unterwegs nirgends ein, denn bis
Montag, als den sechzehnten, muss ich wieder in Oleron
sein. Aber in Cadix im Rösslein will ich morgen früh ein
gutes Mittagessen bestellen, dass es fertig ist, bis Ihr
nachkommt." Der geneigte Leser hätte kaum gedacht, dass
er sich auf diese Art aus der Affäre herausziehen würde.
Aber der Mohr verlor Hören und Sehen. "Mit diesem
Enterich", sagte er zu seinem Herrn, "kann ich nicht in die
Wette schwimmen. Tut, was ihr wollt", und kleidete sich
wieder an. Also war die Wette zu Ende, und der Gaskonier
bekam von seinem Engländer, der ihn mitgebracht hatte,
eine ansehnliche Belohnung, der Mohr aber wurde von
jedermann ausgelacht. Denn ob man wohl merken mochte,
dass es von dem Franzosen nur Spiegelfechterei war, so fand
doch jedermann Vergnügen an dem kecken Einfall und an
dem unerwarteten Ausgang, und er wurde nachher von
allen, die auf ihn gewettet hatten, noch vier Wochen lang in
allen Wirtshäusern und Bierkneipen freigehalten und
bekannte, dass er noch sein Leben lang in keinem Wasser
gewesen sei.

Der Handschuhhändler

Ein Handschuhhändler, welcher eine Kiste voll feine
Handschuh aus Frankreich nach Deutschland bringen
wollte, gebrauchte folgende List. Nämlich, es ist ein Gesetz

an den französischen Zollstätten, dass, wer mit einer Ware
hinüber oder herüber will, der muss angeben, "wie hoch
schätzest du sie", wegen dem Zoll. Schätzt er sie nun, dass es
gehen und stehen mag, gut, so zahlt er den Zoll, so viel oder
so wenig. Sieht aber der Zollgardist, dass der Kaufmann
oder der Krämer seine Ware viel zu gering anschlägt, damit
er nicht viel dafür entrichten muss, so darf der Zollgardist
sagen: "Gut, ich gebe dir so viel dafür, ich geb' dir auch zehn
Prozent mehr", so muss sich's dann der Krämer gefallen
lassen. Der Krämer bekommt das Geld, und der Zollgardist
behaltet die Ware, die alsdann versteigert wird in Kolmar
oder in Strassburg oder so. Solches ist listig ausgedacht,
und man kann nichts dagegen sagen. Aber der Listigste
findet seinen Meister.

Ein Kaufmann, welcher zwei Kisten voll Handschuh über
den Rhein bringen wollte, verabredete zuerst etwas mit
einem Freunde. Alsdann legte er in die erste Kiste lauter
rechte Handschuhe, nämlich für die rechte Hand, je zwei
und zwei, in die andere lauter linke. Die linken schmuggelte
er bei Nacht und Nebel herüber. Siehst du nichts, merkst du
nichts. Mit den andern kam er an der Zollstätte an. "Was
habt Ihr in Eurer Kiste?" "Pariser Handschuhe." "Wie hoch
schlagt Ihr sie an?" "Zweihundert Franken." Der Zollgardist
betastete die Handschuhe; zart war das Leder, fest war es
auch, fein die Naht, kurz sie waren 400 Franken wert
zwischen Brüdern. "Ich gebe euch 220 Franken dafür, sagte
der Zollgardist, "sie sind mein." Der Krämer sagt: "Sind sie
Euer, so sind sie mein gewesen. Zehn Prozent sind auch
Profit." Also nahm er 220 Franken und liess die Kiste im
Stich. Freitags drauf in Speier im Kaufhaus, es war noch in
der alten Zeit, kamen die Handschuhe zur Steigerung.

"Wer gibt mehr als zweihundert und zwanzig?"

Die Liebhaber besichtigten die Ware. " Es scheint mir", sagte

der Freund des Krämers, "die linken seien etwas rar."
"Parbleu", sagte ein anderer, "es sind lauter rechte." Kein
Mensch tat ein Gebot. "Wer gibt zweihundert?—
hundertundfünfzig?—hundert?—Wer gibt achtzig?"—Kein
Gebot. "Wisst ihr was", sagte endlich der Freund des
Krämers, "es kommen vielleicht viel Leute mit einzechten
Armen aus dem Feld zurück." Es war Anno 13. "Ich geb
sechzig Franken!" sagte er. Wem zugeschlagen wurde, war
er. Wer vor Zorn des Henkers hätte werden mögen, war der
überrheinische Zollgardist. Der angestellte Käufer aber hat
hernach die rechten Handschuhe ebenfalls über den Rhein
geschmuggelt—siehst du nichts, merkst du nichts, und hat
sie in Waldangelloch mit seinem Freund wieder
zusammensepariert, je einen linken und einen rechten, und
haben sie in Frankfurt auf der Messe für ein teures Geld
verkauft. An dem Zollgardist aber hat der Krämer
gewonnen: einhundertundvierzig Franken und den Zoll.
Item, wie sagt die Schrift? "Ich wusste nichts von der Lust,
so das Gesetz nicht hätte gesagt: lass dich nicht gelüsten!"

Der Heiner und der Brassenheimer Müller

Eines Tages sass der Heiner ganz betrübt in einem
Wirtshaus und dachte daran, wie ihn zuerst der rote Dieter
und danach sein eigener Bruder verlassen haben, und wie er
jetzt allein ist. "Nein", dachte er, "es ist bald keinem
Menschen mehr zu trauen, und wenn man meint, es sei
einer noch so ehrlich, so ist er ein Spitzbub." Unterdessen
kommen mehrere Gäste in das Wirtshaus und trinken
Neuen, und "wisst Ihr auch," sagte einer, "dass der
Zundelheiner im Land ist und wird morgen im ganzen Amt
ein Treibjagen auf ihn angestellt, und der Amtmann und die

hörte, wurde es ihm grün und gelb vor den Augen, denn er dachte, es kenne ihn einer, und jetzt sei er verraten. Ein anderer aber sagte: "Es ist wieder einmal ein blinder Lärm. Sitzt nicht der Heiner und sein Bruder zu Wollenstein im Zuchthaus?" Drüber kommt auf einem wohlgenährten Schimmel der Brassenheimer Müller mit roten Pausbacken und kleinen, freundlichen Augen dahergeritten. Und als er in die Stube kam, und tut den Kameraden, die bei dem Neuen sitzen, Bescheid und hört, dass sie von dem Zundelheiner sprechen, sagt er: "Ich hab' schon so viel von dem Zundelheiner erzählen gehört. Ich möcht' ihn doch auch einmal sehen." Da sagte ein anderer: "Nehmt Euch in acht, dass Ihr ihn nicht zu früh zu sehen bekommt! Es geht die Rede, er sei wieder im Land." Aber der Müller mit seinen Pausbacken sagte: "Pah! ich komm' noch bei guter Tageszeit durch den Fridstädter Wald, dann bin ich auf der Landstrasse; und wenn's fehlen will, geb' ich dem Schimmel die Sporen." Als das der Heiner hörte, fragt er die Wirtin: "Was bin ich schuldig", und geht fort in den Fridstädter Wald. Unterwegs begegnet ihm auf der Bettelfuhr ein lahmer Mensch. "Gebt mir für ein Käsperlein Eure Krücke", sagte er zu dem lahmen Soldaten. "Ich habe das linke Bein übertreten, dass ich laut schreien möchte, wenn ich drauf treten muss. Im nächsten Dorf, wo Ihr abgeladen werdet, macht Euch der Wagner eine neue." Also gab ihm der Bettler die Krücke. Bald darauf gehen zwei betrunkene Soldaten an ihm vorbei und singen das Reiterlied. Wie er in den Fridstädter Wald kommt, hängt er die Krücke an einen hohen Ast, setzt sich ungefähr sechs Schritte davon weg an die Strasse und zieht das linke Bein zusammen, als wenn er lahm wäre. Drüber kommt auf stattlichem Schimmel der Müller daher trottiert und macht ein Gesicht, als wenn er sagen wollte: "Bin ich nicht der reiche Müller, und bin ich nicht der schöne Müller, und bin ich nicht der witzige Müller?" Als aber der witzige Müller zu dem Heiner kam,

sagte der Heiner mit kläglicher Stimme: "Wolltet Ihr nicht
ein Werk der Barmherzigkeit tun an einem armen, lahmen
Mann? Zwei betrunkene Soldaten, sie werden Euch wohl
begegnet sein, haben mir all mein Almosengeld
abgenommen und haben mir aus Bosheit, dass es so wenig
war, die Krücke auf jenen Baum geschleudert, und ist an den
Ästen hängen blieben, dass ich nun nimmer weiter kann.
Wolltet Ihr nicht so gut sein und sie mit Eurer Peitsche
herabzwicken?" Der Müller sagte: "Ja, sie sind mir begegnet
an der Waldspitze. Sie haben gesungen: So herzig, wie mein
Liesel ist halt nichts auf der Welt." Weil aber der Müller auf
einem schmalen Steg über einen Graben zu dem Baum
musste, so stieg er von dem Ross ab, um dem armen Teufel
die Krücke herabzuzwicken. Als er aber an dem Baum war,
und schaut hinauf, schwingt sich der Heiner schnell wie ein
Adler auf den stattlichen Schimmel, gibt ihm mit dem
Absatz die Sporen und reitet davon. "Lasst Euch das Gehen
nicht verdriessen," rief er dem Müller zurück, "und wenn
Ihr heimkommt, so richtet Eurer Frau einen Gruss aus von
dem Zundelheiner!" So etwas muss man selber sehen, wenn
man's glauben soll. Deswegen steht's hierneben abgebildet.
Als er aber eine Viertelstunde nach Betzeit nach Brassenheim
und an die Mühle kam und alle Räder klapperten, dass ihn
niemand hörte, stieg er vor der Mühle ab, band dem Müller
den Schimmel wieder an der Haustüre an und setzte seinen
Weg zu Fuss fort.

Der Herr Graf

Eines Abends, da sassen wir in einem vornehmen Gasthause
und vexierten einander mit allerlei. "Wisst Ihr noch, zum
Beispiel", fragte der Graf den Hausfreund, "wie Ihr einst mit

Platz, wo Ihr jetzt sitzet, von wegen der Sternseherei, und
wie Ihr von einem beschrien worden seid, als Ihr nachher
auf dem linken Flügel wolltet abziehen? Man muss sich mit
fremden Leuten in acht nehmen, die man nicht kennt", sagte
der Graf im Scherz, und erfuhr es bald nachher im Ernst.
Denn mancher gibt eine gute Lehre und befolgt sie selber
nicht. Es kamen jetzt aus einer Chaise vier fremde Personen
in die Stube und darunter zwei schöne weibliche Gestalten,
wie sie der Graf gerne sieht, und freute sich schon der
angenehmen Tischgesellschaft. Als wir aber näher
zusammenrückten, damit die Fremden Platz hätten am
Tisch, bestellten sie ihr Nachtessen in ein eigenes Gemach,
denn sie seien müde von der Reise und reich. Als aber der
Hausfreund hinwiederum den Grafen vexieren wollte:
"denkt Ihr auch noch daran, wie Ihr einmal seid
heimgeschickt worden, als der ungarische Major im Land
war", da war schon kein Graf mehr weit und breit zu sehen,
sondern er war mit des Wirts Vorwissen und Gefälligkeit in
eine Kammer gegangen und kleidete sich daselbst anderst
an, als wenn er in die Wirtschaft gehörte. In solcher Gestalt
ging er in die Stube, wo die Fremden waren, deckte den
Tisch, brachte das Essen, wartete auf und erfreute sein Herz
an der Schönheit der weiblichen Gestalten und an ihren
süssen Reden. Auch musste er ihnen Neuigkeiten erzählen.
Mehr Unglücksfälle sind in zehn Jahren nicht geschehen, als
damals an einem Tag nach des Grafen Erzählung. Den
andern Tag reisten die Fremden wieder weiter, wir meinten
nach Basel. Am Mittwoch aber oder Donnerstags drauf
wurden wir einig, in die lustige Badestadt zu gehen, wo
unzählige Fremde aus allen Weltteilen der Gesundheit
pflegen und sich der wunderschönen Landschaft erfreuen.
Als wir aber dort um die Mittagszeit in einen Speisesaal
traten, es waren schon viele Leute da, erblickten wir die
nämlichen vier Personen wieder und sie uns; und wer uns
kannte, bewillkommte uns laut mit Namen und tat uns

unsre Ehre an. "Seid uns höchlich gegrüsst, Herr Graf! Guten Tag, Herr Hausfreund! Was führt Euch für ein Glücksstern zu uns, Herr Graf? Hausfreund, was bringt Ihr Neues von daheim?" Da schaute mit Schweisstropfen auf der Stirne der Graf den Hausfreund an: "Jetzt ist guter Rat teuer, wenn Ihr keinen wisst. Was Ihr aber tut, bringt's nicht in den Kalender." "Herr Graf", erwiderte der Hausfreund, "diesmal will ich Euch noch retten. Aber künftig befolgt die Lehren selbst, die Ihr andern gebt! In solche Verlegenheit kommt man mit Euch." Also redete der Hausfreund mit dem Wirt, was er zu den fremden Personen sagen sollte. Der Wirt sagte: "Wenn das so ist, so muss man freilich aus der Not eine Tugend machen", und redete mit den Fremden. "Wisst ihr", sagte er, "wer die zwei Personen sind, die zuletzt da hereinkamen? Der eine ist eines Wirts Sohn nicht weit von hier, sonst ein wahrheitsliebender junger Mann, nur bisweilen, nachdem als der Mond steht, kommt es ihm in den Kopf, er sei der Graf Susse. Deswegen machen ihm die Leute, weil er gut ist, diesen Spass. Der andere ist der Rheinländische Hausfreund, dem im Jahr 1814 auf 1815 eine Eule aufgesessen ist, wie ihr im Morgenblatt könnt gelesen haben." Da sprach die eine weibliche Gestalt halb seufzend: "Der arme Mensch!" - nämlich der Graf—"wir kennen ihn", sagte sie. "Wir haben auch damals schon etwas an ihm gemerkt. Statt des Kaffee, den er uns auf den andern Morgen bestellen sollte, bestellte er uns eine Habermehlsuppe." Also wurde die Sache noch glücklich vertuscht, und als sie hernach sahen, mit welcher Feinheit und Würde er sich gegen jedermann benahm, sagten sie: "Man sieht's ihm recht an, dass ihm der Graf von Herzen geht. Mit Vorsatz könnte sich einer nicht so verstellen."

Der Herr Wunderlich

Nicht nur wird die Einfalt von dem Mutwillen irregeführt,
oft auch von dem Zufall. Seltener erlöst sie der Zufall wieder
aus den Fangstricken des Mutwillens. Wie erging es jenem
Bauersmann, der in der Stadt einem Bürger namens
Wunderlich einen Wagen voll Holz verkauft hatte auf dem
Marktplatz? "Fahrt jetzt nur dort die Strasse hinaus", sagte
der Bürger, "bis zum Eisenladen, hernach links in die Gasse,
hernach beim ersten Brunnen wieder rechts, hernach beim
Roten Löwen wieder links. Numero 428 ist mein Haus,
Jakob Wunderlich." Und bis so weit gut. Der Bauersmann
aber dachte: "Ist's nicht noch früh am Vormittag, hab' ich
nicht das Holz um einen guten Preis verkauft, will ich nicht
zuerst noch ein Schöpplein trinken in der Kneipe da?" und
repetierte für sich: "Eisenladen,—links—rechts—links—
Numero 428." Aber in der Kneipe sassen bei einem
Saueressen auch schon ein paar lustige Gesellen, und als sie
ihn sahen hereinkommen, stiess einer den andern mit den
Ellenbogen, und der andere fing an, als wenn er fortführe:
"Drum muss man's selber gesehen haben", sagte er, "und bei
den Russen gewesen sein, wenn man's glauben soll, wo der
Mann im mittleren Glied, ich will vom Flügelmann nicht
reden, zwanzig Ellen misst, auch weniger. Jeder Finger ist
eine Pistole, die Zähne sind Pallisaden mit Feldschlangen
dazwischen, die Nase ein Bollwerk, die Augen
Bombenkugeln. Jedes Barthaar ist ein Bajonett, jedes
Haupthaar ein Sabel. Ein solcher Sabel lässt sich
auseinanderziehen, wie ein Perspektiv, für in die Nähe zu
fechten und in die Weite. Verliert ihn einer, so zieht er einen
andern aus dem Haar. An den Füssen sind ihnen Schiffe
gewachsen, und es ist ihnen einerlei, ob auf dem Wasser
oder auf dem Land. Der Mann schultert seinen
Achtundvierzigpfünder. Jeder hat sieben Leben. Tötet Ihr
ihm eins, so hat er noch sechs. Jeder Gemeine hat
Majorsrang." Der geneigte Leser wird an diesem Müsterlein
genug haben. Unserm Bauersmann aber verging Hören und

Sehen, und so weit war es nicht gut. Denn als er wieder auf
die Strasse kam, waren ihm vor Staunen und Entsetzen der
Eisenladen, die Gasse links, die Gasse rechts und der Herr
Wunderlich aus dem Gedächtnis heraus verschwunden, und
wen er fragte: "Guter Freund, wisst Ihr mir nicht zu sagen,
wo der Herr wohnt, dem ich das Holz verkauft habe, so
und so sieht er aus?" der gab ihm keine Antwort oder eine
falsche. Der eine sagte: "Am obern Tore Numero 1." Dort
sagte ein anderer: "Nein, er ist ausgezogen und wohnt jetzt
in der untern Vorstadt Numero 916. Glücklicherweise führte
ihn sein Weg nach der untern Vorstadt durch die
Schulgasse, und einige Schüler standen vor der Türe. Die
Bürschlein, dachte er, wissen sonst den Bescheid in der Stadt
herum am besten, weil sie der Wind aus allen Gassen
zusammengeht. "Junger Herr", sagte er zu einem, "wolltet
Ihr mir nicht sagen, wo der Herr wohnt, der mir dieses
Holz abgekauft hat", und so und so. Der Schüler, ein
durchtriebener Kopf, erwiderte: "Guter Freund, ich bin noch
nicht in der Schwarzen Kunst, ich bin noch in der
Philosophie (so hiess die Klasse, worin er sass). Wenn ihr
aber", sagte er, "zu dem Herrn in der obern Stube gehen
wollt, der das grosse Buch hat, wo Gribis Grabis drin steht:
Tunkus, Blemsum, Schalelei, Ikmack und Norma, der
schlagt's Euch auf für zwei Schillinge." In der obern Stube
legte er zwei Schillinge auf den Tisch. "Herr Magister, ich
habe vergessen, wie der Herr heisst, und wo er wohnt, dem
ich mein Holz verkauft habe. Wollet Ihr nicht so gut sein
und es mir aus Euerm Gribis-Grabis-Buch dort sagen." Der
Schulherr aber schaute diese Zumutung mit ungemeinem
Staunen an, also dass er zuletzt die Brille abhob und den
baumwollenen Schlafrock übereinadernahm. "Guter
Freund", wollte er sagen, "das ist wohl wunderlich von
Euch, dass Ihr meint, ich könne Euch aus meinen Büchern
sagen, was Euch im Kopf fehlt." Als er aber angefangen

Bauersmann mit freudiger Verwunderung in die Rede.
"Ganz richtig", sagte er, "es ist Herr Wunderlich.
Sapperment", sagte er, "das heiss ich ins Schwarze getroffen
gleich auf den ersten Schuss und ohne Buch", und entsetzte
sich jetzt noch viel mehr über die allwissende Gelehrsamkeit
des Schulherrn, als vorher über die fürchterlichen Soldaten
in der Kneipe. Der Schulherr aber gab ihm seine zwei
Schillinge wieder und liess ihm hernach durch ein Büblein
zeigen, wo der Herr Wunderlich wohnt. Also hat dem
Mann ein lächerlicher Zufall wieder auf die Spur geholfen,
von welcher er war abgeleitet worden durch den Mutwillen.

Der Husar in Neisse

Als vor achtzehn Jahren die Preussen mit den Franzosen
Krieg führten und durch die Provinz Champagne zogen,
dachten sie auch nicht daran, dass sich das Blättlein wenden
könnte, und dass der Franzos noch im Jahr 1806 nach
Preussen kommen und den ungebetenen Besuch
wettmachen werde. Denn nicht jeder führte sich auf, wie es
einem braven Soldaten in Feindesland wohl ansteht. Unter
andern drang damals ein brauner preussischer Husar, der
ein böser Mensch war, in das Haus eines friedlichen Mannes
ein, nahm ihm all sein bares Geld, so viel war, und viel
Geldeswert, zuletzt auch noch das schöne Bett mit
nagelneuem Überzug und misshandelte Mann und Frau.
Ein Knabe von acht Jahren bat ihn kniend, er möchte doch
seinen Eltern nur das Bett wiedergeben. Der Husar stosst
ihn unbarmherzig von sich. Die Tochter läuft ihm nach,
hält ihn am Dolman fest und fleht um Barmherzigkeit. Er
nimmt sie und wirft sie in den Sodbrunnen, so im Hofe
steht, und rettet seinen Raub. Nach Jahr und Tagen
bekommt er seinen Abschied, setzt sich in der Stadt Neisse

in Schlesien, denkt nimmer daran, was er einmal verübt hat,
und meint, es sei schon lange Gras darüber gewachsen.
Allein, was geschieht im Jahr 1806? Die Franzosen rücken in
Neisse ein; ein junger Sergeant wird abends einquartiert bei
einer braven Frau, die ihm wohl aufwartet. Der Sergeant ist
auch brav, führt sich ordentlich auf und scheint guter Dinge
zu sein. Den andern Morgen kommt der Sergeant nicht zum
Frühstück. Die Frau denkt: Er wird noch schlafen, und
stellt ihm den Kaffee ins Ofenrohr. Als er noch immer nicht
kommen wollte, ging sie endlich in das Stüblein hinauf,
macht leise die Türe auf und will sehen, ob ihm etwas fehlt.

Da sass der junge Mann wach und aufgerichtet im Bette,
hatte die Hände ineinander gelegt und seufzte, als wenn ihm
ein gross Unglück begegnet wäre, oder als wenn er das
Heimweh hätte oder so etwas, und sah nicht, dass jemand
in der Stube ist. Die Frau aber ging leise auf ihn zu und
fragte ihn: "Was ist Euch begegnet, Herr Sergeant, und
warum seid Ihr so traurig?" Da sah sie der Mann mit einem
Blick voll Tränen an und sagte, die Überzüge dieses Bettes,
in dem er heute Nacht geschlafen habe, haben vor 18 Jahren
seinen Eltern in Champagne angehört, die in der
Plünderung alles verloren haben und zu armen Leuten
geworden seien, und jetzt denke er an alles und sein Herz
sei voll Tränen. Denn es war der Sohn des geplünderten
Mannes in Champagne und kannte die Überzüge noch, und
die roten Namensbuchstaben, womit sie die Mutter
gezeichnet hatte, waren ja auch noch daran. Da erschrak die
gute Frau und sagte, dass sie dieses Bettzeug von einem
braunen Husaren gekauft habe, der noch hier in Neisse lebe,
und sie könne nichts dafür.

Da stand der Franzose auf und liess sich in das Haus des
Husaren führen und kannte ihn wieder.

vor 18 Jahren einem unschuldigen Mann in Champagne
Hab und Gut und zuletzt auch noch das Bett aus dem
Hause getragen habt, und habt keine Barmherzigkeit
gehabt, als Euch ein achtjähriger Knabe um Schonung
anflehte, und an meine Schwester?" Anfänglich wollte der
alte Sünder sich entschuldigen, es gehe bekanntlich im
Kriege nicht alles, wie es soll, und was der eine liegen lasse,
hole doch ein anderer, und Lieber nimmt man's selber. Als er
aber merkte, dass der Sergeant der nämliche sei, dessen
Eltern er geplündert und misshandelt hatte, und als er ihn
an seine Schwester erinnerte, versagte ihm vor
Gewissensangst und Schrecken die Stimme, und er fiel vor
dem Franzosen auf die zitternden Knie nieder und konnte
nichts mehr herausbringen als: "Pardon!", dachte aber: Es
wird nicht viel helfen.

Der geneigte Leser denkt vielleicht auch: "Jetzt wird der
Franzos den Husaren zusammenhauen", und freut sich
schon darauf. Allein das könnte mit der Wahrheit nicht
bestehen. Denn wenn das Herz bewegt ist und vor Schmerz
fast brechen will, mag der Mensch keine Rache nehmen. Da
ist ihm die Rache zu klein und verächtlich, sondern er
denkt: Wir sind in Gottes Hand, und will nicht Böses mit
Bösem vergelten. So dachte der Franzose auch und sagte:
"Dass du mich misshandelt hast, das verzeihe ich dir. Dass
du meine Eltern misshandelt und zu armen Leuten gemacht
hast, das werden dir meine Eltern verzeihen. Dass du meine
Schwester in den Brunnen geworfen hast, und ist nimmer
davongekommen, das verzeihe dir Gott!"—Mit diesen
Worten ging er fort, ohne dem Husaren das Geringste
zuleide zu tun, und es ward ihm in seinem Herzen wieder
wohl. Dem Husaren aber war es nachher zumut, als wenn
er vor dem jüngsten Gericht gestanden wäre und hätte
keinen guten Bescheid bekommen. Denn er hatte von dieser
Zeit an keine ruhige Stunde mehr und soll nach einem

Vierteljahr gestorben sein.

Merke: Man muss in der Fremde nichts tun, worüber man sich daheim nicht darf finden lassen.

Merke: Es gibt Untaten, über welche kein Gras wächst.

Der kann Deutsch

Bekanntlich gibt es in der französischen Armee viele Deutschgeborene, die es aber im Feld und im Quartier nicht immer merken lassen. Das ist alsdann für einen Hauswirt, der seinen Einquartierten für einen Stockfranzosen hält, ein gross Kreuz und Leiden, wenn er nicht französisch mit ihm reden kann. Aber ein Bürger in Salzwedel, der im letzten Krieg einen Sundgauer im Quartier hatte, entdeckte von ohngefähr ein Mittel, wie man bald dahinter kommt. Es ging so zu. Der Sundgauer parlierte lauter Foudre Diable, forderte mit dem Säbel in der Faust immer etwas anders, und der Salzwedler wusste nie, was? Hätt's ihm gern gegeben, wenn er gekonnt hätte. Da sprang er in der Not in seines Nachbarn Haus, der sein Gevatter war und ein wenig französisch kann, und bat ihn um seinen Beistand. Der Gevatter sagte: "Er wird aus der Dauphine sein, ich will schon mit ihm zurechtkommen." Aber weit gefehlt. War's vorher arg, so war's jetzt ärger. Der Sundgauer machte Forderungen, die der gute Mann nicht zu befriedigen wusste, so dass er endlich im Unwillen sagte "Das ist ja der vermaledeiteste Spitzbube, mit dem mich der Bolettenschreiber noch heimgesucht hat." Aber kaum war das unvorsichtige Wort heraus, so bekam er von dem vermeinten Stockfranzosen eine ganz entsetzliche Ohrfeige. Da sagte der Nachbar: "Gevattermann! Nun lasst Euch

Der kluge Richter

Dass nicht alles so uneben sei, was im Morgenlande
geschieht, das haben wir schon einmal gehört. Auch
folgende Begebenheit soll sich daselbst zugetragen haben:
Ein reicher Mann hatte eine beträchtliche Geldsumme,
welche in ein Tuch eingenäht war, aus Unvorsichtigkeit
verloren. Er machte daher seinen Verlust bekannt und bot,
wie man zu tun pflegt, dem ehrlichen Finder eine
Belohnung, und zwar von hundert Talern, an. Da kam bald
ein guter und ehrlicher Mann dahergegangen. "Dein Geld
habe ich gefunden. Dies wird's wohl sein! So nimm dein
Eigentum zurück!" So sprach er mit dem heitern Blick eines
ehrlichen Mannes und eines guten Gewissens, und das war
schön. Der andere machte auch ein fröhliches Gesicht, aber
nur, weil er sein verloren geschätztes Geld wieder hatte.
Denn wie es um seine Ehrlichkeit aussah, das wird sich bald
zeigen. Er zählte das Geld, und dachte unterdessen
geschwinde nach, wie er den treuen Finder um seine
versprochene Belohnung bringen könnte. "Guter Freund",
sprach er hierauf, " es waren eigentlich 800 Taler in dem
Tuch eingenäht. Ich finde aber nur noch 700 Taler. Ihr
werdet also wohl eine Naht aufgetrennt und Eure 100 Taler
Belohnung schon herausgenommen haben. Da habt Ihr
wohl daran getan. Ich danke Euch." Das war nicht schön.
Aber wir sind auch noch nicht am Ende. Ehrlich währt am
längsten, und Unrecht schlägt seinen eigenen Herrn. Der
ehrliche Finder, dem es weniger um die 100 Taler als um
seine unbescholtene Rechtschaffenheit zu tun war,
versicherte, dass er das Päcklein so gefunden habe, wie er es
bringe, und es so bringe, wie er's gefunden habe. Am Ende
kamen sie vor den Richter. Beide beistanden auch hier noch
auf ihrer Behauptung, der eine, dass 800 Taler seien
eingenäht gewesen, der andere, dass er von dem

Gefundenen nichts genommen und das Päcklein nicht versehrt habe. Da war guter Rat teuer. Aber der kluge Richter, der die Ehrlichkeit des einen und die schlechte Gesinnung des andern zum voraus zu kennen schien, griff die Sache so an: er liess sich von beiden über das, was sie aussagten, eine feste und feierliche Versicherung geben, und tat hierauf folgenden Ausspruch: "Demnach, und wenn der eine von euch 800 Taler verloren, der andere aber nur ein Päcklein mit 700 Talern gefunden hat, so kann auch das Geld des letztern nicht das nämliche sein, auf welches der erstere ein Recht hat. Du, ehrlicher Freund, nimmst also das Geld, welches du gefunden hast, wieder zurück, und behältst es in guter Verwahrung, bis der kommt, welcher nur 700 Taler verloren hat. Und dir da weiss ich keinen Rat, als du geduldest dich, bis derjenige sich meldet, der deine 800 Taler findet." So sprach der Richter, und dabei blieb es.

Der kluge Sultan

Zu dem Grosssultan der Türken, als er eben an einem Freitag in die Kirche gehen wollte, trat ein armer Teufel von seinen Untertanen mit schmutzigem Bart, zerfetztem Rock und durchlöcherten Pantoffeln, schlug ehrerbietig und kreuzweise die Arme übereinander und sagte: "Glaubst du auch, grossmächtiger Sultan, was der Prophet sagt?" Der Sultan, so ein gütiger Herr war, sagte: "Ja, ich glaube, was der Prophet sagt." Der arme Teufel fuhr fort: "Der Prophet sagt im Alkoran: Alle Muselmänner (das heisst, alle Mohammedaner) sind Brüder. Herr Bruder, so sei so gut und teile mit mir das Erbe." Dazu lächelte der Kaiser und dachte: Das ist eine neue Art, ein Almosen zu betteln, und gibt ihm einen Löwentaler. Der Türke beschaut das

Am Ende schüttelt er den Kopf und sagt: "Herr Bruder, wie
komme ich zu einem schäbigen Löwentaler, so du doch
mehr Silber und Gold hast, als hundert Maulesel tragen
können, und meinen Kindern daheim werden vor Hunger
die Nägel blau, und mir wird nächstens der Mund ganz
zuwachsen. Heisst das geteilt mit einem Bruder?" Der gütige
Sultan aber hob warnend den Finger in die Höhe und sagte:
"Herr Bruder, sei zufrieden, und sage ja niemand, wieviel ich
dir gegeben habe, denn unsere Familie ist gross, und wenn
unsere andern Brüder alle auch kommen und wollen ihr
Erbteil von mir, so wird's nicht reichen, und du musst noch
herausgeben." Das begriff der Herr Bruder, ging zum
Bäckermeister Abu Tlengi und kaufte ein Laiblein Brot, der
Kaiser aber begab sich in die Kirche und verrichtete sein
Gebet.

Der Kommandant und die badischen Jäger in Hersfeld

Folgende Begebenheit verdient, dass sie im Andenken bleibe,
und wer keine Freude daran hat, den will ich nicht loben.

Im verflossenen Winter, als die französische Armee und ein
grosser Teil der bundesgenossischen Truppen in Polen und
Preussen stand, befand sich ein Teil des badischen
Jägerregiments in Hessen und in der Stadt Hersfeld auf
ihren Posten. Denn dieses Land hatte der Kaiser im Anfang
des Feldzugs eingenommen und mit Mannschaft besetzt. Da
gab es nun von seiten der Einwohner, denen das Alte besser
gefiel als das Neue, mancherlei Unordnungen, und es
wurden besonders in dem Ort Hersfeld mehrere
Widersetzlichkeiten ausgeübt und unter andern ein
französischer Offizier getötet. Das konnte der französische
Kaiser nicht geschehen lassen, während er mit einem

zahlreichen Feind im Angesicht kämpfte, dass auch hinter
ihm Feindseligkeiten ausbrachen und ein kleiner Funke sich
zu einer grossen Feuersbrunst entzündete. Die armen
Einwohner von Hersfeld bekamen daher bald Ursache, ihre
unüberlegte Kühnheit zu bereuen. Denn der französische
Kaiser befahl, die Stadt Hersfeld zu plündern und alsdann
an vier Orten anzuzünden und in die Asche zu legen. Dieses
Hersfeld ist ein Ort, der viele Fabriken und daher auch viele
reiche und wohlhabende Einwohner und schöne Gebäude
hat; und ein Menschenherz kann wohl empfinden, wie es
nun den armen Leuten, den Vätern und Müttern zumute
war, als sie die Schreckenspost vernahmen; und der arme
Mann, dem sein Hab und Gut auf einmal auf dem Arm
konnte weggetragen werden, war jetzt so übel dran als der
reiche, dem man es auf vielen Wagen nicht wegführen
konnte; und in der Asche sind die grossen Häuser auf dem
Platz und die kleinen in den Winkeln auch so gleich als die
reichen Leute und die armen Leute auf dem Kirchhof. Nun,
zum Schlimmsten kam es nicht. Auf Fürbitte der
französischen Kommandanten in Kassel und Hersfeld wurde
die Strafe so gemildert: es sollten zwar nur vier Häuser
verbrannt werden, und dies war glimpflich; aber bei der
Plünderung sollte es bleiben, und das war noch hart genug.
Die unglücklichen Einwohner waren auch, als sie diesen
letzten Bescheid hörten, so erschrocken, so alles Mutes und
aller Besinnung beraubt, dass sie der menschenfreundliche
Kommandant selber ermahnen musste, statt des
vergeblichen Klagens und Bittens die kurze Frist zu
benutzen und ihr Bestes noch geschwind auf die Seite zu
schaffen. Die fürchterliche Stunde schlug; die Trommel
wirbelte ins Klaggeschrei der Unglücklichen. Durch das
Getümmel der Flüchtenden und Fliehenden und
Verzweifelten eilten die Soldaten auf ihren Sammelplatz. Da
trat der brave Kommandant von Hersfeld vor die Reihen

Schicksal der Einwohner lebhaft vor die Augen und sagte hierauf: "Soldaten! Die Erlaubnis zu plündern fängt jetzt an. Wer dazu Lust hat, der trete heraus aus dem Glied!" So sprach der Kommandant; und wer jetzt ein Glas voll Wein hat neben sich stehen, der trinke es aus zu Ehren der badischen Jäger. Kein Mann trat aus dem Glied. Nicht einer! Der Aufruf wurde wiederholt. Kein Fuss bewegte sich; und wollte der Kommandant geplündert haben, so hätte er müssen selber gehen. Aber es war niemand lieber als ihm, dass die Sache also ablief; das ist leicht zu bemerken. Als die Bürger das erfuhren, war es ihnen zumute wie einem, der aus einem schweren Traum erwacht. Ihre Freude ist nicht zu beschreiben. Sie schickten sogleich eine Gesandtschaft an den Kommandanten, liessen ihm für diese Milde und Grossmut danken und boten ihm aus Dankbarkeit ein grosses Geschenk an. Wer weiss, was mancher getan hätte! Aber der Kommandant schlug dasselbe ab und sagte: er lasse sich keine gute Tat mit Geld bezahlen. "Nur zum Andenken von euch", setzte er hinzu, "erbitte ich mir eine silberne Münze, auf welcher die Stadt Hersfeld vorgestellt ist und der heutige Auftritt. Dies soll das Geschenk sein, welches ich meiner künftigen Gattin aus dem Krieg mitbringen will." Dies ist geschehen im Februar des Jahrs 1807, und so etwas ist des Lesens zweimal wert.

Der Lehrjunge

Eines Tages wurde in Rheinfelden ein junger Mensch wegen eines verübten Diebstahls an den Pranger gestellt, an das Halseisen, und ein fremder, wohlgekleideter Mensch blieb die ganze Zeit unter den Zuschauern stehen und verwandte kein Auge von ihm. Als aber der Dieb nach einer Stunde herabgelassen wurde von seinem Ehrenposten und zum Andenken noch 20 Prügel bekommen sollte, trat der Fremde zu dem Hatschier, drückte ihm einen Kleinen Taler in die Hand und sagte: "Setzt ihm die Prügel ein wenig kräftig auf, Herr Haltunsfest! Gebt ihm die besten, die Ihr aufbringen könnt"; und der Hatschier mochte schlagen, so stark er wollte, so rief der Fremde immer: "Besser! Noch besser!" und den jungen Menschen auf der Schranne fragte er bisweilen mit höhnischem Lachen: "Wie tut's, Bürschlein? Wie schmeckt's?"

Als aber der Dieb zur Stadt war hinausgejagt worden, ging ihm der Fremde von weitem nach, und als er ihn erreicht hatte auf dem Weg nach Degerfelden, sagte er zu ihm: "Kennst du mich noch, Gutschick?" Der junge Mensch sagte: "Euch werde ich so bald nicht vergessen. Aber sagt mir doch, warum habt Ihr an meiner Schmach eine solche Schadenfreude gehabt und an dem Pass, den mir der Hatschier mit dem Weidenstumpen geschrieben hat, so ich doch Euch nicht bestohlen, auch mein Leben lang sonst nicht beleidiget habe." Der Fremde sagte: "Zur Warnung, weil du deine Sache so einfältig angelegt hattest, dass es notwendig herauskommen musste. Wer unser Metier treiben will, ich bin der Zundelfrieder", sagte er, und er war's auch —"wer unser Metier treiben will, der muss sein Geschäft mit

List anfangen und mit Vorsicht zu Ende bringen. Wenn du aber zu mir in die Lehre gehen willst, denn an Verstand scheint es dir nicht zu fehlen, und eine Warnung hast du jetzt, und so will ich mich deiner annehmen und etwas Rechtes aus dir machen." Also nahm er den jungen Menschen als Lehrjungen an, und als es bald darauf unsicher am Rhein wurde, nahm er ihn mit sich in die spanischen Niederlande.

Der listige Kaufherr

Der Adjunkt, der dieses schreibt, hat allemal eine grosse Freude, wenn er auch ein Geschichtlein einmauren kann in den Kalender. Denn was er in gelehrte Bücher hineinstiftet, lesen nicht viel Leute, am wenigsten die Gelehrten selber. Der Hausfreund aber hat nach den neuesten Zählungen 700000 Leser, ohne die, welche umsonst zuhören. Diesmal aber freut er sich insbesondere zu erzählen, wie einmal ein grosser Spitzbube auch hinter das Licht geführt worden ist; denn die Wölfe beissen bisweilen auch ein gescheites Hündlein, sagt Doktor Luther.

Ein französischer Kaufherr segelte mit einem Schiff voll grossen Reichtums aus der Levante heim, aus dem Morgenland, wo unser Glaube, unsere Fruchtbäume und unser Blut daheim ist, und dachte schon mit Freuden daran, wie, er jetzt bald ein eigenes Schlösslein am Meer bauen, und ruhig leben und alle Abend dreierlei Fische zu Nacht speisen wolle. Paff, geschah ein Schuss. Ein algierisches Raubschiff war in der Nähe, wollte uns gefangen nehmen und geraden Wegs nach Algier führen in die Sklaverei. Denn hat man zwischen Wasser und Himmel gute Gelegenheit Luftschlösser zu bauen, so hat man auch gute

Gelegenheit zu stehlen. So denken die algierschen Seeräuber auch. Hat das Wasser keine Balken, so hat's auch keine Galgen. Zum Glück hatte der Kaufherr einen Ragusaner auf dem Schiff, der schon einmal in algierischer Gefangenschaft gewesen war und ihre Sprache und ihre Prügel aus dem Fundament verstand. Zu dem sagte der Kaufherr: "Nicolo, hast du Lust noch einmal algierisch zu werden? Folge mir, was ich dir sage, so kannst du dich erretten und uns." Also verbargen wir uns alle im Schiff, dass kein Mensch zu sehen war, nur der Ragusaner stellte sich oben auf das Verdeck. Als nun die Seeräuber mit ihren blinkenden Säbeln schon nahe waren und riefen, die Christenhunde sollten sich ergeben, fing der Ragusaner mit kläglicher Stimme auf algierisch an: Tschamiana, fing er an, tschamiana halakna bilabai monaschid ana billah onzorun min almaut. "Wir sind alle an der Pest gestorben bis auf die Kranken, die noch auf ihr Ende warten, und ein deutscher Adjunkt und ich. Um Gottes willen rettet mich!" Dem Algierer Seekapitän, als er hörte, dass er so nah an einem Schiff voll Pest sei, kam's grün und gelb vor die Augen. In der grössten Geschwindigkeit hielt er das Schnupftuch vor die Nase, hatte aber keins, sondern den Ärmel; und lenkte sein Schiff hinter den Wind. Lajonzork, sagte er, Allahorraman arrahim atabarra laka it schanat chall. "Gott helfe dir, der Gnädige und Barmherzige! Aber geh zum Henker mit deiner Pest! Ich will dir eine Flasche voll Kräuteressig reichen." Darauf liess er ihm eine Flasche voll Kräuteressig reichen an einer langen Stange und segelte so schnell als möglich linksum. Also kamen wir glücklich aus der Gefahr, und der Kaufherr baute hernach in der Gegend von Marseille das Schlösslein und stellte den Ragusaner als Haushofmeister an auf lebenslang.

Die Quäker sind eine Sekte, zum Exempel in England,
fromme, friedliche und verständige Leute, wie hierzuland die
Wiedertäufer ungefähr, und dürfen vieles nicht tun nach
ihren Gesetzen: nicht schwören, nicht das Gewehr tragen,
vor niemand den Hut abziehn, aber reiten dürfen sie, wenn
sie Pferde haben. Als einer von ihnen einmal abends auf
einem gar schönen, stattlichen Pferd nach Haus in die Stadt
wollte reiten, wartet auf ihn ein Räuber mit kohlschwarzem
Gesicht ebenfalls auf einem Ross, dem man alle Rippen unter
der Haut, alle Knochen, alle Gelenke zählen konnte, nur
nicht die Zähne, denn sie waren alle ausgebissen, nicht am
Haber, aber am Stroh. "Kind Gottes", sagte der Räuber, "ich
möchte meinem armen Tier da, das sich noch dunkel an den
Auszug der Kinder Israel aus Ägypten erinnern kann, wohl
auch ein so gutes Futter gönnen, wie das Eurige haben
muss dem Aussehen nach. Wenn's Euch recht ist, so wollen
wir tauschen. Ihr habt doch keine geladene Pistole bei Euch,
aber ich." Der Quäker dachte bei sich selbst: "Was ist zu tun?
Wenn alles fehlt, so hab' ich zu Haus noch ein zweites Pferd,
aber kein zweites Leben." Also tauschten sie miteinander,
und der Räuber ritt auf dem Ross des Quäkers nach Haus,
aber der Quäker führte das arme Tier des Räubers am Zaum.
Als er aber gegen die Stadt und an die ersten Häuser kam,
legte er ihm den Zaum auf den Rücken und sagte: "Geh
voraus, Lazarus; du wirst deines Herrn Stall besser finden
als ich." Und so liess er das Pferd vorausgehen und folgte
ihm nach Gasse ein, Gasse aus, bis es vor einer Stalltüre
stehen blieb. Als es stehen blieb und nimmer weiter wollte,
ging er in das Haus und in die Stube, und der Räuber fegte
gerade den Russ aus dem Gesicht mit einem wollenen
Strumpf. "Seid Ihr wohl nach Hause gekommen?" sagte der
Quäker. "Wenn's Euch recht ist, so wollen wir jetzt unsern
Tausch wieder aufheben, er ist ohnedem nicht gerichtlich
bestätigt. Gebt mir mein Rösslein wieder, das Eurige steht
vor der Tür." Als sich nun der Spitzbube entdeckt sah,

wollte er wohl oder übel, gab er dem Quäker sein gutes
Pferd zurück. "Seid so gut", sagte der Quäker, "und gebt mir
jetzt auch noch zwei Taler Rittlohn; ich und Euer Rösslein
sind miteinander zu Fuss spaziert." Wollte der Spitzbube
wohl oder übel, musst' er ihm auch noch zwei Taler
Rittlohn bezahlen. "Nicht wahr, das Tierlein lauft einen
sanften Trab?" sagte der Quäker.

Der listige Steiermarker

In Steiermark, ein wenig abhanden von der Strasse, dachte
ein reicher Bauer im letzten Krieg: wie fang' ich's an, dass
ich meine Kronentaler und meine Dukätlein rette in dieser
bösen Zeit? Die Kaiserin Maria Theresia ist mir noch so lieb,
tröst' sie Gott, und der Kaiser Joseph, tröst' ihn Gott, und
der Kaiser Franz, Gott schenk' ihm Leben und Gesundheit.
Und wenn man meint, man habe die lieben Herrschaften
noch so gut verborgen und geflüchtet, so riecht sie der
Feind, sobald er die Nase ins Dorf streckt, und führt sie in
die Gefangenschaft ins Lothringen oder in die Champagne,
dass einem armen Untertanen das Herz dabei bluten möchte
vor Patriotismus. "Jetzt weiss ich," sagte er, "wie ich's
anfange", und trug das Geld bei dunkler, blinder Nacht in
den Krautgarten. "Das Siebengestirn verratet mich nicht",
sagte er. Im Krautgarten legte er das Geld geradezu
zwischen die Gelveieleinstöcke und die spanischen Wicken.

Nebendran grub er ein Loch in das Weglein zwischen den
Beeten und warf allen Grund daraus auf das Geld und
zertrat rings herum die schönen Blumenstöcke und das
Mangoldkraut, wie einer, der Sauerkraut einstampft. Am
Montag drauf streiften schon die Chasseurs im ganzen
Revier, und am Donnerstag kam eine Partie ins Dorf, frisch

auf die Mühle zu, und aus der Mühle mit weissen
Ellenbogen zu unserm Bauern: und "Geld her, Buur," rief
ihm ein Sundgauer mit blankem Säbel entgegen, "oder bet'
dein letztes Vaterunser." Der Bauer sagte, sie möchten
nehmen, was sie in Gottes Namen noch finden. Er habe
nichts mehr, es sei gestern und vorgestern schon alles in
Rapuse gegangen. "Vor euch kann man etwas verbergen,"
sagt er, "ihr seid die Rechten." Als sie nichts fanden ausser
ein paar Kupferkreuzer und einen vergoldeten Sechser mit
dem Bildnis der Kaiserin Maria Theresia und ein Ringlein
dran zum Anhängen, "Buur," sagte der Sundgauer, "du hast
dein Geld verlochet; auf der Stelle zeig', wo du dein Geld
verlocht hast, oder du gehst ohne dein letztes Vaterunser
aus der Welt." "Auf der Stelle kann ich's euch nicht zeigen,"
sagte der Bauer, "so sauer mich der Gang ankommt, sondern
ihr müsst mit mir in den Krautgarten gehen. Dort will ich
euch zeigen, wo ich es verborgen hatte, und wie es mir
ergangen ist. Der Herr Feind ist schon gestern und
vorgestern dagewesen und haben's gefunden und alles
geholt." Die Chasseure nahmen den Augenschein im Garten
ein, fanden alles, wie es der Mann angegeben hatte, und
keiner dachte daran, dass das Geld unter dem Grundhaufen
liegt, sondern jeder schaute in das leere Loch und dachte:
wär' ich nur früher gekommen. "Und hätten sie nur die
schönen Gelveieleinstöcke und den Goldlack nicht so
verderbt", sagte der Bauer, und so hinterging er diese und
alle, die noch nachkamen, und hat auf diese Art das ganze
erzherzogliche Haus, den Kaiser Franz, den Kaiser Joseph,
die Kaiserin Maria Theresia und den allerhöchstseligen
Herrn Leopold den Ersten gerettet und glücklich im Land
behalten.

Der Prozess ohne Gesetz

Nur weil es unter allen Ständen einfältige Leute gibt, gibt es solche auch unter dem achtungswerten Bauernstand; sonst wär es nicht nötig. Ein solcher schob eines Morgens einen schwarzen Rettich und ein Stück Brot in die Tasche, und "Frau", sagte er, "gib acht zum Haus, ich gehe jetzt in die Stadt." Unterwegs sagte er von Zeit zu Zeit: "Dich will ich bekommen. Mit dir will ich fertig werden", und nahm allemal eine Prise darauf, als wenn er den Tabak meinte, mit ihm woll' er fertig werden; er meinte aber seinen Schwager, den Ölmüller. In der Stadt ging er geradeswegs zu einem Advokaten und erzählte ihm, was er für einen Streit habe mit seinem Schwager wegen einem Stück Reben im untern Berg, und wie einmal der Schwed am Rhein gewesen sei und seine Voreltern drauf ins Land gekommen seien, der Schwager aber sei von Enzberg im Württembergischen, und der Herr Advokat soll jetzt so gut sein und einen Prozess daraus machen. Der Advokat mit einer Tabakspfeife im Mund, sie rauchen fast alle, tat gewaltige Züge voll Rauch, und es gab lauter schwebende Ringlein in der Luft, der Adjunkt kann auch machen. Dabei war er aber ein aufrichtiger Mann, als Rechtsfreund und Rechtsbeistand natürlich. "Guter Mann", sagte er, "wenn's so ist, wie Ihr mir da vortragt, den Prozess könnt Ihr nicht gewinnen", und holte ihm vom Schaft das Landrecht hinter einem porzellinen Tabakstopf hervor. "Seht da", schlug er ihm auf, "Kapitel soundsoviel, Numero vier, das Gesetz spricht gegen Euch unverrichteter Sachen." Indem klopft jemand an der Türe und tritt herein, und ob er einen Zwerchsack über die Schulter hängen hatte und etwas drin, genug, der Advokat geht mit ihm in die Kammer abseits. "Ich komm' gleich wieder zu Euch." Unterdessen riss der Bauersmann das Blatt aus dem Landrecht, worauf das Gesetz stand, drückte es geschwind in die Tasche und legte das Buch wieder zusammen. Als er wieder bei dem Advokaten allein war,

dem Knie ein paarmal ein- und auswärts, teils weil es
dortzuland zum guten Vortrag gehört, teils damit der
Advokat etwas sollte klingeln hören oben in der Tasche. "Ihr
Gnaden", sagte er zu dem Advokaten, "ich hab' mich
unterdessen besonnen. Ich meine, ich will's doch probieren,
wenn Sie sich der Sache annehmen wollten", und, machte
ein verschlagenes Gesicht dazu, als wenn er noch etwas
wüsste und sagen wollte: Es kann nicht fehlen. Der
Advokat sagte: "Ich habe aufrichtig mit Euch gesprochen
und Euch klaren Wein eingeschenkt." Der Bauersmann
schaute unwillkürlich auf den Tisch, aber er sah keinen.
"Wenn Ihr's wollt drauf ankommen lassen", fuhr der
Advokat fort, "so kommt's mir auch nicht drauf an." Der
Bauersmann sagte: "Es wird nicht alles gefehlt sein."

Kurz, der Prozess wird anhängig, und der Advokat
brauchte das Landrecht nicht mehr weiters dazu, weil er das
Gesetz auswendig wusste wie alle. Item was geschieht? Der
Gegenpart hatte einen saumseligen Advokaten, der Advokat
verabsäumt einen Termin, und unser Bauersmann gewinnt
den Prozess. Als ihm nun der Advokat den Spruch
publizierte, "aber nicht wahr", sagte der Advokat, "diesen
schlechten Rechtshandel hab' ich gut für Euch
geführt?"—"Den Kuckuck hat Er", erwiderte der
Bauersmann und zog das ausgerissene Blatt wieder aus der
Tasche hervor: "Sieht Er da? Kann Er gedruckt lesen? Wenn
ich nicht das Gesetz aus dem Landrecht gerissen hätte, Er
hätt' den Prozess lang verloren." Denn er meinte wirklich,
der Prozess sei dadurch zu seinem Vorteil ausgefallen, dass
er das gefährliche Gesetz aus dem Landrecht gerissen hatte,
und auf dem Heimweg, so oft er eine Prise nahm, machte er
allemal ein pfiffiges Gesicht und sagte: "Mit dir bin ich fertig
worden, Ölmüller." Item. So können Prozesse gewonnen
werden. Wohl dem, der keinen zu verlieren hat.

Der Rekrut

Ein Rekrut, dem schon in den ersten 14 Tagen das
Schildwachstehen langweilig vorkam, betrachtete einmal das
Schilderhaus unten und oben und hinten und vornen, wie
ein Förster, wenn er einen Baum schätzt, oder ein Metzger
ein Häuptlein Vieh. Endlich sagte er: "Ich möchte nur
wissen, was sie an dem einfältigen Kasten finden, dass den
ganzen Tag einer dastehen und ihn hüten muss." Denn er
meinte, er stehe da wegen dem Schilderhaus, nicht das
Schilderhaus wegen ihm.

Der Rekrut

Zum schwäbischen Kreiskontingent kam im Jahr 1795 ein
Rekrut, so ein schöner, wohlgewachsener Mann war. Der
Offizier fragte ihn, wie alt er sei. Der Rekrut antwortete:
"Einundzwanzig Jahr. Ich bin ein ganzes Jahr lang krank
gewesen, sonst wär' ich zweiundzwanzig."

Der schlaue Husar

Ein Husar im letzten Kriege wusste wohl, dass der Bauer,
dem er jetzt auf der Strasse entgegenging, 100 Gulden für
geliefertes Heu eingenommen hatte und heimtragen wollte.
Deswegen bat er ihn um ein kleines Geschenk zu Tabak und
Branntwein. Wer weiss, ob er mit ein paar Batzen nicht
zufrieden gewesen wäre. Aber der Landmann versicherte
und beteuerte bei Himmel und Hölle, dass er den eigenen
letzten Kreuzer im nächsten Dorfe ausgegeben und nichts

Quartier wäre", sagte hierauf der Husar, "so wäre uns
beiden zu helfen; aber wenn du hast nichts, ich hab' nichts,
so müssen wir den Gang zum heiligen Alfonsus doch
machen. Was er uns heute beschert, wollen wir brüderlich
teilen." Dieser Alfonsus stand in Stein ausgehauen in einer
alten, wenig besuchten Kapelle am Feldweg. Der Landmann
hatte anfangs keine grosse Lust zu dieser Wallfahrt. Aber
der Husar nahm keine Vorstellung an und versicherte
unterwegs seinen Begleiter so nachdrücklich, der heilige
Alfonsus habe ihn noch in keiner Not stecken lassen, dass
dieser selbst anfing, Hoffnung zu gewinnen. Vermutlich war
in der abgelegenen Kapelle ein Kamerad und Helfershelfer
des Husaren verborgen? Nichts weniger! Es war wirklich
das steinerne Bild des Alfonsus, vor welchem sie jetzt
niederknieten, während der Husar gar andächtig zu beten
schien. "Jetzt", sagte er seinem Begleiter ins Ohr, "jetzt hat
mir der Heilige gewunken." Er stand auf, ging zu ihm hin,
hielt die Ohren an die steinernen Lippen und kam gar
freudig wieder zu seinem Begleiter zurück. "Einen Gulden
hat er mir geschenkt: in meiner Tasche müsse er schon
stecken." Er zog auch wirklich zum Erstaunen des andern
einen Gulden heraus, den er aber schon vorher bei sich
hatte, und teilte ihn versprochenermassen brüderlich zur
Hälfte. Das leuchtete dem Landmann ein, und es war ihm
gar recht, dass der Husar die Probe noch einmal machte.
Alles ging das zweite Mal wie zuerst. Nur kam der
Kriegsmann diesmal viel freudiger von dem Heiligen zurück.

"Hundert Gulden hat uns jetzt der gute Alfonsus auf einmal
geschenkt. In deiner Tasche müssen sie stecken." Der arme
Bauer wurde todesblass, als er dies hörte, und wiederholte
seine Versicherung, dass er gewiss keinen Kreuzer habe.
Allein der Husar redete ihm zu, er sollte doch nur Vertrauen
zu dem heiligen Alfonsus haben und nachsehen. Alfonsus
habe ihn noch nie angeführt. Wollte er wohl oder übel, so

musste er seine Taschen umkehren und leer machen. Die
hundert Gulden kamen richtig zum Vorschein, und hatte er
vorher dem schlauen Husaren die Hälfte von seinem Gulden
abgenommen, so musste er jetzt auch seine hundert Gulden
mit ihm teilen, da half kein Bitten und kein Flehen.

Das war fein und listig, aber eben doch nicht recht, zumal in
einer
Kapelle.

Der schlaue Mann

Einem andern, als er das Wirtshaussitzen bis nach
Mitternacht anfing, schloss einmal die Frau nachts um zehn
Uhr die Türe zu und ging ins Bett, und wollt' er wohl oder
übel, so musste er unter dem Immenstand im Garten über
Nacht sein. Den andern Tag, was tut er? Der geneigte Leser
gebe acht! Als er ins Wirtshaus ging, hob er die Haustüre
aus den Kloben und nahm sie mit, und früh um ein Uhr, als
er heimkam, hängt er sie wieder ein und schloss sie zu, und
seine Frau hat ihn nimmer ausgeschlossen und ist ins Bett
gegangen, sondern hat ihn nachher mit Liebe und Sanftmut
gebessert.

Der schlaue Pilgrim

Vor einigen Jahren zog ein Müssiggänger durch das Land,
der sich für einen frommen Pilgrim ausgab, gab vor, er
komme von Paderborn und laufe geradenweges zum
Heiligen Grab nach Jerusalem, fragte schon in Müllheim an
der Post: "Wie weit ist es noch nach Jerusalem?" Und wenn

Fussweg über Mauchen ist es eine Viertelstunde näher", so
ging er, um auf dem langen Weg eine Viertelstunde zu
ersparen, über Mauchen. Das wäre nun so übel nicht. Man
muss einen kleinen Vorteil nicht verachten, sonst kommt
man zu keinem grossen. Man hat öfter Gelegenheit, einen
Batzen zu ersparen oder zu gewinnen, als einen Gulden.
Aber 15 Batzen sind auch ein Gulden, und wer auf einem
Wege von 700 Stunden nur allemal an fünf Stunden weiss
eine Viertelstunde abzukürzen, der hat an der ganzen Reise
gewonnen — rechnet selber aus, wieviel? Allein unser
verkleideter Pilgrim dachte nicht ebenso, sondern weil er
nur dem Müssiggang und guten Essen nachzog, so war es
ihm einerlei, wo er war. Ein Bettler kann nach dem alten
Sprichwort nie verirren, muss in ein schlechtes Dorf
kommen, wenn er nicht mehr drin bekommt, als er
unterwegs an den Sohlen zerreisst, zumal wenn er barfuss
geht. Unser Pilgrim aber dachte doch immer darauf, sobald
als möglich wieder an die Landstrasse zu kommen, wo
reiche Häuser stehen und gut gekocht wird. Denn der
Halunke war nicht zufrieden, wie ein rechter Pilgrim sein
soll, mit gemeiner Nahrung, die ihm von einer mitleidigen
und frommen Hand gereicht wurde, sondern wollte nichts
fressen als nahrhafte Kieselsteinsuppen. Wenn er nämlich
irgendwo so ein braves Wirtshaus an der Strasse stehen sah,
wie zum Exempel das Posthaus in Krotzingen oder den
Baselstab in Schliengen, so ging er hinein und bat ganz
demütig und hungrig um ein gutes Wassersüpplein von
Kieselsteinen, um Gottes willen, Geld habe er keines. — Wenn
nun die mitleidige Wirtin zu ihm sagte: "Frommer Pilgrim,
die Kieselsteine könnten Euch hart im Magen liegen!" so
sagte er: "Eben deswegen! Die Kieselsteine halten länger an
als Brot, und der Weg nach Jerusalem ist weit. Wenn Ihr mir
aber ein Gläslein Wein dazu bescheren wollt, um Gottes
willen, so könnt' ich's freilich besser verdauen." Wenn aber
die Wirtin sagte: "Aber, frommer Pilgrim, eine solche Suppe

kann Euch doch unmöglich Kraft geben!" so antwortete er:
"Ei, wenn Ihr anstatt des Wasser wolltet Fleischbrühe dazu
nehmen, um Gottes willen, so wär's freilich nahrhafter."
Brachte nun die Wirtin eine solche Suppe und sagte: "Die
Tünklein sind doch nicht so gar weich geworden", so sagte
er: "Ja, und die Brühe sieht gar dünn aus. Hättet Ihr nicht
ein paar Gabeln voll Gemüs darein oder ein Stücklein
Fleisch oder beides um Gottes willen?" Wenn ihm nun die
mitleidige Wirtin auch noch Gemüs und Fleisch in die
Schüssel legte, so sagte er: "Vergelts Euch Gott! Gebt mir
jetzt Brot, so will ich die Suppe essen." Hierauf streifte er die
Ärmel seines Pilgergewandes zurück, setzte sich und griff an
das Werk mit Freuden, und wenn er Brot und Wein und
Fleisch und Gemüs und die Fleischbrühe aufgezehrt hatte
bis auf den letzten Brosamen, Faser und Tropfen, so wischte
er den Mund am Tischtuch oder an dem Ärmel ab, oder
auch gar nicht, und sagte: "Frau Wirtin, Eure Suppe hat
mich rechtschaffen gesättigt, so dass ich die schönen
Kieselsteine nicht einmal mehr zwingen kann. Es ist schad
dafür! Aber hebt sie auf. Wenn ich wieder komme, so will
ich Euch eine heilige Muschel mitbringen ab dem
Meeresstrand von Askalon oder eine Rose von Jericho."

(Drum hüte dich; nicht das Gewand macht den Pilgrim,
sondern der fromme Sinn, und eine Sünde ist es, dasselbe zu
missbrauchen.)

Der Schneider in Pensa

Der Schneider in Pensa, was ist das für ein Männlein!
Sechsundzwanzig Gesellen auf dem Brett, jahraus, jahrein
für halb
Rußland Arbeit genug und doch kein Geld, aber ein froher,

heiterer
Sinn, ein Gemüt, treu und köstlich wie Gold, und mitten in
Asien
deutsches Blut rheinländischer Hausfreundschaft.

Im Jahre 1812, als Rußland nimmer Straßen genug hatte für
die Kriegsgefangenen an der Beresina oder in Wilna, ging
eine auch durch Pensa, das für sich schon mehr als
einhundert Tagereisen weit von Lahr oder Pforzheim
entfernt ist, und wo die beste deutsche oder englische Uhr,
wer eine hat, nimmer recht geht, sondern ein paar Stunden
zu spät. In Pensa ist der Sitz des ersten russischen
Statthalters in Asien, wenn man von Europa aus
hereinkommt. Also wurden dort die Kriegsgefangenen
abgegeben und übernommen und alsdann weiter abgeführt
in das tiefe, fremde Asien hinein, wo die Christenheit ein
Ende hat und niemand mehr das Vaterunser kennt, wenn's
nicht einer gleichsam als eine fremde Ware aus Europa
mitbringt. Also kamen eines Tages mit Franzosen meliert,
auch sechzehn Rheinländer, badische Offiziere, die damals
unter den Fahnen Napoleons gedient hatten, über die
Schlachtfelder und Brandstätten Europas ermattet, krank,
mit erfrorenen Gliedmaßen und schlecht geheilten Wunden,
ohne Geld, ohne Kleidung, ohne Trost in Pensa an und
fanden in diesem unheimlichen Lande kein Ohr mehr, das
ihre Sprache verstand, kein Herz mehr, das sich über ihre
Leiden erbarmte. Als aber einer den andern mit trostloser
Miene anblickte: "Was wird aus uns werden?" oder "Wann
wird der Tod unserm Elend ein Ende machen, und wer wird
den letzten begraben?" da vernahmen sie mitten durch das
russische und kosakische Kauderwelsch wie ein Evangelium
vom Himmel unvermutet eine Stimme: "Sind keine
Deutschen da?" und es stand vor ihnen auf zwei nicht ganz
gleichen Füßen eine liebe, freundliche Gestalt. Das war der
Schneider von Pensa, Franz Anton Egetmeier, gebürtig aus

Bretten im Neckarkreis, Großherzogtum Baden. Hat er nicht im Jahre 1779 das Handwerk gelernt in Mannheim? Hernach ging er auf die Wanderschaft nach Nürnberg, hernach ein wenig nach Petersburg hinein. Ein Pfälzer Schneider schlägt sieben bis acht mal hundert Stunden Wegs nicht hoch an, wenn's ihn inwendig treibt. In Petersburg aber ließ er sich unter ein russisches Kavallerieregiment als Regimentsschneider engagieren und ritt mit ihm in die fremde russische Welt hinein, wo alles anders ist, nach Pensa, bald mit der Nadel stechend, bald mit dem Schwert. In Pensa aber, wo er sich nachher häuslich und bürgerlich niederließ, ist er jetzt ein angesehenes Männlein. Will jemand in ganz Asien ein sauberes Kleid nach der Mode haben, so schickt er zu dem deutschen Schneider in Pensa. Verlangt er etwas von dem Statthalter, der doch ein vornehmer Herr ist und mit dem Kaiser reden darf, so hat's ein guter Freund vom andern verlangt, und hat auf dreißig Stunden Weges ein Mensch ein Unglück oder einen Schmerz, so vertraut er sich dem Schneider von Pensa an; er findet bei ihm, was ihm fehlt: Trost, Rat, Hilfe, ein Herz und ein Auge voll Liebe, Obdach, Tisch und Bett, nur kein Geld.

Einem Gemüte wie dieses war, das nur in Liebe und Wohltun reich ist, blühte auf den Schlachtfeldern des Jahres 1812 eine schöne Freudenernte Sooft ein Transport von unglücklichen Gefangenen kam, warf er Schere und Elle weg und war der erste auf dem Platze, und "Sind keine Deutschen da?" war seine erste Frage. Denn er hoffte von einem Tag zum anderen, unter den Gefangenen Landsleute anzutreffen, und freute sich, wie er ihnen Gutes tun wollte, und liebte sie schon zum voraus ungesehenerweise, wie eine Frau ihr Kindlein schon liebt und ihm Brei geben kann, ehe sie es hat. "Wenn sie nur so oder so aussähen", dachte er. Wenn ihnen nur auch recht viel fehlt, damit ich ihnen recht

viel Gutes erweisen kann." Doch nahm er, wenn keine
Deutschen da waren, auch mit Franzosen vorlieb und
erleichterte ihnen, bis sie weitergeführt wurden, ihr Elend,
als nach Kräften er konnte. Diesmal aber, und als er mitten
unter so viele brave Landsleute, auch Darmstädter und
andere, hineinrief: "Sind keine Deutschen da?" er mußte zum
zweitenmal fragen, denn das erstemal konnten sie vor
Staunen und Ungewißheit nicht antworten, sondern das
süße deutsche Wort in Asien verklang in ihren Ohren wie
ein Harfenton, und als er hörte: "Deutsche genug", und von
jedem erfragte, woher er sei er wär' mit Mecklenburgern
oder Kursachsen auch zufrieden gewesen, aber einer sagte.
"Von Mannheim am Rheinstrom", als wenn der Schneider
nicht vor ihm gewußt hätte, wo Mannheim liegt; der andere
sagte: Yon Bruchsal", der dritte: "Von Heidelberg", der vierte:
"Von Gochsheim", da zog es wie ein warmes, auflösendes
Tauwetter durch den ganzen Schneider hindurch. "Und ich
bin von Bretten`, sagte das herrliche Gemüt, Franz Anton
Egetmeier von~Bretten, wie Joseph von Agypten zu den
Söhnen Israels sagte: "Ich bin Joseph, euer Bruder" und die
Tränen der Freude, der Wehmut und heiligen Heimatliebe
traten a112n in die Augen, und es war schwer zu sagen, ob
sie einen freudigeren Fund an dem Schneider oder der
Schneider an seinen Landsleuten machte, und welcher Teil
am gerührtesten war. jetzt führte der gute Mensch seine
teuern Landsleute im Triumph in seine Wohnung und
bewirtete sie mit einem erquicklichen Mahle, wie in der
Geschwindigkeit es aufzutreiben war. jetzt eilte er zum
Statthalter und bat ihn um dit Gnade, daß er seine
Landsleute in Pensa behalten dürfe. "Anton", sagte der
Statthalter, wann hab ich Euch etwas abgeschlagen?" jetzt
lief er in der Stadt herum und suchte für die, die in seinem
Hause nicht Platz hatten, bei seinen Freunden und
Bekannten die besten Quartiere aus. jetzt musterte er seine
Gäste, einen nach dem anderen. "Herr Landsmann", sagte er

zu dem einen, "mit Eurem Weißzeug sieht's windig aus. Ich werde Euch für ein halbes Dutzend neue Hemder sorgen." "Ihr braucht auch ein neues Röcklein", sagte er zu einem andern Euers kann noch gewendet und ausgebessert werden", zu einem dritten, und so zu allen, und augenblicklich wurde zugeschnitten, und alle sechsundzwanzig Gesellen arbeiteten Tag und Nacht an Kleidungsstücken für seine werten rheinischen Hausfreunde. In wenigen Tagen waren alle neu oder anständig ausstaffiert. Ein guter Mensch, auch wenn er in Nöten ist, mißbraucht niemals fremde Gutmütigkeit; deswegen sagten zu ihm die rheinischen Hausfreunde: "Herr Landmann, verrechnet Euch nicht. Ein Kriegsgefangener bringt keine Münzen mit. So wissen wir auch nicht, wie wir Euch für Eure großen Auslagen werden schadlos halten können und wann."Darauf erwiderte der Schneider: "Ich finde hinlängliche Entschädigung in dem Gefühl, Ihnen helfen zu können. Benutzen Sie alles, was ich habe! Sehen Sie mein Haus und meinen Garten als den Ihrigen an!" So kurz weg und ab, wie ein Kaiser oder König spricht, wenn, eingefaßt in Würde, die Güte hervorblickt. Denn nicht nur die hohe fürstliche Geburt und Großmut, sondern auch die liebe häusliche Demut gibt, ohne es zu wissen, bisweilen den Herzen königliche Sprüche ein, Gesinnungen ohnehin. jetzt führte er sie freudig wie ein Kind in der Stadt bei seinen Freunden herum und machte Staat mit ihnen. Der Erzähler hat jetzt nimmer Zeit und Raum genug, alles Gute zu rühmen, das er seinen Freunden erwies. So sehr sie zufrieden waren, so wenig war er es. jeden Tag erfand er neue Mittel, ihnen den unangenehmen Zustand der Kriegsgefangenschaft zu erleichtern und das fremde Leben in Asien angenehm zu machen. War in der lieben Heimat ein hohes Geburts oder Namensfest, es wurde am nämlichen Tage von den Treuen auch in Asien mit Gastmahl, mit Vivat

Uhren falsch gehen. Kam eine frohe Nachricht von dem
Vorrücken und dem Siege der hohen Alliierten in
Deutschland an, der Schneider war der erste, der sie wußte
und seinen Kindern er nannte sie nur noch seine Kinder mit
Freudentränen zubrachte, darum, daß sich ihre Erlösung
nahte. Als einmal Geld zur Unterstützung der Gefangenen
aus dem Vaterland ankam, war ihre erste Sorge, ihrem
Wohltäter seine Auslagen zu vergüten. "Kinder", sagte er,
"verbittert mir meine Freude nicht!" Vater Egetmeier", sagten
sie, "tut unserem Herzen nicht wehe!" Also machte er ihnen
zum Schein eine kleine Rechnung, nur um sie nicht zu
betrüben und um das Geld wieder zu ihrem Vergnügen
anzuwenden, bis die letzte Kopeke aus den Händen war.

Das gute Geld war für einen anderen Gebrauch zu
bestimmen; aber man kann nicht an alles denken. Denn als
endlich die Stunde der Erlösung schlug, gesellte sich zur
Freude ohne Maß der bittere Schmerz der Trennung und zu
dem bitteren Schmerz die Not. Denn es fehlte an allem, was
zur Notdurft und zur Vorsorge auf eine so lange Reise in
den Schrecknissen des russischen Winters und einer
unwirtbaren Gegend nötig war, und ob auch auf den Mann,
solange sie durch Rußland zu reisen hatten, täglich dreizehn
Kreuzer verabreicht wurden, so reichte doch das wenige
nirgends hin. Darum ging in diesen letzten Tagen der
Schneider, sonst so frohen, leichten Mutes, still und
nachdenklich herum, als der etwas im Sinn hat, und war
wenig mehr zu Hause. "Es geht ihm recht zu Herzen",
sagten die rheinländischen Herren Hausfreunde und
merkten nichts. Aber auf einmal kam er mit großen
Freudenschritten, ja mit verklärtem Antlitz zurück: "Kinder,
es ist Rat; Geld genug!" Was war's? Die gute Seele hatte für
2000 Rubel das Haus verkauft "Ich will schon eine
Unterkunft finden", sagte er, wenn nur Ihr ohne Leid und
Mangel nach Deutschland kommt." 0 du heiliges, lebendig

gewordenes Sprüchlein des Evangeliums und seiner Liebe:
"Verkaufe, was du hast, und gib es denen, die es bedürftig
sind, so wirst du einen Schatz im Himmel haben." Der wird
einst weit oben rechts zu erfragen sein, wenn die Stimme
gesprochen hat: "Kommt, ihr Gesegneten! Ich bin hungrig
gewesen, und ihr habt mich gespeist; ich bin nackt gewesen,
und ihr habt mich gekleidet; ich bin krank und gefangen
gewesen, und ihr habt euch meiner angenommen." Doch
der Kauf wurde, zu großem Trost für die edlen Gefangenen,
wieder rückgängig gemacht.

Nichtsdestoweniger brachte er auf andere Art noch einige
hundert Rubel für sie zusammen und nötigte sie, was er
hatte von kostbarem russischem Pelzwerk, mitzunehmen,
um es unterwegs zu verkaufen, wenn sie Geldes bedürftig
wären oder einem ein Unglück widerführe. Den Abschied
will der Hausfreund nicht beschreiben. Keiner, der dabei
war, vermag es. Sie schieden unter tausend Segenswünschen
und Tränen des Dankes und der Liebe, und der Schneider
gestand, daß dieses für ihn der schmerzlichste Tag seines
Lebens sei. Die Reisenden aber sprachen unterwegs
unaufhörlich und noch immer von ihrem Vater in Pensa,
und als sie in Bialystok in Polen wohlbehalten ankamen
und Geld antrafen, schickten sie ihm dankbar das
vorgeschossene Reisegeld zurück.

Das war das Gotteskind Franz Anton Egetmeier,
Schneidermeister in
Asien.

Der Schneider in Pensa

Ein rechtschaffener Kalendermacher, zum Beispiel der

und freudigen Beruf empfangen, nämlich, dass er die Wege
aufdecke, auf welchen die ewige Vorsehung für die Hilfe
sorgt, noch ehe die Not da ist, und dass er kundmache das
Lob vortrefflicher Menschen, sie mögen doch auch stecken,
fast wo sie wollen.

Der Schneider in Pensa, was ist das für ein Männlein!
Sechsundzwanzig Gesellen auf dem Brett, jahraus jahrein
für halb
Russland Arbeit genug, und doch kein Geld, aber ein froher,
heiterer
Sinn, ein Gemüt treu und köstlich wie Gold und mitten in
Asien
deutsches Blut rheinländischer Hausfreundschaft.

Im Jahr 1812, als Russland nimmer Strassen genug hatte für
die Kriegsgefangenen an der Berezina oder in Wilna, ging
eine auch durch Pensa, welches für sich schon mehr als
hundert Tagereisen weit von Lahr oder Pforzheim entfernt
ist, und wo die beste deutsche oder englische Uhr, wer eine
hat, nimmer recht geht, sondern ein paar Stunden zu spat.
In Pensa ist der Sitz des ersten russischen Statthalters in
Asien, wenn man von Europa aus hereinkommt. Also
wurden dort die Kriegsgefangenen abgegeben und
übernommen und alsdann weiter abgeführt in das tiefe,
fremde Asien hinein, wo die Christenheit ein Ende hat und
niemand mehr das Vaterunser kennt, wenn's nicht einer
gleichsam als eine fremde Ware aus Europa mitbringt. Also
kamen eines Tages mit Franzosen meliert auch sechzehn
rheinländische Herren Leser, badische Offiziere, die damals
unter den Fahnen Napoleons gedient hatten, über die
Schlachtfelder und Brandstätten von Europa ermattet,
krank, mit erfrorenen Gliedmassen und schlecht geheilten
Wunden, ohne Geld, ohne Kleidung, ohne Trost in Pensa an
und fanden in diesem unheimlichen Land kein Ohr mehr,

das ihre Sprache verstand, kein Herz mehr, das sich über
ihre Leiden erbarmte. Als aber einer den andern mit
trostloser Miene anblickte: "Was wird aus uns werden?"
oder: "Wann wird der Tod unserm Elend ein Ende machen,
und wer wird den letzten begraben?" da vernahmen sie
mitten durch das russische und kosakische Kauderwelsch
wie ein Evangelium vom Himmel unvermutet eine Stimme:
"Sind keine Deutsche da?" und es stand vor ihnen auf zwei
nicht ganz gleichen Füssen eine liebe, freundliche Gestalt.
Das war der Schneider von Pensa, Franz Anton Egetmeier,
gebürtig aus Bretten im Neckarkreis, Grossherzogtum
Baden. Hat er nicht im Jahr 1779 das Handwerk gelernt in
Mannheim? Hernach ging er auf die Wanderschaft nach
Nürnberg, hernach ein wenig nach Petersburg hinein. Ein
Pfälzer Schneider schlagt sieben bis achtmal hundert
Stunden Wegs nicht hoch an, wenn's ihn inwendig treibt.
In Petersburg aber liess er sich unter ein russisches
Kavallerie-Regiment als Regimentsschneider engagieren und
ritt mit ihnen in die fremde russische Welt hinein, wo alles
anderst ist, nach Pensa, bald mit der Nadel stechend, bald
mit dem Schwert. In Pensa aber, wo er sich nachher
häuslich und bürgerlich niederliess, ist er jetzt ein
angesehenes Männlein. Will jemand in ganz Asien ein
sauberes Kleid nach der Mode haben, so schickt er zu dem
deutschen Schneider in Pensa. Verlangt er etwas von dem
Statthalter, der doch ein vornehmer Herr ist und mit dem
Kaiser reden darf, so hat's ein guter Freund vom andern
verlangt, und hat auf dreissig Stunden Weges ein Mensch
ein Unglück oder einen Schmerz, so vertraut er sich dem
Schneider von Pensa an, er findet bei ihm, was ihm fehlt,
Trost, Rat, Hilfe, ein Herz und ein Auge voll Liebe, Obdach,
Tisch und Bett, nur kein Geld.

Einem Gemüte wie dieses war, das nur in Liebe und

1812 eine schöne. Freudenernte. So oft ein Transport von unglücklichen Gefangenen kam, warf er Schere und Elle weg und war der erste auf dem Platze, und "Sind keine Deutsche da?" war seine erste Frage. Denn er hoffte von einem Tag zum andern, unter den Gefangenen Landsleute anzutreffen, und freute sich, wie er ihnen Gutes tun wollte, und liebte sie schon zum voraus ungesehener Weise, wie eine Frau ihr Kindlein schon liebt und ihm Brei geben kann, ehe sie es hat. "Wenn sie nur so oder so aussähen", dachte er. "Wenn ihnen nur auch recht viel fehlt, damit ich ihnen recht viel Gutes erweisen kann." Doch nahm er, wenn keine Deutschen da waren, auch mit Franzosen vorlieb und erleichterte ihnen, bis sie weitergeführt wurden, ihr Elend, als nach Kräften er konnte. Diesmal aber, und als er mitten unter so viele geneigte Leser, auch Darmstädter und andere hineinrief: "Sind keine Deutsche da?"—er musste zum zweiten Mal fragen, denn das erste Mal konnten sie vor Staunen und Ungewissheit nicht antworten, sondern das süsse deutsche Wort in Asien verklang in ihren Ohren wie ein Harfenton, und als er hörte: "Deutsche genug", und von jedem erfragte, woher er sei—er wär' mit Mecklenburgern oder Kursachsen auch zufrieden gewesen, aber einer sagte: "Von Mannheim am Rheinstrom", als wenn der Schneider nicht vor ihm gewusst hätte, wo Mannheim liegt, der andere sagte: "Von Bruchsal", der dritte: "Von Heidelberg", der vierte: "Von Gochsheim"; da zog es wie ein warmes, auflösendes Tauwetter durch den ganzen Schneider hindurch. "Und ich bin von Bretten", sagte das herrliche Gemüte, Franz Anton Egetmeier von Bretten, wie Joseph in Ägypten zu den Söhnen Israels sagte: "Ich bin Joseph, euer Bruder"—und die Tränen der Freude, der Wehmut und heiligen Heimatsliebe traten allen in die Augen, und es war schwer zu sagen, ob sie einen freudigern Fund an dem Schneider oder der Schneider an seinen Landsleuten machte, und welcher Teil am gerührtesten war. Jetzt führte der gute

Mensch seine teuern Landsleute im Triumph in seine Wohnung und bewirtete sie mit einem erquicklichen Mahl, wie in der Geschwindigkeit es aufzutreiben war. Jetzt eilte er zum Statthalter und bat ihn um die Gnade, dass er seine Landsleute in Pensa behalten dürfe. "Anton", sagte der Statthalter, "wann hab' ich Euch etwas abgeschlagen?" Jetzt lief er in der Stadt herum und suchte für diejenigen, welche in seinem Hause nicht Platz hatten, bei seinen Freunden und Bekannten die besten Quartiere aus. Jetzt musterte er seine Gäste, einen nach dem andern. "Herr Landsmann", sagte er zu einem, "mit Euerm Weisszeug sieht's windig aus. Ich werde Euch für ein halbes Dutzend neue Hemder sorgen.—Ihr braucht auch ein neues Röcklein", sagte er zu einem andern.—"Euers kann noch gewendet und ausgebessert werden", zu einem dritten, und so zu allen, und augenblicklich wurde zugeschnitten, und alle sechsundzwanzig Gesellen arbeiteten Tag und Nacht an Kleidungsstücken für seine werten rheinländischen Hausfreunde. In wenig Tagen waren alle neu oder anständig ausstaffiert. Ein guter Mensch, auch wenn er in Nöten ist, missbraucht niemals fremde Gutmütigkeit; deswegen sagten zu ihm die rheinländischen Hausfreunde: "Herr Landsmann, verrechnet Euch nicht. Ein Kriegsgefangener bringt keine Münzen mit. So wissen wir auch nicht, wie wir Euch für Eure grossen Auslagen werden schadlos halten können, und wann." Darauf erwiderte der Schneider: "Ich finde hinlängliche Entschädigung in dem Gefühl, Ihnen helfen zu können. Benutzen Sie alles, was ich habe! Sehen Sie mein Haus und meinen Garten als den Ihrigen an!" So kurz weg und ab, wie ein Kaiser oder König spricht, wenn eingefasst in Würde die Güte hervorblickt. Denn nicht nur die hohe fürstliche Geburt und Grossmut, sondern auch die liebe häusliche Demut gibt, ohne es zu wissen, bisweilen den Herzen königliche Sprüche ein, Gesinnungen ohnehin.

Freunden herum und machte Staat mit ihnen. Der Kalender
hat jetzt nimmer Zeit und Raum genug, alles Gute zu
rühmen, was er seinen Freunden erwies. So sehr sie
zufrieden waren, so wenig war er es. Jeden Tag erfand er
neue Mittel, ihnen den unangenehmen Zustand der
Kriegsgefangenschaft zu erleichtern und das fremde Leben
in Asien angenehm zu machen. War in der lieben Heimat
ein hohes Geburts- oder Namensfest, es wurde am
nämlichen Tag von den Treuen auch in Asien mit Gastmahl
mit Vivat und Freudenfeuer gehalten, nur etwas früher, weil
dort die Uhren falsch gehen. Kam eine frohe Nachricht von
dem Vorrücken und dem Siege der hohen Alliierten in
Deutschland an, der Schneider war der erste, der sie wusste,
und seinen Kindern—er nannte sie nur noch seine Kinder—
mit Freudentränen zubrachte, darum, dass sich ihre
Erlösung nahte. Als einmal Geld zur Unterstützung der
Gefangenen aus dem Vaterland ankam, war ihre erste Sorge,
ihrem Wohltäter seine Auslagen zu vergüten. "Kinder",
sagte er, "verbittert mir meine Freude nicht!"—"Vater
Egetmeier", sagten sie, "tut unserm Herzen nicht wehe!"
Also machte er ihnen zum Schein eine kleine Rechnung, nur
um sie nicht zu betrüben, und um das Geld wieder zu ihrem
Vergnügen anzuwenden, bis die letzte Kopeke aus den
Händen war. Das gute Geld war für einen andern Gebrauch
zu bestimmen, aber man kann nicht an alles denken. Denn
als endlich die Stunde der Erlösung schlug, gesellte sich zur
Freude ohne Mass der bittere Schmerz der Trennung und zu
dem bittern Schmerz die Not. Denn es fehlte an allem, was
zur Notdurft und zur Vorsorge auf eine so lange Reise in
den Schrecknissen des russischen Winters und einer
unwirtbaren Gegend nötig war, und ob auch auf den Mann,
solange sie durch Russland zu reisen hatten, täglich 13
Kreuzer verabreicht wurden, so reichte doch das wenige
nirgends hin. Darum ging in diesen letzten Tagen der
Schneider, sonst so frohen, leichten Mutes, still und

nachdenklich herum, als der etwas im Sinn hat, und war
wenig mehr zu Hause. "Es geht ihm recht zu Herzen",
sagten die rheinländischen Herren Hausfreunde und
merkten nichts. Aber auf einmal kam er mit grossen
Freudenschritten, ja mit verklärtem Antlitz zurück: "Kinder,
es ist Rat. Geld genug!"—Was war's? Die gute Seele hatte für
zweitausend Rubel das Haus verkauft. "Ich will schon eine
Unterkunft finden", sagte er, "wenn nur Ihr ohne Leid und
Mangel nach Deutschland kommt." O du heiliges, lebendig
gewordenes Sprüchlein des Evangeliums und seiner Liebe:
"Verkaufe, was du hast, und gib es denen, die es bedürftig
sind, so wirst du einen Schatz im Himmel haben." Der wird
einst weit oben rechts zu erfragen sein, wenn die Stimme
gesprochen hat: "Kommt, ihr Gesegneten! Ich bin hungrig
gewesen, und ihr habt mich gespeist, ich bin nackt gewesen,
und ihr habt mich gekleidet, ich bin krank und gefangen
gewesen, und ihr habt euch meiner angenommen." Doch
der Kauf wurde, zu grossem Trost für die edeln Gefangenen,
wieder rückgängig gemacht.

Nichtsdestoweniger brachte er auf andere Art noch einige
hundert Rubel für sie zusammen und nötigte sie, was er
hatte von kostbarem russischem Pelzwerk, mitzunehmen,
um es unterwegs zu verkaufen, wenn sie Geldes bedürftig
wären oder einem ein Unglück widerführe. Den Abschied
will der Hausfreund nicht beschreiben. Keiner, der dabei
war, vermag es. Sie schieden unter tausend Segenswünschen
und Tränen des Dankes und der Liebe, und der Schneider
gestand, dass dieses für ihn der schmerzlichste Tag seines
Lebens sei. Die Reisenden aber sprachen unterwegs
unaufhörlich und noch immer von ihrem Vater in Pensa,
und als sie in Bialystock in Polen wohlbehalten ankamen
und Geld antrafen, schickten sie ihm dankbar das
vorgeschossene Reisegeld zurück.

Das war das Gotteskind Franz Anton Egetmeier,
Schneidermeister in Asien. Der Hausfreund wird im
künftigen Kalender noch ein freudiges Wort von ihm zu
reden wissen, und es wäre nimmer der Mühe wert, einen
Kalender zu schreiben, wenn sich die geneigten Leser nicht
auf sein Bildnis freuen wollten, was er ihnen zu stiften
verspricht.

Der schwarze Mann in der weissen Wolke

Sonst hat der Hausfreund nie viel auf Gespenster gehalten,
wenn einem die Gespenster erscheinen; diesmal zwar auch
nicht. Denn als er eines Tages, es war aber Nacht, mit dem
Adjunkt und mit dem Vizepräsident durch den
Brassenheimer Wald nach Hause ging; vornehme Herren
schämen sich nicht, mit ihm zu gehen und gut Freund zu
sein, absonderlich bei Nacht, wenn es niemand sieht, und
wenn sie selber froh sind, dass sie jemand begleitet; denn als
wir aus dem Wald kamen, schlug es 12 Uhr in Brassenheim,
und die Mitternacht seufzte in den Bäumen. Ein schwacher
Wind wehte durch die finstere Nacht, und der Himmel war
verhängt; nur bisweilen schimmerte der abnehmende Mond
ein wenig durch die Wolken, wo sie am brüchigsten waren.
"Adjunkt", sagte der Vizepräsident, "wisst Ihr nichts zu
erzählen?" "Ja", sagte der Adjunkt: "die Hirschauer wollten
Anno 3 eine Brücke bauen, so stellten sie die Brücke der
Länge nach in den Strom, denn sie sagten: Es sieht besser
aus, und wenn ein grosses Wasser kommt, kann es besser
an der Brücke vorbei und nimmt sie nicht mit."

"Adjunkt", sagte der Hausfreund, "sind wohl die Flinten
zuerst erfunden worden oder die Ladstecken?" Der Adjunkt
sagte: "Die Ladstecken. Denn sonst wäre es nicht der Mühe

wert gewesen, die Flinten zu erfinden, weil man sie doch nicht hätte laden können." Als aber der Adjunkt niessen musste, drehte er den Kopf seitwärts gegen das Feld und niesst. Indem er den Kopf seitwärts dreht, druckt er sich auf einmal an den Hausfreund. "Habt Ihr nichts gesehn, Hausfreund?" sagte er ängstlich und leise. "Eine schneeweisse Wolke stieg aus der Erde auf, und in der Wolke stand ein schwarzer Mann und hat mir gewinkt, ich soll kommen." "Warum seid Ihr nicht gegangen?" sagte der Hausfreund. "Es sind Euch Funken aus den Augen gefahren, weil Ihr habt niessen müssen." "Er hat das Feuer im Elsass gesehen", sagte der Vizepräsident. Aber bald verging uns der Spass, und die Mitternacht schauerte allen durch Mark und Bein. Denn im nämlichen Augenblick erscheint wieder die weisse Wolke und in der weissen Wolke die schwarze Gestalt und winkt. Weg war's wieder auf einmal. "Habt Ihr's jetzt gesehen?" fragte der Adjunkt; "es ist gut, dass der Herr Präsident bei uns ist, mit uns zweien machte er kurzen Prozess." Aber der Präsident dachte, es ist gut, dass der Hausfreund bei mir ist, dass ich mich an ihm heben kann. Denn allen zitterten die Kniee, und der Mut stieg keinem sonderlich in die Höhe, aber das Haar. Der Hausfreund will's einstweilen dem geneigten Leser zu raten geben, was es war. Denn als wir wieder ein wenig zur Besinnung gekommen waren, obgleich die Erscheinung wenigstens siebenmal wiederkam, sagte endlich der Präsident: "Hausfreund, Ihr habt doch am meisten getrunken in Neuhausen, so werdet Ihr auch den meisten Mut haben; redet den Geist an!" Da rief der Hausfreund: "Alle guten Geister! Schwarze Gestalt der Mitternacht, wer bist du?" Da rief der Geist mit Zetergeschrei: "Ich bin der Xaveri Taubenkorn von Brassenheim. Um unsrer lieben Frauen willen verschont mich!"

Gerichtsmann in Brassenheim und wirtet; also kennt ihn
der Hausfreund wohl, und ist ein lobenswerter Feldmann,
dem keine Stunde in der Nacht zu spät oder zu früh ist für
seinen Acker. Als ihn nun der Hausfreund fragte: "Xaveri,
was treibt Ihr für Blendwerk? Seid Ihr mit dem Bösen im
Bund?"—sagte er: "Seid Ihr's, Hausfreund? Nein, ich streue
Ips auf meinen Kleeacker. Der Wind ist gut, und es kommt
bald ein linder Regen." Also, wenn er eine Handvoll Gips
auswarf, entstand die Wolke, ein wenig vom Mond erhellt,
und man sah darin den Xaveri wie einen Schatten, und
wenn er die Hand zurückzog, meinte man, er winke; aber
wenn das Gipsmehl verflogen und gefallen war, sah man
nichts mehr.—"Ihr habt mich rechtschaffen erschreckt",
sagte der Xaveri zum Hausfreund, "denn ich habe nicht
anders geglaubt, als es beschreit mich ein Gespenst. Ein
ander Mal lasst Euere Possen bleiben."

Der sicherste Weg

Bisweilen hat selbst ein Betrunkener noch eine Überlegung
oder doch einen guten Einfall, wie einer, der auf dem
Heimweg aus der Stadt nicht auf dem gewöhnlichen Pfad,
sondern gerade in dem Wasser ging, das dicht neben dem
Pfade fortläuft. Ihm begegnete ein menschenfreundlicher
Herr, der gerne der Notleidenden und Betrunkenen sich
annimmt, und wollte ihm die Hand reichen. "Guter
Freund", sagte er, "merkt Ihr nicht, dass Ihr im Wasser geht?
Hier ist der Fusspfad!" Der Betrunkene erwiderte: sonst finde
er's auch bequemer, auf dem trockenen Pfad zu gehen, aber
diesmal habe er ein wenig auf die Seite geladen. "Eben
deswegen", sagte der Herr, "will ich Euch aus dem Bache
heraushelfen!" "Eben deswegen", erwiderte der Betrunkene,
"bleib' ich drin. Denn wenn ich im Bach gehe und falle, so

falle ich auf den Weg. Wenn ich aber auf dem Weg falle, so
falle ich in den Bach." So sagte er und klopfte mit dem
Zeigefinger auf die Stirne, nämlich, dass darin ausser dem
Rausche auch noch etwas mehr sei, woran ein anderer nicht
denke.

Der silberne Löffel

In Wien dachte ein Offizier: Ich will doch auch einmal im
Roten Ochsen zu Mittag essen, und geht in den Roten
Ochsen. Da waren bekannte und unbekannte Menschen,
Vornehme und Mittelmässige, ehrliche Leute und
Spitzbuben wie überall. Man ass und trank, der eine viel,
der andere wenig. Man sprach und disputierte von dem und
jenem, zum Exempel von dem Steinregen bei Stannern in
Mähren, von dem Machin in Frankreich, der mit dem
grossen Wolf gekämpft hat. Das sind dem geneigten Leser
bekannte Sachen, denn er erfährt alles ein Jahr früher als
andere Leute. — Als nun das Essen fast vorbei war, einer und
der andere trank noch eine halbe Mass Ungarwein zum
Zuspitzen, ein anderer drehte Kügelein aus weichem Brot,
als wenn er ein Apotheker wär' und wollte Pillen machen,
ein dritter spielte mit dem Messer oder mit der Gabel oder
mit dem silbernen Löffel. Da sah der Offizier von ungefähr
zu, wie einer in einem grünen Rocke mit dem silbernen
Löffel spielte, und wie ihm der Löffel auf einmal in den
Rockärmel hineinschlüpfte und nicht wieder herauskam.
Ein anderer hätte gedacht: was geht's mich an? und wäre
still dazu gewesen oder hätte grossen Lärm angefangen. Der
Offizier dachte: Ich weiss nicht, wer der grüne Löffelschütz
ist, und was es für ein Verdruss geben kann, und war
mausstill, bis der Wirt kam und das Geld einzog. Als der

einen silbernen Löffel und steckte ihn zwischen zwei
Knopflöcher im Rocke, zu einem hinein, zum, andern
hinaus, wie es manchmal die Soldaten im Kriege machen,
wenn sie den Löffel mitbringen, aber keine Suppe. —
Währenddem der Offizier seine Zeche bezahlte, und der Wirt
schaute ihm auf den Rock, dachte er: Das ist ein kurioser
Verdienstorden, den der Herr da anhängen hat. Der muss
sich im Kampf mit einer Krebssuppe hervorgetan haben,
dass er zum Ehrenzeichen einen silbernen Löffel bekommen
hat; oder ist's gar einer von meinen eigenen? Als aber der
Offizier dem Wirt die Zeche bezahlt hatte, sagte er mit
ernsthafter Miene: "Und der Löffel geht ja drein. Nicht
wahr? Die Zeche ist teuer genug dazu." Der Wirt sagte: "So
etwas ist mir noch nicht vorgekommen. Wenn Ihr keinen
Löffel daheim habt, so will ich Euch einen Patentlöffel
schenken, aber meinen silbernen lasst mir da." Da stand der
Offizier auf, klopfte dem Wirt auf die Achsel und lächelte.
"Wir haben nur Spass gemacht", sagte er, "ich und der Herr
dort in dem grünen Rocke. Gebt Ihr Euern Löffel wieder aus
dem Ärmel heraus, grüner Herr, so will ich meinen auch
wieder hergeben."

Als der Löffelschütz merkte, dass er verraten sei, und dass
ein ehrliches Auge auf seine unehrliche Hand gesehen hatte,
dachte er: Lieber Spass als Ernst, und gab seinen Löffel
ebenfalls her. Also kam der Wirt wieder zu seinem
Eigentum,. und der Löffeldieb lachte auch — aber nicht
lange. Denn als die andern Gäste das sahen, jagten sie den
verratenen Dieb mit Schimpf und Schande und ein paar
Tritten unter der Türe zum Tempel hinaus, und der Wirt
schickte ihm den Hausknecht mit einer Handvoll
ungebrannter Asche nach. Den wackern Offizier aber
bewirtete er noch mit einer Bouteille voll Ungarwein auf das
Wohlsein aller ehrlichen Leute.

Merke: Man muss keine silbernen Löffel stehlen.

Merke: Das Recht findet seinen Knecht.

Der sinnreiche Bettler

Sonst bemessen die Bettler ihre dankbaren Wünsche nach
dem Wert der Gabe, die ihnen gereicht wird. Derjenige, von
welchem hier die Rede ist, sagt, das sei grundfalsch. Wer ihm
viel gibt, dem wünscht er eine hundertfältige Vergeltung
von Gott. Wer ihm aber wenig gibt, dem wünscht er eine
tausendfältige oder, wenn es noch weniger ist, eine
hunderttausendfältige Vergeltung. Denn er sagt: "Ich muss
einen gleich guten Willen bei allen voraussetzen. Wer wenig
reicht, wird wenig haben. Ich muss ihm also mehr
wünschen. Soll ich das Meinige auch noch dazu beitragen,
dass zuletzt die Reichen alles bekommen?"

Der Star von Segringen

Selbst einem Staren kann es nützlich sein, wenn er etwas
gelernt hat, wie viel mehr einem Menschen. —In einem
respektabeln Dorf, ich will sagen, in Segringen, es ist aber
nicht dort geschehen, sondern hier im Land, und derjenige,
dem es begegnet ist, liest es vielleicht in diesem Augenblick,
nicht der Star, aber der Mensch. In Segringen der Barbier
hatte einen Star, und der wohlbekannte Lehrjung gab ihm
Unterricht im Sprechen. Der Star lernte nicht nur alle
Wörter, die ihm sein Sprachmeister aufgab, sondern er
ahmte zuletzt auch selber nach, was er von seinem Herrn
hörte, zum Exempel: Ich bin der Barbier von Segringen.

er bei jeder Gelegenheit wiederholte, zum Exempel: so so
lala; oder par compagnie (das heisst so viel als: in
Gesellschaft mit andern); oder: wie Gott will; oder: du
Dolpatsch. So titulierte er nämlich insgemein den
Lehrjungen, wenn er das halbe Pflaster auf den Tisch strich
anstatt aufs Tuch, oder wenn er das Schermesser am Rücken
abzog anstatt die Schneide, oder wenn er ein Gütterlein
verheite. Alle diese Redensarten lernte nach und nach der
Star auch. Da nun täglich viel Leute im Haus waren, weil
der Barbier auch Branntwein ausschenkte, so gab's
manchmal viel zu lachen, wenn die Gäste miteinander ein
Gespräch führten, und der Star warf auch eins von seinen
Wörtern drein, das sich dazu schickte, als wenn er den
Verstand davon hätte; und manchmal, wenn ihm der
Lehrjung rief: "Hansel, was machst du?" antwortete er: "du
Dolpatsch!" und alle Leute in der Nachbarschaft wussten
von dem Hansel zu erzählen. Eines Tages aber, als ihm die
beschnittenen Flügel wieder gewachsen waren, und das
Fenster war offen und das Wetter schön, da dachte der Star:
Ich hab' jetzt schon so viel gelernt, dass ich in der Welt kann
fortkommen, und husch! zum Fenster hinaus. Weg war er.
Sein erster Flug ging ins Feld, wo er sich unter eine
Gesellschaft anderer Vögel mischte, und als sie aufflogen,
flog er mit ihnen, denn er dachte: sie wissen die Gelegenheit
hierzuland besser als ich. Aber sie flogen unglücklicherweise
alle miteinander in ein Garn. Der Star sagte: "Wie Gott will."
Als der Vogelsteller kommt und sieht, was er für einen
grossen Fang getan hat, nimmt er einen Vogel nach dem
andern behutsam heraus, dreht ihm den Hals um und wirft
ihn auf den Boden. Als er aber die mörderischen Finger
wieder nach einem Gefangenen ausstreckte, und denkt an
nichts, schrie der Gefangene: "Ich bin der Barbier von
Segringen!" Als wenn er wüsste, was ihn retten muss. Der
Vogelsteller erschrak anfänglich, als wenn es hier nicht mit
rechten Dingen zuginge, nachher aber, als er sich erholt

hatte, konnte er kaum vor Lachen zu Atem kommen; und
als er sagte: "Ei, Hansel, hier hätt' ich dich nicht gesucht;
wie kommst du in meine Schlinge?" da antwortete der
Hansel: "Par compagnie." Also brachte der Vogelsteller den
Star seinem Herrn wieder und bekam ein gutes Fanggeld.
Der Barbier aber erwarb sich damit einen guten Zuspruch,
denn jeder wollte den merkwürdigen Hansel sehen, und wer
jetzt noch weit und breit in der Gegend will zur Ader
lassen, geht zum Balbierer von Segringen.

Merke: So etwas passiert einem Staren selten. Aber schon
mancher junge Mensch, der auch lieber herumflankieren als
daheim bleiben wollte, ist ebenfalls par compagnie in die
Schlinge geraten und nimmer herauskommen.

Der Talhauser Galgen

"Wann bringt man denn die Juden? Es kommt ja niemand",
sagte zu dem Vogt von Gillmannshofen endlich der
Obmann. Nämlich der Vogt war Tages vorher in der Stadt
gewesen und hatte sich bei dem Herrn Amtmann Rates
erholt in irgend einer Sache. "Es ist ganz gut", sagte der
Amtmann, "dass Ihr da seid: hier sind vier Oberamtsbefehle
an Euch, die könnt Ihr nun selber mitnehmen." Als der Vogt
in den Roten Löwen zurückgekommen war, während er
fortfuhr, wo er vorher war stehen geblieben, nämlich am
fünften Schöpplein, zog er die vier Befehle aus der Tasche, ob
er ihnen nicht vorderhand aussen ansehen könne, was
inwendig stehen möchte, wie man bisweilen seltsamerweise
tut. Hernach schob er die Befehle wieder in die Rocktasche.
Hernach bei dem sechsten Schöpplein legte er die Arme auf
den Tisch und den Kopf auf die Arme und schlief ein.
Lustige Herren sassen an einem andern Tisch, und der

durchtriebenste von ihnen, einer wie der Herr Theodor, sagte: "Ich will einen Spass machen." Nämlich er schrieb einen falschen Befehl, dass, da morgen den 15ten drei Juden sollen gehenkt werden, so habe sich der Vogt von Gillmannshofen mit vierundzwanzig Mann und einem Obmann, nicht minder sämtlichen Schulkindern bei dem Talhauser Galgen früh um 9 Uhr unfehlbar einzufinden. Hernach zog er dem Vogt einen Befehl heimlich aus der Tasche und schob an dessen Stelle den falschen hinein. Auf dem Heimwege nach Gillmannshofen fing doch der Vogt an die Befehle aufzutun, was der Amtmann wieder mit ihm wolle, und als er anfing, den falschen Befehl zu lesen, "das muss ein Irrtum sein", sagte er zu sich selber, und ging in die Stadt zurück, um den Amtmann darüber zu befragen. Der Amtmann und seine Frau und der Herr Oberrevisor und seine Frau ergötzten sich nach des Tages Last und Arbeit mit einem Kartenspiel. "Was wollt Ihr schon wieder", fuhr ihn der Amtmann an, "seht Ihr nicht, dass Gesellschaft bei mir ist?" Der Vogt wollte ihm erklären, dass er einen Anstoss habe an einem von den Befehlen, und dass er meine —"Ein unruhiger Kopf seid Ihr", sagte der Amtmann, wie er's denn auch wirklich war. "Ihr habt nichts zu meinen — Gehorsam habt Ihr zu leisten, was man Euch befiehlt, und damit Punktum. Seid Ihr noch nicht genug gestraft worden?" Demnach so ging der Vogt wieder seines Wegs, und den andern Morgen zog er mit einer Rotte von vierundzwanzig Mann und einem Obmann und der Herr Schulmeister mit der Schuljugend und viele Freiwillige nach dem Talhauser Galgen, der linker Hand auf einer kleinen Anhöhe steht, wenn man von der Neuhauser Mühle in die Stadt geht. "Es ist schade", sagte der Vogt zum Obmann, "dass es so entsetzlich regnet. Es wird mancher daheim bleiben." Als sie vor den Talhauser Wald hinauskamen und den Galgen noch mutterseelallein im Felde stehen sahen, "wir sind die ersten", sagte der Vogt zum Obmann, "es ist noch niemand da." Der Freiwilligen suchte sich jeder einen guten Platz aus, wo man's gut sehen kann. Einige setzten sich zum voraus auf nahestehende Bäume, andere standen einstweilen unter. Aber es geschah nichts. Wandersleute, die in ihren Geschäften des Weges zogen, blieben auch im Regen stehen und wollten abwarten, was aus dem seltsamen Aufzug werden wolle. Aber es geschah nichts. "Sie werden warten", sagte der Vogt, "bis es nimmer so arg schüttet." Der Herr Schulmeister hielt zur Zeitverkürzung eine Standrede um die andere an die Schuljugend, dass, ob es gleich nur Juden seien, sollten sie doch ein christliches Exempel daran nehmen. Aber es wollt noch nichts kommen. Es läutete schon Mittag in allen Dörfern, aber der Mittag läutete auch nichts herbei. Deswegen sagte zuletzt der Obmann zu dem Vogt: "Wann bringt man denn die Juden? Es kommt ja niemand. Oder sind wir gar zuletzt Eure Narren?" sagte er. "Es wäre kein Wunder, wir henkten Euch selber daran, damit die Leute nicht umsonst dagewesen sind."—Kurz, es kam eben niemand.

Seitdem, wer durch Gillmannshofen geht und fragt in guter Meinung oder aus Mutwillen, ob schon lang niemand mehr am Talhauser Galgen gehenkt worden sei, oder so, der wird geschlagen.

Der unschuldig Gehenkte

Folgende unglückliche Begebenheit hat sich auf dem Spessart zugetragen. Mehrere Knaben hüteten miteinander an einer Berghalde unten an dem Wald das Vieh ihrer Eltern oder Meister. In der Langweile trieben sie allerlei und ahmten untereinander, wie dieses Alter zu tun pflegt, die Handlungen und Geschäfte der erwachsenen Menschen spielend nach. Eines Tages sagte der eine von ihnen: "Ich will der Dieb sein."—" So will ich das Oberamt sein", sagte der zweite. "Seid ihr die Hatschiere", sagte er zum dritten und vierten, "und du bist der Henker", sprach er zum fünften. Gut! Der Dieb stiehlt einem seiner Kameraden heimlich ein Messer und setzt sich auf flüchtigen Fuss; der Bestohlene klagt beim Oberamt; die Hatschiere streifen im Revier, attrapieren den Dieb in einem hohlen Baum und liefern ihn ein. Der Richter verurteilt ihn zum Tode. Unterdessen hört man im Wald einen Schuss fallen; Hundegebell erhebt sich. Man achtet's nicht. Der Henker wirft dem Malefikanten kurz und gut einen Strick um den Hals und henkt ihn im Unverstand und Leichtsinn an einen Aststumpen an einem Baumstamm, also, dass er mit den Füssen nicht gar kann die Erde berühren, denkt, ein paar Augenblicke kann er's schon aushalten. Plötzlich rauscht es im dürren Laub im Wald; es knackt und kracht im dichten Gehörst; ein schwarzer, wilder Eber bricht zottig und blitzend aus dem Wald hervor und läuft über den Richtplatz. Die Hirtenbuben, denen es ohnehin halber zumute war, als ob es doch nicht ganz recht wäre, mit einer so ernsthaften und bedenklichen Sache Mutwillen zu treiben, erschrecken, meinen, es sei der Teufel, vor dem uns Gott behüte, laufen vor Angst davon, einer von ihnen ins Dorf und erzählt, was geschehen sei. Aber als man kam, um den Gehenkten abzulösen, war er erstickt und tot. Dies ist eine Warnung. Das Oberamt und die Hatschiere kamen nachher auf drei Wochen ins Zuchthaus, und der Henker auf sechs. Dass aber der Eber soll der Teufel gewesen sein, hat sich nicht bestätigt. Denn er wurde von den nacheilenden Jägern erlegt und zum Forstamt geliefert; der Teufel aber befindet sich noch am Leben.

Der Vater und der Sohn

Der Vater stellte ein Gläslein voll Arznei in die Schublade,
weil er glaubte, es sei nirgends besser verwahrt. Als aber der
Sohn nach Hause kam und die Schublade schnell aufziehn
wollte, fiel das Gläslein um und zerbrach. Da gab ihm der
Vater eine zornige Ohrfeige und sagte: "Kannst du nicht
zuerst schauen, was in der Tischlade ist, eh' du sie auftust?"
Der Sohn erwiderte zwar: Nein, das könne niemand. Aber
der Vater sagte: "Den Augenblick sei still, oder du bekommst
noch eine."

Merke: Man ist nie geneigter Unrecht zu tun, als wenn man
Unrecht hat. Recht ist gut beweisen. Aber für das Unrecht
braucht man schon Ohrfeigen und Drohungen zum
Beweistum.

Der verachtete Rat

Man darf nie weniger geschwind tun, wenn etwas
geschehen soll, als wenn man auf die Stunde einhalten will.
Ein Fussgänger auf der Basler Strasse drehte sich um und
sah einen wohlbeladenen Wagen schnell hinter sich
hereilen. "Dem muss es nicht arg pressieren", dachte er.
—"Kann ich vor Torschluss noch in die Stadt kommen?"
fragte ihn der Fuhrmann.—"Schwerlich", sagte der
Fussgänger, "doch wenn Ihr recht langsam fahrt, vielleicht.
Ich will auch noch hinein."—"Wie weit ist's noch?"—"Noch
zwei Stunden."—"Ei", dachte der Fuhrmann, "das ist
einfältig geantwortet. Was gilt's, es ist ein Spassvogel."
Wenn ich mit Langsamkeit in zwei Stunden hineinkomme,
dachte er, so zwing' ich's mit Geschwindigkeit in
anderthalber und hab's desto gewisser. Also trieb er die
Pferde an, dass die Steine davonflogen und die Pferde die
Eisen verloren. Der Leser merkt etwas. "Was gilt's", denkt er,

"es fuhr ein Rad vom Wagen?" Es kommt dem Hausfreund
auch nicht darauf an. Eigentlich aber, und die Wahrheit zu
sagen, brach die hintere Achse. Kurz, der Fuhrmann musste
schon im nächsten Dorf über Nacht bleiben. An Basel war
nimmer zu denken. Der Fussgänger aber, als er nach einer
Stunde durch das Dorf ging und ihn vor der Schmiede
erblickte, hob er den Zeigfinger in die Höhe. "Hab ich Euch
nicht gewarnt", sagte er, "hab' ich nicht gesagt: Wenn Ihr
langsam fahrt!"

Der verwegene Hofnarr

Der König hatte ein Pferd, das war ihm so lieb, dass er sagte:
"Ich weiss nicht, was ich tue, wenn das Pferd mir stirbt.
Aber den, der mir von seinem Tod die erste Nachricht
bringt, den lass ich auch gewiss aufhenken." Item, das
Rösslein starb doch, und niemand wollte dem König die
erste Nachricht davon bringen. Endlich kam der Hofnarr.
"Ach, gnädigster Herr", rief er aus, "Ihr Pferd! Ach das arme,
arme Pferd! Gestern war es noch so"—da stotterte er, und
der erschrockene König fiel ihm ins Wort und sagte: "Ist es
gestorben? Ganz gewiss ist es gestorben, ich merk's schon."
"Ach gnädigster Herr", fuhr der Hofnarr mit noch grösserm
Lamento fort, "das ist noch lange nicht das Schlimmste."
"Nun, was denn?" fragte der König. "Ach, dass Sie jetzt noch
sich selber müssen henken lassen. Denn Sie haben's zuerst
gesagt, dass Ihr Leibpferd tot sei. Ich hab's nicht gesagt."
Der König aber, betrübt über den Verlust seines Pferdes,
aufgebracht über die Frechheit des Hofnarren und doch
belustigt durch seinen guten Einfall, gab ihm augenblicklich
.den Abschied mit einem guten Reisegeld. "Da, Hofnarr",
sagte der König, "da hast du 100 Dukaten. Lass dich statt
meiner dafür henken, wo du willst. Aber lass mich nichts

mehr von dir sehen und hören! Sonst, wenn ich erfahre,
dass du dich nicht hast henken lassen, so tu ich's."

Der vorsichtige Träumer

Es gibt doch einfältige Leute in der Welt. In dem Städtlein
Witlisbach im Kanton Bern war einmal ein Fremder über
Nacht, und als er ins Bett gehen wollte und ganz bis auf das
Hemd ausgekleidet war, zog er noch ein Paar Pantoffeln aus
dem Bündel, legte sie an, band sie mit den Strumpfbändeln
an den Füssen fest und legte sich also in das Bette. Da sagte
zu ihm ein anderer Wandersmann, der in der nämlichen
Kammer über Nacht war: "Guter Freund, warum tut Ihr
das?"

Darauf erwiderte der erste: "Wegen der Vorsicht. Denn ich
bin einmal im Traum in eine Glasscherbe getreten. So habe
ich im Schlaf solche Schmerzen davon empfunden, dass ich
um keinen Preis mehr barfuss schlafen möchte."

Der Wasserträger

In Paris holt man das Wasser nicht am Brunnen. Wie dort
alles ins Grosse getrieben wird, so schöpft man auch das
Wasser ohmweise in dem Strom, der hindurch fleusst, in der
Seine, und hat eigene Wasserträger, arme Leute, die jahraus,
jahrein das Wasser in die Häuser bringen und davon leben.
Denn man müsste viel Brunnen graben für
fünfmalhunderttausend Menschen in einer Stadt, ohne das
unvernünftige Vieh. Auch hat das Erdreich dort kein ander
trinkbares Wasser; solches ist auch eine Ursache, dass man

ihr Stücklein Brot und tranken am Sonntag ihr Schöpplein miteinander manches Jahr, auch legten sie immer etwas weniges von dem Verdienst zurück und setzten's in der Lotterie.

Wer sein Geld in die Lotterie trägt, trägt's in den Rhein. Fort ist's. Aber bisweilen lässt das Glück unter viel Tausenden einen etwas Namhaftes gewinnen und trompetet dazu, damit die andern Toren wieder gelockt werden. Also liess es auch unsere zwei Wasserträger auf einmal gewinnen, mehr als 100000 Livres. Einer von ihnen, als er seinen Anteil heimgetragen hatte, dachte nach: Wie kann ich mein Geld sicher anlegen? Wie viel darf ich des Jahrs verzehren, dass ich's aushalte und von Jahr zu Jahr noch reicher werde, bis ich's nimmer zählen kann? Und wie ihn seine Überlegung ermahnte, so tat er, und ist jetzt ein steinreicher Mann, und ein guter Freund des Hausfreunds kennt ihn.

Der andere sagte: "Wohl will ich mir's auch werden lassen für mein Geld, aber meine Kunden geb ich nicht auf, dies ist unklug", sondern er nahm auf ein Vierteljahr einen an, einen Adjunkt wie der Hausfreund, der so lang sein Geschäft verrichten musste, als er reich war. Denn er sagte: "In einem Vierteljahr bin ich fertig." Also kleidet er sich jetzt in die vornehmste Seide, alle Tage ein anderer Rock, eine andere Farbe, einer schöner als der andere, liess sich alle Tage frisieren, sieben Locken übereinander, zwei Finger hoch mit Puder bedeckt, mietete auf ein Vierteljahr ein prächtiges Haus, liess alle Tage einen Ochsen schlachten, sechs Kälber, zwei Schweine für sich und seine guten Freunde, die er zum Essen einladete, und für die Musikanten. Vom Keller bis in das Speiszimmer standen zwei Reihen Bediente und reichten sich die Flaschen, wie man die Feuereimer reicht bei einem Brand, in der einen Reihe die leeren Flaschen, in der andern die vollen.

Den Boden von Paris betrat er nimmer, sondern wenn er in
die Komödie fahren wollte oder ins Palais royal, so mussten
ihn sechs Bedienten in die Kutsche hineintragen und wieder
hinaus. Überall war er der gnädige Herr, der Herr Baron,
der Herr Graf und der verständigste Mann in ganz Paris.
Als er aber noch drei Wochen vor dem Ende des Vierteljahrs
in den Geldkasten griff, um eine Handvoll Dublonen
ungezählt und unbeschaut herauszunehmen, als er schon
auf den Boden der Kiste griff, sagte er: "Gottlob, ich werde
geschwinder fertig, als ich gemeint habe." Also bereitete er
sich und seinen Freunden noch einen lustigen Tag, wischte
alsdann den Rest seines Reichtums in der Kiste zusammen,
schenkte es seinem Adjunkt und gab ihm den Abschied.
Denn am andern Tag ging er selber wieder an sein altes
Geschäft, trägt jetzt Wasser in die Häuser wie vorher, wieder
so lustig und zufrieden wie vorher. Ja, er bringt das Wasser
selbst seinem ehemaligen Kameraden, nimmt ihm aus alter
Freundschaft nichts dafür ab und lacht ihn aus.

Der Hausfreund denkt etwas dabei, aber er sagt's nicht.

Der Wegweiser

Bekanntlich klagte einst ein alter Schulz von Wasselnheim
seiner Frau, dass ihn sein Französisch fast unter den Boden
bringe. Er sollte nämlich einem französischen Soldaten, der
ausgerissen war, den Weg zeigen, verstand ihn nicht recht,
antwortete ihm verkehrt und bekam für die beste Meinung
Schläge genug zum Dank oder vielmehr zum Undank.
Anders sah ein Wegweiser an der württembergischen
Grenze die Sache an. Er sollte nämlich im letzten Krieg
einem Zug Franzosen den Weg über das Gebirg zeigen,
wusste aber kein Wort von ihrer Sprache als Oui, welches so

viel heisst als Ja, und Bougre, welches ein Schimpfname ist.
Diese zwei Worte hatte er oft gehört und lernte sie
nachsagen, ohne ihren Sinn zu verstehen. Anfänglich ging
alles gut, solange die Franzosen nur unter sich sprachen
und ihn mit seiner Laterne und drei oder vier Tornistern,
die sie ihm angehängt hatten, voraus oder nebenher gehen
liessen. Da er aber der Spur nach allemal mitlachte, wenn sie
etwas zu lachen hatten, so fragte ihn einer französisch, ob er
auch verstünde, was sie miteinander redeten. Er hätte
herzhaft sagen dürfen: Nein! Aber eben weil er es nicht
verstand, so kam es ihm nicht darauf an, was er antwortete.
Er nahm daher all sein Französisch zusammen und
antwortete: "Oui, Bougre" (Ja, Ketzer!). Mit einem
ellenlangen französischen Fluche riss der Soldat den Säbel
aus der Scheide und liess ihm denselben um den Kopf herum
und nahe an den Ohren vorbeisausen. "Wie?" sagte er, "du
willst einen französischen Soldaten schimpfen?" "Oui,
Bougre!" war die Antwort. Die andern hatten die höchste
Zeit, dem erbosten Kameraden in den Arm zu fallen, dass er
dem Wegweiser, ohne welchen sie in der finstern Nacht
nicht konnten weiterkommen, nicht auf der Stelle den Kopf
spaltete; doch gaben sie ihm mit manchem Fluch und
Flintenstoss rechts und links zu verstehen, wie es gemeint
sei, und fragten ihn alsdann, ob er jetzt wolle manierlicher
sein. "Oui, Bougre!" war die Antwort. Nun wurde er
jämmerlich zerschlagen, und alle seine Bitten um
Verzeihung, und alle seine Bitten um Schonung legte er
ihnen mit lauter "Oui, Bougre" ans Herz. Endlich kamen sie
auf die Vermutung, er sei verrückt (denn dass er französisch
verstehe, hatte er bejaht). Sie nahmen daher auf einem Hof,
wo noch ein Licht brannte, einen andern Führer, jagten
diesen fort, und er erwiderte den Abschied des einen, dass er
sich zum Henker packen sollte, richtig mit " Oui, Bougre".
Als er aber so bald wieder nach Haus kam und sich seine
Frau verwunderte, die ihn erst auf den andern Mittag

wieder erwarten konnte, so erzählte er, wie die Soldaten
unterwegs viel Spass mit ihm gehabt hätten, so dass es ihm
fast sei zu arg worden, und wie sie hernach auf dem
Zierhauser Hof einen andern genommen und ihn wieder
heimgeschickt hätten. Die Franzosen (setzte er treuherzig
hinzu) sind nicht so schlimm, als man meint, wenn man
nur mit ihnen reden kann.

Der Wettermacher

Gleichwie einem Siebmacher oder einem Hafenbinder, wenn
er in einem kleinen Ort zu Hause ist, können seine
Mitbürger nicht das ganze Jahr Arbeit und Nahrung geben,
sondern er begibt sich auf Künstlerreisen im Revier herum
und geht seinem Verdienst nach; also auch der
Zirkelschmied ist fleissig darauf im andern Revier und
handelt nicht mit Zirkeln, sondern mit Trug und
Schelmerei, um die Leute zu berücken und sich
freizutrinken im Wirtshaus. Also erscheint er einmal in
Obernehingen und geht gerade zum Schulz. "Herr Schulz",
sagt er, "könntet Ihr kein ander Wetter brauchen? Ich bin
durch Euere Gemarkung gegangen. Die Felder in der Tiefe
haben schon zu viel Regen gehabt, und auf der Höhe ist das
Wachstum auch noch zurück." Der Schulz meinte, das seie
geschwind gesagt, aber besser machen sei eine Kunst. "Ei",
erwidert der Zirkelschmied, "auf das reise ich ja. Bin ich
nicht der Wettermacher von Bologna? In Italien", sagte er,
"wo doch Pomeranzen und Zitronen wachsen, wird alles
Wetter auf Bestellung gemacht. Darin seid ihr Deutsche
noch zurück." Der Schulz ist ein guter und treuherziger
Mann und gehört zu denen, die lieber geschwind reich
werden möchten als langsam. Also leuchtete ihm das
Anbieten des Zirkelschmieds ein. Doch wollte er vorsichtig
sein. "Macht mir morgen früh einen heitern Himmel", sagte
er, "zur Probe, und ein paar leichte weisse Wölklein dran,
den ganzen Tag Sonnenschein und in der Luft so zarte,
glänzende Fäden. Auf den Mittag könnt Ihr die ersten
gelben Sommervögel los lassen, und gegen Abend darf's
wieder kühl werden." Der Zirkelschmied erwiderte: "Auf
einen Tag kann ich mich nicht einlassen, Herr Schulz. Es

trägt die Kosten nicht aus. Ich unternehm's nicht anderst
als auf ein Jahr. Dann sollt Ihr aber Not haben, wo Ihr
Euere Frucht und Euern Most unterbringen wollt." Auf die
Frage des Schulzen, wieviel er für den Jahrgang fordere,
verlangte er zum voraus nichts als täglich einen Gulden
und freien Trunk, bis die Sache eingerichtet sei, es könne
wenigstens drei Tage dauern; "hernach aber von jedem
Saum Wein, den ihr mehr bekommt", sagte er, "als in den
besten Jahren, ein Viertel, und von jedem Malter Frucht
einen Sester." "Das wär' nicht veil", sagte der Schulz. Denn
dortzuland sagt man veil statt viel, wenn man sich
hochdeutsch explizieren will. Der Schulz bekam Respekt vor
dem Zirkelschmied und explizierte sich hochdeutsch. Als er
nun aber Papier und Feder aus dem Schränklein holte und
dem Zirkelschmied das Wetter von Monat zu Monat
vorschreiben wollte, machte ihm der Zirkelschmied eine
neue Einwendung: "Das geht nicht an, Herr Schulz! Ihr
müsst auch die Bürgerschaft darüber hören. Denn das
Wetter ist eine Gemeindssache. Ihr könnt nicht verlangen,
dass die ganze Bürgerschaft Euer Wetter annehmen soll." Da
sprach der Schulz: "Ihr habt recht! Ihr seid ein verständiger
Mann."

Der geneigte Leser aber ist nun der Schelmerei des
Zirkelschmieds auf der rechten Spur, wenn er zum voraus
vermutet, die Bürgerschaft sei über die Sache nicht einig
geworden. In der ersten Gemeindsversammlung wurde
noch nichts ausgemacht, in der siebenten auch noch nichts,
in der achten kam's zu ernsthaften Redensarten, und ein
verständiger Gerichtsmann glaubte endlich, um Fried' und
Einigkeit in der Gemeinde zu erhalten, wär's am besten,
man zahlte den Wettermacher aus und schickte ihn fort.
Also beschied der Schulz den Wettermacher vor sich: "Hier
habt Ihr Euere neun Gulden, Unheilstifter, und nun tut zur

Gemeinde ausbricht." Der Zirkelschmied liess sich nicht
zweimal heissen. Er nahm das Geld, hinterliess eine
Wirtsschuld von zirka 24 Mass Wein, und mit dem Wetter
blieb es, wie es war.

Item, der Zirkelschmied bleibt immer ein lehrreicher Mensch.
Merke, wie gut es sei, dass der oberste Weltregent bisher die
Witterung nach seinem Willen allein gelenkt hat. Selbst wir
Kalendermacher, Planeten und übrigen Landstände werden
nicht leicht um etwas gefragt und haben, was das betrifft,
ruhige Tage.

Der wohlbezahlte Spassvogel

Wie man in den Wald schreit, so schreit es wieder heraus.
Ein Spassvogel wollte in den neunziger Jahren einen Juden
in Frankfurt zum besten haben. Er sprach also zu ihm:
"Weisst du auch, Mauschel, dass in Zukunft die Juden in
ganz Frankreich auf Eseln reiten müssen?" Dem hat der Jude
also geantwortet: "Wenn das ist, artiger Herr, so wollen wir
zwei auf dem deutschen Boden bleiben, wenn schon Ihr
kein Jude seid."

Der Wolkenbruch in Türkheim

Ein ehemalig guter Bekannter des Hausfreundes tat im
Oktober einen Streifzug auf Wein in das Elsass. Wie er in
Türkheim abends in das Wirtshaus kommt, sitzt der
Präsident da bei einem Schöpplein und isst zwei Bratwürste,
eine nach der andern. "Herr Präsident", sagte der gute
Bekannte, "treff' ich Euch hier an? Eher hätte ich des
Himmels Einfall vermutet." Der Präsident lächelt und sagte:

"Es ist alles möglich." Sie bleiben beisammen, diskurieren allerlei miteinander, trinken auch allerlei miteinander, gehn miteinander in das Schlafgemach, jeder in ein Bett apart. Das Bett des guten Freundes hatte einen Umhang. Früh gegen Tag, wenn man anfängt sich zu strecken, stemmte er sich mit den Füssen gegen das untere Brett der Bettlade. Das Brett gab nach, der Betthimmel gab auch nach. Ein paar Bretter, ein Haspel, zwei Paar Schuh usw., Brastbergers Predigtbuch und eine grosse Flasche voll Kirschenwasser stürzten herunter. Aber die Flasche zerbrach unterwegs an dem Haspel und übergoss den guten Bekannten mit Kirschenwasser und Glasscherben "Herr Präsident, kommt mir zu Hilfe!"—"Was ist Euch begegnet?" fragte der Präsident.—"Ich glaube, der Himmel, der über dem Bett ist, sei eingefallen." Da lachte der Präsident und sagte: "Es kommt mir auch so vor. Die Wolken hängen auch bis aufs Deckbett herunter. Sie sind von Tannenholz. Hab' ich Euch nicht gesagt, es sei alles möglich?"

Der Zahnarzt

Zwei Tagdiebe, die schon lange miteinander in der Welt herumgezogen, weil sie zum Arbeiten zu träg oder zu ungeschickt waren, kamen doch zuletzt in grosse Not, weil sie wenig Geld mehr übrig hatten und nicht geschwind wussten, wo nehmen. Da gerieten sie auf folgenden Einfall. Sie bettelten vor einigen Haustüren Brot zusammen, das sie nicht zur Stillung des Hungers geniessen, sondern zum Betrug missbrauchen wollten. Sie kneteten nämlich und drehten aus dem Weichen desselben lauter kleine Kügelein oder Pillen und bestreuten sie mit Wurmmehl aus altem, zerfressenem Holz, damit sie völlig aussahen wie die gelben

Bogen rotgefärbtes Papier bei dem Buchbinder (denn eine
schöne Farbe muss gewöhnlich bei jedem Betrug mithelfen).
Das Papier zerschnitten sie alsdann und wickelten die Pillen
darein, je sechs bis acht Stücke in ein Päcklein. Nun ging
der eine voraus in einen Flecken, wo eben Jahrmarkt war,
und in den Roten Löwen, wo er viele Gäste anzutreffen
hoffte. Er forderte ein Glas Wein, trank aber nicht, sondern
sass ganz wehmütig in einem Winkel, hielt die Hand an den
Backen, winselte halblaut für sich und kehrte sich unruhig
bald so her, bald so hin. Die ehrlichen Landleute und
Bürger, die im Wirtshaus waren, bildeten sich wohl ein, dass
der arme Mensch ganz entsetzlich Zahnweh haben müsse.
Aber was war zu tun? Man bedauerte ihn, man tröstete ihn,
dass es schon wieder vergehen werde, trank sein Gläslein
fort und machte seine Marktaffären aus. Indessen kam der
andere Tagdieb auch nach. Da stellten sich die beiden
Schelme, als ob noch keiner den andern in seinem Leben
gesehen hätte. Keiner sah den andern an, bis der zweite
durch das Winseln des erstern, der im Winkel sass,
aufmerksam zu werden schien. "Guter Freund", sprach er,
"Ihr scheint wohl Zahnschmerzen zu haben?" und ging mit
grossen, aber langsamen Schritten auf ihn zu. "Ich bin der
Doktor Staunzius Rapunzia von Trafalgar", fuhr er fort.
Denn solche fremde, volltönige Namen müssen auch zum
Betrug behilflich sein wie die Farben. "Und wenn Ihr meine
Zahnpillen gebrauchen wollt", fuhr er fort, "so soll es mir
eine schlechte Kunst sein, Euch mit einer, höchstens zweien
von Euern Leiden zu befreien."—"Das wolle Gott", erwiderte
der andere Halunk. Hierauf zog der saubere Doktor
Rapunzia eines von seinen roten Päcklein aus der Tasche
und verordnete dem Patienten, ein Kügelein daraus auf den
bösen Zahn zu legen und herzhaft darauf zu beissen. Jetzt
streckten die Gäste an den andern Tischen die Köpfe
herüber, und einer um den andern kam herbei, um die
Wunderkur mit anzusehen. Nun könnt ihr euch vorstellen,

was geschah. Auf diese erste Probe wollte zwar der Patient wenig rühmen, vielmehr tat er einen entsetzlichen Schrei. Das gefiel dem Doktor. Der Schmerz, sagte er, sei jetzt gebrochen, und gab ihm geschwind die zweite Pille zu gleichem Gebrauch. Da war nun plötzlich aller Schmerz verschwunden. Der Patient sprang vor Freuden auf, wischte den Angstschweiss von der Stirne weg, obgleich keiner dran war, und tat, als ob er seinem Retter zum Danke etwas Namhaftes in die Hand drückte. —Der Streich war schlau angelegt und tat seine Wirkung. Denn jeder Anwesende wollte nun auch von diesen vortrefflichen Pillen haben. Der Doktor bot das Päcklein für 24 Kreuzer, und in wenig Minuten waren alle verkauft. Natürlich gingen jetzt die zwei Schelmen wieder einer nach dem andern weiters, lachten, als sie wieder zusammenkamen, über die Einfalt dieser Leute und liessen sich's wohl sein von ihrem Geld.

Das war teures Brot. So wenig für 24 Kreuzer bekam man noch in keiner Hungersnot. Aber der Geldverlust war nicht einmal das Schlimmste. Denn die Weichbrotkügelein wurden natürlicherweise mit der Zeit steinhart. Wenn nun so ein armer Betrogener nach Jahr und Tag Zahnweh bekam und in gutem Vertrauen mit dem kranken Zahn einmal und zweimal darauf biss, da denke man an den entsetzlichen Schmerz, den er, statt geheilt zu werden, sich selbst für 24 Kreuzer aus der eigenen Tasche machte.

Daraus ist also zu lernen, wie leicht man kann betrogen werden, wenn man den Vorspiegelungen jedes hergelaufenen Landstreichers traut, den man zum ersten Mal in seinem Leben sieht und vorher nie und nachher nimmer; und mancher, der dieses liest, wird vielleicht denken: "So einfältig bin ich zu meinem eigenen Schaden auch schon gewesen."

verdienen, läuft nicht auf den Dörfern und Jahrmärkten
herum mit Löchern im Strumpf oder mit einer weissen
Schnalle am rechten Schuh und am linken mit einer gelben.]

Der Zirkelschmied

In einer schwäbischen Reichsstadt galt zu seiner Zeit ein
Gesetz, dass, wer sich an einem verheirateten Mann vergreift
und gibt ihm eine Ohrfeige, der muss 5 Gulden Busse
bezahlen und kommt 24. Stunden lang in den Turn.
Deswegen dachte am Andreastag ein verlumpter
Zirkelschmied im Vorstädtlein: Ich kann doch auf meinen
Namenstag ein gutes Mittagessen im Goldenen Lamm
bekommen, wenn ich schon keinen roten Heller hier und
daheim habe und seit zwei Jahren nimmer weiss, ob die
bayrischen Taler rund oder eckig sind. Darauf hin lässt er
sich vom Lammwirt ein gutes Essen auftragen und trinkt
viel Wein dazu, also dass die Zeche zwei Gulden fünfzehn
Kreuzer ausmachte; was damals auch für einen
wohlhabenden Zirkelschmied schon viel war. Jetzt, dachte
er, will ich den Lammwirt zornig machen und in Jast
bringen. "Das war ein schlechtes Essen, Herr Lammwirt",
sagte er, "für ein so schönes Geld. Es wundert mich, dass Ihr
nicht schon lang ein reicher Mann seid, wovon ich doch
noch nichts habe rühmen hören." Der Wirt, so ein
Ehrenmann war, antwortete auch nicht glimpflich, wie es
ihm der Zorn eingab, und es hatte ihm schon ein paar Mal
im Arme gejuckt. Als aber der Zirkelschmied zuletzt sagte:
"Es soll mir eine Warnung sein; denn ich habe mein Leben
lang gehört, dass man in den schlechtesten Kneipen, wie
Euer Haus eine ist, am teuersten gehalten wird." Da gab ihm
der Wirt eine entsetzliche Ohrfeige, die allein zwei Dukaten
unter Brüdern wert war, und sagte, er soll jetzt sogleich

seine Zeche bezahlen, "oder ich lasse Euch durch die Knechte bis in die Vorstadt hinausprügeln". Der Zirkelschmied aber lächelte und sagte: "Es ist nur mein Spass gewesen, Herr Lammwirt, und Euer Mittagessen war recht gut. Gebt mir nur für die Ohrfeige, die ich von Euch bar erhalten habe, zwei Gulden fünfundvierzig Kreuzer auf mein Mittagessen heraus, so will ich Euch nicht verklagen. Es ist besser, wir leben im Frieden miteinander als in Feindschaft. Hat nicht Eure selige Frau meiner Schwester Tochter ein Kind aus der Taufe gehoben?"—Zu diesen Worten machte der Lammwirt ein paar kuriose Augen; denn er war sonst ein gar unbescholtener und dabei wohlhabender Mann und wollte lieber viel Geld verlieren, als wegen eines Frevels von der Obrigkeit sich strafen lassen und nur eine Stunde des Turnhüters Hausmann sein. Deswegen dachte er: zwei Gulden und fünfzehn Kreuzer hat mir der Halunke schon mit Essen und Trinken abverdient; ringer, ich gebe ihm noch zwei Gulden fünfundvierzig Kreuzer drauf, als dass ich das Ganze noch einmal bezahlen muss und werde beschimpft dazu. Also gab er ihm die 2 fl. 45 kr., sagte aber: "Jetzt komm mir nimmer ins Haus!"

Drauf, sagt man, habe es der Zirkelschmied in andern Wirtshäusern probiert, und die Ohrfeigen seien noch ein- oder zweimal al pari gestanden, wie die Kaufleute sagen, wenn ein Wechselbrief so viel kr. gilt, als das bare Geld, wofür er verschrieben ist. Drauf seien sie schnell auf 50 Prozent heruntergesunken und am Ende, wie die Assignaten in der Revolution, so unwert worden, dass man jetzt wieder durch das ganze Schwabenland hinaus bis an die bayrische Grenze so viele unentgeltlich ausgeben und wieder einnehmen kann, als man ertragen mag.

Einem Dieb, der sich mit Reden mausig machen wollte, sagte
jemand: "Was wollt Ihr? Ihr dürft ja gar nicht mehr in Eure
Heimat zurückkehren und müsst froh sein, wenn man Euch
hier duldet."— "Meint Ihr?" sagte der Dieb; "meine Herren
daheim haben mich so lieb, ich weiss gewiss, wenn ich
heimkäme, sie liessen mich nimmer fort."

Des Seilers Antwort

In Donauwörth wurde zu seiner Zeit ein Rossdieb gehenkt,
und der Hausfreund hat schon manchmal gedacht: Wer
heutzutag an den Galgen oder ins Zuchthaus will, wozu
braucht der ein Ross zu stehlen? Kommt man nicht zu Fuss
früh genug? Der Donauwörther hat auch geglaubt, der
Galgen laufe ihm davon, wenn er nicht reite; und ist das
Ross einem ungeschickten Dieb in die Hände gefallen, so fiel
der Dieb einem ungeschickten Henkersknecht in die Hände.
Denn als er ihm das hänfene Halsband hatte angelegt und
stiess ihn von der Leiter vom Seigel herunter, so zuckte er
noch lange mit den Augen hin und her, als wenn er sich
noch ein Rösslein aussuchen wollte in der Menge. Denn
unter den Zuschauern waren viele zu Pferd und auf
Leiterwägen und dachten: man sieht's besser. Als aber das
Volk anfing laut zu murren, und der ungeschickte Henker
wusste sich nicht zu helfen, so warf er sich endlich in der
Angst an den Gehenkten hin, umfasste ihn mit beiden
Armen, als wenn er wollte von ihm Abschied nehmen, und
zog mit aller Kraft, damit die Schlinge fest zusammengehen
und ihm den Atem töten sollte. Da brach der Strick entzwei,
und fielen beide miteinander auf die Erde hinab, als wenn sie
nie wären droben gewesen. Der Missetäter lebte noch, und
sein Advokat hat ihn nachher gerettet. Denn er sagte: "Der
Malefikant hat nur ein Ross gestohlen, nicht zwei, so hat er

auch nur einen Strick verdient", und hat hinten dran viel lateinische Buchstaben und Zahlen gesetzt, wie sie's machen. Der Henker aber, als er nachmittags den Seiler sah, fuhr ihn ungebärdig an: "Ist das auch ein Strick gewesen?" sagte er, "man hätt' Euch selber dran henken sollen." Der Seiler aber wusste zu antworten: " Es hat mir niemand gesagt", sagte der Seiler, "dass er zwei Schelmen tragen soll. Für einen war er stark genug, du oder der Rossdieb."

Die Bekehrung

Zwei Brüder im Westfälinger Land lebten miteinander in Frieden und Liebe, bis einmal der jüngere lutherisch blieb und ältere katholisch wurde. Als der jüngere lutherisch blieb und der ältere katholisch wurde, taten sie sich alles Herzeleid an. Zuletzt schickte der Vater den katholischen als Ladendiener in die Fremde. Erst nach einigen Jahren schrieb er zum ersten Mal an seinen Bruder. "Bruder", schrieb er, "es geht mir doch im Kopf herum, dass wir nicht Einen Glauben haben, und nicht in den nämlichen Himmel kommen sollen, vielleicht in gar keinen. Kannst du mich wieder lutherisch machen, wohl und gut, kann ich dich katholisch machen, desto besser." Also beschied er ihn in den Roten Adler nach Neuwied, wo er wegen einem Geschäft durchreiste. "Dort wollen wir's ausmachen." In den ersten Tagen kamen sie nicht weit miteinander. Schalt der Lutherische: "der Papst ist der Antichrist", schalt der Katholische: "Luther ist der Widerchrist." Berief sich der Katholische auf den heiligen Augustin, sagte der Lutherische: "Ich hab' nichts gegen ihn, er mag ein gelehrter Herr gewesen sein, aber beim ersten Pfingstfest zu Jerusalem war er nicht dabei." Aber am Samstag ass schon der Lutherische mit seinem Bruder Fastenspeise. "Bruder," sagte er, "der Stockfisch schmeckt nicht giftig zu den durchgeschlagenen Erbsen"; und abends ging schon der Katholische mit seinem Bruder in die lutherische Vesper. "Bruder," sagte er, "euer Schulmeister singt keinen schlechten Tremulant." Den andern Tag wollten sie miteinander zuerst in die Frühmesse, danach in die lutherische Predigt, und was sie alsdann bis von heut über acht Tage der liebe Gott vermahnt, das wollten sie tun. Als sie aber aus der Vesper und aus dem Grünen Baum nach Hause kamen, ermahnte sie Gott, aber sie verstanden es nicht. Denn der Ladendiener fand einen zornigen Brief von seinem Herrn. "Augenblicklich setzt Eure Reise fort! Hab' ich Euch auf eine Tridenter Kirchenversammlung nach Neuwied geschickt, oder sollt Ihr nicht vielmehr die Musterkarte reiten?" Und der andere fand einen Brief von seinem Vater: "Lieber Sohn, komm heim sobald du kannst, du musst spielen." Also gingen sie noch den nämlichen Abend unverrichteter Sachen auseinander, und dachten jeder für sich nach, was er von dem andern gehört hatte. Nach sechs Wochen schreibt der jüngere dem Ladendiener einen Brief "Bruder, deine Gründe haben mich unterdessen vollkommen überzeugt. Ich bin jetzt auch katholisch. Den Eltern ist es insofern recht. Aber dem Vater darf ich nimmer unter die Augen kommen." Da ergriff der Bruder voll Schmerz und Unwillen die Feder. "Du Kind des Zorns und der Ungnade, willst du denn mit Gewalt in die Verdammnis rennen, dass du die seligmachende Religion verleugnest? Gestrigs Tags bin ich wieder lutherisch worden." Also hat der katholische Bruder den lutherischen bekehrt, und der lutherische hat den katholischen bekehrt, und war nachher wieder wie vorher, höchstens ein wenig schlimmer.

Merke: du sollst nicht über die Religion grübeln und düfteln, damit du nicht deines Glaubens Kraft verlierst. Auch sollst du nicht mit Andersdenkenden darüber

disputieren, am wenigsten mit solchen, die es ebensowenig
verstehen als du, noch weniger mit Gelehrten, denn die
besiegen dich durch ihre Gelehrsamkeit und Kunst, nicht
durch deine Überzeugung. Sondern du sollst deines
Glaubens leben und, was gerade ist, nicht krumm machen.
Es sei dann, dass dich dein Gewissen selber treibt zu
schanschieren.

Die Besatzung von Oggersheim

Zu Oggersheim, gegenüber von Mannheim, um die Wahl
etwas weiter oben oder unten, je nachdem man sich stellt,
als im Dreissigjährigen Krieg unversehens die Spaniolen vor
Oggersheim anrückten, flohen fast alle Einwohner nach
Mannheim. Nur zwanzig Hausväter blieben zurück und
hatten das Herz, die Zugbrücke aufzuziehen und die Tore
zu schliessen. Es gehört nicht viel Herz zum Schliessen, aber
zum Öffnen. Denn als der spanische Feldhauptmann Don
Gonsalva hineintrompeten liess: "Wenn ihr bis morgen um
diese Zeit den Platz nicht übergebt", liess er
hineintrompeten, "alsdann gebt acht, wer am Leben bleibt,
wenn ich den spanischen Sturmmarsch schlagen lasse und
doch hineinkomme", da sahen die Helden einander an und
sagten: "Der Weg nach Mannheim ist doch der sicherste."
Nur einer dachte: "Was soll ich tun? Meine Frau steht an
ihrem Ziel. Soll sie unterwegs oder gar auf dem Rhein ins
Kindbett kommen? In Gottes Namen, ich bleibe da." Als nun
die andern alle sich geflüchtet hatten und er noch allein in
dem Städtlein war, trat er mit einem weissen Fähnlein auf
die Stadtmauer und rief in das spanische Lager: "Kund und
zu wissen sei euch im Namen des Herrn Kommandanten
von Oggersheim, der Garnison und der ehrsamen
Bürgerschaft! Ihr sollt uns versprechen, das Eigentum zu

schonen und die protestantische Religion unangefochten zu lassen. Wenn ihr dieses tut und halten wollt, so sollen euch in einer Stunde die Stadttore geöffnet werden. Ich, der Trompeter."—Da sahen der Feldhauptmann und seine Leute einander an. ja, Nein—Nein, ja. "Was sollen wir katholisches Blut vergiessen lassen", sagte endlich der Feldhauptmann, "um einen ketzerischen Altar umzuwerfen, oder was werden wir in diesem Bauernstädtlein für Schätze finden?" und rief mit lauter Stimme: "Akkordiert!" Nach einer Stunde, als der Feind mit geschlossenen Reihen und Gliedern, mit fliegenden Fahnen und klingendem Spiel einzog, am äussern Tor war niemand.—"Sie werden am innern sein." Am innern Tor war auch niemand.—"Sie werden auf dem Platz sein." Auf dem Platz stand mutterseelallein mit dem weissen Fähnlein der herzhafte Burgersmann.—"Was soll das heissen? Wo ist der Kommandant und die Besatzung, wo ist der Burgermeister und der Rat?" Da fiel der Burgersmann vor dem Feldhauptmann auf die Kniee nieder: "Gnädiger Herr, ich bin der einzige, der sich Euerer Grossmut anvertraut hat. Die andern sind nach Euerer Aufforderung alle nach Mannheim geflohen. Nur meine Frau ist noch bei mir im Städtlein, aber ein ellenlanger Rekrut wird nächster Tagen eintreffen.

Unterdessen bin ich mein eigener Kommandant und mein Trompeter, mein Gemeiner und mein Profoss. Wenn ich seit gestern hätte desertieren wollen, ich hätte mich selber wieder einfangen und Spiessruten jagen müssen." Da lächelte der Feldhauptmann und hiess ihn aufstehn, und obgleich die Spanier zur Zeit des Dreissigjährigen Krieges keinen Spass verstanden, so leistete er doch, was er versprochen hatte, und noch mehr. Denn als den andern Morgen der brave Burgersmann wieder zu dem Feldhauptmann kam, "Ihro Gnaden", sagte er, "wolltet Ihr

mir nicht auf eine Viertelstunde Euern Peldpater leihen,
wenn er evangelisch taufen kann? Der ellenlange Rekrut ist
angekommen und schon einquartiert", da sagte der
Feldhauptmann: "Ja, braver Kamerad, und ich will
Gevattermann sein und dein Kind zur Taufe halten." Also
hielt der General das Kind zur Taufe und schenkte ihm ein
spanisches Goldstück zum Andenken. Den folgenden Tag
zogen die Spaniolen wieder weiters.

Die drei Diebe

Der geneigte Leser wird ermahnt, nicht alles für wahr zu
halten, was in dieser Erzählung vorkommt. Doch ist sie in
einem schönen Buch beschrieben und zu Vers gebracht.

Der Zundelheiner und der Zundelfrieder trieben von Jugend
auf das Handwerk ihres Vaters, der bereits am Auerbacher
Galgen mit des Seilers Tochter kopuliert war, nämlich mit
dem Strick; und ein Schulkamerad, der rote Dieter, hielt's
auch mit und war der Jüngste Doch mordeten sie nicht und
griffen keine Menschen an, sondern visitierten nur so bei
Nacht in den Hühnerställen und, wenn's Gelegenheit gab,
in den Küchen, Kellern und Speichern, allenfalls auch in den
Geldtrögen, und auf den Märkten kauften sie immer am
wohlfeilsten ein. Wenn's aber nichts zu stehlen gab, so
übten sie sich untereinander mit allerlei Aufgaben und
Wagstücken, um im Handwerk weiterzukommen. Einmal
im Wald sieht der Heiner auf einem hohen Baum einen Vogel
auf dem Nest sitzen, denkt, er hat Eier, und fragt die andern:
"Wer ist imstand und holt dem Vogel dort oben die Eier aus
dem Nest, ohne dass es der Vogel merkt?" Der Frieder wie
eine Katze klettert hinauf, naht sich leise dem Nest, bohrt
langsam ein Löchlein unten drein, lässt ein Eilein nach dem

andern in die Hand fallen, flickt das Nest wieder zu mit
Moos und bringt die Eier. - "Aber wer dem Vogel die Eier
wieder unterlegen kann", —sagte jetzt der Frieder, "ohne dass
es der Vogel merkt!" Da kletterte der Heiner den Baum
hinan, aber der Frieder kletterte ihm nach, und während der
Heiner dem Vogel langsam die Eier unterschob, ohne dass es
der Vogel merkte, zog der Frieder dem Heiner langsam die
Hosen ab, ohne dass es der Heiner merkte. Da gab es ein
gross Gelächter, und die beiden andern sagten: "Der Frieder
ist der Meister." Der rote Dieter aber sagte: "Ich sehe schon,
mit euch kann ich's nicht zugleich tun, und wenn's einmal
zu bösen Häusern geht und der Letze kommt über uns, so
ist's mir nimmer Angst für euch, aber für mich." Also ging
er fort, wurde wieder ehrlich und lebte mit seiner Frau
arbeitsam und häuslich. Im Spätjahr, als die zwei andern
noch nicht lang auf dem Rossmarkt ein Rösslein gestohlen
hatten, besuchten sie einmal den Dieter und fragten ihn, wie
es ihm gehe; denn sie hatten gehört, dass er ein Schwein
geschlachtet, und wollten ein wenig achtgeben, wo es liegt.
Es hing in der Kammer an der Wand. Als sie fort waren,
sagte der Dieter: "Frau, ich will das Säulein in die Küche
tragen und die Mulde drauf decken, sonst ist es morgen
nimmer unser." In der Nacht kommen die Diebe, brechen, so
leise sie können, die Mauer durch, aber die Beute war nicht,
mehr da. Der Dieter merkt etwas, steht auf, geht um das
Haus und sieht nach. Unterdessen schleicht der Heiner um
das andere Eck herum ins Haus bis zum Bett, wo die Frau
lag, nimmt ihres Mannes Stimme an und sagt: "Frau, die
Sau ist nimmer in der Kammer." Die Frau sagt: "Schwätz'
nicht so einfältig! Hast du sie nicht selber in die Küche unter
die Mulde getragen?" "Ja so", sagte der Heiner, "drum bin ich
halber im Schlaf" und ging, holte das Schwein und trug es
unbeschrieen fort, wusste in der finstern Nacht nicht, wo
der Bruder ist, dachte, er wird schon kommen an den
bestellten Platz im Wald. Und als der Dieter wieder ins Haus

kam und nach dem Säulein greifen will, "Frau", rief er, "jetzt haben's die Galgenstricke doch geholt."

Allein so geschwind gab er nicht gewonnen, sondern setzte den Dieben nach, und als er den Heiner einholte (es war schon weit vom Hause weg), und als er merkte, dass er allein sei, nahm er schnell die Stimme des Frieders an und sagte: "Bruder, lass jetzt mich das Säulein tragen, du wirst müde sein." Der Heiner meint, es sei der Bruder, und gibt ihm das Schwein, sagt, er wolle vorausgehn in den Wald und ein Feuer machen. Der Dieter aber kehrte hinter ihm um, sagte für sich selber: "Hab' ich dich wieder, du liebes Säulein!" und trug es heim. Unterdessen irrte der Frieder in der Nacht herum, bis er im Wald das Feuer sah, und kam und fragte den Bruder: "Hast du die Sau, Heiner?" Der Heiner sagte: "Hast du sie denn nicht, Frieder?" Da schauten sie einander mit grossen Augen an und hätten kein so prasselndes Feuer von buchenen Spänen gebraucht zum Nachtkochen. Aber desto schöner prasselte jetzt das Feuer daheim in Dieters Küche. Denn das Schwein wurde sogleich nach der Heimkunft verhauen und Kesselfleisch über das Feuer getan. Denn der Dieter sagte: "Frau, ich bin hungrig, und was wir nicht beizeiten essen, holen die Schelmen doch." Als er sich aber in einen Winkel legte und ein wenig schlummerte, und die Frau kehrte mit der eisernen Gabel das Fleisch herum und schaute einmal nach der Seite, weil der Mann im Schlaf so ängstlich seufzte, kam eine zugespitzte Stange langsam durch das Kamin herab, spiesst das beste Stück im Kessel an und zog's herauf; und als der Mann im Schlaf immer ängstlicher winselte und die Frau immer emsiger nach ihm sah, kam die Stange zum zweiten Mal und zum dritten Mal; und als die Frau den Dieter weckte: "Mann, jetzt wollen wir anrichten", da war der Kessel leer, und wär' ebenfalls kein so grosses Feuer nötig

Begriff waren, hungrig ins Bett zu gehen, und dachten: Will
der Henker das Säulein holen, so können wir's ja doch nicht
heben, da kamen die Diebe vom Dach herab, durch das Loch
der Mauer in die Kammer und aus der Kammer in die Stube
und brachten wieder, was sie gemaust hatten. Jetzt ging ein
fröhliches Leben an. Man ass und trank, man scherzte und
lachte, als ob man gemerkt hätte, es sei das letzte Mal, und
war guter Dinge, bis der Mond im letzten Viertel über das
Häuslein wegging und zum zweiten Mal im Dorf die
Hahnen krähten und von weitem der Hund des Metzgers
bellte. Denn die Strickreiter waren auf der Spur, und als die
Frau des roten Dieters sagte: "Jetzt ist's einmal Zeit ins Bett",
kamen die Strickreiter von wegen des gestohlenen Rössleins
und holten den Zundelheiner und den Zundelfrieder in den
Turn und in das Zuchthaus.

Die falsche Schätzung

Reiche und vornehme Leute haben manchmal das Glück,
wenigstens von ihren Bedienten die Wahrheit zu hören, die
ihnen nicht leicht ein anderer sagt.

Einer, der sich viel auf seine Person und auf seinen Wert und
nicht wenig auf seinen Kleiderstaat einbildete, als er sich
eben zu einer Hochzeit angezogen hatte und sich mit seinen
fetten, roten Backen im Spiegel beschaute, dreht er sich vom
Spiegel um und fragt seinen Kammerdiener, der ihn von der
Seite her wohlgefällig beschaute: "Nun, Thadde", fragte er
ihn, "wie viel mag ich wohl wert sein, wie ich dastehe?" Der
Thadde machte ein Gesicht, als wenn er ein halbes
Königreich zu schätzen hätte, und drehte lang die rechte
Hand mit ausgestreckten Fingern so her und so hin. "Doch
auch fünfhundertundfünfzig Gulden", sagte er endlich,

"weil doch heutzutag alles teurer ist als sonst." Da sagte der Herr: "Du dummer Kerl, glaubst du nicht, dass mein Gewand, das ich anhabe, allein seine fünfhundert Gulden wert ist?" Da trat der Kammerdiener ein paar Schritte gegen die Stubentüre zurück und sagte: "Verzeiht mir meinen Irrtum, ich hab's etwas höher angeschlagen, sonst hätt' ich nicht so viel herausgebracht."

Die gute Mutter

Im Jahre 1796, als die französische Armee nach dem Rückzug aus Deutschland jenseits hinab am Rhein lag, sehnte sich eine Mutter in der Schweiz nach ihrem Kind, das bei der Armee war, und von dem sie lange nichts erfahren hatte, und ihr Herz hatte daheim keine Ruhe mehr. "Er muss bei der Rheinarmee sein", sagte sie, "und der liebe Gott, der ihn mir gegeben hat, wird mich zu ihm führen", und als sie auf dem Postwagen zum St. Johannistor in Basel heraus und an den Rebhäusern vorbei ins Sundgau gekommen war, treuherzig und redselig, wie alle Gemüter sind, die Teilnehmung und Hoffnung bedürfen, und die Schweizer ohnedem, erzählte sie ihren Reisegefährten bald, was sie auf den Weg getrieben hatte. "Find' ich ihn in Kolmar nicht, so geh' ich nach Strassburg, find' ich ihn in Strassburg nicht, so geh' ich nacher Mainz." Die andern sagten das dazu und jenes und einer fragte sie: "Was ist denn Euer Sohn bei der Armee? Major?" Da wurde sie fast verschämt in ihrem Inwendigen. Denn sie dachte, er könnte wohl Major sein oder so etwas, weil er immer brav war, aber sie wusste es nicht. "Wenn ich ihn nur finde", sagte sie, "so darf er auch etwas weniger sein, denn er ist mein Sohn." Zwei Stunden herwärts Kolmar aber, als schon die Sonne sich zu den Elsässer Bergen neigte, die Hirten trieben heim, die Kamine

in den Dörfern rauchten, die Soldaten in dem Lager nicht
weit von der Strasse standen partienweise mit dem Gewehr
beim Fuss, und die Generale und Obersten standen vor dem
Lager beisammen, diskurierten miteinander, und eine junge,
weissgekleidete Person von weiblichem Geschlecht und
feiner Bildung stand auch dabei und wiegte auf ihren
Armen ein Kind. Die Frau im Postwagen sagte: "Das ist auch
keine gemeine Person, da sie nahe bei den Herren steht. Was
gilt's, der, wo mit ihr redet, ist ihr Mann." Der geneigte
Leser fängt allbereits an, etwas zu merken, aber die Frau im
Postwagen merkte noch nichts. Ihr Mutterherz hatte keine
Ahndung, so nahe sie an ihm vorbeigefahren war, sondern
bis nach Kolmar hinein war sie still und redete nimmer. In
der Stadt im Wirtshaus, wo schon eine Gesellschaft an der
Mahlzeit sass, und die Reisegefährten setzten sich auch
noch, wo Platz war, da war ihr Herz erst recht zwischen
Bangigkeit und Hoffnung eingeengt, da sie jetzt etwas von
ihrem Sohn erfahren könnte, ob ihn niemand kenne, und
ob er noch lebe, und ob er etwas sei, und hatte doch den
Mut fast nicht zu fragen. Denn es gehört Herz dazu, eine
Frage zu tun, wo man das Ja so gerne hören möchte, und
das Nein ist doch so möglich. Auch meinte sie, jedermann
merke es, dass es ihr Sohn sei, nach dem sie frage, und dass
sie hoffe, er sei etwas geworden. Endlich aber, als ihr der
Diener des Wirts die Suppe brachte, hielt sie ihn heimlich an
dem Rocke fest und fragte ihn: "Kennt Ihr nicht einen bei
der Armee, oder habt Ihr nicht von einem gehört, so und
so?" Der Diener sagt: "Das ist ja unser General, der im Lager
steht. Heute hat er bei uns zu Mittag gegessen", und zeigte
ihr den Platz. Aber die gute Mutter gab ihm wenig Gehör
darauf, sondern meinte, es sei Spass; der Diener ruft den
Wirt. Der Wirt sagt: "Ja, so heisst der General." Ein Offizier
sagte auch: "Ja, so heisst unser General", und auf ihre
Fragen antwortete er: "Ja, so alt kann er sein", und "Ja, so
sieht er aus und ist von Geburt ein Schweizer." Da konnte

sie sich nicht mehr halten vor inwendiger Bewegung und sagte "Es ist mein Sohn, den ich suche"; und ihr ehrliches Schweizergesicht sah fast ein wenig einfältig aus vor unverhoffter Freude und vor Liebe und Scham. Denn sie schämte sich, dass sie eines Generals Mutter sein sollte vor so vielen Leuten, und konnte es doch nicht verschweigen. Aber der Wirt sagte: "Wenn das so ist, gute Frau, so lasst herzhaft Eure Bagage abladen ab dem Postwagen, und erlaubt mir, dass ich morgen in aller Frühe ein Kaleschlein anspannen lasse und Euch hinausführe zu Eurem Herrn Sohn in das Lager." Am Morgen, als sie in das Lager kam und den General sah, ja, so war es ihr Sohn, und die junge Frau, die gestern mit ihm geredet hatte, war ihre Schwiegertochter, und das Kind war ihr Enkel. Und als der General seine Mutter erkannte und seiner Gemahlin sagte: "Das ist sie", da küssten und umarmten sie sich, und die Mutterliebe und die Kindesliebe und die Hoheit und die Demut schwammen ineinander und gossen sich in Tränen aus, und die gute Mutter blieb lange in ungewöhnlicher Rührung, fast weniger, dass sie heute die Ihrigen fand, als darüber, dass sie sie gestern schon gesehen hatte. — Als der Wirt zurückkam, sagte er, das Geld regne zwar nirgends durch das Kamin herab, aber nicht zweihundert Franken nähme er darum, dass er nicht zugesehen hätte, wie die gute Mutter ihren Sohn erkannte und sein Glück sah; und der Hausfreund sagt: Es ist die schönste Eigenschaft weitaus im menschlichen Herzen, dass es so gerne zusieht, wenn Freunde oder Angehörige unverhofft wieder zusammenkommen, und dass es allemal dazu lächeln oder vor Rührung mit ihnen weinen muss, nicht ob es will.

Die lachenden Jungfrauen

Wer weiss, wo Saratow liegt? Der Hausfreund hat viel
Bücher. Er weiss alles. Saratow liegt weit gegen
Sonnenaufgang in das wilde Asien hinein und ist ebenfalls
der Sitz einer russischen Statthalterschaft, nämlich wie
Pensa, und war im Jahr 1812 ebenfalls der Sammelplatz, wo
viel Tausend unglückliche Kriegsgefangene abgegeben und
dann tiefer hineingeführt wurden in das Elend. Ein
Transport von gefangenen Deutschen wird eines Tages
eingebracht. Eine Menge von Einwohnern, wie zu
geschehen pflegt, stehen auf den Gassen; die Neugierigen
schauten, der Übermut trotzte und spottete, die Rachsucht
fluchte und schimpfte. Keine Hand bot sich zur Pflege der
kranken, der verwundeten, der verschmachtenden
Fremdlinge an, eher zu etwas anderm. Niemand wehrte
ihnen. Denn die Kriegsgefangenschaft spinnt keine Seide,
und man kann nicht glauben, wie erbittert damals die
Russen über ihre Feinde waren, und keiner wurde vorher
gefragt, ob er zu den Schlimmen gehöre, sondern man
nahm ihn dafür. Aber einem wohlbetagten Hauptmann und
seinem Leutnant begegnete etwas Merkwürdiges. Denn eben
als der Hauptmann den Leutnant an der Hand ergriff und
ihn trösten wollte: "Fasse dich, junges Blut, auch das wird
vorübergehen und ein Ende nehmen, mit dem Frieden oder
mit dem Tode", —in dem Augenblicke hören sie zunächst vor
sich ein mutwilliges Lachen, und indem sie unwillkürlich
aufschauen, —sie hätten's bereits können gewohnt sein, —
was erblicken ihre Augen? In einem vornehmen russischen
Gefährt zwei Jungfrauen, schön wie zwei Sonnen, lieblich
wie der Frühlingstag, wenn die Rosen blühen. Beide Teile
schauten einander an, aber ob auch die Jungfrauen sich
wollten Gewalt antun, sie konnten sich nicht erwehren,
und trat auch eine die andere auf den Fuss, so ward's nur
ärger. Das griff schmerzhaft den sonst vielgeprüften Mut des
bejahrten Hauptmanns an. Noch so jung, dachte er, und
schon so entartet, und der Leutnant dachte: so schön und

doch so grausam, und der Schmerz des einen brach in eine Träne, der Unmut des andern aber in Worte aus: "Töchter dieses unwirtlichen Landes", fing der Hauptmann an, "ihr versteht zwar meine Rede nicht", die Jungfrauen lachten aufs neue, —"aber wollte Gott, ihr verstündet sie", da lachten auf einmal die Jungfrauen nicht mehr. "Gar unfein", fuhr der Hauptmann fort, "steht das euerem Geschleckte, euerer Jugend und euren schönen Kleidern an, an dem Jammer schuldloser Menschen eure Augen zu weiden und mit solchem Hohngelächter unsere Herzen zu durchschneiden." Da fiel ihm errötend die ältere der Jungfrauen in das Wort, sie war ungefähr 18 Jahre alt und die jüngere 17, und redete die Unglücklichen zu ihrem Erstaunen ebenfalls deutsch an, mitten in Saratow und mitten in Russland, mehr als 1000 Stunden weit von der Heimat deutsch. "Edle Fremdlinge", sagte sie, sanft wie ein Engel und mit tiefbewegter Stimme, "sprecht nicht also, dass wir gekommen seien, unsere Augen an euerem Elende zu weiden und euere Herzen durch Verhöhnung zu martern, die wir die Absicht haben, euch zu bitten, dass ihr mit uns gehen wollet in die Wohnung unserer Eltern und Pflege und Liebe anzunehmen, bis die Engel des Friedens euch zurückführen mögen zu euren Fahnen oder in die Umarmungen euer Angehörigen, dass ihr bei ihnen glücklich sein möget alle Tage eures Lebens." Ihr entgegnete hinwiederum erstaunt über diese Worte der Hauptmann: "Edle Jungfrauen, wes herrlichen Geschlechts Töchter ihr sein möget, wenn dem also ist, wie ihr saget, so vertrauen wir uns eurer Einladung an, die ihr aus deutschem Blute entsprossen scheint, so ihr das Unrecht verzeihen könnt; womit mein Schmerz euch beleidigt hat."

Als sie aber in den Wagen einstiegen, und der Hauptmann wollte; wie es sich traf, neben die ältere der Jungfrauen sitzen, widerfuhr ihnen noch etwas Apartes, denn es zog

"edler Fremdling, meine Ansprüche auf Euch sind mir zu
wert. Meine Freundin hat kein Recht an Euch." Und zu dem
Leutnant sprach die ältere ebenfalls: "Meine Freundin hat
kein Recht an Euch",—und zog ihn sanft und sittsam an
ihre Seite. Den zwei Kriegsgefangenen aber war alles recht,
denn auch jedem andern hätte die Wahl zwischen beiden
schönen Jungfrauen schwerer sein müssen als jeder andern
Jungfrau die Wahl zwischen einem fünfzigjährigen Mann
und einem zwanzigjährigen Jüngling.

Fragt sich nun: wer waren die Jungfrauen, und wo führten
sie ihre Gefangenen hin? Antwort: Es leben in Saratow zwei
reiche und angesehene deutsche Familienväter; der Deutsche
kommt, wie das Quecksilber, überall durch, wenn er schon
keins ist. Beide Familien waren des Abends vorher wie
gewöhnlich beisammen und sprachen von allerlei. "Ist's
wahr",—sagte der eine,—"dass morgen deutsche
Kriegsgefangene ankommen?"—"Sie sind schon angesagt",
erwiderte man ihm.—"Die armen Menschen haben einen
schweren Gang",—sprach wehmütig eine der Mütter. Da
trat die ältere Jungfrau ihren Vater an: "Werden wir auch
einen bekommen, mein Vater? Wie sorglich wollte ich gleich
einer Tochter oder Schwester sein pflegen und ihn trösten."
Der Vater erwiderte: "Den Gefangenen bettet man nicht auf
Rosen. Sie werden in den Vorstädten in den dürftigsten
Hütten untergebracht."—"Oder wolltet Ihr denn nicht selbst
einen einladen oder Euch einen ausbitten von dem
Hauptmann ihrer Bewachung?"—"Das könnte mir wohl
übel gedeutet werden", erwiderte der Vater, "sie sind Feinde
des Vaterlandes, in welches wir selbst als Fremdlinge aus
ihrer Heimat sind aufgenommen worden. Wir dürfen die
Feinde nicht als unsere Landsleute erkennen. Doch wenn
einen von ihnen mir das Schicksal ohne mein Zutun
entgegenführt, will ich mich seiner nicht entschlagen", und
ebenso sprach auch der Vater der andern Jungfrau. Da

redeten die beiden Töchter miteinander, und leichtsinnig
und gutmütig, wie die Jugend ist, beschlossen sie, wenn die
Gefangenen kämen, zu tun, was sie taten.

Anfänglich fuhren sie ein wenig um den Transport herum,
wie wenn man auf den Jahrmarkt geht, um einzukaufen.
Man sieht zuerst die Waren an, was da ist, ehe man auf
Geratewohl kauft, das Nächste, das Beste. Als aber die
Jungfrauen den Hauptmann erblickten, wie er dastand,
wenig gebeugt von seinen Leiden, und angeschmiegt an ihn
den Jüngling, den Leutnant, den das Schicksal zum ersten
Mal in die Schule der Prüfung genommen hatte, und zwar
gleich in die oberste Klasse, sagten sie zueinander, "diese
zwei wollen wir nehmen."— "Willst du den Alten?" sagte
scherzhaft die jüngere. "Oder willst du ihn?" sagte zu ihr
ihre Freundin. Da nahm die jüngere zwei Stecknadeln aus
ihrem Busengewand, eine längere und eine kürzere, und
zogen miteinander das Hälmlein mit Stecknadeln. Als aber
die ältere den Leutnant zog und die jüngere den
Hauptmann behielt, in dem Augenblick, als dieser sagte,
"auch das wird ein Ende nehmen", — lachten die Jungfrauen.
Denn diesen Erbschatz teilt noch die Kindheit mit der
Jugend, dass Schmerz und Freude leichter an ihr
vorübergehen und in schnellern Ablösungen miteinander
wechseln. Hernach aber, als der Hauptmann so ernsthaft sie
anredete, "euer Ohr versteht zwar meine Rede nicht", lachten
sie von neuem. Denn wenn man einmal darin ist, man
muss; und das Gefühl, dass es unschicklich sei, hilft nur
dazu, die Unschicklichkeit zu begehen. Aber als sie den
Schmerz erkannten, mit dem er nach einem süssen
deutschen Wort in dieser fremden Welt wie nach einem
Almosen seufzte, und sie hatten's in ihrem milden Herzen
und konnten's ihm geben und waren deswegen da, da
lachten sie nicht mehr und boten ihnen in deutscher

führten sie zu ihnen. Die Väter hoben zwar die Finger gegen
ihre Töchter auf "Was habt ihr getan!" aber im Herzen
waren sie es froh. Sie zeigten sogleich der Obrigkeit an, was
geschehen war, und der menschenfreundliche Statthalter
gab ihnen gerne die Erlaubnis, auf ihre Bürgschaft zwar,
ihre gefangenen Landsleute bei sich zu behalten bis auf ein
Weiteres.

Da gebrach ihnen auf einmal nichts mehr, da waren sie auf
einmal aller ihrer Leiden quitt, da verzogen sich alle ihre
Bekümmernisse. Der Hauptmann in dem Hause, das ihn
aufgenommen hatte, wurde angesehen und geliebt als ein
Bruder, der Leutnant in dem seinigen als ein Sohn, von
seiner schönen Retterin auch noch ein wenig anderst,
nämlich ebenso wie sie von ihm, bis die Engel des Friedens
kamen. Als aber die Engel des Friedens kamen,
schangschierte der Leutnant seinen Glauben, nämlich, dass
er in der Uniform sterben werde. Er verschaffte sich den
Abschied von seinem Regiment und freut sich jetzt als Gatte
der Liebe und der Jugend seiner schönen Retterin. Der
Hauptmann aber trennte sich von diesen edeln Menschen
und von seinem jungen Freund mit einer Rührung und mit
einem Schmerz, der mehr Tränen als Worte hat, und kam
wohlbehalten wieder in Deutschland und bei den Seinigen
an, und wer ihn sah und vorher gekannt hatte, wunderte
sich sein. "Ei, wie seid Ihr so jung geworden, Herr
Hauptmann, in Eurer Gefangenschaft, Euch muss es nicht
übel gegangen sein."

Der geneigte Leser darf an der Wahrheit dieser Erzählung
nicht zweifeln, denn der Hausfreund hat sie aus dem
zweiten Mund. Nämlich der Hauptmann hat sie selbst
einem rheinländischen Herrn Kriegsobristen also mitgeteilt,
der auch weiss, wie man über die Berezina geht, und von
dem Kriegsobristen aber hat sie der Hausfreund und hat

seitdem schon manches Täublein mit ihm verzehrt und
schon manches Schöpplein mit ihm herausgemacht, Fuchs
oder Has.

Die leichteste Todesstrafe

Man hat gemeint, die Guillotine sei's. Aber nein! Ein Mann,
der sonst seinem Vaterland viele Dienste geleistet hatte und
bei dem Fürsten wohl angeschrieben war, wurde wegen
eines Verbrechens, das er in der Leidenschaft begangen
hatte, zum Tode verurteilt. Da half nicht Bitten, nicht Beten.
Weil er aber sonst bei dem Fürsten wohl angeschrieben war,
liess ihm derselbe die Wahl, wie er am liebsten sterben wolle;
denn welche Todesart er wählen würde, die sollte ihm
werden. Also kam zu ihm in den Turn der
Oberamtsschreiber: "Der Herzog will Euch eine Gnade
erweisen. Wenn Ihr wollt gerädert sein, will er Euch rädern
lassen; wenn Ihr wollt gehenkt sein, will er Euch henken
lassen. Es hängen zwar schon zwei am Galgen, aber
bekanntlich ist er dreischläferig. Wenn Ihr aber wollt lieber
Rattenpulver essen, der Apotheker hat. Denn welche
Todesart Ihr wählen werdet, sagt der Herzog, die soll Euch
werden. Aber sterben müsst Ihr, das werdet Ihr wissen." Da
sagte der Malefikant: "Wenn ich denn doch sterben muss,
das Rädern ist ein biegsamer Tod, und das Henken, wenn
besonders der Wind geht, ein beweglicher. Aber Ihr
versteht's doch nicht recht. Meines Orts, ich habe immer
geglaubt, der Tod aus Altersschwäche sei der sanfteste, und
den will ich denn auch wählen, und keinen andern", und
dabei blieb er und liess sich's nicht ausreden. Da musste
man ihn wieder laufen und fortleben lassen, bis er an
Altersschwäche selber starb. Denn der Herzog sagte: "Ich

Dies Stücklein ist von der Schwiegermutter, die niemand
gerne umkommen lässt, wenn sie ihn retten kann.

Die nasse Schlittenfahrt

Der Hausfreund hat viel gute Freunde am Rhein auf und ab,
zwischen Friedlingen und Andernach, unter andern ein
paar lose. Einer davon versteht sich gut darauf, Kissen und
Säcke auszustopfen, um weich darauf zu sitzen, und man
darf ihn rekommandieren. Zwei andere gute Freunde von
ihm sagten zueinander an einem schönen, kalten Wintertag:
"Wollen wir nicht auf dem Schlitten fahren?"—"Wohin?"—
"Zum Theodor." Sie nannten ihn nur mit dem Vornamen.
Theodor heisst er mit dem Vornamen. Also spannten sie den
Rappen an den Rennschlitten und legten einen Sack voll
Spreu darauf, der Länge nach, um weicher zu sitzen. Als sie
bei dem guten Freund angelangt waren, wurde lustig
getrunken—der Wein lag ihm nie überzwerch im Fass—:
Schliengener, Böllinger, Steinenstatter, Vierundachtziger,
Achtziger, Vierundsiebenziger. Beim Vierundsiebenziger
blieben sie sitzen, bis der Abendstern über dem Wasgau
funkelte und die Bettglocken laut wurden in den Dörfern.
Als die Bettglocken laut wurden, sagte einer von ihnen:
"Jetzt will ich anspannen, unser Weg ist der weiteste." Der
Theodor sagte: "Wahrscheinlich auch der krümmste. Hüst
um! Dort links ist die Stubentür." Denn der Gast taumelte
nach der Türe eines Milchschranks, in der Meinung, es sei
die Stubentür. Als sie auf dem Schlitten noch eins
genommen hatten zu St. Johannes' Segen und ungefähr an
die Tannen gekommen waren, wurde es beiden nass
zwischen den Beinen. Der vordere dachte: "Soll mir etwas
passiert sein, oder ist mein Kamerad dahinten nicht
wasserfest? Der andere dachte: Schmelzen die Spreu im

Spreuersack, oder ist meinem Kameraden etwas passiert?
—"Gevatter", stammelte endlich der vordere, " es scheint mir,
Ihr habt's euch kommod gemacht. Ich hätt' Euch wohl ein
paar Minuten lang das Leitseil halten mögen."—"Gevatter",
erwiderte der andere, "mir kommt's vor, Ihr solltet nicht
mehr saufen, als Ihr bei Euch behalten könnt." Während sie
aber so Wortwechsel treiben und jeder die Schuld auf den
andern warf, wurden sie immer nässer, und der Sack unter
ihnen gab immer mehr nach, bis sie auf dem harten Brette
sassen.

"Mordsapperment, Ihr schwemmt mich noch über den
Schlitten hinunter", fuhr der zweite fort.—"Oder Ihr mich",
erwiderte der erste.—"Wenn ich nicht dasässe wie einer, der
zwischen den zwei Buckeln eines Trampeltieres reitet, ich
läge schon lange auf dem Boden, und die Stiefel sind mir
bereits mitsamt den Füssen angefroren am
Schlittenkufen."—"Drum eben", erwiderte der erste. "Woher
kommt's, dass Euch das Wasser an den Beinen herabläuft?"
Als sie aber halbsteif nach Hause gekommen waren und die
Spreu aus dem Sacke ausleeren wollten, schoss etwas ganz
anderes als Spreu heraus. Da sagte der eine: "Ich glaube gar,
der Schalk, der Theodor, hat uns den Sack mit Schnee
angefüllt. Darum sind wir so nass geworden." Der andere
sagte: "Es kömmt mir auch so vor."—Es war auch so.

Die Ohrfeige

Ein Büblein klagte seiner Mutter: "Der Vater hat mir eine
Ohrfeige gegeben." Der Vater aber kam dazu und sagte:
"Lügst du wieder? Willst du noch eine?"

Die Probe

In einer ziemlich grossen Stadt, wo nicht alle Leute einander
kennen, auch nicht alle Hatschiere, ging ein neu
angenommener Hatschier in ein verdächtiges Wirtshäuslein
hinein und hatte einen braunen Überrock an. Denn er
dachte: Weil ich noch nicht lange angenommen bin, so
kennt mich niemand, und niemand nimmt sich vor mir in
acht; vielleicht gibt's etwas zu fischen. Ein bejahrter Mann
in bürgerlicher Kleidung folgt ihm nach und geht auch in
das Wirtshäuslein. Der neue Hatschier fordert einen
Schoppen, der betagte Mann setzt sich an den nämlichen
Tisch und fordert auch einen Schoppen. Unter ihnen und
ober ihnen und an andern Tischen sassen mehrere Leute
und sprachen in Friede und Eintracht von allerlei, von dem
Elefant, von dem grossen Diebstahl, von den
Kriegsoperationen. Einer zog mit dem Finger einen Strich
von Wein über den Tisch und sagte: "Zum Exempel, dies
wäre die Donau." Drauf legte er ein Stücklein Käsrinde
daneben und sagte: "Jetzt, das wär' Ulm." Ein anderer, als er
Ulm nennen hörte, sagte zu dem betagten Mann: "Ich bin
von Ulm und hätte Haus und Gewerb daselbst. Aber die
alten Zeiten sind nicht mehr." Der betagte Mann sagte:
"Landsmann, Ulm ist überall, die guten Zeiten sind nirgends
mehr", und fing an zu hadern und sich zu vermessen über
die Zeit und über die Abgaben und über die Obrigkeit, wie
es sich nicht geziemt. Da wurde der Hatschier im braunen
Überrock aufmerksam und stille und sagte endlich: "Guter
Freund, ich warne Euch." Der betagte Mann aber sagte:
"Was habt Ihr mich zu warnen?" und trank ein Glas voll
Wein nach dem andern aus und schimpfte über die
Obrigkeit nur noch ärger. Der verkleidete Hatschier sagte:
"Guter Freund, ich kenn' Euch nicht. Aber ich will Euch
noch einmal gewarnt haben." Der Betagte erwiderte:

"Warnen hin und warnen her! Was wahr ist, muss man reden dürfen. Was bleibt einem noch übrig als die freie Rede?" und so und so. Da schlug der verkleidete Hatschier den braunen Überrock zurück und zeigte sich, wie er war, in einem hechtgrauen Rocke mit roten Aufschlägen und einem Bandelier. "Jetzt, guter Freund", sagte er, "jetzt kommt mit mir!" Da stellte sich der Mann, als er an dem Rock den Hatschier erkannte, auf einmal wie umgewendet. "Guter Freund", sagte er, "Ihr werdet doch meinen Spass nicht für Ernst angesehen haben und nicht erst heute auf die Welt gekommen sein. Ich sehe schon", sagte er, "wir müssen eine Bouteille miteinander trinken, dass Ihr mich besser kennen lernt", und forderte noch eine Bouteille und winkte der Wirtin: "Vom Guten." Allein der Hatschier sagte: "Ich habe keinen Wein mit Euch zu trinken", und fasste ihn wohl oben am Arm, und fort zur Türe hinaus. Unterwegs fuhr der Arrestant fort zu reden: "Ihr meint zum Beispiel, ich sei ein Feind von Abgaben, weil ich über die Abgaben geschimpft habe. Aber nein, ich will Euch das Gegenteil beweisen, denn Ihr seid auch eine obrigkeitliche Person, und ich habe vor Euersgleichen Respekt." Also zog er einen Kronentaler aus der Tasche und wollte sich damit loskaufen. Aber der Hatschier sagte: "Ihr habt mir keine Abgaben zu bezahlen." Eine Gasse weiter fuhr der Arrestant fort: "Was gilt's, Ihr seid noch nicht verheiratet und habt für keine Frau noch Kinder zu sorgen, weil Ihr keine Abgabe von mir braucht. Ich will Euch zu einem schönen Weibsbild führen." Der Hatschier erwiderte: "Ihr habt mich zu keinem Weibsbild zu führen, aber ich Euch zu einem Mannsbild." Als sie aber miteinander in den Polizeihof und vor den Herrn Stadtvogt gekommen waren, fing der Stadtvogt an laut zu lachen, dann er gar ein lustiger Mann ist, und sagte: "Welcher von Euch zweien bringt den andern?" Denn es ist jetzt Zeit, dem geneigten Leser zu sagen, dass der Arrestant

war dem neuen nachgegangen, nur um ihn zu prüfen, ob er
seine Pflicht tut. Deswegen sagte der Stadtvogt: "Welcher
von Euch zweien bringt den andern." Der junge wollte
anfangen, der alte aber, der vermeintliche Arrestant, schaute
ihn gebieterisch an und sagte: "Es ist an mir zu reden, ich
bin älter im Dienst. Ihro Gnaden, Herr Stadtvogt", sagte er,
"dieser junge Mann ist probat, und wir können uns
verlassen auf ihn, denn er hat mich arretiert mit Manier und
in der Art und hat sich nicht von mir bestechen oder
breitschlagen lassen, noch mit Wein, noch mit Geld, noch
mit Weibsleuten." Da lächelte der Stadtvogt gar freundlich,
dass ihm solches wohlgefalle, und schenkte jedem einen
kleinen Taler.

Item, an einem solchen Ort mag es nicht gut sein, ein
Spitzbube zu sein, wo ein Hatschier selber dem andern nicht
trauen darf. Dies Stücklein ist noch ein Vermächtnis von
dem Adjunkt, der jetzt in Dresden ist. Hat er nicht dem
Hausfreund einen schönen Pfeifenkopf von Dresden zum
Andenken geschickt und ist ein geflügelter Knabe darauf
und ein Mägdlein und machen etwas miteinander. Aber er
kommt wieder, der Adjunkt.

Die Raben

Zwei gute Freunde, ein Geistlicher und ein Kaufmann,
machten miteinander eine Reise. Der Kaufmann neckte im
Spass den Geistlichen, und der Geistliche neckte den
Kaufmann. Nicht weit von dem Hochgericht, als die Raben
aufflatterten und den beiden um die Köpfe flogen, sagte der
Kaufmann: "Da haben wir's! Es ist kein Schick dabei, wenn
man mit einem Geistlichen reist."—Denn manche Leute
glauben sonst, es bedeute ein Unglück, wenn einem die

Raben über den Kopf fliegen. —Der Geistliche sagte: "Glaubt
doch nicht so einfältige Fabeln, ein Mann, wie Ihr seid. Ich
habe in kurzer Zeit mehrere armen Sünder zum Tod
begleitet. Jetzt meinen die dummen Tiere, ich bringe wieder
einen, und halten Euch für gute Beute." Der Kaufmann
sagte: "Herr Pfarrer, Ihr seid ein loser Vogel!"

Die Schlafkameraden

Eines Abends kam ein fremder Herr mit seinem Bedienten im
Wirtshaus zu der goldenen Linden in Brassenheim an und
liess sich bei dem Nachtessen beiderlei wohl schmecken,
nämlich das Essen selbst und das köstliche Getränk. Denn
der Lindenwirt hat Guten. Der Bediente aber an einem
andern Tisch dachte: Ich will meinem Herrn keine Schande
machen, und trank wie im Zorn ein Glas und eine Bouteille
nach der andern aus, sagend zu sich selbst: "Der Wirt soll
nicht meinen, dass wir Knicker sind." Nach dem Essen sagte
der Herr zu dem Lindenwirt: "Herr Wirt, ich hab' an Eurem
Roten sozusagen eine gefährliche Entdeckung gemacht.
Bringt mir noch eine Flasche voll in das Schlafstüblein." Der
Bediente hinter dem Rücken des Herrn winkte dem Wirt:
"Mir auch eine!" Denn sein Herr liess sich vieles von ihm
gefallen, weil er auf Reisen auch sein Leibgardist war und
immer mit ihm in der nämlichen Stube schlafen musste, und
je einmal, wenn er sich zuviel Freiheit herausnahm, war der
Herr billig und dachte: Ich will nicht wunderlich sein. Es ist
ja nicht das erste Mal, dass er's tut. Also trank an seinem
Tisch der Herr und las die Zeitung, und am andern Tisch
dachte der Bediente: "Es ist ein harter Dienst, wenn man
trinken muss anstatt zu schlafen, zumal so starken.
Gleichwohl, als er dem Herrn die zweite Flasche holen

nämlichen. Der Herr fing endlich an, laut mit der Zeitung
zu reden, und der Bediente nahm wie ein Echo zwischen der
Türe und dem Fenster auch Anteil daran, aber wie? Der
Herr las von dem grossen Mammutsknochen, der gefunden
wurde. Der Bediente, der eben das Glas zum Munde führte,
lallte für sich: "Soll leben der Mohammedsknochen." Oder
als der Herr von dem Seminaristen las aus dem Seminarium
in Pavia, der mit Lebensgefahr eines Schriftgiessers Kind aus
den Flammen rettete, ergriff er das Glas, und "Bravo", sagte
er, "wackerer Seminarist!" Der Bediente aber stammelte für
sich: "Soll leben der wackere Seeminister" und goss richtig
das halbe Glas über die Liberei hinab. "Hast du's gehört,
Anton? So eine Tat wiegt viele Meriten auf", fuhr der Herr
fort. —"Sollen auch leben die Minoriten", erwiderte der
Diener; und so oft jener z. B. sich räusperte oder gähnte,
räusperte sich und gähnte der Anton auch. Endlich sagte
der Herr: "Anton, jetzt wollen wir ins Bett." Der Anton sah
seine Flasche an und erwiderte: " Es wird ohnehin niemand
mehr auf sein in der Wirtschaft." Denn seine Flasche war
leer. Aber in der Flasche des Herrn war noch ein Restlein.
Früh gegen zwei Uhr weckte es den Anton, dass noch ein
Restlein in der Flasche des Herrn sei. Also stand er auf und
trank es aus. "Sonst verriecht es", dachte er. Als er aber sich
wieder legen wollte, kam er ein wenig zu weit rechts an das
Bett seines Herrn. Denn beide Betten standen an der
nämlichen Wand mit den Fussstätten gegeneinander. Also
legte sich der Anton neben seinen Herrn, mit dem Kopf
unten und mit den Füssen oben, neben des Herrn Gesicht,
weil er meinte, er liege wieder in seinem eigenen. Eine
Stunde vor Tag aber, als der Herr erwachte, kam es ihm vor,
er wusste selbst nicht recht, wie. "Soll ich denn gestern
abend haben Backensteinkäs heraufkommen lassen?" dachte
er. Als er aber sich umdrehen wollte, ob ein Schränklein in
der Wand sei, fühlte er auf einmal neben sich etwas
Lebendiges und Warmes, und das Warme und Lebendige

bewegte sich auch. Jetzt rief er: "Anton, Anton!" mit ängstlicher und leiser Stimme, dass der unsichere Schlafkamerad nicht aufwachen sollte, und derjenige, den er wecken wollte, war doch der Schlafkamerad. "Anton", schrie er endlich in der Herzensangst, so laut er konnte. "Was befehlen Ihro Hochwürden", erwiderte endlich der Anton. —"Komm mir zu Hilfe! Es liegt einer neben mir."—"Ich kann nicht, neben mir liegt auch einer", erwiderte der Bediente und wollte sich strecken, so zwar, dass er mit dem linken Fuss unter des Herrn Kinn kam. "Anton, Anton", rief der Herr, "meiner reisst mir den Kopf ab", und suchte ebenfalls mit den Füssen eine Habung. "Meiner will mir die Nase aufschlitzen", schrie noch viel ärger der Anton. "Wirf deinen heraus", schrie der Herr, "und komm mir zu Hilfe."—Also fasste der Bediente seinen Mann an den Beinen, und dieser, als er Ernst sah, fasste er seinen Mann ebenfalls an den Beinen, und rangen also die beiden miteinander, dass keiner dem andern konnte zu Hilfe kommen; und der Bediente fluchte wie ein Türk, der Herr aber fluchte zwar nicht, aber doch rief er die unsichtbaren Mächte an, sie sollten seinem Gegner den Hals brechen, was auch fast hätte geschehen können; denn auf einmal hörte unten der Wirt, der schon auf war, einen Fall, dass alle Fenster zitterten und der Perpendikel an der Wanduhr sich in die Ruhe stellte. Als er aber geschwind mit dem Licht und dem Hauptschlüssel hinaufgeeilt war, ob ein Unglück sich zugetragen habe, denn er kannte seinen Roten, lagen beide miteinander ringend auf dem Boden und schrieen Zeter Mordio um Hilfe. Da lächelte der Wirt in seiner Art, als ob er sagen wollte, der Rote hat gut gewirkt, die gefährliche Entdeckung. Die beiden aber schauten einander mit Verwunderung und Staunen an. "Ich glaube gar, du bist es selbst, Anton", sagte der Herr.—"So, seid nur Ihr es gewesen", erwiderte der Diener, und legten sich wieder ein jeder in sein Bett, worein

Die Schmachschrift

Als bekanntlich eine Pasquille oder Schmachschrift auf den
König Friedrich in Berlin an einem öffentlichen Platz
aufgeheftet wurde und sein Kammerdiener ihm davon die
Anzeige machte: "Ihro Majestät", sagte der Kammerdiener,
"es ist Ihnen heute nacht eine Ehre widerfahren, das und
das. Alles hab' ich nicht lesen können; denn die Schrift
hängt zu hoch. Aber was ich gelesen habe, ist nichts Gutes";
da sagte der König: "Ich befehle, dass man die Schrift tiefer
hinabhänge und eine Schildwache dazustelle, auf dass
jedermann lesen kann, was es für ungezogene Leute gibt."
Nachderhand geschah nichts mehr.

Nicht ebenso dachte der Amtsschreiber von Brassenheim.
Denn Brassenheim ist ein Amtsstädtlein. Als ihm eines
Morgens eine Pasquille ins Haus gebracht wurde, die
jemand mit Teig in der Nacht an die Haustüre geklebt hatte,
wurde er ganz erbost und ungebärdig, fluchte wie ein Türk
im Haus herum und schlug der unschuldigen Katze ein
Bein entzwei, dass die Frau Amtsschreiberin ganz entrüstet
wurde und fragte: "Bist du verrückt, oder was fehlt dir?" Der
Amtsschreiber sagte: "Da lies! Du hast deinen Teil auch
darin." Als das die losen Vögel erfuhren, welche die
Schandschrift angeklebt hatten, dass der Herr Amtsrichter
also im Harnisch sei, hatten sie grosse Freude daran und
sagten: "Heut nacht tun wir's wieder." Den zweiten Morgen,
als ihm die neue Schandtat gebracht wurde und ein Rezept
für lahmgeschlagene Katzen darin, ward er noch viel
wütender und warf Tische und Stühle zusammen, ja er
schrieb mit eigener Hand einen zornigen Bericht darüber an
den regierenden Grafen, ob er gleich niemand nennen
konnte, und als er ihn geschrieben hatte und den Sand
darauf streuen wollte, ergriff er in der Rasche statt der
Sandbüchse das Tintenfass und goss die Tinte über den

Bericht und über die weisstüchenen Amtshosen.

Am Abend aber sagte er zu seinem Bedienten: "Hansstoffel", sagte er, "vigiliere heut nacht um das Haus herum, bis der Hahn kräht, und wenn du den Kujonen attrapierst, so bekommst du einen grossen Taler Fanggeld. Ich will sehen", sagte er, "ob ich mir soll auf der Nase herumtanzen lassen."

Etwas nach elf Uhr kam der Stoffel von seinem Posten herauf, und der Herr Amtsschreiber war auch noch auf, auf dass, wenn der Stoffel den Pasquillenmacher brächte, dass er ihn gleich auf frischer Tat erstechen könnte. "Herr Amtsschreiber", sagte der Stoffel, "ich will nur melden, dass heute nacht nichts passiert ist, wenn Sie mir erlauben, jetzt ins Bett zu gehen. Alle Lichter im Städtlein sind ausgelöscht, die Wirtshäuser sind leer, die zwei letzten sind nach Haus gegangen, und des Wagner-Mattheisen Hahn hat zweimal hintereinander gekräht, es wird wohl morgen auch wieder einmal regnen." Da fuhr ihn der Amtsschreiber wie ein betrunkener Heide an: "Dummes Vieh, auf der Stelle begib dich auf deinen Posten, bis der Tag aufgeht, oder ich schlage dir das Gehirn im Leib entzwei", sagte er im unvernünftigen Zorn. Der geneigte Leser denkt: Was gilt's, während der Stoffel bei dem Amtsschreiber war, ist die dritte Pasquille auch angepappt worden, und wenn er herabkommt, findet er sie jetzt. Nichts weniger. Sondern als der Stoffel im Fortgehen bereits an der Stubentür war und der Amtsschreiber ihm noch einmal nachsah, "Hansstoffel", rief er ihm, "komm noch ein wenig daher!"— Der Stoffel kam. "Dreh' dich um! Was hast du auf dem Rücken?" "Will's Gott, keinen Galgen", sagte der Stoffel. "Nein, vermaledeiter Dummkopf, aber wahrscheinlich ein Pasquill."—Wie gesagt, so erraten: der Stoffel trug das dritte Pasquill bereits auf dem Rücken geklebt, und standen darin noch viel mutwilligere Dinge als in dem ersten und zweiten, und unter andern ein

Rezept für Tintenflecke aus den Amtshosen zu bringen. Dies war so zugegangen. Als der Stoffel noch vor dem Haus gesessen war, kamen zwei lose Gesellen heran, und einer von ihnen hatte schon die dritte Pasquille auf der flachen Hand liegen, also dass die beschriebene Seite des Papiers gegen die Hand hineinlag, die äussere Seite aber war mit Teig bestrichen, dass er im Vorbeigehen die Schrift nur an die Türe hätte drücken dürfen. Als sie aber den Bedienten des Amtsschreibers vor der Türe sitzen sahen, und alle Leute kannten den Stoffel, aber nicht alle Leute kannte der Stoffel: "Ei, guten Abend", sagte der eine, "was schafft Er Guts hier, Herr Hansstoffel? Was gilt's, Er kann nicht hinein!" da erzählte er ihnen, warum er da sitzen müsse und bis wann, und wie ihm bereits die Zeit so lange sei, und es komme doch niemand. "Ei", sagte der eine, "die Lichter im Städtlein sind ausgelöscht, und die Wirtshäuser sind leer, und wir zwei sind die letzten, die heimgehen. Also gehe Er in Gottes Namen ins Bett." Der andere aber, der das Papier in der flachen Hand hatte, schlug ihm im Fortgehen sanft und freundlich die Hand auf den Rücken, dass das Papier am Rocke hängen blieb, und sagte: "Gute Nacht, Herr Hansstoffel, schlaf' Er wohl!" "Ebenfalls!" sagte der Stoffel, und als sie um das Eck herum waren, krähte einer von ihnen zweimal wie ein Hahn oder wie der russische General-Feldmarschall Suwarow Fürst Italinsky im Lager. Also brachte der Stoffel dem Amtsschreiber die Pasquille selber auf dem Rücken in die Stube, und der Herr Amtsschreiber prügelte zwar den Stoffel im Zimmer herum und schlug bei dem Ausholen ein paar Spiegel entzwei, aber den Schimpf und Schaden und Zorn musste er an sich selber haben und brachte nichts heraus. Denn die zwei Spassvögel sagten: "Der Klügste gibt nach. Jetzt wollen wir's aufgeben, eh' es zu bösen Häusern geht", und jedermann, der davon erfuhr, lachte den Amtsschreiber aus. Merke: Der König von Preussen hat sich in diesem Stücke klüger betragen als der

Herr Amtsschreiber von Brassenheim.

Die Tabaksdose

In einer niederländischen Stadt in einem Wirtshaus waren viele Leute beisammen, die einander einesteils kannten, zum Teil auch nicht. Denn es war ein Markttag. Den Zundelfrieder kannte niemand. "Gebt mir auch noch ein Schöpplein", sagte ein dicker, bürgerlich gekleideter Mann zu dem Wirt und nahm eine Prise Tabak aus einer schweren, silbernen Dose. Da sah der Zundelfrieder zu, wie ein windiger, gewürfelter Gesell sich zu dem dicken Mann stellte, ein Gespräch mit ihm anfing und ein paarmal wie von ungefähr nach der Rocktasche schaute, in welche der Mann die Dose gesteckt hatte. Was gilt's, dachte der Frieder, der führt auch etwas im Schild? Anfänglich stand der Gesell. Hernach liess er ein Schöpplein kommen, setzte sich auch auf den Bank und sprach mit dem Dicken allerlei kuriose Sachen, woran dieser Mann viel Spass fand. Endlich kam ein Dritter. "Exküse", sagte der Dritte, "kann man auch noch ein wenig Platz hier haben?" Also rückte der windige Gesell ganz nahe an den dicken Mann hin und diskurierte immer fort: "Ja", sagte er, "ich habe mich ein Rechtes verwundert, als ich in dieses Land kam und sah, wie die Windmühlen so flätig vom Winde umgetrieben werden. Bei mir zulande geht das ganze Jahr kein Lüftlein. Also muss man die Windmühlen anlegen, wo die Wachteln ihren Strich haben. Wenn nun im Frühjahr die Milliontausend Wachteln kommen vom Meer her aus Afrika und fliegen über die Mühlenräder, so fangen die Mühlen an zu gehen, und wer in dieser Zeit nicht kann mahlen lassen, hat das ganze Jahr kein Mehl im Haus." Darüber geriet der dicke Mann so ins

hatte der schlaue Gesell die Dose. "Aber jetzt hört auf", sagte
der Dicke. "Es tut mir weh im Kreuz", und schenkte ihm
von seinem Wein auch ein Glas ein. Als der Spitzbube
ausgetrunken hatte, sagte er: "Der Wein ist gut. Er treibt.
Exküse", sagte er zu dem Dritten, der vorne an ihm sass,
"lasst mich einen Augenblick heraus!" Den Hut hatte er
schon auf.

Als er aber zur Tür hinausging und fort wollte, ging ihm
der Zundelfrieder nach, nahm ihn draussen auf die Seite
und sagte zu ihm: "Wollt Ihr mir auf der Stelle meines Herrn
Schwagers seine silberne Dose herausgeben? Meint Ihr, ich
hab's nicht gemerkt? Oder soll ich Lärmen machen? Ich hab
Euch schonen wollen vor den vielen Leuten, die drin in der
Stube sitzen." Als nun der Dieb sah, dass er verraten sei, gab
er zitternd dem Frieder die Dose her und bat ihn vor Gott
und nach Gott, stille zu sein. "Seht", sagte der Frieder, "in
solche Not kann man kommen, wenn man auf bösen Wegen
geht. Euer Leben lang lasst es Euch zur Warnung dienen.
Unrecht Gut faselt nicht. Ehrlich währt am längsten." Den
Hut hatte der Freister auch schon auf. Also gab er dem
Gesellen noch eine Prise Tabak aus der Dose und trug sie
hernach zu einem Goldschmied.

Die Wachtel

Zwei wohlgezogene und ehrbare Nachbaren lebten sonst
miteinander immer in Frieden und Freundschaft, jetzt zwar
auch noch, aber einer von ihnen hatte eine Wachtel. Zu ihm
kommt endlich der Nachbar und sagt: "Freund, begreift Ihr
nicht, dass mir Euer Lärmenmacher, Euer Tambour da, sehr
ungelegen sein kann, wenn ich morgens noch ein Stündlein
schlafen möchte, und dass Ihr Euch unwert macht bei der

ganzen Nachbarschaft?"—Ihm erwiderte der Nachbar: "Ich begreife das Gegenteil. Ist's nicht aller Ehren wert, dass meine Wachtel der ganzen Nachbarschaft den Morgen umsonst ansagt und die Gesellen weckt, auch sonst Kurzweil macht, und ich trage die Atzungskosten allein?" Als alle Vorstellungen nichts verfangen wollten und Wachtel immer früher schlug und immer heller, kommt endlich der Nachbar noch einmal und sagt: "Freund, wär' Euch Eure Wachtel nicht feil?" Der Nachbar sagt: "Wollt Ihr sie tot machen?"—"Das nicht", erwiderte der andere.—"Oder fliegen lassen?"—"Nein, auch nicht."—"Oder in eine andere Gasse stiften?"—"Auch das nicht, sondern hier vor mein Fenster will ich sie stellen, damit Ihr sie auch noch hören könnt alle Morgen." Der Nachbar merkte nichts, denn er war nicht der Klügere von beiden. Ei, dachte er, wenn ich sie vor deinem Fenster umsonst hören kann und bekomme noch Geld dazu, so ist's besser.— "Ist sie Euch ein Zweiguldenstück wert?" fragte er den Nachbar. Der Nachbar dachte zwar, es sei viel Geld, doch soll's ihm nicht verloren sein, und noch in der nämlichen Stunde wurde die Wachtel umquartiert.

Am andern Morgen, als sie ihren vorigen Besitzer aus dem Schlaf erweckte und er eben denken wollte: "Ei, meine gute Wachtel ist auch schon munter",—halbwegs des Gedankens fällt's ihm ein: "Nein, es ist meines Nachbars Wachtel,—das undankbare Vieh", sagte er endlich am dritten Morgen, "ein Jahr lang hat sie bei mir gelebt und gute Tage gehabt, und jetzt hält sie es mit einem andern und lebt mir zum Schabernack.—Der Nachbar sollte verständiger sein und bedenken, dass er nicht allein in der Welt ist, wenigstens nicht allein in der Stadt." Nach mehreren Tagen aber, als er vor Verdruss es nimmer aushalten konnte, redete er hinwiederum den Nachbar an: "Freund", sagte er, "Euere Wachtel hat in der vergangenen Nacht wieder einen kurzen

Nachbar, "ich habe mich nicht daran verkauft."—"Er ist
recht brav worden in Eurem Futter", fuhr jener fort. "Was
verlangt Ihr Aufgeld, dass er Euch wieder feil werde?" Da
lächelte der andere und sagte: "Wollt Ihr sie vielleicht tot
machen?"— "Nein!"—"Oder sie fliegen lassen?"—"Das auch
nicht."—"Oder in eine andere Gasse vermachen?"—"Auch
das nicht. Aber an ihren alten Platz will ich sie wieder
stellen, wo Ihr sie ja eben so gut hören könnt wie an ihrem
jetzigen."—"Freund", erwiderte ihm hierauf der Nachbar,
"vor Euer Fenster kommt die Wachtel nimmermehr, aber
gebt Ihr mir meine zwei Gulden wieder, so lass ich sie
fliegen." Der Nachbar dachte bei sich: "Wohlfeiler kann ich
sie nicht los werden, als für sein eigenes Geld." Also gab er
ihm die zwei Gulden wieder, und die Wachtel flog.

Der geneigte Leser wolle hieran gelegentlich erkennen,
wenn er es nötig hat, was für ein grosser Unterschied es sei,
ob etwas vor dem eigenen Fenster und in dem eigenen Haus
geschieht oder in einem andern, ferner—denn es braucht
keine Wachtel dazu—ob einer in einer Gesellschaft selber
pfeift und auf dem Tisch trommelt, oder ob es ein anderer
anhören muss; item: ob einer selber bis nachts um 10 Uhr
eine langweilige Geschichte erzählt, und ob ein anderer
dabei sein und von Zeit zu Zeit sich verwundern und etwas
dazu sagen muss, gleich als ob er achtgäbe.

Die Wachtel

Zwei wohlgezogene und ehrbare Nachbarn lebten sonst
miteinander immer in Frieden und Freundschaft, jetzt zwar
auch noch, aber einer von ihnen hatte eine Wachtel. Zu ihm
kommt endlich der Nachbar und sagt: "Freund, begreift Ihr
nicht, daß mir Euer Lärmenmacher, Euer Tambour da, sehr
ungelegen sein kann, wenn ich morgens noch ein Stündlein
schlafen möchte, und daß Ihr Euch unwert macht bei der
ganzen Nachbarschaft?" Ihm erwiderte der Nachbar: "Ich
begreife das Gegenteil. Ists nicht aller Ehren wert, daß meine
Wachtel der ganzen Nachbarschaft den Morgen umsonst
ansagt und die Gesellen weckt, auch sonst Kurzweil macht,
und ich trage die Atzungskosten allein?" Als alle
Vorstellungen nichts verfangen wollten und die Wachtel
immer früher schlug und immer heller, kommt endlich der
Nachbar noch einmal und sagt: "Freund, wär Euch Eure
Wachtel nicht feil?" Der Nachbar sagt: "Wollt Ihr sie
totmachen?" —"Das nicht", erwiderte der andere. "Oder
fliegen lassen?" —"Nein, auch nicht." —"Oder in eine andere
Gasse stiften?" —"Auch das nicht, sondern hier vor mein
Fenster will ich sie stellen, damit Ihr sie auch noch hören
könnt alle Morgen." Der Nachbar merkte nichts, denn er
war nicht der Klügere von beiden. ›Ei‹, dachte
er, ›wenn ich sie vor deinem Fenster umsonst hören
kann und bekomme noch Geld dazu, so ists besser.‹
—"Ist sie Euch ein Zweiguldenstück wert?" fragte er den
Nachbar. Der Nachbar dachte zwar, es sei viel Geld, doch
solls ihm nicht verloren sein, und noch in der nämlichen
Stunde wurde die Wachtel umquartiert.

Am andern Morgen, als sie ihren vorigen Besitzer aus dem

Schlaf erweckt und er eben denken wollte: ›Ei, meine
gute Wachtel ist auch schon munter‹, —halbwegs
des Gedankens fällts ihm ein: ›Nein, es ist meines
Nachbars Wachtel.‹ —"Das undankbare Vieh", sagte
er endlich am dritten Morgen; "ein Jahr lang hat sie bei mir
gelebt und gute Tage gehabt, und jetzt hält sie es mit einem
andern und lebt mir zum Schabernack. —Der Nachbar
sollte verständiger sein und bedenken, daß er nicht allein in
der Welt ist, wenigstens nicht allein in der Stadt." Nach
mehreren Tagen aber, als er vor Verdruß es nimmer
aushalten konnte, redete er hinwiederum den Nachbar an:
"Freund", sagte er, "Euere Wachtel hat in der vergangenen
Nacht wieder einen kurzen Schlaf gehabt." —"Es ist ein
braver Vogel", erwiderte der Nachbar, "ich habe mich nicht
daran verkauft." —"Er ist recht brav worden in Eurem
Futter", fuhr jener fort. "Was verlangt Ihr Aufgeld, daß er
Euch wieder feil werde?" Da lächelte der andere und sagte:
"Wollt Ihr sie vielleicht totmachen?" — "Nein." —"Oder
fliegen lassen?" —"Das auch nicht." —"Oder in eine andere
Gasse vermachen?" —"Auch das nicht. Aber an ihren alten
Platz will ich sie wieder stellen, wo Ihr sie ja ebenso gut
hören könnt wie an ihrem jetzigen." —"Freund", erwiderte
ihm hierauf der Nachbar, "vor Euer Fenster kommt die
Wachtel nimmermehr, aber gebt Ihr mir meine zwei Gulden
wieder, so laß ich sie fliegen." Der Nachbar dachte bei sich:
›Wohlfeiler kann ich sie nicht loswerden als für sein
eigenes Geld.‹ Also gab er ihm die zwei Gulden
wieder, und die Wachtel flog.

Der geneigte Leser wolle hieran gelegentlich erkennen,
wenn er es nötig hat, was für ein großer Unterschied es sei,
ob etwas vor dem eigenen Fenster und in dem eigenen Haus
geschieht oder in einem andern, ferner —denn es braucht
keine Wachtel dazu —, ob einer in einer Gesellschaft selber
pfeift und auf dem Tisch trommelt oder ob es ein anderer

anhören muß; item: ob einer selber bis nachts um zehn Uhr
eine langweilige Geschichte erzählt und ob ein anderer dabei
sein und von Zeit zu Zeit sich verwundern und etwas dazu
sagen muß, gleich als ob er achtgäbe.

Die Weizenblüte

Nie muss sich einer über fremdes Unglück freuen, weil es
ihm Nutzen bringt, sonst kommt die Zeit, es freuen sich
andere wieder. In einigen Gegenden hat man das
Sprichwort, wenn man sagen will, dass man einen Gewinn
oder Vorteil zu hoffen habe—sagt man: "Mein Weizen
blüht." Als daher der Chirurgus und ein Zimmermann in
der Nacht miteinander auf der Strasse gingen und in einiger
Entfernung ein bekanntes Dörflein brannte, deutete der
Zimmermann hinüber und sagte zu dem Chirurgus: "Herr
Gevatter, mein Weizen blüht." Nämlich, weil es neue Häuser
aufzuschlagen gibt, wenn die alten verbrennen. Weil er aber
auf den Brand und nicht auf den Weg sah, fiel er im
nämlichen Augenblick in einen Graben und brach einen
Arm entzwei. Da sagte zu ihm der Chirurgus: "Gevatter, es
kommt mir vor, mein Weizen sei zeitig."—Der geneigte Leser
versteht's.

Die zwei Postillione

Zwei Handelsleute reisten oft auf der Extrapost von Fürth
nach Hechingen oder von Hechingen nach Fürth, wie jeden
sein Geschäft ermahnte, und gab der eine dem Postillion ein
schlechtes Trinkgeld, so gab ihm der andere kein gutes.
Denn jeder sagte: "Für was soll ich dem Postknecht einen

Postillione aber, der von Dinkelsbühl und der von
Ellwangen, sagten

"Wenn wir nur einmal den Herren einen Dienst erweisen
könnten, dass sie spendaschlicher würden!" Eines Tages
kommt der Fürther in Dinkelsbühl an und will weiters. Der
Postillion sagte zu seinem Kameraden: "Fahr du den
Passagier." Der Kamerad sagte: "Es ist an dir." Unterdessen
sass der Reisende ganz geduldig in seinem offenen
Eliaswagen, bis der Postillion aufsass. Als er sah, dass der
Postillion im Sattel recht sass und die Peitsche erhob, sagte
er: "Fahr' zu, Schwager! Werf' Er mich nicht um!" Am
nämlichen Nachmittag fuhr auch der Hechinger von
Ellwangen ab, und der Postillion dachte bei sich selbst:
"Wenn jetzt nur mein Kamerad von Dinkelsbühl mit dem
Fürther auch auf dem Weg wäre!" Indem er fährt, bergauf
bergab, nicht weit vom Segringer Zollhaus, wo dem
Hausfreund und seinem Reisekumpan in München auch
einmal die Haare geschnitten worden sind, begegnen sie
einander; keiner will dem andern ausweichen. Jeder sagt:
"Ich führe einen honetten Herrn, einen Schwitie, keinen
Pfennigschaber wie du, dem seine Sechsbatzenstücke
aussehen wie Hildburghäuser Groschen." Endlich legte sich
der Fürther auch in den Streit. "Gott's Wunder!" sagte er,
"sollen wir noch einmal vierzig Jahr in der Wüste bleiben?"
und schimpfte zuletzt den Ellwanger, dass ihm dieser mit der
Peitsche einen Hieb ins Gesicht gab. Der Dinkelsbühler sagt:
"Du sollst meinen Passagier nicht hauen, er ist mir
anvertraut und zahlt honett; oder ich hau' den deinigen
auch."—"Untersteh dich und hau mir meinen Herrn!" sagte
der Ellwanger. Also hieb der Dinkelsbühler des Ellwangers
Passagier, und der Ellwanger hieb des Dinkelsbühlers
Passagier, und riefen einander in unaufhörlichem Zorn zu:
"Willst du meinen Herrn in Frieden lassen, oder soll ich dir
den deinigen ganz zu einem Lungenmus zusammenhauen?"

und je schmerzlicher der eine Au und der andere Weih
schrie, desto kräftiger hieben die Postillione auf sie ein, bis
sie des unbarmherzigen Spasses selber müde wurden. Als sie
aber auseinander waren und jeder wieder seines Weges fuhr,
sagten die Postillione zu ihren Reisenden so und so: "Nicht
wahr, ich hab' mich Euer rechtschaffen angenommen? Mein
Kamerad wird's niemand rühmen, wie ich ihm seinen Herrn
zerhauen habe. Aber diesmal kommt's Euch auch auf ein
besseres Trinkgeld nicht an. Wenn's der Fürst wüsste", sagte
der Dinkelsbühler, "es wäre ihm um einen Maxd'or nicht
leid. Er sieht darauf, dass man die Reisenden gut hält."
Merke: Es ist kein Geld schlechter erhaust, als was man
armen Leuten am Lohn und Trinkgeld vorenthält, und
wofür man gehauen oder sonst verunehrt wird. Für ein
paar Groschen kann man viel Freundlichkeit und guten
Willen kaufen.

Merke: Der Herr, der auf der Abbildung seitwärts steht,
hat's mit angesehen und hat's dem Hausfreund vier Wochen
hernach zu Karlsruhe am Mittagessen erzählt.

Drei Worte

Ein Jude in Endingen im Wirtshaus erblickte einen
Kaufherrn, der ihm bekannt vorkam. "Seid Ihr nicht einer
von den graussmütigen Herrn, dass ich hab' die Gnad'
gehabt mit ihnen von Basel nach Schalampi zu fahren auf
dem Wasser?" Der Gersauer Kaufherr, er war von Gersau,
sagte: "Hast du unterdessen nichts Neues ausspintisiert,
Reiskamerad?" Der Jud antwortet: "Habt Ihr gute Geschäfte
gemacht auf der Messe? Wenn Ihr gute Geschäfte gemacht
habt, —um einen Sechsbätzner, Ihr könntet mir drei Worte
nicht nachsagen." Der Gersauer dachte: Ein paar Franken

hin oder her. "Lass hören!" Der Jud sagte: Messerschmied.
Der Gersauer: Messerschmied. Dudelsack— Dudelsack. Da
schmunzelte der Jude und sagte: Falsch!—Da dachte der
Gersauer hin und her, wo er könnte gefehlt haben. Aber der
Jude zog eine Kreide aus der Tasche und machte damit einen
Strich. "Einmal gewonnen." Noch einmal! sagte der
Kaufherr. Der Jud sagte: Baumöl. Der Kaufherr: Baumöl.
Rotgerber—Rotgerber. Da schmunzelte der Hebräer abermal
und sagte: Falsch, und so trieben sie's zum sechsten Mal.
Als sie's zum sechsten Mal so getrieben hatten, sagte der
Kaufherr: "Nun will ich dich bezahlen, wenn du mich
überzeugen kannst, wo ich gefehlt habe." Der Jude sagte:
"Ihr habt mir das dritte Wort nie nachgesprochen. Falsch
war das dritte Wort, das habt Ihr mir nie nachgesprochen,
und also war die Wette gewonnen."

Drei Wünsche

Diesmal ist aber die Frau Anna Fritze nicht dabei, auch
riecht es nicht nach Rosenduft und Morgenrot, sondern
nach Klingenberger und nach Kalbfleisch in einer sauren
Brühe. Drei lustige Kameraden sassen beisammen zu Kehl
im Lamm, und als sie das Saueressen verzehrt hatten und
noch eine Flasche voll Klingenberger miteinander tranken,
sprachen sie von allerlei und fingen zuletzt an zu
wünschen. Endlich wurden sie der Rede eins, es sollte jeder
noch einen kernhaften Wunsch tun, und wer den grössten
Wunsch hervorbringe, der soll frei ausgehen an der Zeche.

Da sprach der erste: "So wünsch' ich dann, dass ich alle
Festungsgräben von ganz Strassburg und Kehl voll feiner
Nähnadeln hätte und zu jeder Nadel einen Schneider, und
jeder Schneider müsste mir ein Jahr lang lauter Maltersäcke

nähen, und wenn ich dann jeden Maltersack voll doppelte Dublonen hätte, so wollte ich zufrieden sein."

Der zweite sagte: "So wollt' ich denn, dass das ganze Strassburger Münster bis unter die Krone des Turmes hinauf voll Wechselbriefe vom feinsten Postpapier läge, so viel darin Platz haben, und wäre mir auf jedem Wechselbrief so viel Geld verschrieben, als in allen deinen Maltersäcken Platz hat, und ich hätt's." Der dritte sagte: "So wollt ich denn, dass ihr beide hättet, was ihr wünscht, und dass euch alsdann beide in Einer Nacht der Henker holte, und ich wär euer Erbe."

Der dritte ging frei aus an der Zeche, und die zwei andern bezahlten.

Drei Wünsche

Ein junges Ehepaar lebte recht vergnügt und glücklich beisammen und hatte den einzigen Fehler, der in jeder menschlichen Brust daheim ist: wenn man's gut hat, hätt man's gerne besser. Aus diesem Fehler entstehen so viele törichte Wünsche, woran es unserm Hans und seiner Liese auch nicht fehlte. Bald wünschten sie des Schulzen Acker, bald des Löwenwirts Geld, bald des Meyers Haus und Hof und Vieh, bald einmal hunderttausend Millionen bayerische Taler kurzweg. Eines Abends aber, als sie friedlich am Ofen sassen und Nüsse aufklopften und schon ein tiefes Loch in den Stein hineingeklopft hatten, kam durch die Kammertür ein weisses Weiblein herein, nicht mehr als eine Elle lang, aber wunderschön von Gestalt und Angesicht, und die ganze Stube war voll Rosenduft. Das Licht löschte aus, aber ein Schimmer wie Morgenrot, wenn die Sonne nicht mehr

Wände. Über so etwas kann man nun doch ein wenig
erschrecken, so schön es aussehen mag. Aber unser gutes
Ehepaar erholte sich doch bald wieder, als das Fräulein mit
wundersüsser, silberreiner Stimme sprach: "Ich bin eure
Freundin, die Bergfei Anna Fritze, die im kristallenen
Schloss mitten in den Bergen wohnt, mit unsichtbarer
Hand Gold in den Rheinsand streut und über
siebenhundert dienstbare Geister gebietet. Drei Wünsche
dürft ihr tun; drei Wünsche sollen erfüllt werden." Hans
drückte den Ellenbogen an den Arm seiner Frau, als ob er
sagen wollte: Das lautet nicht übel. Die Frau aber war schon
im Begriff, den Mund zu öffnen und etwas von ein paar
Dutzend goldgestickten Kappen, seidenen Halstüchern und
dergleichen zur Sprache zu bringen, als die Bergfei sie mit
aufgehobenem Zeigefinger warnte: "Acht Tage lang", sagte
sie, "habt ihr Zeit. Bedenkt euch wohl und übereilt euch
nicht." Das ist kein Fehler, dachte der Mann und legte seiner
Frau die Hand auf den Mund. Das Bergfräulein aber
verschwand. Die Lampe brannte wie vorher, und statt des
Rosendufts zog wieder wie eine Wolke am Himmel der
Öldampf durch die Stube.

So glücklich nun unsere guten Leute in der Hoffnung
schon zum voraus waren und keinen Stern mehr am
Himmel sahen, sondern lauter Bassgeigen, so waren sie jetzt
doch recht übel dran, weil sie vor lauter Wunsch nicht
wussten, was sie wünschen wollten, und nicht einmal das
Herz hatten, recht daran zu denken oder davon zu
sprechen, aus Furcht, es möchte für gewünscht passieren,
ehe sie es genug überlegt hätten. "Nun", sagte die Frau, "wir
haben ja noch Zeit bis am Freitag."

Des andern Abends, während die Grundbirn zum
Nachtessen in der Pfanne prasselten, standen beide, Mann
und Frau, vergnügt an dem Feuer beisammen, sahen zu,

wie die kleinen Feuerfünklein an der russigen Pfanne hin
und her züngelten, bald angingen, bald auslöschten, und
waren, ohne ein Wort zu reden, vertieft in ihrem künftigen
Glück. Als sie aber die gerösteten Grundbirn aus der Pfanne
auf das Plättlein anrichteten und ihr der Geruch lieblich in
die Nase stieg:—"Wenn wir jetzt nur ein gebratenes
Würstlein dazu hätten", sagte sie in aller Unschuld und
ohne an etwas anders zu denken, und—o weh, da war der
erste Wunsch getan.—Schnell wie ein Blitz kommt und
vergeht, kam es wieder wie Morgenrot und Rosenduft
untereinander durch das Kamin herab, und auf den
Grundbirn lag die schönste Bratwurst.—Wie gewünscht, so
geschehen.—Wer sollte sich über einen solchen Wunsch und
seine Erfüllung nicht ärgern? Welcher Mann über solche
Unvorsichtigkeit seiner Frau nicht unwillig werden? "Wenn
dir doch nur die Wurst an der Nase angewachsen wäre",
sprach er in der ersten Überraschung, auch in aller
Unschuld, und ohne an etwas anders zu denken—und wie
gewünscht so geschehen. Kaum war das letzte Wort
gesprochen, so sass die Wurst auf der Nase des guten Weibes
fest, wie angewachsen im Mutterleib und hing zu beiden
Seiten hinab wie ein Husarenschnauzbart.

Nun war die Not der armen Eheleute erst recht gross. Zwei
Wünsche waren getan und vorüber, und noch waren sie um
keinen Heller und um kein Weizenkorn, sondern nur um
eine böse Bratwurst reicher. Noch war ein Wunsch zwar
übrig. Aber was half nun aller Reichtum und alles Glück zu
einer solchen Nasenzierat der Hausfrau? Wollten sie wohl
oder übel, so mussten sie die Bergfei bitten, mit unsichtbarer
Hand Barbiersdienste zu leisten und Frau Liese wieder von
der vermaledeiten Wurst zu befreien. Wie gebeten, so
geschehen, und so war der dritte Wunsch auch vorüber,
und die armen Eheleute sahen einander an, waren der

und die schöne Bergfei kam niemals wieder. Merke: Wenn
dir einmal die Bergfei also kommen sollte, so sei nicht geizig,
sondern wünsche

Numero eins: Verstand, dass du wissen mögest, was du
Numero Zwei wünschen sollest, um glücklich zu werden.
Und weil es leicht möglich wäre, dass du alsdann etwas
wähltest, was ein törichter Mensch nicht hoch anschlägt, so
bitte noch Numero Drei: um beständige Zufriedenheit und
keine Reue. Oder so

Alle Gelegenheit, glücklich zu werden, hilft nichts, wer den
Verstand nicht hat, sie zu benutzen.

Ein gutes Rezept

In Wien der Kaiser Joseph war ein weiser und wohltätiger
Monarch, wie jedermann weiss; aber nicht alle Leute wissen,
wie er einmal der Doktor gewesen ist und eine arme Frau
kuriert hat. Eine arme kranke Frau sagte zu ihrem Büblein:
"Kind, hol' mir einen Doktor, sonst kann ich's nimmer
aushalten vor Schmerzen." Das Büblein lief zum ersten
Doktor und zum zweiten; aber keiner wollte kommen, denn
in Wien kostet ein Gang zu einem Patienten einen Gulden,
und der arme Knabe hatte nichts als Tränen, die wohl im
Himmel für gute Münze gelten, aber nicht bei allen Leuten
auf der Erde. Als er aber zum dritten Doktor auf dem Weg
war, oder heim, fuhr langsam der Kaiser in einer offenen
Kutsche an ihm vorbei. Der Knabe hielt ihn wohl für einen
reichen Herrn, ob er gleich nicht wusste, dass es der Kaiser
ist, und dachte: Ich will's probieren. "Gnädiger Herr", sagte
er, "wollet Ihr mir nicht einen Gulden schenken? Seid so
barmherzig!" Der Kaiser dachte: "Der fasst's kurz und denkt,
wenn ich den Gulden auf einmal bekomme, so brauch' ich

nicht sechzig Mal um den Kreuzer zu betteln. "Tut's ein
Käsperlein oder zwei Vierundzwanziger nicht auch?" fragt
ihn der Kaiser. Das Büblein sagte: "Nein", und offenbarte
ihm, wozu er das Geld benötigt sei. Also gab ihm der Kaiser
den Gulden und liess sich genau von ihm beschreiben, wie
seine Mutter heisst, und wo sie wohnt, und während das
Büblein zum dritten Doktor springt, und die kranke Frau
betet daheim, der liebe Gott wolle sie doch nicht verlassen,
fährt der Kaiser zu ihrer Wohnung und verhüllt sich ein
wenig in seinen Mantel, also dass man ihn nicht recht
erkennen konnte, wer ihn nicht express darum ansah. Als
er aber zu der kranken Frau in ihr Stüblein kam, und sah
recht leer und betrübt darin aus, meint sie, es ist der Doktor,
und erzählt ihm ihren Umstand, und wie sie noch so arm
dabei sei und sich nicht pflegen könne. Der Kaiser sagte:
"Ich will Euch dann jetzt ein Rezept verschreiben", und sie
sagte ihm, wo des Bübleins Schreibzeug ist. Also schrieb er
das Rezept und belehrte die Frau, in welche Apotheke sie es
schicken müsse, wenn das Kind heimkommt, und legte es
auf den Tisch. Als er aber kaum eine Minute fort war, kam
der rechte Doktor auch. Die Frau verwunderte sich nicht
wenig, als sie hörte, er sei auch der Doktor, und
entschuldigte sich, es sei schon so einer dagewesen und hab'
ihr etwas verordnet, und sie habe nur auf ihr Büblein
gewartet. Als aber der Doktor das Rezept in die Hand nahm
und sehen wollte, wer bei ihr gewesen sei, und was für
einen Trank oder Pillelein er ihr verordnet hat, erstaunte er
auch nicht wenig und sagte zu ihr: "Frau", sagte er, "Ihr seid
einem guten Arzt in die Hände gefallen, denn er hat Euch
fünfundzwanzig Dublonen verordnet, beim Zahlamt zu
erheben, und untendran steht: Joseph, wenn Ihr ihn kennt.
Ein solches Magenpflaster und Herzsalbe und Augentrost
hätt' ich Euch nicht verschreiben können." Da tat die Frau
einen Blick gegen den Himmel und konnte nichts sagen vor

richtig und ohne Anstand von dem Zahlamt ausbezahlt,
und der Doktor verordnete ihr eine Mixtur, und durch die
gute Arznei und durch die gute Pflege, die sie sich jetzt
verschaffen konnte, stand sie in wenig Tagen wieder auf
gesunden Beinen. Also hat der Doktor die kranke Frau
kuriert und der Kaiser die arme, und sie lebt noch und hat
sich nachgehends wieder verheiratet.

Ein Hausmittel

Ein fremder Mann in einem Wirtshause bemerkte lange bei
seinem Schöpplein, wie die Frau Vogtin (der Vogt führte die
Wirtschaft) unaufhörlich am Stricken gehindert wurde
durch etwas anderes. Endlich sagte er: "Es scheint, Ihr wollt
ander Wetter prophezeien, Frau Vögtin. Euere braunen
Tierlein machen Euch viel Zeitvertreib." Die Wirtin ward
dessen fast verschämt und sagte: "Ihr habt mir nicht sollen
zusehen." Darauf erwiderte der Fremde: "Ein Floh ist doch
auch ein Geschöpflein, und ich weiss nicht, warum man
nicht davon reden soll. Wenn sie Euch aber zur Plage sind,
und es kommt Euch auf einen Vierundzwanziger nicht an,
ich wollte Euch wohl sagen, was Ihr tun müsstet, damit Ihr
nie in Euerm Leben einen Floh bekämet." Die Wirtin sagte:
"Einen Vierundzwanziger wär' es wohl noch wert", und als
er sich denselben voraus hatte bezahlen lassen, sagte er mit
schelmischem Lächeln: "Nämlich, wenn Euch ein Floh am
rechten Arm beisst, müsst Ihr ihn am linken suchen. Beisst
er Euch aber am linken, so sucht ihn am rechten. Alsdann
bekommt Ihr gewiss keinen. Ich hab's von der Polizei in
Brassenheim gelernt", sagte er. Es war der Zirkelschmied.

Ein teurer Kopf und ein wohlfeiler

Als der letzte König von Polen noch regierte, entstand gegen
ihn eine Empörung, was nichts Seltenes war. Einer von den
Rebellern, und zwar ein polnischer Fürst, vergass sich so
sehr, dass er einen Preis von 20000 Gulden auf den Kopf des
Königs setzte. Ja, er war frech genug, es dem König selber zu
schreiben, entweder um ihn zu betrüben oder zu
erschrecken. Der König aber schrieb ihm ganz kaltblütig zur
Antwort: "Euern Brief habe ich empfangen und gelesen. Es
hat mir einiges Vergnügen gemacht, dass mein Kopf bei
Euch noch etwas gilt. Denn ich kann Euch versichern: für
den Eurigen gäb' ich keinen roten Heller."

Ein Wort gibt das andere

Ein reicher Herr im Schwabenland schickte seinen Sohn
nach Paris, dass er sollte Französisch lernen und ein wenig
gute Sitten. Nach einem Jahr oder drüber kommt der Knecht
aus des Vaters Haus auch nach Paris. Als der junge Herr den
Knecht erblickte, rief er voll Staunen und Freude aus: "Ei,
Hans, wo führt dich der Himmel her? Wie steht es zu
Hause, und was gibt's Neues?"—"Nicht viel Neues, Herr
Wilhelm, als dass vor zehn Tagen Euer schöner Rabe
krepiert ist, den Euch vor einem Jahr der Weidgesell
geschenkt hat."

"O das arme Tier", erwiderte der Herr Wilhelm. "Was hat
ihm denn gefehlt?"

"Drum hat er zu viel Luder gefressen, als unsere schönen
Pferde verreckten, eins nach dem andern. Ich hab's gleich
gesagt." "Wie! Meines Vaters vier schöne Mohrenschimmel
sind gefallen?", fragte der Herr Wilhelm. "Wie ging das zu?"

Wasserführen, als uns
Haus und Hof verbrannte, und hat doch nichts geholfen."

"Um Gottes willen!" rief der Herr Wilhelm voll Schrecken
aus. "Ist unser schönes Haus verbrannt? Wann das?"

"Drum hat man nicht aufs Feuer achtgegeben an Ihres
Herrn Vaters seliger Leiche, und ist bei Nacht begraben
worden mit Fackeln. So ein Fünklein ist bald verzettelt!"

"Unglückliche Botschaft!", rief voll Schmerz der Herr
Wilhelm aus.
"Mein Vater tot? Und wie geht's meiner Schwester?"

"Drum eben hat sich Ihr Herr Vater seliger zu Tod gegrämt,
als Ihre Jungfer Schwester ein Kindlein gebar und hatte
keinen Vater dazu. Es ist ein Büblein.

Sonst gibt's just nicht viel Neues", setzte er hinzu.

Eine merkwürdige Abbitte

Das ist merkwürdig, dass an einem schlechten Menschen der
Name eines ehrlichen Mannes gar nicht haftet, und dass er
durch solchen nur ärger geschimpft ist.

Zwei Männer sassen in einem benachbarten Dorf zu gleicher
Zeit im Wirtshaus. Aber der eine von ihnen hatte bösen
Leumund wegen allerlei, und sah ihn und den Iltis niemand
gern auf seinem Hof. Aber beweisen vor dem Richter konnte
man ihm nichts. Mit dem bekam der andere Zwist im
Wirtshaus, und im Unwillen und weil er ein Glas Wein
zuviel im Kopfe hatte, so sagte er zu ihm: "Du schlechter
Kerl!"—Damit kann einer zufrieden sein, wenn er's ist, und
braucht nicht mehr. Aber der war nicht zufrieden, wollte

noch mehr haben, schimpfte auch und verlangte Beweis. Da
gab ein Wort das andere, und es hiess: "Du Spitzbub! du
Felddieb!"—Damit war er noch nicht zufrieden, sondern
ging vor den Richter. Da war nun freilich derjenige, welcher
geschimpft hatte, übel dran. Leugnen wollt' er nicht,
beweisen konnt' er nicht, weil er für das, was er wohl
wusste, keine Zeugen hatte, sondern er musste einen
Gulden Strafe erlegen, weil er einen ehrlichen Mann
Spitzbube geheissen habe, und ihm Abbitte tun, und dachte
bei sich selber: Teurer Wein! Als er aber die Strafe erlegt
hatte, so sagte er: "Also einen Gulden kostet es, gestrenger
Herr, wenn man einen ehrlichen Mann einen Spitzbuben
nennt? Was kostet's denn, wenn man einmal in der
Vergesslichkeit oder sonst zu einem Spitzbuben sagt:
Ehrlicher Mann?" Der Richter lächelte und sagte: "Das kostet
nichts, und damit ist niemand geschimpft." Hierauf wendete
sich der Beklagte zu dem Kläger um und sagte: "Es ist mir
leid, ehrlicher Mann! Nichts für ungut, ehrlicher Mann!
Adies, ehrlicher Mann!" Als der erboste Gegner das hörte
und wohl merkte, wie es gemeint war, wollte er noch einmal
anfangen und hielt sich jetzt für ärger beleidigt als vorher.
Aber der Richter, der ihn doch auch als einen verdächtigen
Menschen kennen mochte, sagte zu ihm, er könne jetzt
zufrieden sein.

Eine seltsame, jedoch wahrhafte Geschichte

Zwei Schiffer fuhren frühmorgens den Strom herab, und der
Tag war schon ins enge, stille Tal gekommen, als sie an der
hohen Felsenwand, genannt die Riesenmauer, vorbeifahren
wollten. Es steigen nämlich daselbst die Felsen fast senkrecht
in die Höhe. Weit oben ist's wie abgeschnitten, und der

doch, es müsse ihm schwindlig werden, und es wird's einem für ihn, wenn man hinaufschaut. Keine Ziege weidet an dieser Halde, kein Fusspfad führt den Wanderer hinauf oder hinab. Nur einzelne arme Tannen oder Eichen sind aus den Felsenspalten da und dort herausgewachsen, mehr hangend als stehend, und nähren sich, so gut sie können, vom Wasserduft und Sonnenschein. Als aber die Schiffer gegen die Felsenwand kamen, hörten sie ein klägliches Notgeschrei, und um einen Buck herumfahrend, sahen sie mit Entsetzen, dass ein lebendiger Mensch in einsamer Todesnot und Angst auf einem solchen Eichstämmlein sass und sich mit den Händen an einem schwachen Ästlein festhielt wie ein furchtsamer Reiter am Kammhaar, und sah auch wirklich aus, als wenn er in die Luft hinausreiten wollte, unten Wasser, oben Himmel, vor ihm nichts. Aber der eine Schiffer verwunderte sich noch viel mehr, als er den Mann ins Auge fasste und erkannte. "Seid Ihr es, Herr Schulmeister, oder trügt mich ein Blendwerk?" Ja, es war der Herr Schulmeister, ein braver, unbescholtener Mann, den der Hausfreund so gut kennt als sich selbst oder seinen Adjunkt, ein Vater von drei Kindern.

Der Hausfreund müsste sich sehr an dem geneigten Leser oder an seiner eigenen Beschreibung irren, wenn derselbe früher fragen sollte, was er doch nicht erfahren wird, wie der Mann auf diesen Baum hinaufgekommen, als vielmehr, wie er wieder herabgebracht und aus des Todes Angst und Not gerettet worden sei. Man holte die längste Feuerleiter im Dorf und stellte sie an dem schmalen Bort zwischen dem Strom und den Felsen auf. Sie reichte nicht hinan. Man band die zwei längsten aneinander und richtete sie mit unsäglicher Mühe und eigener Todesgefahr auf. Sie reichten nicht hinan. Es war schon 10 Uhr, und die Sonne schwamm über das Tal, als ob sie das seltsame Schauspiel auch sehen oder Mut und Hoffnung machen wollte zur Rettung. Man

erstieg auf der andern Seite die Anhöhe, schlang das längste
Seil, das zu haben war, um den heiligen Nepomuk und liess
es hinab, dass er es um den Leib binden, sich alsdann mit
den Händen und Füssen gegen die Felsenwand stemmen
und seine Auffahrt regieren sollte. Aber der arme Mann
durfte mit den Händen den Ast nicht verlassen, weil er
sonst keine Habung hatte auf dem schwachen Stamm und
unvermeidlich das Gleichgewicht und das Leben hätte
verlieren müssen. Endlich liess man auf die nämliche Art
noch einen Mann von Mut und Kraft zu ihm hinab, der
ihm das eine Seil um den Leib befestigte, und zog alsdann
unversehrt einen nach dem andern herauf. Der Herr
Schulmeister aber, als er wieder Boden erfasst und
sozusagen gelandet hatte, küsste er zuerst mit Dank und
Gebet die Füsse des Schutzheiligen, der ihm gleichsam in der
Gestalt des Seils seine hilfreiche Hand hinabgereicht hatte
und absichtlich um seiner Rettung willen da zu stehen
schien, und dankte seinen Mitbürgern. Hernach winkte er
seiner zagenden Frau und seinen weinenden Kindern, die
am jenseitigen Ufer standen, dass es jetzt nichts mehr zu
sagen habe. Aber auf die Frage, wie er auf den Baum
herabgekommen sei, konnte er keine Antwort geben,
sondern er bewies hernach als ein Mann, dem an seiner
Reputation viel gelegen ist, dass er in dem Dorf auf dem
Berge ein einziges Schöpplein getrunken habe und nüchtern
fortgegangen sei, um nach Hause zu kommen. Was sich
aber weiter mit ihm zugetragen habe, wisse er nicht,
sondern, als er aufgewacht sei, sei er auf dem Baum
gesessen.

Dem Hausfreund aber ist es insofern lieb für seine Leser,
dass die Sache im Dunkeln bleibt. Denn ob es gleich muss
natürlich zugegangen sein, so sieht es doch wunderbarer
aus und greift besser an, wenn man nicht weiss, wie. So viel

getan, dass sie dich behüten auf deinen Wegen, dass sie dich
auf den Händen tragen."

Eine sonderbare Wirtszeche

Manchmal gelingt ein mutwilliger Einfall, manchmal
kostet's den Rock, oft sogar die Haut dazu. Diesmal aber nur
den Rock. Denn obgleich einmal drei lustige Studenten auf
einer Reise keinen roten Heller mehr in der Tasche hatten,
alles war verjubelt, so gingen sie doch noch einmal in ein
Wirtshaus und dachten, sie wollten sich schon wieder
hinaus helfen und doch nicht wie Schelmen davon
schleichen, und es war ihnen gar recht, dass die junge und
artige Wirtin ganz allein in der Stube war. Sie assen und
tranken guten Mutes und führten miteinander ein gar
gelehrtes Gespräch, als wenn die Welt schon viele tausend
Jahre alt wäre und noch ebenso lang stehen würde, und
dass in jedem Jahr, an jedem Tag und in jeder Stunde des
Jahrs alles wieder so komme und sei, wie es am nämlichen
Tag und in der nämlichen Stunde vor sechstausend Jahren
auch gewesen sei. "Ja", sagte endlich einer zur Wirtin—die
mit einer Stickerei seitwärts am Fenster sass und
aufmerksam zuhörte—"ja, Frau Wirtin, das müssen wir aus
unsern gelehrten Büchern wissen." Und einer war so keck
und behauptete, er könne sich wieder dunkel erinnern, dass
sie vor sechstausend Jahren schon einmal da gewesen seien,
und das hübsche, freundliche Gesicht der Frau Wirtin sei
ihm noch wohlbekannt. Das Gespräch wurde noch lange
fortgesetzt, und je mehr die Wirtin alles zu glauben schien,
desto besser liessen sich die jungen Schwenkfelder den Wein
und Braten und manche Bretzel schmecken, bis eine
Rechnung von 5 fl. 16 kr. auf der Kreide stand. Als sie genug
gegessen und getrunken hatten, rückten sie mit der List

heraus, worauf es abgesehen war.

"Frau Wirtin", sagte einer, "es steht diesmal um unsere Batzen nicht gut, denn es sind der Wirtshäuser zu viele an der Strasse. Da wir aber an Euch eine verständige Frau gefunden haben, so hoffen wir als alte Freunde hier Kredit zu haben, und wenn's Euch recht ist, so wollen wir in sechstausend Jahren, wenn wir wiederkommen, die alte Zeche samt der neuen bezahlen." Die verständige Wirtin nahm das nicht übel auf, war's vollkommen zufrieden und freute sich, dass die Herren so vorlieb genommen, stellte sich aber unvermerkt vor die Stubentüre und bat, die Herren möchten nur so gut sein und jetzt die 5 fl. 16 kr. bezahlen, die sie vor sechstausend Jahren schuldig geblieben seien, weil doch alles schon einmal so gewesen sei, wie es wieder komme. Zum Unglück trat eben der Vorgesetzte des Ortes mit ein paar braven Männern in die Stube, um miteinander ein Glas Wein in Ehren zu trinken. Das war den gefangenen Vögeln gar nicht lieb. Denn jetzt wurde von Amts wegen das Urteil gefällt und vollzogen: "Es sei aller Ehren wert, wenn man sechstausend Jahre lang geborgt habe. Die Herren sollten also augenblicklich ihre alte Schuld bezahlen, oder ihre noch ziemlich neuen Oberröcke in Versatz geben."

Dies letzte musste geschehen, und die Wirtin versprach, in sechstausend Jahren, wenn sie wieder kommen und besser als jetzt bei
Batzen seien, ihnen alles, Stück für Stück, wieder zuzustellen.
Dies ist geschehen im Jahr 1805 am 17ten April im Wirtshause zu
Segringen.

Es ist nichts lehrreicher als die Aufmerksamkeit, wie in dem
menschlichen Leben alles zusammenhängt, wenn man es zu
entdecken vermag, z. B. Zahnschmerzen und das Glück
eines Ehepaars, und wie selbst das, was unrecht und
verboten ist, wieder gutgemacht werden kann, wenn's an
den rechten Mann oder an die rechte Frau kommt, und wie
in dem grossen, unaufhörlichen Wechsel der Dinge alles
einzelne wieder verschwimmt, dass man ihm nimmer
nachkommt, und doch getan bleibt und nicht verloren geht,
es sei gut oder bös. Gleich als wenn man ein Glas Wasser in
den Rhein ausgiesst, kein Sterblicher ist imstand, es wieder
herauszuschöpfen, sondern es ist jetzt dem Rhein vermählt
und augenblicklich verschwemmt in der grossen Flut. Ja,
wenn die Sonne Wasser aufzieht, wie man zu sagen pflegt,
sind ein paar Tröpflein davon vielleicht auch dabei und
fallen irgendwo, in Bayern oder Lothringen, wieder aus
einer Wasserwolke vom Himmel herab und erquicken ein
Blümlein.

Eine Dienstmagd, jung und brav, auch hübsch, und ein
Knecht gleicher Qualität dienten miteinander auf einem
Edelhof und hätten nicht so gerne Kaffee getrunken oder
alle Tage Braten gegessen, als vielmehr einander geheiratet.
Allein sie waren Leibeigene, insoweit, dass sie verpflichtet
waren, eine gewisse Zeit Hofdienste zu tun, und die Edelfrau
auf dem Hofe wollte sie nicht früher aus dem Dienst
entlassen, weil sie so brav waren in ihrer Aufführung und
so fleissig und treu in ihren Geschäften. Deswegen sassen sie
oft beisammen und weinten, oder sie weinte, und er nagte
an einem Holzsplitter. Ein ander Mal, wie die menschliche
Laune wechselt, sprachen sie sich Mut ein, dass es ja nur
noch um zwei Jährlein zu tun sei, und freuten sich schon
zum voraus ihres zukünftigen Glücks, "wenn du mein Weib
bist"—sagte er—"und ich dein Mann", und einmal vergassen
sie sogar die Zukunft und meinten, es sei jetzt. Nach Verlauf

aber eines Jahres hat die Frau auf dem Edelhof in der Nacht desperates Zahnweh, nicht gerade deswegen. Sie steht aus dem Bette auf und wirft sich auf einen Stuhl, sie läuft aus einer Stube in die andere, aus der andern in die dritte. In der dritten setzt sie sich gegenüber einem Fensterlein, das in die Küche geht, mit einem weissen Vorhang davor, und das Zahnweh wird ihr nun bald vergehen. Sie sitzt jetzt am rechten Orte dazu. Denn auf einmal sieht sie hell werden hinter dem weissen Vorhang, sie hört etwas sich bewegen, sie hört etwas flüstern und knistern, sie schiebt leise das Vorhänglein weg, und in der Küche stehen der Knecht und die Magd an einem Feuerlein nachts um zwölf Uhr und legen Späne an das Feuer, und auf dem Feuer steht ein Pfännlein.—Bereits gibt das Zahnweh ein wenig nach.—"O ihr gottloses Lumpenpack", sagte sie inwendig für sich. "So ist denn keinem Menschen mehr zu trauen. Habt ihr nicht alle Tage euer ordentliches Essen. Ist es euch nicht gut genug? Müsst ihr mich noch in der Nacht bestehlen und Leckerbissen kochen!" Nach einiger Zeit stellt das Weibsbild das Pfännlein von dem Feuer, als ob sie jetzt die Leckerbissen verzehren wollten, der Knecht aber geht zur Türe hinaus.—"Wie der Tag anbricht, lass ich beide in das Gefängnis werfen", so fuhr die Edelfrau fort, "und jage sie weg ohne ehrlichen Abschied. Am Ende wird mir die Dirne auch noch schwanger von dem Burschen in meinem eigenen Haus. So weit soll's mir nicht kommen." Indem kommt der Knecht zurück und bringt ein vierteljähriges Kind auf dem Arme und gibt's der Mutter auf die Schoss. Da hörte plötzlich das Zahnweh der Edelfrau auf wie weggeflogen. Die Mutter gibt dem Kindlein aus der Pfanne den Brei, sie legt es an die mütterliche Brust, und der Schein des abnehmenden Feuers ging zur rechten Zeit über ihr Angesicht, als sie mit nassen Blicken ihr Kindlein noch einmal beschaute und dem Vater zurückgab und etwas zu bewegt und kam auf andere Gedanken. Denn es war ihr, als ob die Mutter mit den nassen Blicken gesagt hätte: "Gott wird des armen Würmleins sich auch erbarmen", und als ob sie dazu bestimmt wäre. Ja, es fuhr ihr mit Grausen durch die Seele, was für ein Unglück in ihrem Hause hätte geschehen können, wenn nicht Gott das Herz der Eltern vor einem schweren Verbrechen bewahrt hätte.

Am frühen Morgen aber liess sie beide Eltern vor sich bescheiden. Beide sahen einander an. "Was gilt's", —sagte sie —"wir bekommen unsere Freiheit."—"Oder auch nicht", —sagte er. Die Edelfrau aber, als sie hereingetreten waren, redete sie ernsthaft und gebieterisch an: "Wo habt ihr euer Kind?" Da glaubten beide in den Boden zu versinken vor Schrecken und Scham und schauten einander verstohlenerweise an, gleichsam ob das andere noch da sei. "Wo ihr euer Kind habt", —wiederholte die Edelfrau. —"Weil wir denn doch eins haben", —stotterte endlich der Vater, —"in der Holzkammer hinter einer Beige." Als es aber der Bursche holen musste, bracht' er es, wie es war in einem alten Felleisen. Es war reinlich gehalten und gebüschelt auf einem Bettlein von Heu und weinte, als ob es schon wusste, wie man es machen muss. Da erbarmte sich das Herz der Edelfrau noch mehr, und als die treue Magd und Mutter reuevoll und mit Tränen bat, sie und ihr unschuldiges Kind nicht unglücklich zu machen, konnte die Edelfrau ihre Rührung nicht mehr verbergen: "Nein, ich will euch nicht unglücklich machen", —sagte sie. "Ich will euch die Härte vergelten, die ich an euch begangen habe. Ich will euch den Kummer versüssen, den ihr getragen habt. Ich will eure Sünde wieder gut machen. Ich will euch die Barmherzigkeit vergelten, die ihr an euerm Kinde getan habt." Meint man nicht, man höre den lieben Herr Gott reden in den Propheten oder in den Psalmen? Ein Gemüt, das zum Guten bewegt ist und sich der Elenden annimmt und die

Gefallenen aufrichtet, ein solches Gemüt zieht nämlich das
Ebenbild Gottes an und fällt deswegen auch in seine
Sprache.—"Ihr könnt euch am Sonntag in der Stille
zusammengeben lassen",—sagte die Edelfrau. "Ich will euch
ein angenehmes Heiratsgut stiften. Ich will aus eurem Kinde
etwas werden lassen. Ist's ein Büblein?"—Also wurden sie
am nächsten Sonntag auf Geheiss der Edelfrau
zusammengegeben und lebten seitdem in Liebe und Frieden
ehelich beisammen. Das Büblein aber kann jetzt schon
Haselnüsse aufbeissen und lernt fleissig und hat runde, rote
Backen.—Was aber weiter daraus werden soll, weiss der, der
den Himmel mit der Spanne misst und den Staub der Erde
mit einem Dreiling.

Einer oder der andere

Es ist nichts lieblicher, als wenn bisweilen gekrönte Häupter
sich unerkannt zu dem gemeinen Mann herablassen, wie
König Heinrich der Vierte in Frankreich, sei es auch nur zu
einem gutmütigen Spass. Zu König Heinrichs des Vierten
Zeiten ritt ein Bäuerlein vom Lande her des Weges nach
Paris. Nicht mehr weit von der Stadt gesellt sich zu ihm ein
anderer, gar stattlicher Reiter, welches der König war, und
sein kleines Gefolge blieb absichtlich in einiger Entfernung
zurück. "Woher des Landes, guter Freund?"—"Da und da
her."—"Ihr habt wohl Geschäfte in Paris?"—"Das und das;
auch möchte ich gerne unsern guten König einmal sehen,
der so väterlich sein Volk liebt." - Da lächelte der König und
sagte: "Dazu kann Euch heute Gelegenheit werden."—"Aber
wenn ich nur auch wüsste, welcher es ist unter den vielen,
wenn ich ihn sehe!"—Der König sagte: "Dafür ist Rat. Ihr
dürft nur achtgeben, welcher den Hut allein auf dem Kopf
behaltet, wenn die andern ehrerbietig ihr Haupt

entblössen." Also ritten sie miteinander in Paris hinein, und zwar das Bäuerlein hübsch auf der rechten Seite des Königs. Denn das kann nie fehlen. Was die liebe Einfalt Ungeschicktes tun kann, sei es gute Meinung oder Zufall, das tut sie. Aber ein gerader und unverkünstelter Bauersmann, was er tut und sagt, das tut und sagt er mit ganzer Seele und sieht nicht um sich, was geschieht, wenn's ihn nichts angeht. Also gab auch der unsrige dem König auf seine Fragen nach dem Landbau, nach seinen Kindern, und ob er auch alle Sonntage ein Huhn im Topf habe, gesprächige Antwort und merkte lange nichts. Endlich aber, als er doch sah, wie sich alle Fenster öffneten und alle Strassen mit Leuten sich füllten und alles rechts und links auswich und ehrerbietig das Haupt entblösst hatte, ging ihm ein Licht auf. "Herr", sagte er und schaute seinen unbekannten Begleiter mit Bedenklichkeit und Zweifel an, "entweder seid Ihr der König oder ich bin's. Denn wir zwei haben noch allein die Hüte auf dem Kopf." Da lächelte der König und sagte: "Ich bin's. Wenn Ihr Euer Rösslein eingestellt und Euer Geschäft versorgt habt", sagte er, " so kommt zu mir in mein Schloss. Ich will Euch alsdann mit einem Mittagssüpplein aufwarten und Euch auch meinen Ludwig zeigen." Von dieser Geschichte her rührt das Sprichwort, wenn jemand in einer Gesellschaft aus Vergessenheit oder Unverstand den Hut allein auf dem Kopf behält, dass man ihn fragt: "Seid Ihr der König oder der Bauer?"

Einfältiger Mensch in Mailand

Ein einfältiger Mensch in Mailand wollte sein Haus verkaufen. Damit er nun um so eher davon los werden möchte, brach er einen grossen Stein aus demselben heraus, trug ihn auf den grossen Marktplatz, wo viel Verkehr und Handel getrieben wird, und setzte sich damit unter die Verkäufer. Wenn nun ein Mann kam und fragte ihn: "Was habt Ihr denn feil?" so sagte er: "Mein zweistöckigtes Haus in der Kapuzinergasse. Wenn Ihr Lust dazu habt—hier ist ein Muster."

Der nämliche sagte einmal bei einer Gelegenheit, als von der Kinderzucht die Rede war: "Es ist ein Glück für meine Kinder, dass ich keine habe. Ich könnte so zornig werden, dass ich sie alle totschlüge."

Einträglicher Rätselhandel

Von Basel fuhren elf Personen in einem Schiff, das mit allen Kommlichkeiten versehen war, den Rhein hinab. Ein Jude, der nach Schalampi wollte, bekam die Erlaubnis, sich in einen Winkel zu setzen und auch mitzufahren, wenn er sich gut aufführen und dem Schiffer achtzehn Kreuzer Trinkgeld geben wolle. Nun klingelte es zwar, wenn der Jude an die Tasche schlug, allein es war doch nur noch ein Dreibatzenstück darin; denn das andere war ein messingener Knopf. Dessenungeachtet nahm er die Erlaubnis dankbar an. Denn er dachte: "Auf dem Wasser wird sich auch noch etwas erwerben lassen. Es ist ja schon mancher auf dem Rhein reich geworden." Im Anfang und von dem Wirtshaus zum Kopf weg war man sehr gesprächig und lustig, und der Jude in seinem Winkel und mit seinem Zwerchsack an der Achsel, den er ja nicht ablegte, musste viel leiden, wie man's manchmal diesen Leuten macht und versündiget sich daran. Als sie aber schon weit an Hüningen und an der Schusterinsel vorbei waren und an Märkt und an dem Isteiner Klotz und St. Veit vorbei, wurde einer nach dem andern stille und gähnten und schauten den langen Rhein hinunter, bis wieder einer anfing: "Mausche", fing er an, "weisst du nichts, dass uns die Zeit vergeht? Deine Väter müssen doch auch auf allerlei gedacht haben in der langen Wüste."—Jetzt, dachte der Jude, ist es Zeit, das Schäflein zu scheren, und schlug vor, man sollte sich in der Reihe herum allerlei kuriose Fragen vorlegen, und er wolle mit Erlaubnis auch mithalten. "Wer sie nicht beantworten kann, soll dem Aufgeber ein Zwölfkreuzerstück bezahlen; wer sie gut beantwortet, soll einen Zwölfer bekommen." Das war der ganzen Gesellschaft recht, und weil sie sich an der Dummheit oder an dem Witz des Juden zu belustigen hofften, fragte jeder in den Tag hinein, was ihm einfiel. So fragte z. B. der erste: "Wie viel weichgesottene Eier konnte der Riese Goliath nüchtern essen?"—Alle sagten, das sei nicht zu erraten, und bezahlten ihre Zwölfer. Aber der Jude sagte: "Eins, denn wer ein Ei gegessen hat, isst das zweite nimmer nüchtern." Der Zwölfer war gewonnen.

Der andere dachte: Wart', Jude, ich will dich aus dem Neuen Testament fragen, so soll mir dein Dreibätzner nicht entgehen. "Warum hat der Apostel Paulus den zweiten Brief an die Korinther geschrieben?" Der Jud sagte: "Er wird nicht bei ihnen gewesen sein, sonst hätt' er's ihnen mündlich sagen können." Wieder ein Zwölfer.

Als der dritte sah, dass der Jude in der Bibel so gut beschlagen sei, fing er's auf eine andere Art an: "Wer zieht sein Geschäft in die Länge, und wird doch zu rechter Zeit fertig?" Der Jud sagte: "Der Seiler, wenn er fleissig ist."

Der vierte: "Wer bekommt noch Geld dazu und lässt sich dafür bezahlen, wenn er den Leuten etwas weismacht?" Der Jud sagte: "Der Bleicher."

Unterdessen näherte man sich einem Dorf, und einer sagte:

"Das ist
Bamlach." Da fragte der fünfte: "In welchem Monat essen die
Bamlacher am wenigsten?" Der Jud sagte: "Im Hornung,
denn der hat
nur 28 Tage."

Der sechste sagt: "Es sind zwei leibliche Brüder, und doch ist
nur einer davon mein Vetter." Der Jud sagte: "Der Vetter ist
Eures Vaters Bruder. Euer Vater ist nicht Euer Vetter."

Ein Fisch schnellte in die Höhe, so fragt der siebente:
"Welche Fische haben die Augen am nächsten beisammen?"
Der Jud sagte: "Die kleinsten."

Der achte fragt: "Wie kann einer zur Sommerszeit im
Schatten von
Bern nach Basel reiten, wenn auch die Sonne noch so heiss
scheint?"
Der Jud sagt: "Wo kein Schatten ist, muss er absteigen und
zu Fuss
gehn."

Fragt der neunte: "Wenn einer im Winter von Basel nach
Bern reitet und hat die Handschuhe vergessen, wie muss
er's angreifen, dass es ihn nicht an die Hand friert?" Der Jud
sagt: "Er muss aus der Hand eine Faust machen."

Fragt der zehnte: "Warum schlüpfet der Küfer in die Fässer?"
Der Jud sagt: "Wenn die Fässer Türen hätten, könnte er
aufrecht hineingehen."

Nun war noch der elfte übrig. Dieser fragte: "Wie können
fünf Personen fünf Eier teilen, also dass jeder eins bekomme
und doch eins in der Schüssel bleibe?" Der Jud sagte: "Der
letzte muss die Schüssel samt dem Ei nehmen, dann kann er
es darin liegen lassen, solang er will."

Jetzt war die Reihe an ihm selber, und nun dachte er erst
einen guten Fang zu machen. Mit viel Komplimenten und
spitzbübischer Freundlichkeit fragte er: "Wie kann man zwei
Forellen in drei Pfannen backen, also dass in jeder Pfanne
eine Forelle liege?" Das brachte abermal keiner heraus, und
einer nach dem andern gab dem Hebräer seinen Zwölfer.

Der Hausfreund hätte das Herz, allen seinen Lesern, von
Mailand bis nach Kopenhagen, die nämliche Frage
aufzugeben, und wollte ein hübsches Stück Geld daran
verdienen, mehr als am Kalender selber, der ihm nicht viel
einträgt. Denn als die elfe verlangten, er sollte ihnen für ihr
Geld das Rätsel auch auflösen, wand er sich lange
bedenklich hin und her, zuckte die Achseln, drehte die
Augen. "Ich bin ein armer Jüd", sagte er endlich. Die andern
sagten: "Was sollen diese Präambeln? Heraus mit dem
Rätsel!"—"Nichts für ungut!"—war die Antwort—"dass ich
gar ein armer Jüd bin."—Endlich nach vielem Zureden, dass
er die Auflösung nur heraussagen sollte, sie wollten ihm
nichts daran übelnehmen, griff er in die Tasche, nahm einen
von seinen gewonnenen Zwölfern heraus, legte ihn auf das
Tischlein, so im Schiffe war, und sagte: "Dass ich's auch
nicht weiss. Hier ist mein Zwölfer!"

Als das die andern hörten, machten sie zwar grosse Augen
und meinten, so sei's nicht gewettet. Weil sie aber doch das
Lachen selber nicht verbeissen konnten, und waren reiche
und gute Leute, und der hebräische Reisegefährte hatte
ihnen von Kleinen-Kems bis nach Schalampi die Zeit
verkürzt, so liessen sie es gelten, und der Jud hat aus dem
Schiff getragen—das soll mir ein fleissiger Schüler im Kopf
ausrechnen: wie viel Gulden und Kreuzer hat der Jude aus
dem Schiff getragen? Einen Zwölfer und einen messingenen
Knopf hatte er schon. Elf Zwölfer hat er mit Erraten
gewonnen, elf mit seinem eigenen Rätsel, einen hat er

zurückbezahlt und dem Schiffer achtzehn Kreuzer Trinkgeld
entrichtet.

Erinnerung an die Kriegszeit

Es ist nicht zu leugnen: wenn hie und da ein siegreiches
Truppenkorps in eine feindliche Landschaft einrückte und
Quartiere nahm, dass sich alsdann der arme Einwohner viel
musste gefallen lassen, nicht nur von der Notwendigkeit,
sondern auch von dem Unverstand und höhnendem
Übermut. Zu einem solchen Unteroffizier, als er eben am
Mittagessen war, kam sein Kamerad und verwunderte sich
über ihn mit folgenden Worten:

"Herr Kamerad", sagte er zu ihm, "seit wann seid Ihr ein
Jude geworden, dass Ihr Euch zwicken lasst? Euch ist seit
gestern ein kurioser Bart gewachsen."

Nämlich der Unteroffizier, der am Mittagessen war, ass gerne
Nudeln. Deswegen musste ihm der Wirt jeden Mittag
Nudeln aufstellen und natürlich ein fettes Huhn darin. Der
Unteroffizier wusste, dass die Nudeln von feinem Mehl und
Teig längere Fäden haben als die groben. Deswegen musste
ihm der Wirt lange und feine Nudeln aufstellen, welche sich
fast mit keiner Geschicklichkeit um die Gabel herumspinnen
lassen, sondern wann man meint, jetzt sei eine
umgesponnen, haspelt sich eine andere wieder ab, und eine
Gabel oder einen Löffel voll mit allen Enden auf einmal in
den Mund zu bringen, ist eine Kunst. Zwar darf man sie
nur zuerst ein wenig auf dem Teller zerschneiden. Allein das
wollte der Unteroffizier nicht. Nein, der Wirt, und wenn er
auch des Kuckucks hätte werden mögen, musste, solang der
Unteroffizier an den Nudeln ass, mit einer Schere neben ihm

hinein zu bringen war, musste er ihm von den Lippen
vorsichtig abschneiden. Deswegen, als dieses der andere
Unteroffizier sah, verwunderte er sich und sagte zu ihm
scherzweise und lachend: "Euch ist ein kurioser Bart
gewachsen. Seit wann lasst Ihr Euch zwicken wie ein Jud?"
Dem Wirt kam der Spass nicht lächerlich vor. Allein der
andere Unteroffizier tröstete ihn. "Landsmann", sagte er zu
ihm, "es ist Krieg."

So etwas kann man schon erzählen und zur Erinnerung an
die
überstandenen Zeiten lesen, wann durch Gottes Gnade und
durch die
Weisheit der friedliebenden Potentaten alle Plackereien und
Hudeleien ein Ende haben.

Etwas aus der Türkei

In der Türkei ist Justiz. Ein Kaufmannsdiener, auf der Reise
von der Nacht und Müdigkeit überfallen, bindet sein Pferd,
so mit kostbaren Waren beladen war, nimmer weit von
einem Wachthaus an einen Baum, legt sich selber unter das
Obdach des Baumes und schläft ein. Früh, als ihn die
Morgenluft und der Wachtelschlag weckte, hatte er gut
geschlafen, aber das Rösslein war fort.

Da eilte der Beraubte zu dem Statthalter der Provinz,
nämlich zu dem Prinzen Karosman Oglu, der in der Nähe
sich aufhielt, und klagte vor seinem Richterstuhl seine Not.
Der Prinz gab ihm wenig Gehör. "So nahe bei dem
Wachthaus; warum bist du nicht die fünfzig Schritte weiter
geritten, so wärest du sicher gewesen. Es ist deines
Leichtsinns Schuld." Da sagte der Kaufmannsdiener:
"Gerechter Prinz, hab' ich mich fürchten sollen, unter freiem

Himmel zu schlafen, in einem Lande, wo du regierst?" Das
tat dem Prinzen Karosman wohl und wärmte ihn zugleich.
"Trink heute Nacht ein Gläslein türkischen Schnaps," sagte
er zu dem Kaufmannsdiener, "und schlafe noch einmal unter
dem Baum." So gesagt, so getan. Des andern Morgens, als
ihn die Morgenluft und der Wachtelschlag weckte, hatte er
auch gut geschlafen, denn das Rösslein stand mit allen
Kostbarkeiten wieder angebunden neben ihm, und an dem
Baum hing ein toter Mensch, der Dieb, und sah das
Morgenrot nimmermehr.

Bäume gäb' es noch an manchen Orten, grosse und kleine.

Farbenspiel

In einer Schule sassen zwei Schüler, von denen hiess der
eine Schwarz, der andere Weiss, wie es sich treffen kann; der
Schullehrer aber für sich hatte den Namen Rot. Geht eines
Tages der Schüler Schwarz zu einem andern Kameraden und
sagt zu ihm: "Du, Jakob", sagt er, "der Weiss hat dich bei
dem Schulherrn verleumdet." Geht der Schüler zu dem
Schulherrn und sagt: "Ich höre, der Weiss habe mich bei
Euch schwarz gemacht und ich verlange eine
Untersuchung. Ihr seid mir ohnehin nicht grün, Herr Rot!"
Darob lächelte der Schulherr und sagte: "Sei ruhig, mein
Sohn! Es hat dich niemand verklagt, der Schwarz hat dir
nur etwas weisgemacht.

Franz Ignaz Narocki

Man erfährt doch durch den Krieg allerlei, unter vielem

wohl: Die Berge kommen nicht zusammen, aber die Leute.
So wird wohl zum Beispiel ein Polack, namens Franz Ignaz
Narocki, im Jahr 1707 auch nicht daran gedacht haben, dass
nach 100 Jahren der französische Kaiser Napoleon noch zu
ihm nach Polen kommen und ihm ein sorgenfreies Alter
verschaffen werde; und doch ist's geschehen in den ersten
Wochen des Jahres 1807. Er ist geboren im Jahr 1690 und
lebt noch, und ich will glauben, dass er in seiner Jugend
sich nicht oft betrunken und nicht ausschweifend gelebt
habe, denn er hat in seinem hundertsiebenzehnten
Lebensjahr noch kein Gebrechen, ob er gleich in seiner
Jugend Kriegsdienste tat, als Gefangener von den Russen
nach Asien geführt wurde und nachher auch nicht lauter
gute Tage hatte. Diesem Mann hat es in 117 Jahren
manchmal auf den Hut geschneit, und er kann wohl von
manchem Grabe sagen, wer darin liegt. In seinem losten
Jahr, wenn andere bald ans Sterben denken, hat er zum
ersten Mal geheiratet und vier Kinder gezeugt. Im 86sten
Jahr nahm er die zweite Frau und zeugte mit ihr sechs
Kinder. Aber von allen ist nur noch ein Sohn aus der ersten
Ehe am Leben. Der König von Preussen liess diesem
polnischen Methusalem bisher alle Monate ein Gehalt von
24 polnischen Gulden bezahlen. Das ist doch auch schön.
Ein polnischer Gulden aber beträgt nach deutschem Geld
ungefähr 15 kr. Als nun Kaiser Napoleon in seinem
siegreichen Feldzug in die Gegend seiner Heimat kam,
wünschte ihn der alte Mann auch noch zu sehen. Es
geschah, und er überreichte ihm ein sehr artiges
Bittschreiben, welches er noch selber mit eigener Hand recht
leserlich geschrieben hatte. Der Kaiser nahm es mit
Wohlgefallen auf und machte ihm ein schönes Geschenk
von hundert Napoleonsd'or. Ein Napoleonsd'or ist eine
Goldmünze von 9 fl. 18 kr. unseres Geldes.

Auf nebenstehender Figur sieht man

1. den alten Narocki an seinem Stab. Er sieht noch recht gut aus für sein Alter.

2. Seinen einzigen Sohn, der ihn mit kindlicher Liebe begleitet.

3. Den Kaiser Napoleon, der ihn freundlich ansieht und ihm das Schreiben abnimmt, nebst einem General und einem Adjutanten.

4. Einige Polacken und Soldaten, die den alten Mann neugierig betrachten. Mancher von ihnen, der selber schon einen engen Atem hat und mehr Leid erfahren, als ihm lieb ist, der denkt: So alt möchte ich nicht werden. Ein junges Blut daneben denkt so: Das möchte ich in hundert Jahren, Anno 1907, meinen Enkeln noch erzählen können.

Aber der Klügste zwischen beiden sagt:

Froher Mut, gutes Blut,
Leb' solang es Gott gefällt
Fromm und redlich in der Welt!

Franziska

In einem unscheinbaren Dörfchen am Rhein sass eines Abends, als es schon dunkeln wollte, ein armer junger Mann, ein Weber, noch an dem Webstuhl und dachte während der Arbeit unter andern an den König Hiskias, hernach an Vater und Mutter, deren ihr Lebensfaden auch schon von der Spule abgelaufen war, hernach an den Grossvater selig, dem er einst auch noch auf den Knieen gesessen und an das Grab gefolgt war, und war so vertieft in seinen Gedanken und in seiner Arbeit, dass er gar nichts

Schimmeln vor seinem Häuslein anfuhr und stillehielt. Als
aber etwas an der Türfalle druckte, und ein holdes,
jugendliches Wesen trat herein von weiblichem Ansehen mit
wallenden, schönen Haarlocken und in einem langen,
himmelblauen Gewand, und das freundliche Wesen fragte
ihn mit mildem Ton und Blick: "Kennst du mich, Heinrich?"
da war es, als ob er aus einem tiefen Schlaf aufführe, und
war so erschrocken, dass er nichts reden konnte. Denn er
meinte, es sei ihm ein Engel erschienen, und es war auch so
etwas von der Art, nämlich seine Schwester Franziska, aber
sie lebte noch. Einst hatten sie manches Körblein voll Holz
barfuss miteinander aufgelesen, manches Binsenkörbchen
voll Erdbeeren am Sonntag miteinander gepflückt und in die
Stadt getragen und auf dem Heimweg ein Stücklein Brot
miteinander gegessen, und jedes ass weniger davon, damit
das andere genug bekäme. Als aber nach des Vaters Tod die
Armut und das Handwerk die Brüder aus der elterlichen
Hütte in die Fremde geführt hatte, blieb Franziska allein bei
der alten, gebrechlichen Mutter zurück und pflegte ihrer,
also, dass sie dieselbe von dem kärglichen Verdienst
ernährte, den sie in einer Spinnfabrik erwarb, und in den
langen, schlaflosen Nächten mit ihr wachte und aus einem
alten, zerrissenen Buch von Holland erzählte, von den
schönen Häusern, von den grossen Schiffen, von der
grausamen Seeschlacht bei Doggersbank, und ertrug das
Alter und die Wunderlichkeit der kranken Frau mit
kindlicher Geduld. Einmal aber, früh um zwei Uhr, sagte die
Mutter: "Bete mit mir, meine Tochter! Diese Nacht hat für
mich keinen Morgen mehr auf dieser Welt." Da betete und
schluchzte und küsste das arme Kind die sterbende Mutter,
und die Mutter sagte: "Gott segne dich und sei"—und nahm
die letzte Hälfte ihres Muttersegens "und sei dein Vergelter!"
mit sich in die Ewigkeit. Als aber die Mutter begraben und
Franziska in das leere Haus zurückgekommen war und
betete und weinte und dachte, was jetzt aus ihr werden

sollte, sagte etwas in ihrem Inwendigen zu ihr: "Geh nach Holland!" Und ihr Haupt und ihr Blick richtete sich langsam und sinnend empor, und die letzte Träne für diesmal blieb ihr in dem blauen Auge stehen. Als sie von Dorf zu Stadt und von Stadt zu Dorf betend und bettelnd und Gott vertrauend nach Holland gekommen war und so viel ersammelt hatte, dass sie sich ein sauberes Kleidlein kaufen konnte, in Rotterdam, als sie einsam und verlassen durch die wimmelnden Strassen wandelte, sagte wieder etwas in ihrem Inwendigen zu ihr: "Geh in selbiges Haus dort mit den vergoldeten Gittern am Fenster! "Als sie aber durch den Hausgang an der marmornen Treppe vorbei in den Hof gekommen war, denn sie hoffte, zuerst jemand anzutreffen, ehe sie an einer Stubentüre anpochte, da stand eine betagte, freundliche Frau von vornehmem Ansehen in dem Hofe und fütterte das Geflügel, die Hühner, die Tauben und die Pfauen.

"Was willst du hier, mein Kind?" Franziska fasste ein Herz zu der vornehmen, freundlichen Frau und erzählte ihr ihre ganze Geschichte: "Ich bin auch ein armes Hühnlein, das Eures Brotes bedarf", sagte Franziska und bat sie um Dienst. Die Frau aber gewann Zutrauen zu der Bescheidenheit und Unschuld und zu dem nassen Auge des Mädchens und sagte: "Sei zufrieden, mein Kind! Gott wird dir den Segen deiner Mutter nicht schuldig bleiben. Ich will dir Dienst geben und für dich sorgen, wenn du brav bist." Denn die Frau dachte: Wer kann wissen, ob nicht der liebe Gott mich bestimmt hat, ihre Vergelterin zu sein, und sie war eines reichen Rotterdamer Kaufmanns Witwe, von Geburt aber eine Engländerin. Also wurde Franziska zuerst Hausmagd, und als sie gut und treu erfunden ward, wurde sie Stubenmagd, und ihre Gebieterin gewann sie lieb, und als sie immer feiner und verständiger ward, wurde sie Kammeriungfer. Aber

wird. Im Frühling, als die Rosen blühten, kam aus Genua
ein Vetter der vornehmen Frau, ein junger Engländer, zu ihr
auf Besuch nach Rotterdam, er besuchte sie fast alle Jahre
um diese Zeit, und als sie eins und das andere hinüber und
herüber redeten und der Vetter erzählte, wie es aussah, als
die Franzosen vor Genua in dem engen Pass in der
Bocchetta standen und die Österreicher davor, trat heiter
und lächelnd, mit allen Reizen der Jugend und Unschuld
geschmückt, Franziska in das Zimmer, um etwas
aufzuräumen oder zurechtzulegen, und dem jungen
Engländer, als er sie erblickte, ward es sonderbarlich um das
Herz, und die Franzosen und Österreicher verschwanden
ihm aus den Sinnen. "Tante", sagte er zu seiner Base, "Ihr
habt ein bildschönes Mädchen zur Kammerjungfer. Es ist
schade, dass sie nicht mehr ist als das." Die Tante sagte: "Sie
ist eine arme Waise aus Deutschland. Sie ist nicht nur
schön, sondern auch verständig, und nicht nur verständig,
sondern auch fromm und tugendhaft und ist mir lieb
geworden als mein Kind." Der Vetter dachte: Das lautet nicht
bitter. Den andern oder dritten Morgen aber, als er mit der
Tante in dem Garten spazierte, "wie gefällt dir dieser
Rosenstock?" fragte die Tante; der Vetter sagte: "Sie ist schön,
sehr schön." Die Tante sagte: "Vetter, du redest irr. Wer ist
schön? Ich frage ja nach dem Rosenstock." Der Vetter
erwiderte: "Die Rose", — "oder vielmehr die Franziska?" fragte
die Tante. "Ich hab's schon gemerkt", sagte sie. Der Vetter
gestand ihr seine Liebe zu dem Mädchen, und dass er sie
heiraten möchte. Die Tante sagte: "Vetter, du bleibt noch drei
Wochen bei mir. Wenn es dir alsdann noch so ist, so habe
ich nichts darwider. Das Mädchen ist eines braven Mannes
wert." Nach drei Wochen aber sagte er: "Es ist mir nimmer
wie vor drei Wochen. Es ist noch viel ärger, und ohne das
Mägdlein weiss ich nicht, wie ich leben soll." Also geschah
der Verspruch. Aber es gehörte viel Zureden dazu, die
Demut der frommen Magd zu ihrer Einwilligung zu

bewegen.

Jetzt blieb sie noch ein Jahr bei ihrer bisherigen Gebieterin, aber nicht mehr als Kammermädchen, sondern als Freundin und Verwandte in dem reichen Haus mit vergoldetem Fenstergitter, und noch in dieser Zeit lernte sie die englische Sprache, die französische, das Klavierspielen: "Wenn wir in höchsten Nöten sein" usw. "Der Herr, der aller Enden" usw. "Auf dich, mein lieber Gott, ich traue" usw. — und was sonst noch ein Kammermädchen nicht zu wissen braucht, aber eine vornehme Frau, das lernte sie alles. Nach einem Jahr kam der Bräutigam, noch ein paar Wochen vorher, und die Trauung geschah in dem Hause der Tante. Als aber von der Abreise des neuen Ehepaars die Rede war, schaute die junge Frau ihren Gemahl bittend an, dass sie noch einmal in ihrer armen Heimat einkehren und das Grab ihrer Mutter besuchen und ihr danken möchte, und dass sie ihre Geschwister und Freunde noch einmal sehen möchte. Also kehrte sie jenes Tages bei ihrem armen Bruder, dem Weber, ein, und als er ihr auf ihre Frage: "Kennst du mich, Heinrich?" keine Antwort gab, sagte sie: "Ich bin Franziska, deine Schwester." Da liess er vor Bestürzung das Schifflein aus den Händen fallen, und seine Schwester umarmte ihn.

Aber er konnte sich anfänglich nicht recht freuen, weil sie so vornehm geworden war, und scheute sich vor dem fremden Herrn, ihrem Gemahl, dass sich in seiner Gegenwart die Armut und der Reichtum so geschwisterlich umarmen und zueinander sagen sollen Du, bis er sah, dass sie mit dem Gewande der Armut nicht die Demut ausgezogen und nur ihren Stand verändert hatte, nicht ihr Herz. Nach einigen Tagen aber, als sie alle ihre Verwandten und Bekannten besucht hatte, reiste sie mit ihrem Gemahl nach Genua, und beide leben vermutlich noch in England, wo ihr Gemahl nach einiger Zeit die reichen Güter ein...

Verwandten erbte.

Der Hausfreund will aufrichtig gestehen, was ihn selber an
dieser Geschichte am meisten rührt. Am meisten rührt ihn,
dass der liebe Gott dabei war, als die sterbende Mutter ihre
Tochter segnete, und dass er eine vornehme Kaufmannsfrau
in Rotterdam in Holland und einen braven, reichen
Engländer am welschen Meere bestellt hat, den Segen einer
armen sterbenden Witwe an ihrem frommen Kinde gültig zu
machen.

Weg hat er aller Wege, an Mitteln fehlt's ihm nicht.

Geschwinde Reise

Ein italienischer Kaufmann, der auf die Frankfurter Messe
reisen wollte, hatte sich in Stuttgart um einen Tag verspätet.
Also musste er die Extrapost anspannen lassen. Wie fang'
ich's an, dachte er, dass ich geschwind aus dem Feld komme,
und doch mit geringen Kosten? "Postillion", sagte er, als er
in das Kaleschlein sass, "fahr langsam, denn ich sitze nicht
nur auf dem Kutschenkistlein, sondern auch auf einem
Blutgeschwür, und meine entsetzliche Kopfwunde da auf
der linken Seite wirst du hoffentlich sehn." Eigentlich aber
war sie nicht wohl zu sehen. Denn fürs erste war der Kopf
mit einem Tüchlein verbunden, das zwar blutig aussah, fürs
zweite hatte er unter dem Verband keine Wunde. "Wenn du
recht langsam fahrst", sagte er, "auf der Station soll's dich
nicht reuen." Der Postillion dachte: solchen Gefallen kann
ich den Rossen tun und, was das Trinkgeld anbelangt, mir
auch, und fuhr so langsam, dass die Pferde selber anfingen,
eins nach dem andern vor langer Weile zu gähnen, was
doch selten geschieht. Nichtsdestoweniger schrie der
Italiener unaufhörlich: "Zetter und Mordio. O mein Kopf! o

mein Bein! Fahr langsam!" Der Postillion sagte: "Wollt Ihr
auf der Strasse über Nacht bleiben, so will ich Euch abladen.
Ich kann nicht gar fahren, als wenn ich etwas anders
ausführte auf den Acker. Tu ich nicht langsam genug?" Aber
der Passagier sagte: "Ich schiess dich tot, wenn du nicht
gemach fahrst." Auf der Station in Ludwigsburg, als er dem
Postillion das Trinkgeld gab, gab er ihm zwei schäbige
Zwölfer, einen Albus und ein paar verrufene Kreuzerlein, bis
es einen halben Gulden ausmachte. Andere gaben sonst
wenigstens achtundvierzig Kreuzer, auch einen Gulden und
drüber. Wenn's recht pressiert und wenn's recht in der
Tasche klingelt, auch einen Kronentaler. Aber alle
Vorstellung des Postillions und alles Protestieren half nichts.
"Hab' ich Euch nicht schlecht genug geführt", fragte er.
"Nein, du hast mich nicht langsam genug geführt. Geh zum
Henker." Der Postillion nahm das Geld und dachte: lieber
wenig als gar nichts. Aber wart' nur, dachte er, du bist noch
lange nicht zu Frankfurt. Als der Ludwigsburger die Pferde
einspannte, fragte er den Stuttgarter: "Ist der Weg
gut?"—"Schlecht", antwortete der Stuttgarter und winkte
ihm ein wenig abseits. Ein wenig abseits sagte er ihm, was
er für einen wunderlichen und geizigen Passagier führe, wie
ihm noch keiner vorgekommen sei. "Fahr den Ketzer drauf
los", sagte er, "dass die Räder davonfliegen. Er hat drei
Bluteisen, drei Löcher im Kopf und eine gespaltene
Kniescheibe." Der Passagier, als der Postknecht aufsass,
sagte: "Fahr langsam, Schwager. Es kommt mir auf ein gutes
Trinkgeld nicht an." Aber der Postillion dachte: Dein
Trinkgeld kenn ich. "Meine Pferde sind auf gesunde Herrn
dressiert", sagte er, "ich kann sie nicht halten, wenn sie im
Lauf sind", und fuhr drauf los, als wenn die ganze türkische
Armee hinter ihm dreinkäme. Der Passagier im Kaleschlein
bittet vor Gott und nach Gott, lamentiert, flucht, dass sich
der Himmel mit Wolken überzieht. Alles vergeblich. Auf der

wie dem erstern. "Was bringst du für einen presthaften
Herrn?" sagte der Besigheimer. "Fahr ihn gar tot", sagte der
Ludwigsburger, "es ist ohnedem nicht mehr viel an ihm",
und so rekommandierte ihn einer dem andern, und einer
fuhr mit ihm geschwinder davon als der andere, so dass er
noch eine Stunde früher nach Frankfurt kam, als nötig war.
In Frankfurt sprang er zur Verwunderung und zum
Staunen des Postillions kerngesund aus dem Kaleschlein
heraus und gab ihm auch dreissig Kreuzer.

Gleiches mit Gleichem

Der geistliche Herr von Trudenbach stand eines
Nachmittags am Fenster. Da ging mit seinem Zwerchsack
der Jud von Brassenheim vorbei. "Nausel", rief ihm der
geistliche Herr, "wenn du mir zu meinem Ross einen guten
Käufer weisst, 20 Dublonen ist es wert, so bekommst du . .
."—"Na, was bekomm ich?"—"Einen Sack Haber."— Es
vergingen aber drei Wochen, bis der Jud den rechten
Liebhaber fand, der nämlich 6 Dublonen mehr dafür
bezahlte als es wert war, und unterdessen stieg der Preis des
Habers schnell auf das Doppelte, weil die Franzosen überall
aufkauften; damals kauften sie noch. Also gab der geistliche
Herr dem Juden statt eines ganzen Sackes voll einen halben.
"Vielleicht bekehr' ich ihn", dachte er, "wenn er sieht, dass
wir auch gerecht sind in Handel und Wandel."

Das war nun zu nehmen, wie man wollte. Der Jud nahm's
aber für recht und billig. "Wart nur, Gallech", dachte er, "du
kommst mir wieder." Nach Jahresfrist stand der geistliche
Herr von Trudenbach am Fenster, und der Jud von
Brassenheim ging durch das Dorf. "Nausel", rief ihm der
geistliche Herr, "wenn du mir zu meinen zwei fetten

Ochsen..."—"Na was bekomm ich, wenn ich Euch einen guten Käufer schaffe?"—"Zwei Grosse Taler."

Jetzt ging der Jud zu einem verunglückten Metzger, der schon lange kein Messer mehr führt, weil alles guttut nur, solange es mag, z. B. das Schuldigbleiben. Endlich sagte er zu seinen zwei letzten Kunden: "Ich weiss nicht, ich bin seit einiger Zeit so weichmütig, dass ich gar kein Blut mehr sehen kann", und schloss die Metzig zu. Seitdem heisst er zum Übernamen der Metzger Blutscheu und nährte sich wie der Zirkelschmied von kleinen Künsten und Projekten, wie wirklich eins im Werk ist. Denn an ihm suchte und fand der Jud seinen Mann und sagte ihm, was zu fangen sei, und auf welche Art. Nach zwei Tagen kamen die beiden zu dem geistlichen Herrn. Aber wie war der Metzger ausstaffiert? In einem halbneuen, brauntüchenen Rock, in langen, schön gestreiften Beinkleidern von Barchent, um den Leib eine leere Geldgurt, am Finger einen lotschweren silbernen Ring, ein dito Herz im Hemd unter dem scharlachenen Brusttuch, hinter sich her einen wohlgenährten Hund, alles auf des Juden Bürgschaft zusammengeborgt, nichts sein eigen als das rote Gesicht. Die Ochsen wurden kunstmässig umgangen, betastet, mit den Augen gewogen und wie mit einer Klafterschnur gemessen.—"Na, wie jauker."—"Zwanzig Dublonen."—"Siebenzehn!"—"Herr Adlerwirt", sagte der Jud, "macht neunzehn draus, Ihr verkauft Euch nicht."—"Die Ochsen sind brav", sagte der Blutscheu; "wenn ich's zwei Stunden früher gewusst hätte, als meine Gurt noch voll war, dass ich sie alsogleich fassen könnte, so wären sie mir ein paar Dublonen mehr wert. Aber am Freitag hol' ich sie für achtzehn", und zog den ledernen Beutel aus, als wenn er etwas draufgeben wollte. Unterdessen flüsterte der Jude dem geistlichen Herrn etwas in das Ohr, und "wenn Ihr für die Jungfer Köchin zwei Grosse Taler in den Kauf gebt, so sollt

Metzger zu, "so könnt Ihr die Ochsen alsogleich mitnehmen
für neunzehn. Ihr seid ein Ehrenmann, und der Herr
Dechant ist auch so einer. Am Freitag bringt Ihr ihm das
Geld." Der Kauf war richtig, zwei Grosse Taler gingen auf
die Hand. "Herr Adlerwirt", sagte der Jud, "Ihr habt einen
guten Handel gemacht." Also trieb der Blutscheu die schöne,
fette Beute fort. Die meisten geneigten Leser aber werden
bereits merken, dass der Herr Dechant sein Geld am Freitag
noch nicht bekam. Eines Nachmittags, nach vier Wochen
oder nach sechs, stand der geistliche Herr von Trudenbach
am Fenster, und der Jud ging durch das Dorf. "Nausel", rief
der geistliche Herr ihm zu:

"wo bleibt der Adlerwirt? Ich habe mein Geld noch nicht."—"Na, wo wird er bleiben", sagte der Nausel. "Er wird warten bis eine Dublone das Doppelte gilt, alsdann bringt er Euch statt neunzehn neun und eine halbe. Verliert Ihr etwas dabei? Hab ich vor einem Jahr an meinem Haber etwas verloren?"

Da ging dem Herrn Dechant ein Licht auf.

Das Artigste an dieser ganzen Geschichte ist die Wahrheit. Der Jud hat es nachgehends selber erzählt und gerühmt, wie ehrlich der Metzger an dem Scheideweg im Wald mit ihm geteilt habe. "Was er geton hat", sagte er, "den schönsten hat er für sich behalten und mir den geringern gegiben."

Glück im Unglück

Auf eine so sonderbare Weise ist Glück im Unglück und Unglück im Glück noch selten beisammen gewesen wie in dem Schicksal zweier Matrosen in dem letzten Seekrieg zwischen den Russen und Türken. Denn in einer Seeschlacht, als es sehr hitzig zuging, die Kugeln sausten, die Bretter und Mastbäume krachten, die Feuerbrände flogen, da und dort brach auf einem Schiff die Flamme aus und konnte nicht gelöscht werden. Es muss schrecklich sein, wenn man keine andere Wahl hat, als dem Tod ins Wasser entgegenzuspringen oder im Feuer zu verbrennen. Aber unsern zwei russischen Matrosen wurde diese Wahl erspart. Ihr Schiff fing Feuer in der Pulverkammer und flog mit entsetzlichem Krachen in die Luft. Beide Matrosen wurden mit in die Höhe geschleudert, wirbelten unter sich und über sich in der Luft herum, fielen nahe hinter der feindlichen Flotte wieder ins lebendig und unbeschädigt, und das war ein Glück. Allein die Türken fuhren jetzt wie Drachen auf sie heraus, zogen sie wie nasse Mäuse aus dem Wasser und brachten sie in ein Schiff; und weil es Feinde waren, so war der Willkomm kurz. Man fragte sie nicht lange, ob sie vor ihrer Abreise von der russischen Flotte schon zu Mittag gegessen hätten oder nicht, sondern man legte sie in den untersten feuchten und dunkeln Teil des Schiffes an Ketten, und das war kein Glück. Unterdessen sausten die Kugeln fort, die Bretter und Mastbäume krachten, die Feuerbrände flogen, und paff! sprang auch das türkische Schiff, auf welchem die Gefangenen waren, in tausend Trümmern in die Luft. Die Matrosen flogen mit, kamen wieder neben der russischen Flotte ins Wasser herab, wurden eilig von ihren Freunden hineingezogen und waren noch lebendig, und das war ein grosses Glück. Allein für diese wiedererhaltene Freiheit und für das zum zweiten Mal gerettete Leben mussten diese guten Leute doch ein teures Opfer geben, nämlich die Beine. Diese Glieder wurden ihnen beim Losschnellen von den Ketten, als das türkische Schiff auffuhr, teils gebrochen, teils jämmerlich zerrissen und mussten ihnen, sobald die Schlacht vorbei war, unter dem Knie weg abgenommen werden, und das war wieder ein grosses Unglück. Doch hielten beide die Operation aus und lebten in diesem Zustande noch einige Jahre. Endlich starb doch einer nach dem andern, und das war nach allem, was vorhergegangen war, nicht das Schlimmste.

Diese Geschichte hat ein glaubwürdiger Mann bekanntgemacht, welcher beide Matrosen ohne Beine selber gesehen und die Erzählung davon aus ihrem eigenen Munde gehört hat.

Glück im Unglück

Wie hat zu einem Bauersmann ein Doktor gesagt? "Ihr Landleute", sagte er, "habt's doch immer gut. Wenn des Getreides wenig gewachsen ist, so verkauft ihr es um einen teuern Preis. Ist es wohlfeil, so habt ihr viel zu verkaufen und löset auch viel Geld."—"Umgekehrt, Herr Doktor", sagte der Bauersmann, "wir kommen auf keinen grünen Zweig. Denn wenn das Getreide teuer ist, so haben wir nicht viel zu verkaufen. Wenn wir aber viel haben, so ist es wohlfeil und macht uns doch nicht reich."—Auch gut gegeben.

Gute Antwort

Wer ausgibt, muss auch wieder einnehmen. Reitet einmal ein Mann an einem Wirtshaus vorbei, der einen stattlichen Schmerbauch hatte, also, dass er auf beiden Seiten fast über den Sattel herunterhängte. Der Wirt steht auf die Staffel und ruft ihm nach: "Nachbar, warum habt Ihr denn den Zwerchsack vor Euch auf das Ross gebunden und nicht hinten?" Dem rief der Reitende zurück: "Damit ich ihn unter den Augen habe. Denn hinten gibt es Spitzbuben." Der Wirt sagte nichts mehr.

Gute Geduld

Ein Franzos ritt eines Tages auf eine Brücke zu, die über ein Wasser ging und fast schmal war, also, dass sich zwei Reitende kaum darauf ausweichen konnten. Ein Engländer von der andern Seite her ritt auch auf die Brücke zu, und als sie auf der Mitte derselben zusammenkamen, wollte keiner dem andern Platz machen. "Ein Engländer geht keinem erwiderte der Franzos, "mein Pferd ist auch ein Engländer. Es ist schade, dass ich hier keine Gelegenheit habe, es umzukehren und Euch seinen Stumpfschweif zu zeigen. Also lasst doch wenigstens Euern Engländer, auf dem Ihr reitet, meinem Engländer, wo ich darauf reite, aus dem Wege gehen. Euerer scheint ohnehin der jüngere zu sein; meiner hat noch unter Ludwig dem Vierzehnten gedient in der Schlacht bei Käferolse Anno 1702."

Allein der Engländer machte sich wenig aus diesem Einfall, sondern sagte: "Ich kann warten. Ich habe jetzt die schönste Gelegenheit, die heutige Zeitung zu lesen, bis es Euch gefällt, Platz zu machen." Also zog er kaltblütig, wie die Engländer sind, eine Zeitung aus der Tasche, wickelte sie auseinander wie eine Handzwehle und las darin eine Stunde lang auf dem Ross und auf der Brücke, und die Sonne sah nicht aus, als wenn sie den Toren noch lange zusehen wollte, sondern neigte sich stark gegen die Berge. Nach einer Stunde aber, als er fertig war und die Zeitung wieder zusammenlegen wollte, sah er den Franzosen an und sagte: "Eh bien!" Aber der Franzos hatte den Kopf auch nicht verloren, sondern erwiderte: "Engländer, seid so gut und gebt mir jetzt Eure Zeitung auch ein wenig, dass ich ebenfalls darin lesen kann, bis es Euch gefällt auszuweichen." Als aber der Engländer diese Geduld seines Gegners sahe, sagte er: "Wisst Ihr was, Franzos? Kommt, ich will Euch Platz machen." Also machte der Engländer dem Franzosen Platz.

Gutes Wort, böse Tat

In Hertingen, als das Dorf noch rottbergisch war, trifft ein Bauer den Herrn Schulmeister im Felde an. "Ist's noch Euer

Ernst, Schulmeister, was Ihr gestern den Kindern zergliedert
habt: so dich jemand schlägt auf deinen rechten Backen,
dem biete den andern auch dar?" Der Herr Schulmeister
sagt: "Ich kann nichts davon und nichts dazu tun. Es steht
im Evangelium." Also gab ihm der Bauer eine Ohrfeige und
die andere auch, denn er hatte schon lang einen Verdruss
auf ihn. Indem reitet in einer Entfernung der Edelmann
vorbei und sein Jäger. "Schau doch nach, Joseph, was die
zwei dort miteinander haben." Als der Joseph kommt, gibt
der Schulmeister, der ein starker Mann war, dem Bauer auch
zwei Ohrfeigen und sagte: "Es steht auch geschrieben: Mit
welcherlei Mass ihr messet, wird euch wieder gemessen
werden. Ein voll gerüttelt und überflüssig Mass wird man
in euern Schoss geben", und zu dem letzten Sprüchlein gab
er ihm noch ein halbes Dutzend drein. Da kam der Joseph
zu seinem Herrn zurück und sagte: "Es hat nichts zu
bedeuten, gnädiger Herr; sie legen einander nur die heilige
Schrift aus."

Merke: Man muss die heilige Schrift nicht auslegen, wenn
man's nicht versteht, am allerwenigsten so. Denn der
Edelmann liess den Bauern noch selbige Nacht in den Turn
sperren auf sechs Tage, und dem Herrn Schulmeister, der
mehr Verstand und Respekt vor der Bibel hätte haben sollen,
gab er, als die Winterschule ein Ende hatte, den Abschied.

Heimliche Enthauptung

Hat der Scharfrichter von Landau früh den 17. Juni
seinerzeit die sechste Bitte des Vater Unsers mit Andacht
gebetet, so weiss ich's nicht. Hat er sie nicht gebetet, so kam
ein Brieflein von Nanzig am geschicktesten Tag. In dem
Brieflein stand geschrieben: "Nachrichter von Landau!"

sollt unverzüglich nach Nanzig kommen und Euer grosses
Richtschwert mitbringen. Was Ihr zu tun habt, wird man
Euch sagen und wohl bezahlen."—Eine Kutsche zur Reise
stand auch schon vor der Haustüre. Der Scharfrichter
dachte: Das ist meines Amts, und setzte sich in die Kutsche.
Als er noch eine Stunde herwärts Nanzig war, es war schon
Abend, und die Sonne ging in blutroten Wolken unter, und
der Kutscher hielt stille und sagte: "Wir bekommen morgen
wieder schön Wetter", da standen auf einmal drei starke,
bewaffnete Männer an der Strasse, die setzten sich auch zu
dem Scharfrichter und versprachen ihm, dass ihm kein Leids
widerfahren sollte; "aber die Augen müsst Ihr Euch
zubinden lassen"; und als sie ihm die Augen zugebunden
hatten, sagten sie: "Schwager, fahr zu!" Der Schwager (das
ist der Kutscher) fuhr fort, und es war dem Scharfrichter, als
wenn er noch gute zwölf Stunden weiter wäre geführt
worden, und konnte nicht wissen, wo er war. Er hörte die
Nachteulen der Mitternacht; er hörte die Hähne rufen; er
hörte die Betglocken läuten. Auf einmal hielt die Kutsche
wieder still. Man führte ihn in ein Haus und gab ihm eins
zu trinken und einen guten Wurstwecken dazu. Als er sich
mit Speise und Trank gestärkt hatte, führte man ihn weiter
im nämlichen Haus, Tür ein und aus, Treppe auf und ab,
und als man ihm die Binde abnahm, befand er sich in einem
grossen Saal. Der Saal war zwar ringsum mit schwarzen
Tüchern behängt, und auf den Tischen brannten
Wachskerzen. Der Künstler aber, der nebenstehende
Abbildung dazu verfertiget hat, sagt, es sei besser, er lasse
das Tageslicht hinein, der Scharfrichter sehe alsdann auch
besser zu seinem Geschäft. Denn in der Mitte sass auf einem
Stuhl eine Person mit entblösstem Hals und mit einer Larve
vor dem Gesicht und muss etwas in dem Mund gehabt
haben, denn sie konnte nicht reden, sondern nur
schluchzen. Aber an den Wänden standen mehrere Herren
in schwarzen Kleidern und mit schwarzem Flor vor den

Angesichtern, also dass der Scharfrichter keinen von ihnen gekannt hätte, wenn er ihm in der andern Stunde wieder begegnet wäre, und einer von ihnen überreichte ihm sein Schwert mit dem Befehl, dieser Person, die auf dem Stühlein sass, den Kopf abzuhauen. Da ward's dem armen Scharfrichter, als wenn er auf einmal im eiskalten Wasser stünde bis übers Herz, und sagte, das soll man ihm nicht übel nehmen; sein Schwert, das dem Dienst der Gerechtigkeit gewidmet sei, könne er mit einer Mordtat nicht entheiligen. Allein einer von den Herren hob ihm aus der Ferne eine Pistole entgegen und sagte "Entweder, oder! Wenn Ihr nicht tut, was man Euch heisst, so seht Ihr den Kirchturm von Landau nimmermehr." Da dachte der Scharfrichter an Frau und Kinder daheim, "und wenn's nicht anders sein kann", sagte er, "und ich vergiesse unschuldiges Blut, so komme es auf Euer Haupt", und schlug mit einem Hieb der armen Person den Kopf vom Leibe weg. Nach der Tat so gab ihm einer von den Herrn einen Geldbeutel, worin zweihundert Dublonen waren. Man band ihm die Augen wieder zu und führte ihn in die nämliche Kutsche zurück. Die nämlichen Personen begleiteten ihn wieder, die ihn gebracht hatten. Und als endlich die Kutsche stillehielt, und er bekam die Erlaubnis auszusteigen und die Binde von den Augen abzulösen, stand er wieder, wo die drei Männer zu ihm eingesessenes waren, eine Stunde herwärts Nanzig auf der Strasse nach Landau, und es war Nacht. Die Kutsche aber fuhr eiligs wieder zurück.

Das ist dem Scharfrichter von Landau begegnet, und es wäre dem Hausfreund leid, wenn er sagen könnte, wer die arme Seele war, die auf einem so blutigen Wege in die Ewigkeit hat gehen müssen. Nein, es hat niemand erfahren, wer sie war, und was sie gesündiget hat, und niemand weiss das Grab.

Herr Charles (Eine wahre Geschichte)

Ein Kaufmann in Petersburg, von Geburt ein Franzose,
wiegte eben sein wunderschönes Büblein auf dem Knie und
machte ein Gesicht dazu, dass er ein wohlhabender und
glücklicher Mann sei und sein Glück für einen Segen Gottes
halte. Indem trat ein fremder Mann, ein Pole, mit vier
kranken, halberfrorenen Kindern in die Stube. "Da bring'
ich Euch die Kinder." Der Kaufmann sah den Polen kurios
an. "Was soll ich mit diesen Kindern tun? Wem gehören sie?
Wer schickt Euch zu mir?"—"Niemand gehören sie", sagte
der Pole, "einer toten Frau im Schnee, siebenzig Stunden
herwärts Wilna. Tun könnt Ihr mit ihnen, was Ihr wollt."
Der Kaufmann sagte: "Ihr werdet nicht am rechten Orte
sein", und der Hausfreund glaubt's auch nicht. Allein der
Pole erwiderte, ohne sich irremachen zu lassen: "Wenn Ihr
der Herr Charles seid, so bin ich am rechten Ort", und der
Hausfreund glaubt's auch. Er war der Herr Charles.
Nämlich es hatte eine Französin, eine Witwe, schon lange
im Wohlstande und ohne Tadel in Moskau gelebt. Als aber
vor fünf Jahren die Franzosen in Moskau waren, benahm sie
sich landsmannschaftlicher gegen sie, als den Einwohnern
wohlgefiel. Denn das Blut verleugnet sich nicht; und
nachdem sie in dem grossen Brand ebenfalls ihr Häuslein
und ihren Wohlstand verloren und nur ihre fünf Kinder
gerettet hatte, musste sie, weil sie verdächtig sei, nicht nur
aus der Stadt, sondern auch aus dem Land reisen. Sonst
hätte sie sich nach Petersburg gewendet, wo sie einen
reichen Vetter zu finden hoffte. Der geneigte Leser will
bereits etwas merken. Als sie aber in einer schrecklichen
Kälte und Flucht und unter unsäglichen Leiden schon bis
nach Wilna gekommen war, krank und aller Bedürfnisse
und Bequemlichkeiten für eine so lange Reise entblösst, traf
sie in Wilna einen edlen russischen Fürsten an und klagte

ihm ihre Not. Der edle Fürst schenkte ihr dreihundert
Rubel, und als er erfuhr, dass sie in Petersburg einen Vetter
habe, stellte er ihr frei, ob sie ihre Reise nach Frankreich
fortsetzen oder ob sie mit einem Pass nach Petersburg
umkehren wolle. Da schaute sie zweifelhaft ihr ältestes
Büblein an, weil es das verständigste und das kränkste war.
"Wo willst du hin, mein Sohn?"—"Wo du hingehst, Mutter",
sagte der Knabe, und hatte recht. Denn er ging noch vor der
Abreise ins Grab. Also versah sie sich mit dem Notwendigen
und akkordierte mit einem Polen, dass er sie für fünfhundert
Rubel nach Petersburg brächte zum Vetter; denn sie dachte,
er wird das Fehlende schon drauflegen. Aber alle Tage
kränker auf der langen, beschwerlichen Reise, starb sie am
sechsten oder siebenten.—"Wo du hingehst", hatte der
Knabe gesagt; und der arme Pole erbte von ihr die Kinder,
und konnten miteinander so viel reden, als ein Pole
verstehen mag, wenn ein französisches Kind russisch
spricht, oder ein Französlein, wenn man mit ihm reden will
auf polnisch. Nicht jeder geneigte Leser hätte an seiner Stelle
sein mögen. Er war es selber nicht gern. "Was anfangen
jetzt?" sagte er zu sich selbst. "Umkehren—wo die Kinder
lassen? Weiter fahren— wem bringen?" Tue, was du sollst,
sagte endlich etwas in seinem Inwendigen zu ihm. Willst du
die armen Kinder um das Letzte und Einzige bringen, was
sie von ihrer Mutter zu erben haben, um dein Wort, das du
ihr gegeben hast? Also kniete er mit den unglücklichen
Waisen um den Leichnam herum und betete mit ihnen ein
polnisches Vaterunser. "Und führe uns nicht in
Versuchung." Hernach liess jedes ein Händlein voll Schnee
zum Abschied und eine Träne auf die kalte Brust der Mutter
fallen, nämlich, dass sie ihr gerne die letzte Pflicht der
Beerdigung antun wollten, wenn sie könnten, und dass sie
jetzt verlassene, unglückliche Kinder seien. Hernach fuhr er
getrost mit ihnen weiter auf der Strasse nach Petersburg,

Kindlein anvertraut hatte, könne ihn stecken lassen, und als
die grosse Stadt vor seinen Augen sich ausdehnte, wie ein
Hauderer tut, der auch erst vor dem Tor fragt, wo er
stillhalten soll, erkundigt er sich endlich bei den Kindern, so
gut er sich verständlich machen konnte, wo denn der Vetter
wohne, und erfuhr von ihnen, so gut er sie verstehen
konnte: "Wir wissen's nicht."—Wie er denn heisse? "Wir
wissen's auch nicht."—Wie denn ihr eigener
Geschlechtsname sei? "Charles." Der geneigte Leser will
schon wieder etwas merken, und wenn's der Hausfreund für
sich zu tun hätte, so wäre der Herr Charles der Vetter. Die
Kinder wären versorgt, und die Erzählung hätte ein Ende.
Allein die Wahrheit ist oft sinniger als die Erdichtung. Nein,
der Herr Charles ist der Vetter nicht, sondern dieses Namens
ein anderer, und bis auf diese Stunde weiss noch niemand,
wie der wahre Vetter eigentlich heisst, nicht, ob und wo in
Petersburg er wohnt. Also fuhr der arme Mann in grosser
Verlegenheit zwei Tage lang in der Stadt herum und hatte
Französlein feil. Aber niemand wollte ihn fragen: "Wie teuer
das Pärlein?" und der Herr Charles begehrte sie nicht einmal
geschenkt, und war noch nicht willens, eines zu behalten.
Als aber ein Wort das andere gab und ihm der Pole schlicht
und menschlich ihr Schicksal und seine Not erzählte,—eins,
dachte er, will ich ihm abnehmen,— und es füllte sich immer
wärmer in seinem Busen,—ich will ihm zwei abnehmen,
dachte er; und als sich endlich die Kinder um ihn
anschmiegten, meinend, er sei der Herr Vetter, und anfingen,
auf französisch zu weinen, denn der geneigte Leser wird
auch schon bemerkt haben, dass die französischen Kinder
anders weinen, und als der Herr Charles die Landesart
erkannte, da rührte Gott sein Herz an, dass ihm ward wie
einem Vater, wenn er die eigenen Kinder weinen und klagen
sieht, und "in Gottes Namen", sagte er, "wenn's so ist, so
will ich mich nicht entziehen", und nahm die Kinder an.
"Setzt Euch ein wenig nieder", sagte er zu dem Polen, "ich

will Euch ein Süpplein kochen lassen."

Der Pole, mit gutem Appetit und leichtem Herzen, ass die Suppe und legte den Löffel weg, — er legte den Löffel weg und blieb sitzen, — er stand auf und blieb stehen. "Seid so gut", sagte er endlich, "und fertigt mich jetzt ab, der Weg nach Wilna ist weit. Auf fünfhundert Rubel hat die Frau mit mir akkordiert"; da fuhr es doch dem milden Menschen, dem Herrn Charles, über das Gesicht, wie der Schatten einer fliegenden Frühlingswolke über die sonnenreiche Flur. "Guter Freund", sagte er, "Ihr kommt mir ein wenig kurios vor. Ist's nicht genug, dass ich Euch die Kinder abgenommen habe, soll ich Euch auch noch den Fuhrlohn bezahlen?" Denn das kann dem redlichsten und besten Gemüt begegnen, wenn's ein Kaufmann ist, jedem andern aber auch, dass es wider Wissen und Willen zuerst ein wenig handeln und markten muss, sei es auch nur mit sich selbst. Der Pole erwiderte: "Guter Herr, ich will Euch nicht ins Gesicht sagen, wie Ihr mir vorkommt. Ist's nicht genug, dass ich Euch die Kinder bringe? Sollt' ich sie auch noch umsonst geführt haben? Die Zeiten sind bös, und der Verdienst ist gering."—"Eben deswegen", sagte Herr Charles, "darüber lasst mich klagen. Oder meint Ihr, ich sei so reich, dass ich fremde Kinder aufkaufe, oder so gottlos, dass ich mit ihnen handle? Wollt Ihr sie wieder?" Als aber noch einmal ein Wort das andere gab und der Pole jetzt erst mit Staunen erfuhr, dass der Herr Charles gar nicht der Vetter sei, sondern nur aus Mitleiden die armen Waisen angenommen habe, "wenn's so ist", sagte er, "ich bin kein reicher Mann, und Eure Landsleute, die Franzosen, haben mich auch nicht dazu gemacht, aber wenn's so ist, so kann ich Euch nichts zumuten. Tut den armen Würmlein Gutes dafür", sagte der edle Mensch, und es trat ihm eine Träne ins Auge, die wie aus einem überwältigten Herzen kam, wenigstens überwältigt

Monsieur Charles, dachte er, und ein armer polnischer
Fuhrmann!—und als der Pole schon anfing, eines der
Kinder nach dem andern zum Abschied zu küssen und sie
auf polnisch zur Folgsamkeit und Frömmigkeit ermahnte,
"guter Freund", sagte der Herr Charles, "bleibt noch ein
wenig da. Ich bin doch so arm nicht, dass ich Euch nicht
Euern wohlverdienten Fuhrlohn bezahlen könnte, so ich
doch die Fracht Euch abgenommen habe", und gab ihm die
fünfhundert Rubel.

Also sind jetzt die Kindlein versorgt, der Fuhrlohn ist
bezahlt, und so ein oder der andere geneigte Leser vor den
Toren der grossen Stadt hätte zweifeln mögen, ob der Vetter
auch zu finden seie, und ob er's, tun werde, so hat doch die
heilige Vorsehung ihn nicht einmal dazu vonnöten gehabt.

Hilfe in der Not

Als im verwichenen Spätjahr der Zirkelschmied mit seiner
Frau ungegessen ins Bett gehen wollte—schon seit drei
Tagen war kein Feuer mehr in die Küche gekommen, und
das letzte Mäuslein hatte sich ausquartiert—, da schickte
ihm, wie gerufen, der Barbier von Brassenheim einen fetten
Schinken, so gross als manches Säulein, was noch ganz ist,
und drei Würste dazu, so lang wie Glockenseiler, und der
Zirkelschmied wusste nicht warum; der geneigte Leser weiss
es auch nicht. Aber er erfahrt's.

Schon vor Jahr und Tagen war in Brassenheim ein fremder
Mann in das Wirtshaus zu den drei Rosen gekommen, und
der Zirkelschmied sass damals auch schon drin, etwa beim
dritten Schöpplein oder beim vierten. Als der Fremde eine
Zeitlang da war und dem Zirkelschmied weniger pfiffig als
ehrlich aussah, dachte der Zirkelschmied: Ich will ein

Gespräch mit ihm anfangen. Vielleicht lässt er sich über den Löffel halbieren. "Ihr seid wohl auch zum ersten Mal hier, seitdem der Rosenwirt dies schöne Haus gebaut hat, weil Ihr so lange an einem Nagel gesucht habt für Euern Kaputrock?" Der Fremde sagte: "Ich bin auch ein Wirt, aber ich tauschte mein Haus noch nicht gegen dieses, wenn eins nicht wäre."—"Habt Ihr noch namhafte Schulden darauf?"—"Das nicht."—"Oder riecht der Abtritt?"—"Das auch nicht."—"Oder habt Ihr ein böses Weib im Haus?"—"Das auch nicht, aber sonst nichts Gutes." Endlich erfuhr der Zirkelschmied nach einigem Hin- und Herreden von dem Fremden, wie er das Unglück habe in seinem Haus mit einem grausamen Gespenst, das alle Nacht auf seinem Speicher erwache und Ziegel fresse, wie man an den Brosamen sehe und an den Lücken im Dach. Der wohlbelehrte Leser des Rheinländischen Hausfreundes ist darüber im klaren, ehe man ihm sagt, dass dieses Gespenst nur ein boshafter Mensch, ein Feind des Hausbesitzers könne gewesen sein. Nämlich es war sein eigener Schwager, der ihm das Haus verleiden und feilmachen wollte. Der Zirkelschmied sagte: "Wenn Ihr mit Wissen noch kein Menschenfleisch gegessen und noch keinem Ross das Einmaleins abgehört habt, so ist Rat, wenn's Euch auf zwei Grosse Taler nicht ankommt, einen sogleich, den andern, wenn Euch geholfen ist." Der Fremde griff sogleich in die Tasche. "Jetzt geht zum Herr Barbier", sagte der Zirkelschmied halb leise, obgleich sonst niemand in der Stube war, "und klagt ihm Eure Not. Anfänglich wird er Euch kein Gehör geben, denn es ist ihm bei Strafe verboten. Wenn Ihr aber nicht nachlasst, so bekommt Ihr das Mittel" (oder den Buckel voll Schläge, dachte für sich der Zirkelschmied). Als aber der Fremde zu dem Barbier gekommen war, der ein gar vernünftiger Mann ist, fuhr der Barbier ihn an: "Wer hat Euch zu mir geschickt?"—"Einer in

Halsbinde, hinten mit einer breiten messingenen Schnalle, drei Finger hoch über dem Rockkragen, hinten auf dem Kopf hat er noch vierundzwanzig bis dreissig Härlein und doch ein Kamm drin." Da hob der Barbier drohend und zürnend den Zeigefinger auf und sagte: "Wart, vermaledeiter Zirkelschmied, hab' ich dich einmal ausgekundschaftet?" Der Fremde aber fiel ihm ins Wort: "Stellt Euch nicht so kurios, Herr Doktor, ich weiss alles, und helft mir von meinem Ziegelfresser, von meinem Gespenst." Der Barbier bekam gute Laune, weil er den Zirkelschmied ausgekundschaftet hatte. "Ich will Euch ein stinkendes Rauchpulver geben", sagte er, "mit dem geht dem Geist auf den Leib und schlagt ihn, Ihr seid ein handfester Mann, mit einem braven Weidenstumpen lederweich, bis er vor Euch zur Erde fällt, nur nicht zu Tod, denn die Geister halten nichts darauf, wenn man sie zu Tod schlägt. Hernach geht Ihr Eures Weges, damit der Geist auch unbeschrien nach Hause kann." Solchen Rat gab dem fremden Mann der Barbier und dachte nicht daran, was die Sache für ein schlimmes Ende nehmen könnte. Aber sie nimmt ein gutes Ende. Der Hausfreund weiss es schon.

Denn, wie gesagt, im verwichenen Spätjahr am Katharinentag, als der Barbier nach Oberwaldsheim gehen wollte, sechs Stunden von Brassenheim, wohin sonst sein Weg nicht war, kehrt er unterwegens ein in einem Wirtshaus, wie es einem einfallen kann, wenn man einen Schild sieht. Als er aber in der Stube war und den Wirt erblickte, erschrak er gar sehr und dachte: "O weh, wie werd' ich wieder da herauskommen", und machte in der Geschwindigkeit ein krummes Maul, dass ihn niemand kennen sollte, denn der Wirt war der nämliche, dem er das Rauchpulver gegeben hatte, und er wusste nicht, wie der Handel ausgegangen war. Der Wirt aber, während er ihm ein Schöpplein holte, sann hin und her. "Den Mann sollt' ich kennen. Wenn er nicht das Maul so verdammt krumm im Gesicht hätte, so wär's der Barbier von Brassenheim, der brave Mann, der mich vom Gespenst erlöst hat. Ich will nur sehen, wie er den Wein hineinbringt"; und als er hernach die ersten Ehrenfragen an ihn getan hatte: "Woher des Landes und wohin?" sagte er: "Herr Landsmann, nehmt mir meine Neugierde nicht zum Vorwitz auf! Wenn Euer Mund besser im Blei läge, so wollt' ich glauben, Ihr seid der Gregorius (Chirurgus wollte er sagen) von Brassenheim." Dem Barbier ging der Angstschweiss aus. "Wenn Euch mein krummes Maul irre macht", sagte er, "so muss der Barbier von Brassenheim ein gerades haben, und folglich kann ich nicht der nämliche sein. Zudem, so bin ich der Papiermüller von Neuhausen." Jetzt erzählte ihm der Wirt die ganze Geschichte, und unmerklich, wie sie immer besser lautete, zog sich sein Mund immer gerade in die Linie, "und Ihr seid es doch", rief endlich der Wirt.—"Freilich bin ich's", erwiderte der Barbier, "ich habe Euch nur ein wenig vexieren wollen, ob Ihr mich noch kennt. Aber nicht wahr", sagte er, "das Mittel hat geholfen?"—"Gleich aufs erste Mal", erwiderte der Wirt und rief voll Freude und Dankbarkeit die Frau und die Kinder herein und bestellte ein gutes Mittagsessen für seinen ehrenwerten Gast, sinnend, ob er ihm nicht sonst noch eine Ehre antun könne. Als daher der Barbier sich entschuldigte, dass er noch nach Waldsheim auf den Katharinenmarkt gehen und ein Säulein kaufen wolle, da ging eine freundliche Heiterkeit über das Angesicht des Wirtes, und sagte er zu ihm: "Ei, steht Euch keine von meinen an?" Jetzt liess er ihm sechs gemästete Schweine, eines grösser als das andere, in den Hof herausspringen. "Da sucht Euch eine heraus, Herr Doktor." Der Barbier kam in Verlegenheit, so ein Schwein könne er nicht bezahlen, auch nicht gewältigen in seiner kleinen Haushaltung. Aber der Wirt fasste kurzweg eine am Bein. "Die ist Euer." Also

gegessen und getrunken hatten, befahl der Wirt dem
Knecht, das Wägelein anzuspannen und den Herrn Doktor
und die Sau nach Brassenheim zu führen.—Deswegen
schickte der Barbier dem Zirkelschmied tags darauf den
Schinken und die Würste, weil sein Mutwillen ihm dazu
verholfen hatte. "Sieh, Bärbel", sagte hernachmals der
Zirkelschmied zu seiner Frau, " du hast mich schon oft
verkannt. Mit einem Mann, wie ich bin, ist eine Frau
versorgt."

Hochzeit auf der Schildwache

Ein Regiment, das sechs Wochen lang in einem Dorfbezirk
in Kantonierung gelegen war, bekam unversehens in der
Nacht um 2 Uhr Befehl zum plötzlichen Aufbruch. Also war
um 3 Uhr schon alles auf dem Marsch, bis auf eine einsame
Schildwache draussen im Feld, die in der Eile vergessen
wurde und stehen blieb. Dem Soldaten auf der einsamen
Schildwache wurde jedoch zuerst die Zeit nicht lang, denn
er schaute die Sterne an und dachte: "Glitzert ihr, solange
ihr wollt, ihr seid doch nicht so schön als zwei Augen,
welche jetzt schlafen in der untern Mühle." Gegen fünf Uhr
jedoch dachte er: " Es könnte jetzt bald drei sein." Allein
niemand wollte kommen, um ihn abzulösen. Die Wachtel
schlug, der Dorfhahn krähte, die letzten Sterne, die selbigen
Morgen noch kommen wollten, waren aufgegangen, der Tag
erwachte, die Arbeit ging ins Feld, aber noch stand unser
Musketier unabgelöst auf seinem Posten. Endlich sagte ihm
ein Bauersmann, der auf seinem Acker wandelte, das ganze
Bataillon sei ausmarschiert schon um drei Uhr, kein
Kamaschenknopf sei mehr im Dorf, noch weniger der Mann
dazu. Also ging der Musketier unabgelöst selber ins Dorf
zurück. Des Hausfreunds Meinung wäre, er hätte jetzt den

Doppelschritt anschlagen und dem Regiment nachziehen
sollen. Allein der Musketier dachte: "Brauchen sie mich
nimmer, so brauch ich sie auch nimmer." Zudem dachte er:
Es ist nicht zu trauen. Wenn ich ungerufen komme und
mich selber abgelöst habe, so kann's spanische Nudeln
absetzen; er meinte Röhrlein. Zudem dachte er: Der untere
Müller hat ein hübsches Mägdlein, und das Mägdlein hat
einen hübschen Mund, und der Mund hat holde Küsse, und
ob sonst schon etwas mochte geschehen sein, geht den
Hausfreund nichts an. Also zog er das blaue Röcklein aus
und verdingte sich in dem Dorf als Bauernknecht, und
wenn ihn jemand fragte, so antwortete er wie jener
Hüninger Deserteur, es sei ihm ein Unglück begegnet, sein
Regiment sei ihm abhanden gekommen. Brav war der
Bursche, hübsch war er auch, und die Arbeit ging ihm aus
den Händen flink und recht. Zwar war er arm, aber desto
besser schickte sich für ihn des Müllers Töchterlein, denn
der Müller hatte Batzen. Kurz die Heirat kam zustande. Also
lebte das junge Paar in Liebe und Frieden glücklich
beisammen und bauten ihr Nestlein. Nach Verlauf von
einem Jahr aber, als er eines Tages von dem Felde heimkam,
schaute ihn seine Frau bedenklich an: "Fridolin, es ist
jemand dagewesen, der dich nicht freuen
wird."—"Wer?"—"Der Quartiermacher von deinem
Regiment; in einer Stunde sind sie wieder da." Der alte Vater
lamentierte, die Tochter lamentierte und sah mit nassen
Augen ihren Säugling an. Denn überall gibt es Verräter. Der
Fridolin aber nach kurzem Schrecken sagte: "Lasst mich
gewähren. Ich kenne den Obrist." Also zog er das blaue
Röcklein wieder an, das er zum ewigen Andenken hatte
aufbewahren wollen, und sagte seinem Schwiegervater, was
er tun soll. Hernach nahm er das Gewehr auf die Achsel
und ging wieder auf seinen Posten. Als aber das Bataillon
eingerückt war, trat der alte Müller vor den Obristen. "Habt

der vor einem Jahr auf den Posten gestellt worden ist
draussen an der Waldspitze. Ist es auch permittiert, eine
Schildwache ein geschlagenes Jahr lang stehen zu lassen auf
dem nämlichen Fleck und nicht abzulösen." Da schaut der
Obrist den Hauptmann an, der Hauptmann schaute den
Unteroffizier an, der Unteroffizier den Gefreiten, und die
halbe Kompanie, alte gute Bekannte des Vermissten, liefen
hinaus, die einjährige Schildwache zu sehen, und wie der
arme Mensch müsse zusammengeschmoret sein, gleich
einem Borstdorfer Äpfelein, das schon vier Jahre am Baum
hängt. Endlich kam auch der Gefreite, der nämliche, der ihn
vor zwölf Monaten auf den Posten geführt hatte, und löste
ihn ab: "Präsentiert das Gewehr, das Gewehr auf die
Schulter, Marsch", nach soldatischem Herkommen und
Gesetz. Hernach musste er vor dem Obristen erscheinen,
und seine junge, hübsche Frau mit ihrem Säugling auf den
Armen begleitete ihn und mussten ihm alles erzählen. Der
Obriste aber, der ein gütiger Herr war, schenkte ihm einen
Federntaler und half ihm hernach zu seinem Abschied.

Ist der Mensch ein wunderliches Geschöpf

Einem König von Frankreich wurde durch seinen
Kammerdiener der Namen eines Mannes genannt, der das
75. Jahr zurückgelegt habe und noch nie aus Paris
herausgekommen sei. Er wisse noch auf diese Stunde nicht
anderst als vom Hörensagen, was eine Landstrasse sei oder
ein Ackerfeld oder der Frühling. Man könnte ihm
weismachen, die Welt sei schon vor zwanzig Jahren
untergegangen. Er müsse es glauben. Der König fragte, ob
denn der Mann kränklich oder gebrechlich sei. "Nein", sagte
der Kammerdiener, "er ist so gesund wie der Fisch im
Wasser." Oder ob er trübsinnig sei. "Nein, es ist ihm so wohl

wie dem Vogel im Hanfsamen." Oder ob er durch seiner
Hände Arbeit eine zahlreiche Familie zu ernähren habe.
"Nein, er ist ein wohlhabender Mann. Er mag eben nicht. Es
nimmt ihn nicht wunder." Des verwunderte sich der König
und wünschte diesen Menschen zu sehen. Der Wunsch
eines Königs von Frankreich ist bald erfüllt, zwar auch
nicht jeder, aber dieser, und der König redete mit dem
Menschen von allerlei, ob er schon lange gesund und
wohlauf sei. "Ja, Sire", erwiderte er, "allbereits 75 Jahre." Ob
er in Paris geboren sei. "Ja, Sire! Es müsste kurios
zugegangen sein, wie ich anderst hineingekommen wäre,
denn ich bin noch nie draussen gewesen."—"Das soll mich
doch wunder nehmen", erwiderte der König. "Denn eben
deswegen hab' ich Euch rufen lassen. Ich höre, dass Ihr
allerlei verdächtige Gänge macht, bald zu diesem Tor
hinaus, bald zu jenem. Wisst Ihr, dass man schon lange auf
Euch Achtung gibt?" Der Mann war über diesen Vorwurf
ganz erstaunt und wollte sich entschuldigen. Das müsse ein
anderer sein, der seinen Namen führe, oder so. Aber der
König fiel ihm in die Rede: "Kein Wort mehr! Ich hoffe, Ihr
werdet in Zukunft nicht mehr aus der Stadt gehen ohne
meine ausdrückliche Erlaubnis."—Ein rechter Pariser, wenn
ihm der König etwas befiehlt, denkt nicht lange, ob es
notwendig sei und ob es nicht auch anderst ebensogut sein
könnte, sondern er tut's. Der Unsrige war ein rechter,
obgleich, als auf seinem Heimweg die Postkutsche vor ihm
vorbeifuhr, dachte er: "O ihr Glücklichen da drinnen, dass
ihr aus Paris hinausdürft!" Als er nach Hause kam, las er die
Zeitung wie alle Tage. Aber diesmal fand er nicht viel drin.
Er schaute zum Fenster hinaus, das war auf einmal so
langweilig. Er las in einem Buch, das war auf einmal so
einfältig. Er ging spazieren, er ging in die Komödie, in das
Wirtshaus, das war so alltäglich. So das erste Vierteljahr
lang, so das zweite, und mehr als einmal im Gasthaus sagte

fünfundsiebenzig Jahre kontinuierlich in Paris gelebt zu
haben und jetzt erst nicht hinauszudürfen." Endlich im
dritten Vierteljahr konnte er's nimmer aushalten, sondern
meldete sich einen Tag um den andern wegen der Erlaubnis:
das Wetter sei so hübsch, oder es sei heut' ein schöner
Regentag. Er wolle sich gern auf seine Kosten von einem
vertrauten Mann begleiten lassen, wenn's sein müsse, auch
von zweien. Aber vergebens. Nach Verlauf aber eines
schmerzlich durchlebten Jahrs, gerade am nämlichen Tage,
als er abends nach Hause kam, fragt er mit bösem Gesicht
die Frau: "Was ist das für ein neues Kaleschlein im Hof? Wer
will mich zum besten haben?"

"Herzensschatz", antwortete die Frau, "ich habe dich überall
suchen lassen. Der König schenkt dir das Kaleschlein und
die Erlaubnis, darin spazieren zu fahren, wohin du willst."
"Ma foi!" erwiderte der Mann mit besänftigter Miene, "der
König ist gerecht."—"Aber nicht wahr", fuhr die Gattin fort,
"morgen fahren wir spazieren aufs Land?"—"Ei nun",
erwiderte der Mann kalt und ruhig, "wir wollen sehn.
Wenn's auch morgen nicht ist, so kann's ein ander Mal sein,
und am Ende, was tun wir draussen? Paris ist doch am
schönsten inwendig."

Jakob Humbel

Jakob Humbel, eines armen Bauern Sohn von Boneschwyl
im Schweizer-Kanton Aargau, kann jedem seinesgleichen zu
einem lehrreichen und aufmunternden Beispiel dienen, wie
ein junger Mensch, dem es ernst ist, etwas Nützliches zu
lernen und etwas Rechtes zu werden, trotz allen
Hindernissen am Ende seinen Zweck durch eigenen Fleiss
und Gottes Hilfe erreichen kann.

Jakob Humbel wünschte von früher Jugend an ein Tierarzt
zu werden, um in diesem Beruf seinen Mitbürgern viel
Nutzen leisten zu können. Das war sein Dichten und
Trachten Tag und Nacht.

Sein Vater gab ihn daher in seinem 16. Jahr einem
sogenannten
Viehdoktor von Mummental in die Lehre, der aber kein
geschickter
Mann war.

Bei diesem lernte er zwei Jahre, bekam alsdann einen braven
Lehrbrief und wusste alles, was sein Meister wusste,
nämlich
Tränklein und Salben kochen, auch Pflaster kneten für den
bösen
Wind, sonst nichts—und das war nicht viel.

Ich weiss einen, der wäre damit zufrieden gewesen, hätte
nun auf seinen Lehrbrief und seines Meisters Wort Salben
gekocht, Pflaster gestrichen drauf und dran für den bösen
Wind, das Geld dafür genommen und selber gemeint, er
sei's.

Jakob Humbel nicht also. Er ging zu einem andern
Viehdoktor in Oberoltern im Emmental noch einmal in die
Lehre, hielt abermal ein Jahr bei ihm aus, bekam abermal
einen braven Lehrbrief und wusste abermal—nichts, weil
auch dieser Meister die wichtige Kunst selber nicht verstand,
keine Kenntnis hatte von der innern Beschaffenheit eines
Tieres im gesunden und kranken Zustand und von der
Natur der Arzneimittel.

Ich weiss einen, der hätt's jetzt bleiben lassen, wär' eben
wieder heimgekommen, wie er fortgegangen, und hätt' sich
mit andern getröstet, aus denen auch nichts wurde.

wollen.

Fast sah es mit unserm armen Jakob Humbel ebenso aus. Mit bösen
Wind-Salben war wenig Geld, noch weniger Kredit und Ehre zu
verdienen. Was er verdiente, zog der Vater. Humbel wurde gemeiner
Tagelöhner, ging in armseliger Kleidung umher, ohne Geld und ohne
Rat, und dennoch hatte er noch immer den Tierarzt—nicht im Kopf,
denn das wäre schon recht gewesen, sondern im sehnsuchtsvollen
Verlangen. Jetzt verdingte er sich als Hausbediener bei Herrn
Ringier im Klösterli zu Zofingen. Bei diesem Herrn war er drei
Jahre, bekam einen guten Lohn und wurde gütig behandelt wie ein
Kind.

Ich weiss einen, der hätte die Güte eines solchen Herrn
missbraucht, wäre meisterlos worden, den Lohn hätten
bekommen der Wirt und der Spielmann.

Aber Jakob Humbel wusste mit seinem Verdienst etwas
Besseres anzufangen. Oft, wann er bei dem Essen aufwartete,
hörte er die Herren am Tisch französisch reden. Da kam er
auf den Gedanken, diese Sprache auch zu lernen. Vermutlich
hoffte er dadurch auf irgend eine Art leichter zu seinem
Zweck zu kommen, noch ein geschickter und braver
Tierarzt zu werden. Er ging mit seinem zusammengesparten
Verdienst nach Nyon in die Schulanstalt des Herrn Snell
und lernte so viel, als in neun Monaten zu lernen war. Jetzt
war sein Vorrat verzehrt, und ehe er seine Studien fortsetzen

konnte, musste er darauf denken, wie er wieder Geld
verdiente.

Gott wird mich nicht verlassen, dachte er. Er ging zu Herrn
Landvogt Bucher in Wildenstein als Kammerdiener in
Diensten, erwarb sich bei diesem und nachher bei einem
andern Herrn wieder etwas Geld und befand sich im Jahr
1798, als die Franzosen in die Schweiz kamen, in seinem
Geburtsort zu Boneschwyl und trieb mit seinem
erworbenen Geld einen kleinen Kornhandel nach Zürich,
der recht gut vonstatten ging und seine Barschaft nach
Wunsch vermehrte. Jetzt war er im Begriff, ins Ausland zu
gehen und von dem ehrlich erworbenen Geld endlich seine
Kunst rechtschaffen zu studieren. Da wurde ein Korps von
18000 Mann helvetischer Hilfstruppen errichtet. Die
Gemeinde Boneschwyl musste acht Mann stellen. Die
jungen Bursche müssen spielen: den guten Jakob Humbel
trifft das Los, Soldat zu werden. Ich weiss einen, der hätte
gedacht: die Welt ist gross, und der Weg ist offen; wär' mit
seiner kleinen Barschaft zum Teufel gangen und hätte seine
Mitbürger dafür sorgen lassen, wo sie statt seiner den
achten Mann nehmen wollten.

Aber Jakob Humbel liebt sein Vaterland und ist ein ehrliches
Blut.

Er stellte einen Mann, den er zwei Jahre lang auf seine
Kosten unterhalten musste. Das Beste von seinem
erworbenen Vermögen, wovon er noch etwas lernen wollte,
ging zu seinen unsäglichen Schmerzen drauf, und er dachte:
jetzt habe ich hohe Zeit, sonst ist's Mathä am letzten. Mit
diesem Gedanken nahm er den Rest seiner Habschaft in die
Tasche, einen Stecken in die Hand und lief eines Gangs,
ohne sich umzusehen, nach Karlsruhe, und als er auf der
Mühlburger Strasse zwischen den langen Reihen der

Gott wird mir helfen.

Guter Jakob Humbel, Gott hilft jedem, der sich wie du von Gott will helfen lassen, und du hast es erfahren.

In Karlsruhe ist nämlich eine öffentliche Anstalt zum Unterricht in der Tierarzneikunst. Die Lehrstunden werden unentgeltlich erteilt. Die sehr geschickten Lehrer geben sich Mühe, ihre Lehrjünger gründlich zu unterrichten. Schon mancher brave Tierarzt hat in dieser nützlichen Schule sich zu seinem Beruf vorbereitet und gebildet.

Hier war nun Humbel in seinem rechten Element, an der reichen Quelle, wo er seinen lang gehaltenen Durst nach Wissenschaft befriedigen konnte, lernte ein krankes Tier mit andern Augen anschauen als in Mummental und Emmental, konnte andere Sachen lernen als Wind machen und bösen Wind vertreiben und war nicht viel im Bierhaus zur Stadt Berlin oder im Wirtshaus zur Stadt Strassburg oder in Klein-Karlsruhe im Wilhelm Tell zu sehen, ob er gleich sein Landsmann war, auch nicht einmal recht am Sonntag auf dem Paradeplatz oder zur Mühlburg im Rappen, sondern vom frühen Morgen bis in die späte Nacht beschäftigte er sich zwanzig Monate lang unerfüllte und unverdrossen mit seiner Kunst, und wenn er wieder etwas Neues, Schönes und Nützliches gelernt hatte, so machte ihn das am Abend vergnügter als der Zapfenstreich mit der schönsten türkischen Musik; zumal wenn ihm bei derselben sein Kostgänger einfiel bei den helvetischen Hilfstruppen.

Endlich kehrte er als ein ausgelernter Tierarzt mit den schönsten Zeugnissen seiner Lehrer aus Karlsruhe freudig in sein Vaterland zurück, wurde von dem Sanitätsrat in dem Kanton Aargau geprüft, legte zu jedermann Erstaunen und Freude die weitläufigsten und gründlichsten Kenntnisse an den Tag, erhielt mit wohlverdienten Lobsprüchen und

Ehren das Patent auf seine Kunst—und ist nun nach allen ausgestandenen Schwierigkeiten und Mühseligkeiten am schönen Ziel seiner lebenslänglichen Wünsche, einer der geschicktesten und angesehensten Tierärzte in dem ganzen Schweizerlande.

Jetzt weiss ich vier, die denken: wenn solcher Mut und Ernst dazu gehört, etwas Braves zu lernen, so ist's kein Wunder, dass aus mir nichts hat werden wollen.

Weisst du was? Nimm Gott zu Hilfe, und probiere es noch!

Kaiser Napoleon und die Obstfrau in Brienne

Der grosse Kaiser Napoleon brachte seine Jugend als Zögling in der Kriegsschule zu Brienne zu, und wie? Das lehrten in der Folge seine Kriege, die er führte, und seine Taten. Da er gerne Obst ass, wie die Jugend pflegt, so bekam eine Obsthändlerin daselbst manchen schönen Batzen von ihm zu lösen. Hatte er je einmal kein Geld, so borgte sie. Bekam er Geld, so bezahlte er. Aber als er die Schule verliess, um nun als kenntnisreicher Soldat auszuüben, was er dort gelernt hatte, war er ihr doch einige Taler schuldig. Und als sie das letzte Mal ihm einen Teller voll saftiger Pfirsiche oder süsser Trauben brachte, "Fraulein", sagte er, "jetzt muss ich fort und kann Euch nicht bezahlen. Aber Ihr sollt nicht vergessen sein." Aber die Obstfrau sagte: "O reisen Sie wegen dessen ruhig ab, edler junger Herr. Gott erhalte Sie gesund und mache aus Ihnen einen glücklichen Mann!"—Allein auf einer solchen Laufbahn, wie diejenige war, welche der junge Krieger jetzt betrat, kann doch auch der beste Kopf so etwas vergessen, bis zuletzt das erkenntliche Gemüt ihn wieder daran erinnert. Napoleon wird in kurzer Zeit General und

Kinder Israel das Zieglerhandwerk trieben, und liefert ein
Treffen bei Nazareth, wo vor 1800 Jahren die hochgelobte
Jungfrau wohnte. Napoleon kehrt mitten durch ein Meer
voll feindlicher Schiffe nach Frankreich und Paris zurück
und wird Erster Konsul. Napoleon stellt in seinem
unglücklich gewordenen Vaterlande die Ruhe und Ordnung
wieder her und wird französischer Kaiser, und noch hatte
die gute Obstfrau in Brienne nichts als sein Wort: "Ihr sollt
nicht vergessen sein!" Aber ein Wort, noch immer so gut als
bares Geld und besser. Denn als der Kaiser in Brienne einmal
erwartet wurde, er war aber in der Stille schon dort und
mag wohl sehr gerührt gewesen sein, wenn er da an die
vorige Zeit gedachte und an die jetzige, und wie ihn Gott in
so kurzer Zeit und durch so viele Gefahren unversehrt bis
auf den neuen Kaiserthron geführt hatte, da blieb er auf der
Gasse plötzlich stille stehen, legte den Finger an die Stirne
wie einer, der sich auf etwas besinnt, nannte bald darauf den
Namen der Obstfrau, erkundigte sich nach ihrer Wohnung,
so ziemlich baufällig war, und trat mit einem einzigen
treuen Begleiter zu ihr hinein. Eine enge Türe führte ihn in
ein kleines, aber reinliches Zimmer, wo die Frau mit zwei
Kindern am Kamin kniete und ein sparsames Abendessen
bereitete.

"Kann ich hier etwas zur Erfrischung haben?" so fragte der
Kaiser.— "Ei ja!" erwiderte die Frau, "die Melonen sind reif",
und holte eine. Während die zwei fremden Herren die
Melone verzehrten und die Frau noch ein paar Reiser an das
Feuer legte, "kennt Ihr denn den Kaiser auch, der heute hier
sein soll?" fragte der eine. "Er ist noch nicht da", antwortete
die Frau, "er kommt erst. Warum soll ich ihn nicht kennen?
Manchen Teller und manches Körbchen voll Obst hat er mir
abgekauft, als er noch hier in der Schule war."—"Hat er
denn auch alles ordentlich bezahlt?"—"Ja freilich, er hat alles
ordentlich bezahlt." Da sagte zu ihr der fremde Herr: "Frau,

Ihr geht nicht mit der Wahrheit um, oder Ihr müsst ein schlechtes Gedächtnis haben. Fürs erste, so kennt Ihr den Kaiser nicht. Denn ich bin's. Fürs andere hab' ich Euch nicht so ordentlich bezahlt, als Ihr sagt, sondern ich bin Euch zwei Taler schuldig oder etwas;" und in diesem Augenblick zählte der Begleiter auf den Tisch eintausendundzweihundert Franken, Kapital und Zins. Die Frau, als sie den Kaiser erkannte und die Goldstücke auf dem Tisch klingeln hörte, fiel ihm zu Füssen und war vor Freude und Schrecken und Dankbarkeit ganz ausser sich, wie man ihr auf nebenstehender Abbildung wohl ansehen kann; und die Kinder schauen auch einander an und wissen nicht, was sie sagen sollen. Der Kaiser aber befahl nachher, das Haus niederzureissen und der Frau ein anderes an den nämlichen Platz zu bauen. "In diesem Hause", sagte er, "will ich wohnen, so oft ich nach Brienne komme, und es soll meinen Namen führen." Der Frau aber versprach er, er wolle für ihre Kinder sorgen.

Wirklich hat er auch die Tochter derselben bereits ehrenvoll versorgt, und der Sohn wird auf kaiserliche Kosten in der nämlichen Schule erzogen, aus welcher der grosse Held selber ausgegangen ist.

Kannitverstan

Der Mensch hat wohl täglich Gelegenheit, in Emmendingen und Gundelfingen so gut als in Amsterdam Betrachtungen über den Unbestand aller irdischen Dinge anzustellen, wenn er will, und zufrieden zu werden mit seinem Schicksal, wenn auch nicht viel gebratene Tauben für ihn in der Luft herumfliegen. Aber auf dem seltsamsten Umweg kam ein deutscher Handwerksbursche in Amsterdam durch der

Irrtum zur Wahrheit und zu ihrer Erkenntnis. Denn als er
in diese grosse und reiche Handelsstadt voll prächtiger
Häuser, wogender Schiffe und geschäftiger Menschen
gekommen war, fiel ihm sogleich ein grosses und schönes
Haus in die Augen, wie er auf seiner ganzen Wanderschaft
von Tuttlingen bis nach Amsterdam noch keines erlebt
hatte. Lange betrachtete er mit Verwunderung dies kostbare
Gebäude, die sechs Kamine auf dem Dach, die schönen
Gesimse und die hohen Fenster, grösser als an des Vaters
Haus daheim die Tür. Endlich konnte er sich nicht
entbrechen, einen Vorübergehenden anzureden. "Guter
Freund", redete er ihn an, "könnt Ihr mir nicht sagen, wie
der Herr heisst, dem dieses wunderschöne Haus gehört mit
den Fenstern voll Tulipanen, Sternenblumen und
Levkojen?"—Der Mann aber, der vermutlich etwas
Wichtigeres zu tun hatte und zum Unglück gerade so viel
von der deutschen Sprache verstand als der Fragende von
der holländischen, nämlich nichts, sagte kurz und
schnauzig: "Kannitverstan", und schnurrte vorüber. Dies
war nur ein holländisches Wort oder drei, wenn man's recht
betrachtet, und heisst auf deutsch soviel als: Ich kann Euch
nicht verstehn. Aber der gute Fremdling glaubte, es sei der
Name des Mannes, nach dem er gefragt hatte. Das muss ein
grundreicher Mann sein, der Herr Kannitverstan, dachte er
und ging weiter. Gass aus Gass ein kam er endlich an den
Meerbusen, der da heisst: Het Ei, oder auf deutsch: das
Ypsilon. Da stand nun Schiff an Schiff und Mastbaum an
Mastbaum, und er wusste anfänglich nicht, wie er es mit
seinen zwei einzigen Augen durchfechten werde, alle diese
Merkwürdigkeiten genug zu sehen und zu betrachten, bis
endlich ein grosses Schiff seine Aufmerksamkeit an sich zog,
das vor kurzem aus Ostindien angelangt war und jetzt eben
ausgeladen wurde. Schon standen ganze Reihen von Kisten
und Ballen auf- und nebeneinander am Lande. Noch immer
wurden mehrere herausgewälzt und Fässer voll Zucker und

Kaffee, voll Reis und Pfeffer und salveni Mausdreck darunter. Als er aber lange zugesehn hatte, fragte er endlich einen, der eben eine Kiste auf der Achsel heraustrug, wie der glückliche Mann heisse, dem das Meer all diese Waren an das Land bringe. "Kannitverstan", war die Antwort. Da dachte er: Haha, schaut's da heraus? Kein Wunder, wem das Meer solche Reichtümer an das Land schwemmt, der hat gut solche Häuser in die Welt stellen und solcherlei Tulipanen vor die Fenster in vergoldeten Scherben. Jetzt ging er wieder zurück und stellte eine recht traurige Betrachtung bei sich selbst an, was er für ein armer Teufel sei unter so viel reichen Leuten in der Welt. Aber als er eben dachte: Wenn ich's doch nur auch einmal so gut bekäme, wie dieser Herr Kannitverstan es hat, kam er um eine Ecke und erblickte einen grossen Leichenzug. Vier schwarz vermummte Pferde zogen einen ebenfalls schwarz überzogenen Leichenwagen langsam und traurig, als ob sie wüssten, dass sie einen Toten in seine Ruhe führten. Ein langer Zug von Freunden und Bekannten des Verstorbenen folgte nach, Paar und Paar, verhüllt in schwarze Mäntel und stumm. In der Ferne läutete ein einsames Glöcklein. Jetzt ergriff unsern Fremdling ein wehmütiges Gefühl, das an keinem guten Menschen vorübergeht, wenn er eine Leiche sieht, und er blieb mit dem Hut in den Händen andächtig stehen, bis alles vorüber war. Doch machte er sich an den letzten vom Zug, der eben in der Stille ausrechnete, was er an seiner Baumwolle gewinnen könnte, wenn der Zentner um zehn Gulden aufschlüge, ergriff ihn sachte am Mantel und bat ihn treuherzig um Exküse. "Das muss wohl auch ein guter Freund von Euch gewesen sein," sagte er, "dem das Glöcklein läutet, dass Ihr so betrübt und nachdenklich mitgeht." "Kannitverstan!" war die Antwort. Da fielen unserm guten Tuttlinger ein paar grosse Tränen aus den Augen, und es ward ihm auf einmal schwer und wieder

hast du nun von allem deinem Reichtum? Was ich einst von
meiner Armut auch bekomme: ein Totenkleid und ein
Leintuch, und von allen deinen schönen Blumen vielleicht
einen Rosmarin auf die kalte Brust oder eine Raute." Mit
diesem Gedanken begleitete er die Leiche, als wenn er dazu
gehörte, bis ans Grab, sah den vermeinten Herrn
Kannitverstan hinabsenken in seine Ruhestätte und ward
von der holländischen Leichenpredigt, von der er kein Wort
verstand, mehr gerührt als von mancher deutschen, auf die
er nicht achtgab. Endlich ging er leichten Herzens mit den
andern wieder fort, verzehrte in einer Herberge, wo man
Deutsch verstand, mit gutem Appetit ein Stück Limburger
Käse, und wenn es ihm wieder einmal schwer fallen wollte,
dass so viele Leute in der Welt so reich seien und er so arm,
so dachte er nur an den Herrn Kannitverstan in
Amsterdam, an sein grosses Haus, an sein reiches Schiff und
an sein enges Grab.

Kindesdank und Undank

Man findet gar oft, wenn man ein wenig aufmerksam ist,
dass Menschen im Alter von ihren Kindern wieder ebenso
behandelt werden, wie sie einst ihre alten und kraftlosen
Eltern behandelt haben. Es geht auch begreiflich zu. Die
Kinder lernen's von den Eltern; sie sehen's und hören's
nicht anders und folgen dem Beispiel. So wird es auf die
natürlichsten und sichersten Wege wahr, was gesagt wird
und geschrieben ist, dass der Eltern Segen und Fluch auf
den Kindern ruhe und sie nicht verfehle.

Man hat darüber unter andern zwei Erzählungen, von
denen die erste Nachahmung und die zweite grosse
Beherzigung verdient. Ein Fürst traf auf einem Spazierritt

einen fleissigen und frohen Landmann an dem
Ackergeschäft an und liess sich mit ihm in ein Gespräch ein.
Nach einigen Fragen erfuhr er, dass der Acker nicht sein
Eigentum sei, sondern dass er als Tagelöhner täglich um 15
Kreuzer arbeite. Der Fürst, der für sein schweres
Regierungsgeschäft freilich mehr Geld brauchte und zu
verzehren hatte, konnte es in der Geschwindigkeit nicht
ausrechnen, wie es möglich sei, täglich mit 15 Kreuzern
auszureichen und noch so frohen Mutes dabei zu sein, und
verwunderte sich darüber. Aber der brave Mann im
Zwilchrock erwiderte ihm: "Es wäre mir übel gefehlt, wenn
ich so viel brauchte. Mir muss ein Dritteil davon genügen;
mit einem Dritteil zahle ich meine Schulden ab, und den
übrigen Dritteil lege ich auf Kapitalien an." Das war dem
guten Fürsten ein neues Rätsel. Aber der fröhliche
Landmann fuhr fort und sagte: "Ich teile meinen Verdienst
mit meinen alten Eltern, die nicht mehr arbeiten können,
und mit meinen Kindern, die es erst lernen müssen; jenen
vergelte ich die Liebe, die sie mir in meiner Kindheit
erwiesen haben, und von diesen hoffe ich, dass sie mich
einst in meinem müden Alter auch nicht verlassen werden."
War das nicht artig gesagt und noch schöner und edler
gedacht und gehandelt? Der Fürst belohnte die
Rechtschaffenheit des wackern Mannes, sorgte für seine
Söhne, und der Segen, den ihm seine sterbenden Eltern
gaben, wurde ihm im Alter von seinen dankbaren Kindern
durch Liebe und Unterstützung redlich entrichtet.

Aber ein anderer ging mit seinem Vater, welcher durch Alter
und Kränklichkeit freilich wunderlich geworden war, so
übel um, dass dieser wünschte, in ein Armenspital gebracht
zu werden, das im nämlichen Orte war. Dort hoffte er
wenigstens bei dürftiger Pflege von den Vorwürfen frei zu
werden, die ihm daheim die letzten Tage seines Lebens
verbitterten. Das war kaum am helllichten Tag.

willkommenes Wort. Ehe die Sonne hinter den Bergen
hinabging, war dem armen, alten Greis sein Wunsch erfüllt.
Aber er fand im Spital auch nicht alles, wie er wünschte.
Wenigstens liess er seinen Sohn nach einiger Zeit bitten, ihm
die letzte Wohltat zu erweisen und ihm ein paar Leintücher
zu schicken, damit er nicht alle Nacht auf blossem Stroh
schlafen müsste. Der Sohn suchte die zwei schlechtesten, die
er hatte, heraus und befahl seinem zehnjährigen Kind, sie
dem alten Murrkopf ins Spital zu bringen. Aber mit
Verwunderung bemerkte er, dass der kleine Knabe vor der
Tür eines dieser Tücher in einen Winkel verbarg und
folglich dem Grossvater nur eines davon brachte. "Warum
hast du das getan?" fragte er den Jungen bei seiner
Zurückkunft.—"Zur Aushilfe für die Zukunft", erwiderte
dieser kalt und bösherzig, "wenn ich Euch, o Vater! auch
einmal in das Spital schicken werde."

Was lernen wir daraus?—Ehre Vater und Mutter, auf dass es
dir wohlgehe!

König Friedrich und sein Nachbar

Der König Friedrich von Preussen hatte acht Stunden von
Berlin freilich ein schönes Lustschloss und war gerne darin,
wenn nur nicht ganz nahe daneben die unruhige Mühle
gewesen wäre. Denn erstlich stehn ein königliches Schloss
und eine Mühle nicht gut nebeneinander, obgleich das
Weissbrot schmeckt auch in dem Schloss nicht übel, wenn's
die Mühle fein gemahlen und der Ofen wohl gebacken hat.
Ausserdem aber, wenn der König in seinen besten Gedanken
war und nicht an den Nachbar dachte, auf einmal liess der
Müller das Wasser in die Räder schiessen und dachte auch
nicht an den Herrn Nachbar, und die Gedanken des Königs

stellten das Räderwerk der Mühle nicht, aber manchmal das
Klapperwerk der Räder die Gedanken des Königs. Der
geneigte Leser sagt: "Ein König hat Geld wie Laub, warum
kauft er dem Nachbar die Mühle nicht ab und lässt sie
niederreissen?" Der König wusste, warum. Denn eines Tages
liess er den Müller zu sich rufen. "Ihr begreift", sagte er zu
ihm, "dass wir zwei nicht nebeneinander bestehen können.
Einer muss weichen. Was gebt Ihr mir für mein
Schlösslein?"—Der Müller sagte: "Wie hoch haltet Ihr es,
königlicher Herr Nachbar?" Der König erwiderte ihm:
"Wunderlicher Mensch, so viel Geld habt Ihr nicht, dass Ihr
mir mein Schloss abkaufen könnt. Wie hoch haltet Ihr Eure
Mühle?" Der Müller erwiderte: "Gnädigster Herr, so habt
auch Ihr nicht so viel Geld, dass Ihr mir meine Mühle
abkaufen könnt. Sie ist mir nicht feil." Der König tat zwar
ein Gebot, auch das zweite und dritte, aber der Nachbar
blieb bei seiner Rede. "Sie ist mir nicht feil. Wie ich darin
geboren bin", sagte er, "so will ich darin sterben, und wie sie
mir von meinen Vätern erhalten worden ist, so sollen sie
meine Nachkommen von mir erhalten und auf ihr den
Segen ihrer Vorfahren ererben." Da nahm der König eine
ernsthaftere Sprache an: "Wisst Ihr auch, guter Mann, dass
ich gar nicht nötig habe, viel Worte zu machen? Ich lasse
Euere Mühle taxieren und breche sie ab. Nehmt alsdann das
Geld, oder nehmt es nicht!" Da lächelte der unerschrockene
Mann, der Müller, und erwiderte dem König: "Gut gesagt,
allergnädigster Herr, wenn nur das Hofgericht in Berlin
nicht wäre." Nämlich, dass er es wolle auf einen
richterlichen Ausspruch ankommen lassen. Der König war
ein gerechter Herr und konnte überaus gnädig sein, also
dass ihm die Herzhaftigkeit und Freimütigkeit einer Rede
nicht missfällig war, sondern wohlgefiel. Denn er liess von
dieser Zeit an den Müller unangefochten und unterhielt
fortwährend mit ihm eine friedliche Nachbarschaft. Der

einem solchen Nachbar und noch mehr vor einem solchen
Herrn Nachbar.

König Friedrichs Leibhusar

Der Leibhusar König Friedrichs von Preussen muss mit
seinem Herrn in gutem Vernehmen gestanden haben. Denn
einmal gab ihm der König wegen eines Versehens eine
Ohrfeige, dass ihm die Haarlocke, wie man sie damals noch
an den Seiten des Kopfes trug, aufeinanderfuhr und der
weisse Puder davonflog, also, dass man's draussen ihm
wohl ansehen konnte, wenn er hinauskam. Der Leibhusar
bat wegen seines Versehens um Verzeihung, stellte sich aber
geradewegs vor des Königs grossen Spiegel, der im Zimmer
war, richtete seine Locke wieder zurecht und stäubte mit
dem Schnupftuch den Puder vom Kleid, welches
unschicklich war. Dem König kam's auch so vor, denn er
sagte: "Was fällt dir ein? Willst du noch eine?" Der Leibhusar
sagte: Nein, er habe genug an einer; "aber die andern", sagte
er, "brauchen nicht zu wissen, wenn ich hinauskomme, was
zwischen uns vorgefallen ist." Da lächelte der König wieder
und war nimmer böse über den Leibhusar.

Item, einmal tut so etwas gut, ein ander Mal nicht.

Lange Kriegsfuhr

Dies ist die Geschichte, die dem Hausfreund vor einem Jahr
ein unsichtbarer Freund geschenkt hat, und der Freund
sagt, er kenne die Abkömmlinge des Wirts, und die Sache sei
ganz gewiss.

Im Dreissigjährigen Krieg, der Schwed zog durch ein namhaftes Dorf im Wiesenkreis und in dem Dorf durchs Wirtshaus, und im Durchziehen durch den Hof blieb der Knecht des Wirts mit einem Wagen und vier Pferden an der Kolonne hängen. Denn er musste Tornister führen und Offizierskisten und Weibsleute. Der Meister sagte: "Komm bald wieder heim, Jobbi!" Der Jobbi dachte: An mir soll's nicht fehlen. Die Meisterin weinte und lamentierte, aber ein schwedischer Korporal sagte: "Man wird Ross nicht fressen. Tatar frisst Ross." Indessen ging die erste Tagsstation nur bis nach Freiburg, die zweite nur bis nach Kippenheim, die dritte nur bis nach Ortenberg, die vierte nur bis nach Hornberg, die fünfte nur bis nach Villingen im Schwarzwald. Dem armen Jobbi so hoch droben bei den Wolken war schon das Leben feil, und die Pferde hätten auch gern ins Gras gebissen, aber noch lieber in den Haber. Und unter allen vieren beklagte der Jobbi am meisten sein Lieblingsross, den Jockli, dass er schon in seinen besten Jahren ein Kriegsheld werden musste. Aber das half alles nichts. Wo man hinkam, waren keine Fuhren zu haben; so musste der Jobbi und der Jockli mit, ungefragt und ungebeten, bis weit hinein ins Schwabenland und hintersich und fürsich, und aus so viel Tagen wurden so viel Monate und mehr, bis er einmal zwischen einem Montag und Dienstag Gelegenheit fand, eine Spazierfahrt für sich zu machen ins Freie. Die österreichischen Vorposten riefen ihn an: "Wer da?"— "Gut Freund."—"Wer ist gut Freund?" "Der Jobbi von da und da." "Bassa mallergi", sagte der Korporal, "bist du Jobbi von da und da?" Der Korporal hatte auch schon einen Schluck Branntwein oder vierundzwanzig bei seinem Meister getrunken und kannte den Jobbi, und der Vorpostenhauptmann war auch schon auf dem Jockli nach Waldshut geritten und kannte den Jockli. Also sagte der Hauptmann: "Willst du einen Pass

verdienen?" Da dachte der Jobbi: Aufgegeben hat mich der
Meister schon lang und einen andern Zug gekauft.
Attrapiert mich unterwegs der Schwed, so geht's zu bösen
Häusern oder gar zu bösen Bäumen, und der Mund stand
ihm voll Wasser, wenn er sah, wie die österreichischen
Dukaten flogen und auf den Boden fielen, und niemand
buckte sich darnach. Denn der österreichische Krieg hat
Geld. Also blieb der Jobbi bei der Armee, hauderte hin und
her, bis nach Pressburg hinein im Ungarland und wieder
zurück, handelte auch ein wenig und gewann Hüte voll
Geld. Der Wagen zerbrach; er kaufte sich einen neuen. Ein
Pferd fiel nach dem andern, die Beute hatte andere. Nur der
Jockli hielt aus bergauf und ab, durch dick und dünn.
Gleichwohl dachte der alte Knabe oft an den Meister und an
die Meisterin daheim, und wie er auch wieder einmal
zurückwolle, wenn's sauber sei im Reich. Und der Meister
und die Meisterin daheim dachten auch manchmal an den
Jobbi selig, und wie es ihm möge ergangen sein bei den
Schweden. Eines Tags, als schon alle Kanonen vom Rhein
bis an die Donau und bis an die Ostsee versaust hatten, die
Meisterin schnitt die Suppe ein zum Mittagessen, und der
Wirt richtete den Zeiger an der Wanduhr, denn es schlug auf
der Kirche, da seufzte die Frau und sagte nichts. Der Meister
fragt: "Was fehlt dir?"—"He nichts", sagte sie; "ich hab' an
den Jobbi gedacht, Gott hab' ihn selig, und an den schönen
Zug; heut jährt sich's wieder."— " Es wird sich noch vielmal
jähren", sagte der Mann; "gottlob! dass wieder Ruhe im
Lande ist." Indem tritt der Hausknecht herein und sagt:
"Meister, da draussen haltet ein obsonater Gesell, ein Ungar
mit schneeweissem Bart und 4. Rossen, der aussieht wie ein
Marketender, und hat auch so ein Brannteweinfässlein auf
dem Wagen.

Kommt mir der Sapperment frangschemang in den Stall und
sagt: An diesem Platz bin ich der Meister; drauf jagt er Eure

Pferde in den Hof hinaus und bindet die seinigen an. Ist noch Krieg oder ist's Frieden?" Indem der Meister hinauswill, kommt der Ungar hinein und sagt: Gemach!— Der Wirt fragt: "Woher des Landes? Solche Gäste haben wir auch schon gehabt." "Eine Halbe will ich", sagte der Ungar, "von Eurem Besten und zwei Gläser."—"Das ist nicht von Euerm Besten", sagte er nachher. "Von dem Grenzacher will ich im hintern Keller oder von dem Laufemer hinter der Brotbahre, wo die Katz darauf sitzt." Der Wirt sagt: "Woher wisst Ihr, was ich für Wein im Keller habe?" Der Ungar sagt: "Von Euerm alten Knecht, dem Jobbi", und wollte sich noch lange verstellen. Als er aber seinen Namen hörte, wiewohl er ihn selber aussprach, konnte er nimmer an sich halten, sondern ergriff die Hand des Meisters, und die Tränen rannen ihm aus den Augen in den weissen Bart wie der köstliche Balsam, der herabfliesst in den Bart Aarons, der herabfleusst in sein Kleid und Lust und Freude erregt. "Ich bin ja der alte Jobbi", sagte der vermeinte Ungar, "wo einmal bei Euch"—aber der Wirt und die Wirtin unterbrachen ihn mit einem lauten Freudengeschrei, "und den Jockli hab' ich auch wieder mitgebracht", sagte der Jobbi, "die andern sind neu." Jetzt ging's an ein Bewillkommen und an ein Fragen, der Wirt rief die Kinder zusammen, der Jobbi sei wieder da, und die Mutter brachte die Kleinen, eins an der Hand, eins auf dem Arme; aber sie fürchteten sich und schrieen vor dem fremden Bart; und der Herr Schulmeister kam im Vorbeigehen auch hinein. Als aber der Meister ein Glas zum Willkommen mit ihm getrunken hatte und wollte ihm das zweite einschenken, sagte der Jobbi: "Das Fässlein! Wir müssen zuerst das Fässlein abladen." Drauf brachte der Wirt, der Jobbi und der Hausknecht ein Fässlein, aber nicht mit Branntwein, nein, voll kaiserlicher Taler und Kremnitzer Dukaten, ab dem Wagen herein, so schwer sie tragen konnten. "Dies ist Euer Geld", sagte der Jobbi, "das ich Euch

Jahre meinen Lohn und für den Jockli den Ruhestand." Der
Meister sagte: "Du sollst keinen Lohn von mir bekommen,
sondern du sollst das Kind im Hause sein, und zwar das
älteste." Aber der Jobbi sagte: "Ihr habt unterdessen, wie ich
sehe, Kinder genug bekommen. Lasst mich, wie ich bin" und
ging mit einem Mund voll Brot hinaus, um nach den
Pferden zu sehen und seine alten Geschäfte zu verrichten
wie vorher, als wenn er nie weggegessen wäre.

Also blieb er bis an sein Ende im Dienste seines Meisters und
vermachte ihm, weil er keinen Erben hatte, noch sein
Vermögen von 520 Pfund Basler Währung, tut 416 Gulden
rheinisch. Der Meister aber rührte das Geld nicht an,
sondern stiftete es für die Armen.

Merke: der Hausfreund kann letzteres nicht für gewiss
sagen. Aber er denkt so: War der Jobbi ein guter Knecht, so
war der Meister ein guter Mensch. Fromme Herrschaft zieht
frommes Gesinde. Grobheit, Fluchen und Geiz ist der falsche
Weg zu gutem Gesind, hinten herum.

Ist also der Wirt ein so räsonabler Mann gewesen, hat er
auch das
Geld den Armen geschenkt.

List gegen List

Einem namhaften Goldschmied hatten zwei vornehm
gekleidete Personen für 3000 Taler kostbare Kleinode
abgekauft für auf die Krönung in Ungarn. Hernach
bezahlten sie ihm tausend Taler bar, legten alles, was sie
ausgesucht hatten, in ein Schächtelein zusammen, siegelten
das Schächtelein zu und gaben es dem Goldschmied
gleichsam als Unterpfand für die noch fehlende Summe

wieder in Verwahrung; wenigstens kam es dem Goldschmied so vor, als wenn es das nämliche wäre. "In vierzehn Tagen", sagten sie, "bringen wir Euch die fehlende Summe und nehmen alsdann das Schächtelein in Empfang." Alles wurde schriftlich gemacht. Allein es vergehen drei Wochen, niemand meldet sich. Der Krönungstag geht vorüber, es gehen noch vier Wochen vorüber. Niemand will mehr nach dem Schächtelein fragen. Endlich dachte der Goldschmied: "Was soll ich euch euer Eigentum hüten auf meine Gefahr und mein Kapital tot drinnen liegen haben?" Also wollte er das Schächtelein in Beisein einer obrigkeitlichen Person eröffnen und die bereits empfangenen 1000 Taler hinterlegen. Als es aber geöffnet ward, "lieber, guter Goldschmied", sagte der Aktuarius, "wie seid Ihr von den zwei Spitzbuben angeschmiert." Nämlich in dem Schächtelein lagen statt Edelgestein Kieselstein und Fensterblei statt Goldes. Die zwei Kaufleute waren spitzbübische Taschenspieler, böhmische Juden, brachten das wahre Schächtelein unvermerkt auf die Seit und gaben dem Goldschmied ein anderes zurück, welches ebenso aussah. "Goldschmied", sagte der Aktuarius, "hier ist guter Rat teuer. Ihr seid ein unglücklicher Mann." Indem trat wohlgekleidet und ehrbar ein Fremder zur Türe herein und wollte dem Goldschmied allerlei krummgebogenes Silbergeschirr und einsechtige (einzelne) Schnallen verkaufen und sah den Spektakel. "Goldschmied", sagte er, als der Aktuarius fort war, "Euer Lebelang müsst Ihr Euch nicht mit den Schreibern einlassen. Haltet Euch an praktische Männer. Habt Ihr das Herz, eine Wurst an eine Speckseite zu setzen, Euch ist zu helfen. Wenn Euer Schächtelein oder der Wert dafür noch in der Welt ist: ich schaff Euch die Spitzbuben wieder ins Haus." — "Wer seid Ihr, um Vergebung?" fragte der Goldschmied. — "Ich bin der Zundelfrieder", erwiderte der Fremde mit Vertrauen und mit einem recht liebenswürdig freundlichen Spitzbubengesicht.

der kann sich keine Vorstellung davon machen, wie ehrlich und gutmütig er sich anstellen und dem vorsichtigsten Menschen so unwiderstehlich das Herz und das Vertrauen abstehlen kann wie das Geld. Auch ist er in der Tat so schlimm nicht, als man ihn zwischen Bühl und Achern dafür hält. Ob nun der Goldschmied noch überdies an das Sprichwort dachte, dass man Spitzbuben am besten mit Spitzbuben fangen könne, oder ob er an ein anderes Sprichwort dachte, dass, wer das Ross geholt hat, der hole auch den Zaum (wegen einer guten Freundin will ihn der Hausfreund nicht mit Namen nennen), kurz, der Goldschmied vertraut sich dem Frieder an. "Aber ich bitte Euch", sagte er, "betrügt mich nicht." "Verlasst Euch auf mich", sagte der Frieder, "und erschreckt nicht allzusehr, wenn Ihr morgen früh wieder um etwas klüger geworden seid!" Vielleicht ist der Freister auf einer Spur? Nein, er ist noch auf keiner. Aber wer in selbiger Nacht dem Goldschmied auch noch vier Dutzend silberne Löffel, sechs silberne Salzbüchslein, sechs goldene Ringe mit kostbaren Steinen holte, das war der Frieder. Manch geneigter Leser, der auf ihn nicht viel halten will, wird denken: "Das geschah dir recht." Desto besser. Denn dem Goldschmied war es auch recht. Nämlich auf dem Tisch fand er von dem Zundelfrieder einen eigenhändigen Empfangschein, dass er obige Artikel richtig erhalten habe, und ein Schreiben, wie sich der Goldschmied nun weiter zu verhalten habe. Nämlich er zeigt jetzt nach des Frieders Anleitung den Diebstahl bei Amt an und bat um einen Augenschein. Hernach bat er den Amtmann, die verlorenen Artikel in allen Zeitungen bekannt zu machen. Hernach bat er, auch das versiegelte Schächtelein mit seiner ganzen Beschreibung mit in das Verzeichnis zu setzen, um etwas. Der Amtmann sah ins Klare und verwilligte ihm den Wunsch. "Einem honetten Goldschmied", dachte er, "kann ein Mann, der eine Haushaltung führt, etwas zum Gefallen tun."

Also verlauft es sich in alle Zeitungen, dem Goldschmied sei
gestohlen worden das und das, unter andern ein
Schächtelein so und so mit vielen kostbaren Edelgesteinen,
die alle benannt wurden. Die Nachricht kam bis nach
Augsburg. "Löb", schmunzelte dort ein böhmischer Jud dem
andern zu, "der Goldschmied wird nie erfahren, was in dem
Schächtelein war. Weisst du, dass es ihm gestohlen ist?" -
"Desto besser", sagte der Löb, "so muss er uns auch unser
Geld zurückgeben und hat gar nichts." Kurz, die Betrüger
gehn dem Frieder in die Falle und kommen wieder zu dem
Goldschmied. "Seid so gut und gebt uns itzt das
Schächtelein! Nicht wahr, wir haben Euch ein wenig lange
warten lassen?"—"Liebe Herren", erwiderte der Goldschmied,
"euch ist unterdessen ein grosses Unglück geschehen, das
Schächtelein ist euch gestohlen. Habt ihr's noch in keiner
Zeitung gelesen?" Der Löb erwiderte mit ruhiger Stimme:
"Das wäre uns leid, aber das Unglück wird wohl auf Eurer
Seite sein. Ihr liefert uns das Schächtelein ab, wie wir's Euch
in die Hände gegeben haben, oder Ihr gebt uns unser
vorausbezahltes Geld zurück. Die Krönung ist ohnehin
vorüber."—Man sprach hin, man sprach her, "und das
Unglück wird eben doch auf Euerer Seite sein", nahm
wieder der Goldschmied das Wort. Denn im nämlichen
Augenblick traten jetzt mit seiner Frau vier Hatschiere in die
Stube, handfeste Männer, wie sie sind, und fassten die
Spitzbuben. Das Schächtelein war nimmer aufzutreiben,
aber das Zuchthaus und so viel Geld und Geldeswert, als
nötig war, den Goldschmied zu bezahlen. Aus Dankbarkeit
zerriss der Goldschmied hernach den Empfangschein des
Frieders. Aber der Frieder brachte ihm alles wieder und
verlangte nichts für seinen guten Rat. "Wenn ich einmal
etwa von Euerer Ware benötiget bin", sagte er, "so weiss ich
ja jetzt den Weg in Euern Laden und zu Euerm Kästlein.
Wenn ich nur alle Spitzbuben zu Grunde richten könnte",

Mancherlei gute Lehren

Die Menschen nehmen oft ein kleines Ungemach viel schwerer auf und tragen es ungeduldiger als ein grosses Unglück, und der ist noch nicht am schlimmsten daran, der viel zu klagen hat und alle Tage etwas anders. Erfahrung und Übung im Unglück lehrt schweigen. Aber wenn ihr einen Menschen wisst, der nicht klagt und doch nicht fröhlich sein kann, ihr fragt ihn, was ihm fehle, und er sagt's euch kurz und gut oder gar nicht, dem sucht ein gutes Zutrauen abzugewinnen, wenn ihr es wert seid, und ratet und helft ihm, wenn ihr könnt.

Mancherlei gute Lehren 2

Ist denn der Mensch deswegen so schlimm und so schlecht, weil die bösen Neigungen zuerst in seinem Herzen erwachen und das Gute nur durch Erziehung und Unterricht bei ihm anschlägt? Euer bester Ackerboden trägt doch auch nur Gras und Unkraut aus eigener Kraft, und euer Leben lang keine Weizenernte; und ein dürres Sandfeld, das nicht einmal aus eigener Kraft Unkraut treibt, wird auch euern Fleiss und eure Hoffnung nie mit einer Fruchtgarbe erfreuen. Aber wenn ihr den guten Boden ansäet zu rechter Zeit, sein wartet und pfleget, wie sich's gebühret, so steigt im Morgentau und Abendregen doch eine fröhliche Saat empor, und die Raden und Kornrosen und mancherlei taubes Gras möchte gern, aber es kann nicht mehr emporkommen. Die gesunde Ähre schwankt in der Luft und füllt sich mit kostbaren Körnern. So ist es mit

wir daraus? Man muss nicht unzeitig klagen und hadern
und die Hoffnung aufgeben, ehe sie erfüllt werden kann.
Man muss den Fleiss, die Mühe und Geduld, die man an
eine Handvoll Fruchthalmen gerne verwendet, an den
eigenen Kindern sich nicht verdriessen lassen. Man muss
dem Unkraut zuvorkommen und guten Samen, schöne
Tugenden in das weiche, zarte Herz hineinpflanzen und
Gott vertrauen, so wird's besser werden.

Mancherlei gute Lehren 3

Man vergisst im menschlichen Leben nichts so leicht als das
Multiplizieren, wenn man es noch so gut in der Schule
gelernt hat und kann. Und doch lernt man in der Schule für
das Leben, und die Weisheit besteht nicht im Wissen,
sondern in der rechten Anwendung und Ausübung davon.

Es kann jemand einen Tag in den andern nur einen
Groschen unnötigerweise ausgeben. Mancher, der den
Groschen übrig hat, tut es und meint, es sei nicht viel. Aber
in einem Jahr sind es 365 Groschen und in dreissig Jahren
10950 Groschen. Facit 547 Gulden 30 Kreuzer
weggeworfenes Geld, und das ist doch viel.

Ein anderer kann einen Tag in den andern zwei Stunden
unnütz und im Müssiggang zubringen und meint jedesmal,
für heute lasse es sich verantworten. Das multipliziert sich
in einem Jahr zu 730 Stunden und in dreissig Jahren zu
21900 Stunden. Facit 912 verlorne Tage des kurzen Lebens.
Das ist noch mehr als 547 Gulden, wer's bedenkt. - Die Erde
hat 5400 Deutsche Meilen oder 10800 Stunden im Umkreis.
Das ist ein weiter Weg. Aber wenn man in gerader Linie
fortgehen könnte, und es wollte jemand jeden Tag nur eine
Stunde daran zurücklegen, so könnte er im dreissigsten Jahr

bei guter Zeit wieder daheim sein. Oder wenn er jeden Tag
zehn Stunden auf seine Reise verwenden wollte, so könnte
er in zehn Jahren zehnmal um die ganze grosse Erde
herumkommen. Daraus ist zu lernen, wie weit ein Mensch
in seinem Leben es nach und nach bringen kann, wenn er
zu einem nützlichen Geschäft jeden Tag nur eine Stunde
anwenden will, und wieviel weiter noch, wenn er alle Tage
dazu benutzt, besser und vollkommener zu werden und
sein eigenes Wohl und das Wohl der Seinigen zu befördern.
Aber wer nie anfängt, der hört nie auf, und wem wenig auf
einmal nicht genug ist, der erfährt nie, wie man nach und
nach zu vielem kommt.

Mancherlei gute Lehren 4

Zum Erwerben eines Glücks gehört Fleiss und Geduld und
zur Erhaltung desselben gehört Mässigung und Vorsicht.
Langsam und Schritt für Schritt steigt man eine Treppe
hinauf. Aber in einem Augenblick fällt man hinab und
bringt Wunden und Schmerzen genug mit auf die Erde.

Mancherlei gute Lehren 5

Es sagt ein altes Sprichwort: Selber essen macht fett. Ich will
noch ein paar dazusetzen: Selber Achtung geben macht
verständig. Und selber arbeiten macht reich. Wer nicht mit
eigenen Augen sieht, sondern sich auf andere verlässt, und
wer nicht selber Hand anlegt, wo es nötig ist, sondern
andere tun lässt, was er selber tun soll, der bringt's nicht
weit, und mit dem Fettwerden hat es bald ein Ende.

Mancherlei gute Lehren 6

Ein anderes Sprichwort heisst so: Wenn man den Teufel an
die Wand malt, so kommt er. Das sagt mancher und
versteht's nicht. Den bösen Geist kann man eigentlich nicht
an die Wand malen, sonst wäre es kein Geist. Auch kann er
nicht kommen. Denn er ist mit Ketten der Finsternis in die
Hölle gebunden. Was will denn das Sprichwort sagen?
Wenn man viel an das Böse denkt und sich dasselbe in
Gedanken vorstellt oder lang davon spricht, so kommt
zuletzt die Begierde zu dem Bösen in das Herz, und man
tut's. Soll der böse Feind nicht kommen, so mal' ihn nicht
an die Wand! Willst du das Böse nicht tun, so denke nicht
daran, wo du gehst und stehst, und sprich nicht davon, als
wenn es etwas Angenehmes und Lustiges wäre.

Mancherlei gute Lehren 7

Einmal ist keinmal. Dies ist das verlogenste und schlimmste
unter allen Sprichwörtern, und wer es gemacht hat, der war
ein schlechter Rechnungsmeister oder ein boshafter. Einmal
ist wenigstens einmal und daran lässt sich nichts
abmarkten. Wer einmal gestohlen hat, der kann sein Leben
lang nimmer mit Wahrheit und mit frohem Herzen sagen:
"Gottlob! ich habe mich nie an fremdem Gut vergriffen."
Und wenn der Dieb erhascht und gehenkt wird, alsdann ist
einmal nicht keinmal. Aber das ist noch nicht alles, sondern
man kann meistens mit Wahrheit sagen: Einmal ist zehnmal
und hundert- und tausendmal. Denn wer das Böse einmal
angefangen hat, der setzt es gemeiniglich auch fort. Wer A
gesagt hat, der sagt auch gern B, und alsdann tritt zuletzt
ein anderes Sprichwort ein, dass der Krug so lange zum
Brunnen gehe, bis er bricht.

Mancherlei gute Lehren 8

Nun kommen zwei Sprichwörter, und die sind beide wahr, wenn sie schon einander widersprechen. Von zwei unbemittelten Brüdern hatte der eine keine Lust und keinen Mut, etwas zu erwerben, weil ihm das Geld nicht zu den Fenstern hineinregnete. Er sagte immer: "Wo nichts ist, kommt nichts hin." Und so war es auch. Er blieb sein Leben lang der arme Bruder Wonichtsist, weil es ihm nie der Mühe wert war, mit einem kleinen Ersparnis den Anfang zu machen, um nach und nach zu einem grössern Vermögen zu kommen. So dachte der jüngere Bruder nicht. Der pflegte zu sagen: "Was nicht ist, das kann werden." Er hielt das wenige, was ihm von der Verlassenschaft der Eltern zu teil geworden war, zu Rat und vermehrte es nach und nach durch eigenes Ersparnis, indem er fleissig arbeitete und eingezogen lebte.

Anfänglich ging es hart und langsam. Aber sein Sprichwort: Was nicht ist, kann werden, gab ihm immer Mut und Hoffnung. Mit der Zeit ging es besser. Er wurde durch unverdrossenen Fleiss und Gottes Segen noch ein reicher Mann und ernährt jetzt die Kinder des armen Bruders Wonichtsist, der selber nichts zu beissen und zu nagen hat.

Mancherlei gute Lehren 9

"Ein Narr fragt viel, worauf kein Weiser antwortet." Das muss zweimal wahr sein. Fürs erste kann gar wohl der einfältigste Mensch eine Frage tun, worauf auch der weiseste keinen Bescheid zu geben weiss. Denn Fragen ist leichter als

leichter als Kommen. Fürs andere könnte manchmal der
Weise wohl eine Antwort geben, aber er will nicht, weil die
Frage einfältig ist oder wortwitzig, oder weil sie zur Unzeit
kommt. Gar oft erkennt man ohne Mühe den einfältigen
Menschen am Fragen und den verständigen am Schweigen.
Da heisst es alsdann: Keine Antwort ist auch eine Antwort.
Von dem Doktor Luther verlangte einst jemand zu wissen,
was wohl Gott vor Erschaffung der Welt die lange, lange
Ewigkeit hindurch getan habe. Dem erwiderte der fromme
und witzige Mann: in einem Birkenwald sei der liebe Gott
gesessen und habe zur Bestrafung für solche Leute, die
unnütze Fragen tun, Ruten geschnitten.

Mancherlei gute Lehren 10

"Rom ist nicht in einem Tage erbaut worden." Damit
entschuldigen sich viele fahrlässige und träge Menschen,
welche ihr Geschäft nicht treiben und vollenden mögen und
schon müde sind, ehe sie recht anfangen. Mit dem Rom ist es
aber eigentlich so zugegangen. Es haben viele fleissige
Hände viele Tage lang vom frühen Morgen bis zum späten
Abend unverdrossen daran gearbeitet und nicht abgelassen,
bis es fertig war und der Hahn auf dem Kirchturm stand. So
ist Rom entstanden! Was du zu tun hast, mach's auch so!

Mancherlei gute Lehren 11

"Frisch gewagt, ist halb gewonnen." Daraus folgt: "Frisch
gewagt, ist auch halb verloren." Das kann nicht fehlen.
Deswegen sagt man auch: "Wagen gewinnt, Wagen verliert."
Was muss also den Ausschlag geben? Prüfung, ob man
auch die Kräfte habe zu dem, was man wagen will,

Überlegung, wie es anzufangen sei, Benutzung der günstigen Zeit und Umstände, und hintennach, wenn man sein mutiges A gesagt hat, ein besonnenes B und ein bescheidenes C. Aber so viel muss wahr bleiben: wenn etwas Gewagtes soll unternommen werden und kann nicht anders sein, so ist ein frischer Mut zur Sache der Meister, und der muss dich durchreissen. Aber wenn du immer willst und fangst nie an, oder du hast schon angefangen, und es reut dich wieder und willst, wie man sagt, auf dem trockenen Lande ertrinken, guter Freund, dann ist "schlecht gewagt ganz verloren".

Mancherlei gute Lehren 12

Ende gut, alles gut. Ist nicht so zu verstehen: wenn du ein Jahr lang in einem Hause zu bleiben hast, so führe dich 364 Tage lang bengelhaft auf, und am 31. Dezember werde manierlich. Sondern es gibt Leute, die manierlich sein können bis ans Ende, und wenn's nimmer lang währt, so werden sie ungezogen, trotzig, sagen: "Ich bin froh, dass es nimmer lang währt", und die andern denken's auch. Für diese ist das Sprichwort.

Item, es gibt Dinge, ob sie gut oder bös sind, kann erst das Ende lehren. Z. B. du bist krank, möchtest gern essen, was dir der Arzt verbietet, gern auf die Gasse giessen, was du trinken musst, aber du wirst gesund—oder du bist in der Lehre und meinst manchmal, der Lehrherr sei wunderlich, aber du wirst durch seine Wunderlichkeit ein geschickter Weissgerber oder Orgelmacher;—oder du bist im Zuchthaus, der Zuchtmeister könnte dir wohl die Suppe fetter machen, aber du wirst durch Wasser und Brot nicht nur gesättigt, sondern auch gebessert. Dann lehrt das gute Ende, dass alles gut war.

Merkwürdige Gespenstergeschichte

Verwichenen Herbst fuhr ein fremder Herr durch
Schliengen, so ein schöner, braver Ort ist. Den Berg hinauf
aber ging er zu Fuss wegen den Rossen und erzählte einem
Grenzacher folgende Geschichte, die ihm selber begegnet ist.

Als der Herr ein halbes Jahr vorher nach Dänemark reiste,
kommt er auf den späten Abend in einen Flecken, wo nicht
weit davon auf einer Anhöhe ein sauberes Schlösslein stand,
und will über Nacht bleiben. Der Wirt sagt, er habe keinen
Platz mehr für ihn, es werde morgen einer gerichtet, und
seien schon drei Scharfrichter bei ihm über Nacht. So
erwidert der Herr: "Ich will denn dort in das Schlösslein
gehen. Der Zwingherr, oder wem es angehört, wird mich
schon hineinlassen und ein leeres Bett für mich haben." Der
Wirt sagt: "Manch schönes Bett mit seidenen Umhängen
steht aufgeschlagen in den hohen Gemächern; und die
Schlüssel hab' ich in Verwahrung. Aber ich will es Euch
nicht raten. Der gnädige Herr ist schon vor einem
Vierteljahr mit seiner Frau und mit dem Junker auf eine
weite Reise gezogen, und seit der Zeit wüten im Schlösslein
die Gespenster. Der Schlossvogt und das Gesinde konnten
nimmer bleiben; und wer seitdem in das Schlösslein
gekommen ist, der geht zum zweiten Mal nimmer hinein."
Darüber lächelt der fremde Herr; denn er war ein herzhafter
Mann, der nichts auf die Gespenster hielt, und sagt: "Ich
will's probieren." Trotz aller Widerrede musste ihm der Wirt
den Schlüssel geben; und nachdem er sich mit dem Nötigen
zu einem Gespensterbesuch versehen hatte, ging er mit dem
Bedienten, so er bei sich hatte, in das Schloss. Im Schloss

kleidete er sich nicht aus, wollte auch nicht schlafen, sondern abwarten, was geschieht. Zu dem Ende stellte er zwei brennende Lichter auf den Tisch, legte ein Paar geladene Pistolen daneben, nahm zum Zeitvertreib den Rheinländischen Hausfreund, so in Goldpapier eingebunden an einem roten, seidenen Bändelein unter der Spiegelrahmen hing, und beschaute die schönen Bilder. Lange wollte sich nichts spüren lassen. Aber als die Mitternacht im Kirchturm sich rührte und die Glocke zwölf schlug, eine Gewitterwolke zog über das Schloss weg, und die grossen Regentropfen schlugen an die Fenster, da klopfte es dreimal stark an die Türe, und eine fürchterliche Gestalt mit schwarzen, schielenden Augen, mit einer halbellenlangen Nase, fletschenden Zähnen und einem Bocksbart, zottig am ganzen Leib, trat in das Gemach und brummte mit fürchterlicher Stimme: "Ich bin der Grossherr Mephistopholes. Willkomm in meinem Palast! Und habt Ihr auch Abschied genommen von Frau und Kind?" Dem fremden Herrn fuhr ein kalter Schauer vom grossen Zehen an über den Rücken hinauf, bis unter die Schlafkappe, und an den armen Bedienten darf man gar nicht denken. Als aber der Mephistopholes mit fürchterlichen Grimassen und hochgehobenen Knien gegen ihn herkam, als wenn er über lauter Flammen schreiten müsste, dachte der arme Herr: In Gottes Namen, jetzt ist's einmal so, und stand herzhaft auf, hielt dem Ungetüm die Pistolen entgegen und sprach: "Halt oder ich schiess'!" Mit so etwas lässt sonst nicht jedes Gespenst sich schrecken, denn wenn man auch schiessen will, so geht's nicht los, oder die Kugel fährt zurück und trifft nicht den Geist, sondern den Schütz. Aber Mephistopholes hob drohend den Zeigfinger in die Höhe, kehrte langsam um und ging mit ebensolchen Schritten, als er gekommen war, wieder fort. Als aber der Fremde sah, dass dieser Satan Respekt vor dem Pulver hatte, dachte er: Jetzt ist keine Gefahr mehr, und

und ging dem Gespenst, das langsam einen Gang
hinabschritt, ebenso langsam nach, und der Bediente
sprang, so schnell er konnte, hinter ihm zum Tempel hinaus
und ins Ort, dachte, er wolle lieber bei den Scharfrichtern
über Nacht sein als bei den Geistern.—Aber auf dem Gang
auf einmal verschwindet der Geist vor den Augen seines
kühnen Verfolgers, und war nicht anders, als wäre er in den
Boden geschlupft. Als aber der Herr noch ein paar Schritte
weiter gehen wollte, um zu sehen, wo er hingekommen,
hörte auf einmal unter seinen Füssen der Boden auf, und er
fiel durch ein Loch hinab, aus welchem ihm Feuerglast
entgegenkam, und er glaubte selber, jetzt geh' es an einen
andern Ort. Als er aber ungefähr zehn Fuss tief gefallen war,
lag er zwar unbeschädigt auf einem Haufen Heu in einem
unterirdischen Gewölb. Aber sechs kuriose Gesellen standen
um ein Feuer herum, und der Mephistopholes war auch da.
Allerlei wunderbares Geräte lag umher, und zwei Tische
lagen gehauft voll funkelnder Rössleintaler, einer schöner als
der andere. Da merkte der Fremde, wie er daran war. Denn
das war eine heimliche Gesellschaft von Falschmünzern, so
alle Fleisch und Bein hatten. Diese benutzten die
Abwesenheit des Zwingherrn, legten in seinem Schloss ihre
verborgenen Münzstöcke an, und waren vermutlich von
seinen eigenen Leuten dabei, die im Haus Bericht und
Gelegenheit wussten; und damit sie ihr heimlich Wesen
ungestört und unbeschrien treiben konnten, fingen sie den
Gespensterlärmen an, und wer in das Haus kam, wurde so
vergelstert, dass er zum zweiten Mal nimmer kam. Aber jetzt
fand der verwegene Reisende erst Ursache, seine
Unvorsichtigkeit zu bereuen, und dass er den Vorstellungen
des Wirts im Dorf kein Gehör gegeben hatte. Denn er wurde
durch ein enges Loch hinein in ein anderes finsteres Gehalt
geschoben und hörte wohl, wie sie Kriegsgericht über ihn
hielten und sagten: "Es wird das beste sein, wenn wir ihn
umbringen und danach verlochen." Aber einer sagte noch:

"Wir müssen ihn zuerst verhören, wer er ist, und wie er heisst, und wo er sich herschreibt." Als sie aber hörten, dass er ein vornehmer Herr sei und nach Kopenhagen zum König reise, sahen sie einander mit grossen Augen an, und nachdem er wieder in dem finstern Gewölb war, sagten sie: "Jetzt steht die Sache letz. Denn wenn er gemangelt wird, und es kommt durch den Wirt heraus, dass er ins Schloss gegangen ist und ist nimmer herausgekommen, so kommen über Nacht die Husaren, heben uns aus, und der Hanf ist dies Jahr wohlgeraten, dass ein Strick zum Henken nicht viel kostet." Also kündigten sie dem Gefangenen Pardon an, wenn er ihnen einen Eid ablegte, dass er nichts verraten wolle, und drohten, dass sie in Kopenhagen wollten auf ihn Achtung geben lassen; er musste ihnen auf den Eid hin sagen, wo er wohne. Er sagte: "Neben dem Wilden Mann linker Hand in dem grossen Haus mit grünen Läden." Danach schenkten sie ihm Burgunderwein ein zum Morgentrunk, und er schaute ihnen zu, wie sie Rössleintaler prägten bis an den Morgen. Als aber der Tag durch die Kellerlöcher hinabschien und auf der Strasse die Geisseln knallten, und der Kuhhirt hürnte, nahm der Fremde Abschied von den nächtlichen Gesellen, bedankte sich für die gute Bewirtung und ging mit frohem Mute wieder in das Wirtshaus, ohne daran zu denken, dass er seine Uhr und seine Tabakspfeife und die Pistolen habe liegen lassen. Der Wirt sagte: "Gottlob, dass ich Euch wieder sehe, ich habe die ganze Nacht nicht schlafen können. Wie ist es Euch gegangen?" Aber der Reisende dachte: Ein Eid ist ein Eid, und um sein Leben zu retten, muss man den Namen Gottes nicht missbrauchen, wenn man's nicht halten will. Deswegen sagte er nichts, und weil jetzt das Glöcklein läutete und der arme Sünder hinausgeführt wurde, so lief alles fort. Auch in Kopenhagen hielt er nachher reinen Mund und dachte selber fast nicht mehr daran. Aber nach

waren darin ein Paar neue, mit Silber eingelegte Pistolen
von grossem Wert, eine neue goldene Uhr mit kostbaren
Demantsteinen besetzt, eine türkische Tabakspfeife mit einer
goldenen Kette daran und eine seidene, mit Gold gestickte
Tabaksblase und ein Brieflein drin. In dem Brieflein stand:
"Dies schicken wir Euch für den Schrecken, so Ihr bei uns
ausgestanden, und zum Dank für Euere Verschwiegenheit.
Jetzt ist alles vorbei, und Ihr dürft es erzählen, wem Ihr
wollt." Deswegen hat's der Herr dem Grenzacher erzählt,
und das war die nämliche Uhr, die er oben auf dem Berg
herauszog, als es in Hertingen Mittag läutete, und schaute,
ob die Hertinger Uhr recht geht, und sind ihm hernach im
Storken zu Basel von einem französischen General 75 neue
Dublonen darauf geboten worden. Aber er hat sie nicht
drum geben.

Merkwürdige Schicksale eines jungen Engländers

Eines Tages reiste ein junger Engländer auf dem Postwagen
zum ersten Mal in die grosse Stadt London, wo er von den
Menschen, die daselbst wohnen, keinen einzigen kannte als
seinen Schwager, den er besuchen wollte, und seine
Schwester, so des Schwagers Frau war. Auch auf dem
Postwagen war neben ihm niemand als der Kondukteur, das
ist der Aufseher über den Postwagen, der auf alles
achthaben und an Ort und Stelle über die Briefe und Pakete
Red und Antwort geben muss; und die zwei Reisekameraden
dachten damals auch nicht daran, wo sie einander das
nächste Mal wieder sehen würden. Der Postwagen kam erst
in der tiefen Nacht in London an. In dem Posthause konnte
der Fremde nicht über Nacht bleiben, weil der Postmeister
daselbst ein vornehmer Herr ist und nicht wirtet, und des
Schwagers Haus wusste der arme Jüngling in der

ungeheuer grossen Stadt bei stockfinsterer Nacht so wenig zu finden als in einem Wagen voll Heu eine Stecknadel. Da sagte zu ihm der Kondukteur: "Junger Herr, kommt Ihr mit mir! Ich bin zwar auch nicht hier daheim, aber ich habe, wenn ich nach London komme, bei einer Verwandten ein Stüblein, wo zwei Betten stehen. Meine Base wird Euch schon beherbergen, und morgen könnt Ihr Euch alsdann nach Eures Schwagers Haus erkundigen, wo Ihr's besser finden werdet." Das liess sich der junge Mensch nicht zweimal sagen. Sie tranken bei der Frau Base noch einen Krug englisches Bier, das noch besser sein soll als das Donaueschinger oder Säckinger, so doch auch nicht schlecht ist, assen eine Knackwurst dazu und legten sich dann schlafen. In der Nacht kam den Fremden eine Notdurft an, und musst' hinausgehen. Da war er übler dran als noch nie. Denn er wusste in seiner dermaligen Nachtherberge, so klein sie war, so wenig Bericht, als ein paar Stunden vorher in der grossen Stadt. Zum Glück aber wurde der Kondukteur auch wach und sagte ihm, wie er gehen müsse, links und rechts und wieder links. "Die Türe", fuhr er fort, "ist zwar verschlossen, wenn Ihr an Ort und Stelle kommt, und wir haben den Schlüssel verloren. Aber nehmt in meinem Rockelorsack mein grosses Messer mit und schiebt es zwischen dem Türlein und dem Pfosten hinein, so springt inwendig die Falle auf. Geht nur dem Gehör nach! Ihr hört ja die Themse rauschen, und zieht etwas an, die Nacht ist kalt." Der Fremde erwischte in der Geschwindigkeit und in der Finsternis das Kamisol des Kondukteurs statt des seinen, zog es an und kam glücklich an den Platz. Denn er schlug es nicht hoch an, dass er unterwegs einmal den Rang zu kurz genommen hatte, so dass er mit der Nase an ein Eck anstiess und wegen dem hitzigen Bier, so er getrunken hatte, entsetzlich blutete. Allein ob dem starken Blutverlust und der Verkältung bekam er eine Schwäche und schlief ein. Der nachtfertige Kondukteur nicht, wo sein Schlafkamerad so lange bleibt, bis er auf der Gasse einen Lärm vernahm; da fiel ihm im halben Schlaf der Gedanke ein: "Was gilt's, der arme Teufel ist an die Haustüre kommen, ist auf die Gasse hinausgegangen und gepresst worden." Denn wenn die Engländer viel Volk auf ihre Schiffe brauchen, so gehen unversehens bestellte starke Männer nachts in den gemeinen Wirtsstuben, in verdächtigen Häusern und auf der Gasse herum, und wer ihnen alsdann in die Hände kommt und tauglich ist, den fragen sie nicht lange: "Landsmann, wer bist du?" oder "Landsmann, wer seid Ihr?" sondern machen kurzen Prozess, schleppen ihn—gern oder ungern—fort auf die Schiffe, und Gott befohlen! Solch eine nächtliche Menschenjagd nennt man Pressen; und deswegen sagte der Kondukteur: "Was gilt's, der arme Teufel ist gepresst worden?"—In dieser Angst sprang er eilig auf, warf seinen Rockelor um sich und eilte auf die Gasse, um womöglich den armen Schelm zu retten. Als er aber eine Gasse und zwei Gassen weit dem Lärmen nachgegangen war, fiel er selber den Pressern in die Hände, wurde auf ein Schiff geschleppt—ungern—und den andern Morgen weiters. Weg war er. Nachher kam der junge Mensch im Hause wieder zu sich, eilte, wie er war, in sein Bette zurück, ohne den Schlafkameraden zu mangeln, und schlief bis in den Tag. Unterdessen wurde der Kondukteur um acht Uhr auf der Post erwartet, und als er immer und immer nicht kommen wollte, wurde ein Postbedienter abgeschickt, ihn zu suchen. Der fand keinen Kondukteur, aber einen Mann mit blutigem Gewand im Bett liegen, auf dem Gang ein grosses offenes Messer, Blut bis auf den Abtritt und unten rauschte die Themse. Da fiel ein böser Verdacht auf den blutigen Fremdling, er habe den Kondukteur ermordet und in das Wasser geworfen. Er wurde in ein Verhör geführt, und als man ihn visitierte und in den Taschen des Kamisols, das er noch immer anhatte, einen ledernen Geldbeutel fand mit

dem wohlbekannten silbernen Petschaftring des
Kondukteurs am Riemen befestigt, da war es um den armen
Jüngling geschehn. Er berief sich auf seinen Schwager,—
man kannte ihn nicht; auf seine Schwester,—man wusste
von ihr nichts. Er erzählte den ganzen Hergang der Sache,
wie er selber sie wusste. Aber die Blutrichter sagten: "Das
sind blaue Nebel, und Ihr werdet gehenkt." Und wie gesagt,
so geschehn, noch am nämlichen Nachmittag nach
engländischem Recht und Brauch. Mit dem engländischen
Brauch aber ist es so: weil in London der Spitzbuben viele
sind, so macht man mit denen, die gehenkt werden, kurzen
Prozess, und bekümmern sich nicht viele Leute darum, weil
man's oft sehen kann. Die Missetäter, soviel man auf einmal
hat, werden auf einen breiten Wagen gesetzt und bis unter
den Galgen geführt. Dort hängt man den Strick in den
bösen Nagel ein, fahrt alsdann mit dem Wagen unter ihnen
weg, lässt die schönen Gesellen zappeln und schaut nicht
um. Allein in England ist das Hängen nicht so schimpflich
wie bei uns, sondern nur tödlich. Deswegen kommen
nachher die nächsten Verwandten des Missetäters und ziehn
so lange unten an den Beinen, bis der Herr Vetter oben
erstickt. Aber unserm Fremdling tat niemand diesen
traurigen Dienst der Liebe und Freundschaft an, bis abends
ein junges Ehepaar Arm in Arm auf einem Spaziergang von
ungefähr über den Richtplatz wandelte und im Vorbeigehen
nach dem Galgen schaute. Da fiel die Frau mit einem lauten
Schrei des Entsetzens in die Arme ihres Mannes:
"Barmherziger Himmel, da hängt unser Bruder!" Aber noch
grösser wurde der Schrecken, als der Gehenkte bei der
bekannten Stimme seiner Schwester die Augenlider
aufschlug und die Augen fürchterlich drehte. Denn er lebte
noch. (Und das Ehepaar, das vorüberging, war die
Schwester und der Schwager.) Der Schwager aber, der ein
entschlossener Mann war, verlor die Besinnung nicht,
sondern dachte in der Schnelle

entlegen, die Leute hatten sich verlaufen, und um Geld und gute Worte gewann er ein paar beherzte und vertraute Bursche, die nahmen den Gehenkten, mir nichts, dir nichts, ab, als wenn sie das Recht dazu hätten, und brachten ihn glücklich und unbeschrien in des Schwagers Haus. Dort ward er in wenig Stunden wieder zu sich gebracht, bekam ein kleines Fieber und wurde unter der lieben Pflege seiner getrösteten Schwester bald wieder völlig gesund. Eines Abends aber sagte der Schwager zu ihm: "Schwager! Ihr könnt nun in dem Land nicht bleiben. Wenn Ihr entdeckt werdet, so könnt Ihr noch einmal gehenkt werden, und ich dazu. Und wenn auch nicht, so habt Ihr ein Halsband an Eurem Hals getragen, das für Euch und Eure Verwandten ein schlechter Staat war. Ihr müsst nach Amerika. Dort will ich für Euch sorgen." Das sah der gute Jüngling ein, ging bei der ersten Gelegenheit in ein vertrautes Schiff und kam nach 80 Tagen glücklich in dem Seehafen von Philadelphia an. Als er aber hier an einem landfremden Orte mit schwerem Herzen wieder an das Ufer stieg, und als er eben bei sich selber dachte: "Wenn mir doch Gott auch nur einen einzigen Menschen entgegenführte, der mich kennt", siehe, da kam in armseliger Schiffskleidung der Kondukteur. Aber so gross sonst die Freude des unverhofften Wiedersehens an einem solchen fremden Orte ist, so war doch hier der erste Willkomm schlecht genug. Denn auf vorstehender Abbildung kann man sehen: Ziffer 1 den Kondukteur, wie er mit geballter Faust auf den Ankömmling losgeht; er sagt zu ihm: "Wo führt Euch der Böse her, Ihr verdammter Nachtläufer? Wisst Ihr, dass ich wegen Euch bin gepresst worden?" Und Ziffer 2 sieht man den jungen Engländer, der die Hand auch nicht im Sack hat, der antwortet: "Goddam, Ihr vermaledeiter Überall und Nirgends, wisst Ihr, dass man wegen Euch mich gehenkt hat?"

Ziffer 3 aber sieht man das Wirtshaus zu den drei Kronen in

Philadelphia. Dort kamen sie des andern Tages wieder zusammen, erzählten sich ihre Schicksale und wurden wieder die besten Freunde; und der junge Engländer, der in einem Handlungshaus gute Geschäfte machte, ruhte nicht eher, als bis er seinen guten Freund loskaufen und nach London zurückschicken konnte. Er selbst wurde in Amerika ein reicher Kaufmann und wohnt jetzt in der Stadt Washington, in der verlängerten neuen Herrengasse, Nr. 46.

Merkwürdiges Rechnungsexempel 5

Zwei Schäfer auf dem Felde wollten miteinander ihr Abendessen verzehren; der eine hatte fünf kleine Ziegenkäse, der andere drei. Kommt zu ihnen ein dritter Mann von der Strasse herüber. "Lasst mich mithalten für Geld und gute Worte!" Also assen sie selbdritt fünf und drei, sind acht Käslein, jeder gleichviel. Hierauf dankt ihnen der dritte Mann und schenkt ihnen acht Dublonen.

Der eine wollte nach der Anzahl seiner Käse fünf davon behalten und dem andern geben drei. Der andere sagte: "So? der Herr hat uns das Geld miteinander geschenkt, also gehören jedem vier. Was deine fünf Stücke mehr wert sind, will ich dir herausbezahlen." Da sie nicht einig werden konnten, brachten sie den Handel vor den Richter. Der geneigte Leser sinnt nach: welchem von beiden hat der Richter recht gegeben? Antwort: Keinem von beiden, sondern er sagt: "Demnach, und wie ihr mir beide die Sache vorgetragen habt, gehören dem ersten sieben Dublonen und dem andern eine, und das von Rechts wegen. Punktum."

Man meint nicht, dass der Urteilsspruch richtig sei, aber es kann sich nicht fehlen. Denn wenn man jedes Käslein in

gaben dem ersten seine 5 Käslein 15 Stücke, dem andern
seine 3 gaben 9 Stücke, zusammen 24; davon bekam also ein
jeder 8. Folglich bekam der dritte Mann von den 15 Stücken
des ersten 7. Denn 8 von 15 bleibt 7. Von den 9 Stücken des
andern aber bekam er nur noch eins. 7 und 1 tut 8. Also
gehörte auch dem ersten sieben Dublonen von Rechts
wegen u nd dem andern nur eine. Der geneigte Leser wird
ersucht, hieraus abzunehmen: erstlich, wie man manchmal
meinen kann, ein Richterspruch sei unrecht, weil man selber
nicht weiss, was recht ist; zweitens, wie misslich es sei, einen
Prozess anzufangen, so man auch glaubt, das
augenscheinlichste Recht in den Händen zu haben.

Merkwürdiges Rechnungsexempel 6

Der Hausfreund will den Herrn Provisern der
rheinländischen Hausfreundschaft noch ein
Rechnungsexempel aufzulösen geben. Item— (ein gutes
rheinländisches Rechnungsexempel muss immer mit Item
anfangen und mit Fazit schliessen.) Item der Nachtwächter
in Segringen ging aus und rief die Stunde. Als er an den
Adler kam, trat der Adlerwirt aus dem Bett an das Fenster.
"Nachtwächter, Ihr schreit und verführt einen Lärmen, dass
das halbe Dorf aus dem Schlaf auffährt, und doch versteht
man Euch nicht. Auf der Stelle ruft mir die Stunde noch
einmal und deutlich!" Der Nachtwächter dachte: Soll ich
jedem Narren die Stunde besonders rufen? Ich setze voraus,
dass die Leute schlafen. Wer heisst Euch wachen? "Wisst Ihr
was? Ich will Euch zwei Stunden auf einmal rufen", sagte er
zum Adlerwirt, "damit wir nicht so viel Mühe miteinander
haben:

Hört, Adlerwirt, und lasset Euch sagen;

Die Glocke hat—sie hat geschlagen.
Wenn Ihr die Zahl zur Hälfte brecht,
Den Drittel und den Viertel recht
Dazu addiert, habt Ihr Gewinn.
Es steckt das Ganz' und so viel drin,
Als laut mein unverdrossener Mund
Verkünden wird zur nächsten Stund'."

Nämlich das, was die Glocke geschlagen hatte, und was demnach der Wächter ausrief, ist eine Zahl, die folgende Eigenschaften hat: Wenn man die Hälfte der Zahl und den dritten Teil und den vierten Teil der Zahl zusammen addiert, so kommt mehr heraus, als die Zahl selber ausweist. Wenn man aber die Zahl selbst, die man zwar noch nicht weiss, von der addierten Summe abzieht, so bleibt gerade so viel übrig, als der Wächter in der Ordnung rufen muss, wenn er zur nächsten Stunde wieder kommt. Diese Zahl wäre nach der Regula Falsi zu rechnen.

Derjenige geneigte rheinländische Leser, der innerhalb acht Tagen nach Empfang des Kalenders das Fazit zuerst liefern wird, dessen Bildnis soll zur Ehrenauszeichnung bei der nächsten Krönungsfeier oder Feuersbrunst unter den Zuschauern im Kalender abgebildet werden.

Missverstand

Im neunziger Krieg, als der Rhein auf jener Seite von französischen Schildwachen, auf dieser Seite von schwäbischen Kreissoldaten besetzt war, rief ein Franzose zum Zeitvertreib zu der deutschen Schildwache herüber: "Filu! Filu! Das heisst auf gut deutsch: Spitzbube. Allein der ehrliche Schwabe dachte an nichts so Arges, sondern zur Antwort: "Halber viuri."

Missverstand

Von drei Schlafkameraden war der eine eben am süssen
Einschlummern, als der zweite zum dritten sprach:
"Joachim, was soll das heissen, dass du seit am Montag
nichts mehr mit mir redest, so wir doch unser Leben lang
gute Freunde gewesen sind? Hast du etwas gegen mich, so
sag's."—Der dritte erwiderte dem zweiten: "Wer mit mir
nicht redet, mit dem rede ich auch nicht, mein guter
Bartenstein. Wie man in den Wald schreit, so schreit's
wider." Darauf sagte der zweite: "So, du nennst mich mit
meinem Zunamen? Ich kann dich auch mit deinem
Zunamen nennen, mein guter Marbacher. Wie man in den
Wald schreit, so schreit's auch wider." Der dritte sagte
wieder zum zweiten: "So war's nicht gemeint, Bastian.
Übrigens halte ich den Geschlechtsnamen meines seligen
Vaters für keinen Schimpf. Ich hoffe, er hat dich als ein
ehrlicher Mann zur Taufe gehoben." Darauf entgegnete der
zweite: "Ich den meinigen auch nicht. Ich hoffe, deine
Mutter hat einen ehrlichen Mann zum Beistand. Aber man
erkennt etwas daran." Der dritte sagt: "Dein Vater ist ein
braver Mann, der meiner Mutter mit gutem Rat redlich an
die Hand geht." Der zweite sagt: "Dein Vater war auch ein
braver Mann und hat mir viel Gutes erwiesen. Aber sie
redeten miteinander." Der dritte fuhr gegen den zweiten fort:
"Eben darum. An einem andern hätt' es mich nicht
verdrossen, dass du mir den Montag keine Antwort gabst,
als ich dich zum zweiten Mal fragte, warum dich dein
Meister fortgejagt hat." Als endlich der erste des Zwistes
müde war, weil er gern hätte schlafen mögen und nicht
dazu kommen konnte, fuhr er unwillig auf und sagte: "Hat

jetzt euer Disputat bald ein Ende, oder soll ich aufstehen und den Wirt holen, dass er Frieden schaffe, oder soll ich's selber tun?" Dem erwiderte der dritte, weil er am Wort war: "Seid doch nicht wunderlich, Herr Landsmann, Ihr hört ja, wir explizieren uns nur, warum keiner von uns mit dem andern redet."

Mittel gegen Zank und Schläge

Zwei Eheleute nicht weit von Segringen lebten miteinander in Friede und Liebe, abgerechnet, dass sie bisweilen einen kleinen Wortwechsel bekamen, wenn der Mann einen Stich hatte. Alsdann gab ein Wort das andere. Das letzte aber gab gewöhnlich blaue Flecke. Zum Beispiel: "Frau", sagte der Mann, "die Suppe ist wieder nicht genug gesalzen, und ich hab' dir's doch schon so oft gesagt." Die Frau sagt: "Mir ist sie so eben recht." Der Mann bekommt etwas Röte im Gesicht. "Du unverständiges Maul, ist das eine Antwort einer Frau gegen ihren Mann? Soll ich mich nach dir richten?" Die Frau erwidert: "Draussen in der Küche ist das Salzfass. Ein ander Mal koch' dir selber, oder sieh, wer dir kocht." Der Mann wird flammenrot und wirft der Frau die Suppe samt dem Teller vor die Füsse. "Da, friss die Tränke selber!" Jetzt geht's der Frau auf, wie wenn man ein Stellbrett aufzieht, und das Wasser fliesst in die Läufe, und alle Mühlenräder gehn an, und sie überschüttet ihn mit Schmähungen und Schimpfnamen, die kein Mann gern hört, am wenigsten von einer Frau, am allerwenigsten von seiner eigenen. Der Mann aber sagt: "Ich seh' schon, ich muss dir den Rücken wieder ein wenig blau anstreichen mit dem hegebuchenen Pinsel."—Solcher Liebkosungen endlich müde, ging die Frau zu dem Pfarrherrn und klagte ihm ihre Not. Der Herr Pfarrer, der ein feiner und kluger

Mann war, merkte bald, dass die Frau durch Widersprechen
und Schimpfen gegen ihren Mann selber schuld an seinen
Misshandlungen sei. "Hat Euch mein seliger Vorfahr nie von
dem geweihten Wasser gegeben?" sagte er. "Kommt in einer
Stunde wieder zu mir!" Unterdessen goss er reines, frisches
Brunnenwasser in ein Fläschlein, das ungefähr einen
Schoppen hielt, versüsste es mit Zucker und liess ein
Tröpflein Rosenöl darein träufeln, dass es einen lieblichen
Geruch gewann. "Dieses Fläschlein", sagte er zu ihr, "müsst
Ihr in Zukunft immer bei Euch tragen, und so Euer Mann
wieder aus dem Wirtshaus kommt und will Euch Vorwürfe
machen, so nehmt ein Schlücklein davon und behaltet's im
Munde, bis er wieder zufrieden ist. Alsdann wird seine
Wunderlichkeit nie mehr in Zorn ausbrechen, und er wird
Euch keine Schläge mehr geben können." Die Frau befolgte
den Rat; das geweihte Wasser bewährte seine Kraft, und die
Nachbarsleute sagten oft zusammen: "Unsere Nachbarn
sind ganz anders geworden. Man hört nichts mehr."—
Merke!

Mohammed

Dem Mohammed wollten es anfänglich nicht alle von seinen
Landsleuten glauben, dass er ein Prophet sei, weil er noch
kein Wunder getan hatte wie Elias. Dazu sagte Mohammed
ganz gleichgültig, wie einer, der eine Pfeife Tabak raucht
und etwas dazu redet, "das Wunder", sagte er, "macht den
Propheten noch nicht aus. Wenn ihr's aber verlangt, so
werden ich und jener Berg dort geschwind beieinander
sein." Nämlich, er deutete auf einen Berg, der eine Stunde
weit oder etwas entfernt war, und rief ihm mit gebietender
Stimme, dass der Berg sich soll von seiner Stätte erheben
und zu ihm kommen. Als aber dieser keine Bewegung

machen und keine Antwort geben wollte, wiewohl keine
Antwort ist auch eine, so ergriff Mohammed sanftmütig
seinen Stab und ging zum Berg, womit er ein merkwürdiges
und nachahmungswertes Beispiel gab, auch für solche
Leute, die keine Propheten zu sein verlangen, nämlich, dass
man dasjenige, was man selbst tun kann, nicht von einem
wunderbaren Verhängnis oder von Zeit und Glück oder von
andern Menschen verlangen soll. Z.B. hast du etwas
Notwendiges und Wichtiges mit jemand zu reden, so warte
nicht, bis er zu dir kommt. Weit geschwinder und
vernünftiger gehst du zu ihm. Ein hübscher Kirschenbaum
in dem Garten wäre eine schöne Sache. Das Plätzchen
schickte sich dazu. Warte nicht, bis er selber wächst,
sondern setze einen. Ferner, ein Abzugsgraben, ein guter
Weg durch das Dorf, wenigstens ein trockener Fussweg, ein
Geländer am Wasser oder an einem schmalen Steg, damit die
Kinder nicht hineinfallen, kommt viel geschwinder
zustande, wenn man ihn macht, als wenn man ihn nicht
macht. Man sollte nicht glauben, dass es Leute gibt, denen
erst ein arabischer Prophet oder ein Kalenderschreiber so
etwas muss begreiflich machen.

Selbst der Kalenderschreiber, der doch einem Propheten
nicht viel nachgibt, — es liesse sich noch ein Wort mehr
sagen, — verlangt nicht, dass das alte Jahr fortdauern soll,
bis der neue Kalender fertig ist, sondern er schreibt den
neuen, wenn das alte noch währet.

Summa Summarum:

Schick dich in die Welt hinein,
Denn dein Kopf ist viel zu klein,
Dass die Welt sich schick' in ihn hinein.

Moses Mendelssohn

Moses Mendelssohn war jüdischer Religion und
Handlungsbedienter bei einem Kaufmann, der das Pulver
nicht soll erfunden haben. Dabei war er aber ein sehr
frommer und weiser Mann und wurde daher von den
angesehensten und gelehrtesten Männern hochgeachtet und
geliebt. Und das ist recht. Denn man muss um des Bartes
willen den Kopf nicht verachten, an dem er wächst. Dieser
Moses Mendelssohn gab unter anderm von der
Zufriedenheit mit seinem Schicksal folgenden Beweis. Denn
als eines Tages ein Freund zu ihm kam und er eben an einer
schweren Rechnung schwitzte, sagte dieser: "Es ist doch
schade, guter Moses, und ist unverantwortlich, dass ein so
verständiger Kopf, wie Ihr seid, einem Manne ums Brot
dienen muss, der Euch das Wasser nicht bieten kann. Seid
Ihr nicht am kleinen Finger gescheiter, als er am ganzen
Körper, so gross er ist?" Einem andern hätt' das im Kopf
gewurmt, hätte Feder und Tintenfass mit ein paar Flüchen
hinter den Ofen geworfen und seinem Herrn aufgekündigt
auf der Stelle. Aber der verständige Mendelssohn liess das
Tintenfass stehen, steckte die Feder hinter das Ohr, sah
seinen Freund ruhig an und sprach zu ihm also: "Das ist
recht gut, wie es ist, und von der Vorsehung weise
ausgedacht. Denn so kann mein Herr von meinen Diensten
viel Nutzen ziehen und ich habe zu leben. Wäre ich der
Herr und er mein Schreiber, ihn könnte ich nicht
brauchen."

Pieve

Jedermann kennt die Bilder- und Landkartenhändler, die im
Land herum ihre Waren, Bildnisse von Heiligen, Bildnisse

von Kaisern und Königen und Kriegsschauplätzen feil
tragen. Aber für manchen kommen sie wie die Storken ins
Land, das heisst, er weiss nicht, woher sie kommen. Von
Pieve kommen sie, im Kanton Tessino, im Welschtirol, und
dieses Pieve dient zum Beweistum, was aus einem armen
Dorfe werden kann, wenn auf unverdrossene und sparsame
Väter ebenso brave Söhne und Enkel folgen. Und deswegen
ist an einem solchen Bildermann mehr zu sehen als an
seinen Bildern allen. Pieve hat eine unfruchtbare
Gemarkung. Der Boden nährt seine Einwohner nicht.
Lange behalfen sich daher die armen Leute mühsam und
kümmerlich mit einem Handel von Feuersteinen, der eben
nicht viel eintrug. Als aber der Besitzer der berühmten
Buch- und Kupferstichhandlung Remondini in Bassano sah,
wie unverdrossen und fleissig diese Leute waren, so
vertraute er ihnen anfangs schlechte, alsdann immer bessere
Kupferstiche und Helgen an, um damit einen bessere Handel
zu treiben. Damit durchzogen sie nun Tirol, die Schweiz
und das angrenzende Deutschland, und es ging schon
besser. Sie hatten an den gemalten Kaisern und Königen,
Propheten und Aposteln selber mehr Freude als an den
plumpen Feuersteinen. Sie trugen auch leichter daran und
hatten mehr Gewinn. Bald brachten sie es so weit, dass sie
den Kupferstichhandel aus dem Fundament verstanden und
mit eigenem Gelde treiben konnten. Und was fast
unglaublich ist, sie bildeten in kurzer Zeit stehende
Handelsgesellschaften in Augsburg, Strassburg,
Amsterdam, in Hamburg, Lübeck, Kopenhagen, Stockholm,
Warschau und Berlin. In allen diesen und noch mehrern
Städten sind sie jahraus jahrein mit grossen Vorräten von
sehr kostbaren Kupferstichen und Landkarten zu finden. Ja,
eine Gesellschaft kam sogar bis nach Tobolsk in Asien, und
eine andere, welche aber missglückte, bis nach Philadelphia
in Amerika, lauter Leute aus dem armen Dörflein Pieve.

durchwandern noch viele andere von ihnen alle Länder von
Europa, besonders Deutschland, Polen, Preussen, Holland,
Dänemark, Schweden, Russland, England und Frankreich.
Alle Mannsleute in Pieve kennen diesen Handel und
beschäftigen sich damit. Vor der französischen Revolution,
als ihre Geschäfte am glücklichsten vonstatten gingen, war
zur Zeit des Sommers ausser Kindern und alten Greisen
keine männliche Person daheim, aber alle kamen mit
wohlerworbenem Gewinn zurück. Die Weiber trieben
unterdessen den Feldbau. Seit der Revolution und des Kriegs
an allen Enden und Orten hat dieser lebhafte Handel sehr
gelitten. Dennoch hat noch jede Familie von Pieve
unaufhörlich einen Mann auf der Reise. Schon in der frühen
Jugend begleitet der Sohn den Vater auf seinen Zügen, und
wird dieser alt, so überlässt er dem Sohn das Geschäft und
bringt seine Jahre daheim in Ruhe und Wohlstand und mit
Ehren zu.

Das sind nun die Bilderhändler von Pieve. Der Rheinische
Hausfreund kennt fast alle, die am Rhein auf und ab auf den
Strassen sind und zieht vor jedem den Hut ab.

Reise nach Frankfurt

Zu ehemaligen Reichszeiten bestand auch ein grosses
Reichskammergericht zu Wetzlar, welches noch manchem
geneigtem Leser in teuerem und wertem Andenken sein
kann, wenigstens in teuerem.

Viel weltberühmte Rechtsgelehrte, Advokaten und Schreiber
sassen dort von Rechts wegen beisammen. Wer daheim
einen grossen Prozess verloren hatte, an dem nichts mehr
zu sieden und zu braten war, konnte ihn in Wetzlar noch
einmal anbrühen lassen und noch einmal verlieren.

Mancher hessische, württembergische und badische Batzen ist dorthin gewandelt und hat den Heimweg nimmer gefunden.

Als aber im Jahr 1806 der grosse Schlag auf das deutsche Reich geschah, stürzte auch das Reichskammergericht zusammen, und alle Prozesse, die darin lagen, wurden totgeschlagen, maustot, und keiner gab mehr ein Zeichen von sich, ausgenommen im Jahr 1817 in Gera in Sachsenland hat einer wieder gezuckt.

Ein Leinwandweber daselbst liest in der Dresdner Zeitung, dass der Bundestag in Frankfurt sich mit dem Unterhalt der Angehörigen des Reichskammergerichts lebhaft beschäftige. Nämlich, dass der Bundestag für den Unterhalt und die Schadloshaltung der Räte, Advokaten und Schreiber sorgen wollte, welche seit 1806 keinen Sold mehr zogen und nichts mehr zu verdienen hatten, ob sie gleich täglich, wie die andern, Mittag läuten hörten und schöne Schilde sahen an den Wirtshäusern.

Auf dem Speicher des Leinewebers aber fing es auf einmal an in den Akten zu rauschen, fast wie in den Totenbeinen, von welchen der Prophet Ezechiel schreibt. Der Leineweber glaubte nämlich nichts anders, als das Reichskammergericht habe nur einen neuen Rock angezogen und heisse nun Bundestag, und der Bundestag habe nichts Wichtigeres zu tun, als die alten Prozesse, wenigstens seinen, wieder anzuzetteln.

Also liess er sich einen guten Pass nach Frankfurt schreiben, und mit Akten schwer beladen trat er die lange Reise an. Als er aber in Frankfurt angekommen war, war sein erstes, er fragte die Schildwache am Tor, wo der Bundestag sich angesetzt habe in Frankfurt. Die Schildwache erwiderte, sie

Innern der Stadt geschehe. Ihres Wissens aber, seit sie
dastehe, seie kein Bundestag einpassiert. Da fing der
Leineweber im Fortgehen an sich zu betrüben und zu
ergrimmen: "O Deutsche, sagte er in seinem Innern, .wie tief
seid ihr gesunken! Ein Deutscher zu sein, noch dazu eine
Frankfurter Schildwache, und nichts vom Bundestag
wissen!" "Guter Freund", sagte er zu einem Vorbeigehenden,
"könnt Ihr mir auch nicht sagen, wo der Bundestag sein
Wesen hat?" Der Vorübergehende konnte es auch nicht
sagen. "O Patriotismus", fuhr er mit sich selber fort, "wohin
bist du verschwunden?" Fast müsse man sich schämen, ein
Deutscher zu heissen, wenn man nicht unter seinesgleichen
wäre.

"Guter Freund", redete er einen Dritten an, "wisst auch Ihr
nicht, wo hier der Bundestag einquartiert ist?"—"Lieber
guter Mann", entgegnete der Dritte, "hier ist kein Bundestag
einquartiert. Hier ist Frankfurt an der Oder. Der Bundestag
ist in Frankfurt am Main." - Der wohlerfahrene Leser weiss
nämlich zum voraus schon, dass es zwei Frankfurt gibt, die
nicht weniger als 66 Meilen voneinander entfernt sind, und
der Leineweber war im unrechten. "Ihr habt übrigens nur
noch 66 Meilen nach Frankfurt", fuhr der Dritte fort, "und
wenn Ihr da her seid, wo Ihr sagt, so seid Ihr über hier nur
63 Meilen weit umgegangen." "Das ist jetzt ein Tun", sagte
der Leineweber. "Hab' ich A gesagt, so will ich auch B sagen.

Zwanzigtausend Taler sind Geld, ohnehin bin ich es meinem
seligen Grossvater schuldig. Hat er den Prozess angefangen
und ist ein armer Mann daran geworden, so ist es meine
Schuldigkeit, dass ich ihn fortsetze und wieder reich werde."
"Ha ha", sagte der Dritte, "was gilt's, das sind Akten, die Ihr
da aufgepackt habt und fast drunter
zusammenbrecht?"—"Es sind auch noch ein wenig
Lebensmittel dabei", versetzte der Weber in kleinmütiger

Stimme, "aber nimmer viel." Der geneigte Leser fängt an, einigen Spass an der Sache zu finden. Von hier an aber bis nach Frankfurt am Main geht die Reise etwas langsam von statten. Derselbe darf herzhaft einstweilen noch ein gutes Pfeiflein stopfen, wiewohl er kann zum voraus sehen, wie alles gehen und enden wird. Denn die Chronik will wissen, dass, als einst die Phönizier erforschen wollten, ob der grosse Weltteil Afrika zu Wasser könne umfahren werden, rechneten sie die erforderliche Zeit der Reise auf ungefähr zwei Jahre; gleichwohl, als sie hinter Ägypten in dem Roten Meere sich einschifften, der bibelfeste Leser kennt's von Moses' Zeiten her, nahmen sie nicht sonderlich viel Lebensvorrat mit, aber etwas Ackergeräte. Sahen sie nun, dass die Lebensmittel bald zu Ende gehen wollten, stiegen sie an das Land, säten von Getreide und Gemüsegattungen, was die Jahreszeit mit sich brachte, wiewohl in Afrika ist fast immer Sommer und ein schneller, kräftiger Trieb in allem Wachstum. Alsdann warteten sie die Reifung ab und brachten jedes Mal nach wenigen Wochen einen neuen Vorrat in das Schiff und zogen wieder weiter, kamen auch richtig nach zwei Jahren wieder zum Vorschein durch die Meerenge von Gibraltar hinein, die der zeitungskundige Leser ebenfalls noch kennt von General Elliots Zeiten her, dessen Andenken noch bis auf diese Stunde auf Tabakspapieren gefeiert wird. Also auch der Weber auf seiner langen Reise wusste sich zu helfen, wenn Geld und Vorrat zu Ende war; "Kunst bettelt nicht", sagte er zu sich selbst im stolzen Gefühl, "Kunst geht nach Brot." Demnach, wenn er mittags oder abends in einem Städtlein oder Flecken eintraf, erkundigte er sich nach einem Zunftgenossen, und "habt Ihr nichts für mich zu weben", redet er den Meister an, "um Atzung und um einiges Zehrgeld?" Stellte ihn nun der Meister ein, so blieb er einige Tage bei ihm, bis er sich ausgefüttert und wieder einige Batzen verdient hatte, und nach Frankfurt. In Frankfurt pochte ihm das Herz hoch vor Freuden, dass er nun an dem Ziele seiner Reise sei und so nahe an seiner Geldquelle, die er jetzt nur anbohren dürfe, und als er in die Bundeskanzlei kam, gleich in der vordersten Stube, wo die Herrn sitzen, die am schönsten schreiben können, grüsste er sie freundlich und vertraut. "Findet man euch endlich einmal", sagte er, "und seid ihr jetzt hier?" Einer von den Herrn, der Vornehmste von ihnen, nimmt die Feder aus dem Mund und legt sie auf den Tisch. "Wir sind noch niemand aus dem Weg gegangen", sagte er, "und was habt Ihr hier zu schaffen? Was bringt Ihr Neues, Viereckigtes in Eurem Hängkorb? Eine Bundeslade? Es fehlt uns noch eine." "Spass", erwiderte der Weber, "meinen Prozess von Anno eintausendsiebenhundertsiebenundsechzig."— Es ist nunmehr nichts weiter an der Sache zu erzählen. Natürlich nahm sich niemand seines Prozesses an, weil der Bundestag sich mit Prozessen nicht gemein macht, und die lange, beschwerliche Reise war umsonst getan. Die Erzählung nimmt daher ein kahles Ende, der Hausfreund fühlt es. Fast soll er noch was anschiften. Statt dessen aber will er hieneben eine Abbildung des Leinewebers stiften, wie er auf der Heimreise einmal ausruht und eine Standrede hält.

"Es ist mir in diesen sechs Wochen vieles klar geworden", sagte er. "Man muss einem deutschen Manne nicht sogleich Vorwürfe machen, wenn er in Vaterlandssachen ein wenig unwissend und kaltsinnig ist. Denn man ist selber einer. Was siehest du aber den Splitter in deines Bruders Auge? Lerne zuerst selber und werde warm. Den guten Leuten in Frankfurt an der Oder ist von mir Tort geschehen. In Frankfurt am Main aber mir.

Wenn ihr in der Zeitung etwas leset oder im Plakat oder im Kräuterbuch, und versteht es nicht, lasst euch raten,

achtbare
Zuhörer, und geht um verständige Belehrung aus, ehe ihr
etwas
unternehmet, besonders wenn es ein Prozess ist.

Der beste Prozess ist ein schlechter, und auf dem Lager
bessert er sich nicht. Der Habich ist besser als der Hättich.
Friede ernährt, Unfriede zerstört.

Und nun, geliebte Akten, die ich jetzt hier ablege, gehabt
euch wohl und seid dem Mann empfohlen, der euch finden
und vielleicht glücklicher mit euch sein wird als ich."

Indem er aber die Akten absetzen wollte, klopft ihm von
hinten her ein Mann auf die Achsel, der auch desselben
Wegs ging. (Man sieht ihn aber kaum auf der Abbildung,
nichtsdestoweniger ist's der Gewürzkrämer aus dem
nächsten Städtlein—) "Guter Freund", sagte er, "mit wem
redet Ihr da so allein?" "Mit niemand", erwiderte der Weber,
"wenn Ihr mir aber meinen Prozess abkaufen wollt, mit
Euch. Lupft ihn einmal! Was gebt Ihr mir dafür?" Der Mann
sagte:

"Anderthalb Kreuzer für das Pfund, wenn das Papier daran
gut ist. Kommt mit mir." Also verkaufte er dem
Gewürzhändler die Akten für einen Gulden vierundzwanzig
Kreuzer, die vollends zum Rest der Reise hinreichten, und
kam mit leerem Korb und Beutel wieder in der Heimat an.
"An meine Frankfurter Reise", sagte er, "will ich denken.
Diesmal in Frankfurt gewesen."

Rettung einer Offiziersfrau

Es muss manchmal recht wild und blutig in der Welt

hergehen, dass die edle Denkungsart eines Menschen bekannt werde, den man nicht drum ansieht.

In Tirol, wo es während des letzten Krieges recht wild und blutig herging, da hatten sie eben einen bayerischen Stabsoffizier ermordet, und mit noch blutigen Säbeln und Mistgabeln drangen sie in das Gemach, wo seine Gattin mit ihrem Kind in dem Schoss weinte und ihr Leid Gott klagte, und wollten sie auch ermorden. "Ja", fuhr sie einer von ihnen wütend an und war der allerärgste, "für Eurer Leben gibt es kein Lösegeld, und Euer Bürschlein da hat auch bayerisch Blut in den Adern. In einer Stunde müsst Ihr sterben, zuerst Euer kleiner Sadrach, hernach Ihr.—Lasst ihr eine Stunde Zeit", sagte er zu den andern, "dass sie noch beten kann; sie ist eine katholische Christin."

Nach einer Viertelstunde aber, als sie allein war und betete, kam er wieder und sagte: "Gnädige Frau, Ihr kennt mich noch, so bitte ich Euch, Ihr wollt ob mir nicht erschrecken und nicht in Bösem aufnehmen, was ich in guter Meinung gesagt habe. Gebt mir Euer Kind unter den Mantel, so will ich es retten und zu meiner Mutter bringen, und zieht unterdessen dieses Plunder an", das er unter dem Mantel hervorzog, "so will ich's probieren, ob ich Euch mit Gottes und unserer Frauen Hilfe auch kann retten." Als er das Kind in Sicherheit gebracht hatte und wieder kam, stand sie schon da angekleidet wie ein Tiroler. Da drückte er ihr den schlappen Hut recht ins Gesicht, richtete ihr den Hosenträger besser zurecht und gab ihr seine Mistgabel in die Hand, als wenn sie auch ein Rebeller wäre und zu den Leibgardisten und Hellebardieren des Sandwirt Hofers gehörte. "Kommt denn jetzt", sagte er, "in Gottes Namen, und tretet herzhaft auf, wenn Ihr hinaus kommt, und macht Euch ein wenig breit." Als sie aber miteinander die Treppe hinabgingen, kamen die andern wieder, und: "Hast du ihr den Treff schon gegeben, Seppel?" fragte ihn einer. Da sagte er: "Nein, sie hat die Türe zugeschlossen und gebetet. Jetzt kann sie fertig sein. Ich hab' sie durchs Schlüsselloch gesehen, und sie stand eben auf, als ich durchsah." Also ging er mit ihr die Treppe hinab, und die andern stürmten an ihr vorbei, die Treppe hinauf, und während sie vor der verschlossenen Türe lärmten und pochten und in das leere Gemach hinein riefen: "Seid Ihr bald fertig? Die Türe soll bald eingetreten sein", brachte er sie auch zu seiner Mutter und gab ihr ihr Kindlein wieder, und das Kindlein lächelte, aber sie weinte und drückte es brünstig an ihr Gesicht und an ihren Busen. Also hatte sie der edle Tiroler glücklich und mit Gottes Hilfe aus den Händen ihrer Mörder errettet und hat sie hernach die Nacht hindurch auf heimlichen Wegen fortgeführt und bis an ein bayerisch Pikett gebracht, als eben die Sonne aufging. Auf nebenstehender Figur kann man sehen, wie die Sonne eben aufgeht, indem er sie ihren Landsleuten übergibt und nichts annehmen will für seine Wohltat und für seine Mühe, als ein Trünklein Bier. Nro. 1 ist der Seppel und Nro. 2 die Offiziersfrau.

Rettung vom Hochgericht

Eines Tages sagte zu sich selbst ein einfältiger Mensch: "Dumm bin ich; wenn ich mich nun auf pfiffige Streiche lege, so wird kein Mensch vermuten, dass ich's bin." Also legte er sich aufs Stehlen. Aber schon nach dem ersten Diebstahl wurde er als Täter entdeckt und überwiesen, weil er die goldene Uhr, die er gestohlen hatte, selber trug und alle Augenblicke herauszog. Einige Ratsherrn meinten, man könnte wegen seiner Einfalt etwas glimpflicher mit ihm verfahren als mit andern und ihn auf ein Jahr oder etwas ins Zuchthaus schicken. "So?" sagten die andern. "Ist's recht

genug, dass so viele verschmitzte Halunken das saubere
Handwerk treiben? Soll man für die dummen auch noch
Prämien aussetzen, damit alles stiehlt?" und sechs gegen
fünf sagten: Er muss an den Galgen. Auf der Leiter, als ihm
der Henker den Hals visitierte, sagte er zu ihm: "Guter
Freund, Ihr habt's ziemlich dick da herum sitzen, noch
dicker als hinter den Ohren. Fast hätt' ich einen längern
Strick nehmen sollen." Denn wirklich war dem armen
Schelm das Kinn ziemlich stark mit dem Hals verwachsen,
und als der Henker den Strick ohnehin ungeschickt
angebracht hatte und den armen Sünder von der Leiter
hinabstiess, glitschte dieser mit dem Kopf aus der Schlinge
heraus und fiel unversehrt herab auf die Erde. Einige
Zuschauer lachten, aber der grösste Teil erschrak und tat
einen lauten Schrei, als ob sie fürchteten, es möchte dem
Malefikanten, den sie doch wollten sterben sehn, etwas am
Leben schaden. Aber der Henker stand einige Augenblicke
wie versteinert oben auf dem Seigel und sagte endlich: "So
etwas ist mir in meinem Leben noch nie passiert." Da sagte
der Malefikant unten auf der Erde kaltblütig und mit
gequetschter Stimme: "Mir auch nicht", und alle, die es
hörten, vergassen die Ernsthaftigkeit einer Hinrichtung,
und dass auf dem Weg über das Hochgericht ein armes,
verschuldetes Gewissen an seinen ewigen Richter abgeliefert
wird, und mussten lachen. Der Blutrichter selber hielt das
Schnupftuch vor den Mund und sah auf die Seite. Die
glimpflichern Ratsherren aber ermahnten die strengern:
"Lasst jetzt den armen Ketzer laufen. Am Galgen ist er
gewesen, und mehr habt ihr nicht verlangt, und Todesangst
hat er ausgestanden." Also liessen sie den armen Ketzer
laufen.

Schlechter Gewinn

Ein junger Kerl tat vor einem Juden gewaltig gross, was er
für einen sichern Hieb in der Hand führe, und wie er eine
Stecknadel der Länge nach spalten könne mit einem Zug.
"Ja, gewiss, Mauschel Abraham", sagte er, "es soll einen
Siebzehner gelten, ich haue dir in freier Luft das Schwarze
vom Nagel weg auf ein Haar und ohne Blut." Die Wette galt,
denn der Jude hielt so etwas nicht für möglich, und das Geld
wurde ausgesetzt auf den Tisch. Der junge Kerl zog sein
Messer und hieb und verlor's, denn er hieb dem armen
Juden in der Ungeschicklichkeit das Schwarze vom Nagel
und das Weisse vom Nagel und das vordere Gelenk mit
einem Zuge rein von dem Finger weg. Da tat der Jude einen
lauten Schrei, nahm das Geld und sagte: "Au weih, ich hab's
gewonnen!"

An diesen Juden soll jeder denken, wenn er versucht wird,
mehr auf einen Gewinn zu wagen, als derselbe wert ist.

Wie mancher Prozesskrämer hat auch schon so sagen
können! Ein
General meldete einmal seinem Monarch den Sieg mit
folgenden Worten:
"Wenn ich noch einmal so siege, so komme ich allein heim."
Das
heisst mit andern Worten auch: "O weih, ich hab's
gewonnen!"

Schlechter Lohn

Als im letzten Krieg der Franzos nach Berlin kam, in die
Residenzstadt des Königs von Preussen, da wurde unter
anderm viel königliches Eigentum weggenommen und
fortgeführt oder verkauft. Denn der Krieg bringt nichts, er

manches davon zur Beute gemacht, doch nicht alles. Ein grosser Vorrat von königlichem Bauholz blieb lange unverraten und unversehrt. Doch kam zuletzt noch ein Spitzbube von des Königs eigenen Untertanen, dachte: Da ist ein gutes Trinkgeld zu verdienen und zeigte dem französischen Kommandanten mit schmunzelnder Miene und spitzbübischen Augen an, was für ein schönes Quantum von eichenen und tannenen Baustämmen noch da und da beisammen liege, woraus manch Tausend Gulden zu lösen wäre. Aber der brave Kommandant gab schlechten Dank für die Verräterei und sagte: "Lasst Ihr die schönen Baustämme nur liegen, wo sie sind. Man muss dem Feind nicht sein Notwendigstes nehmen. Denn wenn Euer König wieder ins Land kommt, so braucht er Holz zu neuen Galgen für so ehrliche Untertanen, wie Ihr einer seid."

Das muss der Rheinländische Hausfreund loben und wollte gern aus seinem eigenen Wald ein paar Stammeln auch hergeben, wenn's fehlen sollte.

Schreckliche Unglücksfälle in der Schweiz

[Hat jede Gegend ihr Liebes, so hat sie auch ihr Leides, und wer manchmal erfährt, was an andern Orten geschieht, findet wohl Ursache, zufrieden zu sein mit seiner Heimat. Hat z. B. die Schweiz viel herdenreiche Alpen, Käse und Butter und Freiheit, so hat sie auch Lawinen.] Der zwölfte Dezember des vergangenen Winters brachte für die hohen Bergtäler der Schweiz eine fürchterliche Nacht und lehrt uns, wie ein Mensch wohl täglich Ursache hat, an das Sprüchlein zu denken "Mitten wir im Leben sind mit dem Tod umfangen." Auf allen hohen Bergen lag ein tiefer, frisch gefallener Schnee. Der zwölfte Dezember brachte Tauwind und Sturm. Da dachte jedermann an grosses Unglück und betete. Wer sich und seine Wohnung für sicher hielt, schwebte in Betrübnis und Angst für die Armen, die es treffen wird, und wer sich nicht für sicher hielt, sagte zu seinen Kindern: "Morgen geht uns die Sonne nimmer auf", und bereitete sich zu einem seligen Ende. Da rissen sich auf einmal und an allen Orten von den Firsten der höchsten Berge die Lawinen oder Schneefälle los, stürzten mit entsetzlichem Tosen und Krachen über die langen Halden herab, wurden immer grösser und grösser, schossen immer schneller, toseten und krachten immer fürchterlicher und jagten die Luft vor sich her so durcheinander, dass im Sturm, noch ehe die Lawine ankam, ganze Wälder zusammenkrachten und Ställe, Scheuern und Waldungen wie Spreu davonflogen, und wo die Lawinen sich in den Tälern niederstürzten, da wurden stundenlange Strecken mit allen Wohngebäuden, die darauf standen, und mit allem Lebendigen, was darin atmete, erdrückt und zerschmettert, wer nicht wie durch ein göttliches Wunder gerettet wurde.

Einer von zwei Brüdern in Uri, die miteinander hauseten, war auf dem Dach, das hinten an den Berg anstosst, und dachte: Ich will den Zwischenraum zwischen dem Berg und dem Dächlein mit Schnee ausfüllen und alles eben machen, auf dass, wenn die Lawine kommt, so fahrt sie über das Häuslein weg, dass wir vielleicht—und als er sagen wollte: dass wir vielleicht mit dem Leben davonkommen—da führte ihn der plötzliche Windbraus der vor der Lawine hergeht, vom Dach hinweg und hob ihn schwebend in der Luft, wie einen Vogel über einem entsetzlichen Abgrund. Und als er eben in Gefahr war, in die unermessliche Tiefe hinabzustürzen, und wäre seines Gebeins nimmer gefunden worden, da streifte die Lawine an ihm vorbei und warf ihn seitwärts an eine Halde. Er sagt, es habe ihm nicht wohlgetan, aber in der Betäubung war er doch

einen Baum, an dem er sich festhielt, bis alles vorüber war,
und kam glücklich davon und ging wieder heim zu seinem
Bruder, der auch noch lebte, obgleich der Stall neben dem
Häuslein wie mit einem Besen weggewischt war. Da konnte
man wohl auch sagen: "Der Herr hat seinen Engeln
befohlen über dir, dass sie dich auf den Händen tragen.
Denn er macht Sturmwinde zu seinen Booten und die
Lawinen, dass sie seine Befehle ausrichten."

Anders erging es im Sturnen, ebenfalls im Kanton Uri. Nach
dem Abendsegen sagte der Vater zu der Frau und den drei
Kindern: "Wir wollen doch auch noch ein Gebet verrichten
für die armen Leute, die in dieser Nacht in Gefahr sind."
Und während sie beteten, donnerte schon aus allen Tälern
der ferne Widerhall der Lawinen, und während sie noch
beteten, stürzte plötzlich der Stall und das Haus zusammen.
Der Vater wurde vom Sturmwind hinweggeführt, hinaus in
die fürchterliche Nacht, und unten am Berg abgesetzt und
von dem nachwehenden Schnee begraben. Noch lebte er; als
er aber den andern Morgen mit unmenschlicher
Anstrengung sich hervorgegraben und die Stätte seiner
Wohnung wieder erreicht hatte und sehen wollte, was aus
den Seinigen geworden sei, barmherziger Himmel! da war
nur Schnee und Schnee und kein Zeichen einer Wohnung,
keine Spur des Lebens mehr wahrzunehmen. Doch vernahm
er nach langem, ängstlichem Rufen, wie aus einem tiefen
Grab, die Stimme seines Weibes unter dem Schnee herauf.
Und als er sie glücklich und unbeschädiget hervorgegraben
hatte, da hörten sie plötzlich noch eine bekannte und liebe
Stimme: "Mutter, ich wäre auch noch am Leben," rief ein
Kind, "aber ich kann nicht heraus." Nun arbeitete Vater und
Mutter noch einmal und brachten auch das Kind hervor,
und ein Arm war ihm gebrochen. Da ward ihr Herz mit
Freude und Schmerzen erfüllt, und von ihren Augen flossen
Tränen des Dankes und der Wehmut. Denn die zwei andern

Kind wurden auch noch herausgegraben, aber tot. In
Pilzeig, ebenfalls im Kanton Uri, wurde eine Mutter mit
zwei Kindern fortgerissen und unten in der Tiefe vom
Schnee verschüttet.

Ein Mann, ihr Nachbar, den die Lawine ebenfalls dahin
geworfen hatte, hörte ihr Wimmern und grub sie hervor.
Vergeblich war das Lächeln der Hoffnung in ihrem Antlitz.
Als die Mutter halb nackt umherschaute, kannte sie die
Gegend nicht mehr, in der sie war. Ihr Retter selbst war
ohnmächtig niedergesunken. Neue Hügel und Berge von
Schnee und ein entsetzlicher Wirbel von Schneeflocken
füllten die Luft. Da sagte die Mutter: "Kinder, hier ist keine
Rettung möglich; wir wollen beten und uns dem Willen
Gottes überlassen." Und als sie beteten, sank die
siebenjährige Tochter sterbend in die Arme der Mutter, und
als die Mutter mit gebrochenem Herzen ihr zusprach und
ihr Kind der Barmherzigkeit Gottes empfahl, da verliessen
sie ihre Kräfte auch. Sie war eine 14tägige Kindbetterin, und
sie sank mit dem teuern Leichnam ihres Kindes in dem
Schoss ebenfalls leblos darnieder. Die andere, elfjährige
Tochter hielt weinend und händeringend bei der Mutter
und Schwester aus, bis sie tot waren, drückte ihnen
alsdann, eh' sie auf eigene Rettung bedacht war, mit
stummem Schmerz die Augen zu und arbeitete sich mit
unsäglicher Mühe und Gefahr erst zu einem Baum, dann zu
einem Felsen herauf und kam gegen Mitternacht endlich an
ein Haus, wo sie zum Fenster hinein aufgenommen und mit
den Bewohnern des Hauses erhalten wurde. Kurz, in allen
Bergkantonen der Schweiz, in Bern, Glarus, Uri, Schwyz,
Graubünden, sind in einer Nacht und fast in der nämlichen
Stunde durch die Lawinen ganze Familien erdrückt, ganze
Viehherden mit ihren Stallungen zerschmettert, Matten und
Gartenland bis auf den nackten Felsen hinab aufgeschürft
und weggeführt und ganze Wälder

dass sie ins Tal gestürzt sind; oder die Bäume liegen
übereinander zerschmettert und zerknickt wie die Halmen
auf einem Acker nach dem Hagelschlag. Sind ja in dem
einzigen kleinen Kanton Uri fast mit einem Schlag 11
Personen unter dem Schnee begraben worden und sind
nimmer auferstanden, gegen 30 Häuser und mehr als 150
Heuställe zerstört und 359 Häuptlein Vieh umgekommen,
und man weiss gar nicht, auf wie vielmal hunderttausend
Gulden soll man den Schaden berechnen ohne die verlornen
Menschen. Denn das Leben eines Vaters oder einer Mutter
oder frommen Gemahls oder Kindes ist nicht mit Gold zu
schätzen.

Seinesgleichen

Ein kunstreicher Instrumentenmacher, aber ein eingebildeter
und unfeiner Mann, hielt sich schon einige Zeit in einem
namhaften Städtlein auf und genoss dann und wann im
Löwen abends eine Flasche Wein und einen halben Vierling
Käs. Eines Abends, als sich die meisten Gäste schon früher
denn gewöhnlich verlaufen hatten und der
Instrumentenmacher oben noch allein sass, rückt zu ihm
der bekannte Zirkelschmied mit seinem Schoppen
Siebenzehner hinauf. "Euer Wohlgeboren", sagte er, "redeten
da vorhin an Ihre Nachbarn über die Quadratur des Zirkels.
Ich hatte keine Freude zur Sache. Leute unsersgleichen",
sagte er, "können von so etwas wohl unter sich sprechen
und einander Gedanken geben. Ich z. B. wäre Euerer
Meinung nicht gewesen." Der geneigte Leser kennt den
Zirkelschmied, dass er immer auf eine Schelmerei ausgeht.
Unter andern macht er sich gern an Fremde, die etwas gleich
sehen, um hernach bei andern mit ihrer Bekanntschaft
grosszutun, wie am Ende dieser Erzählung auch geschehen

wird, und die Leute breitzuschlagen, wie man sagt. Der Instrumentenmacher aber betrachtete ihn mit einem vornehmen, verachtenden Blick und sagt: "Wenn Ihr bei Leuten Euresgleichen sein wollt, so kommt nicht zu mir; oder wer seid Ihr?" Der Zirkelschmied, des Schimpfes und der Schande gewöhnt, erwidert: "Sollte Euer Wohlgeboren aus meiner Rede nicht erkennen, dass zwei Künstler miteinander sprechen?" Des erboste sich der andere. noch mehr. "Ihr ein Künstler?" fragte er ihn, "ein Kammacher oder ein Besenbinder? Wollt Ihr ein Almosen von mir?" Der Zirkelschmied erwidert: "Herr Christlieb, das beugt mich, weniger wegen meiner, als wegen der Kunst. Leute unsersgleichen pflegen sich sonst eben so sehr durch feine Sitten auszuzeichnen als durch Kenntnisse und Geschicklichkeit." Da stand der Instrumentenmacher auf: "Sprecht Ihr mir schon wieder von Euresgleichen", sagt er. "Hör' ich's zum dritten Mal von Euch, so werf' ich Euch den Stuhl an den Kopf", und lupfte ihn bereits ein wenig in die Höhe. Der Wirt aber, der bisher ruhig am Ofen stand, trat hervor und sagte: "Jetzt, Zirkelschmied, reist!"

Der Zirkelschmied aber erbost sich darüber auch und geht aus dem Löwen ins Rösslein gerad gegenüber, und "stellt euch vor", sagte er dort zu seinen anwesenden Bekannten, "was sich der hergelaufene Instrumentenmacher, der Brotdieb, einbildet. Der hochmütige Gesell nimmt's für einen Affrunt auf, dass ich zweimal zu ihm sagte: Leute unsersgleichen, und ich sag's zum dritten Mal, wenn er's hören will, der Flegel, der impertinente, der gemeine Kerl."

Der geneigte Leser lacht ein wenig, dass der Zirkelschmied darauf beharrt, ein Mann, den er für einen Flegel und gemeinen Kerl ausgibt, sei seinesgleichen.

Lerne erstens am Zirkelschmied: Man muss nie schimpfen

Zorn ist, sonst schimpft und verunehrt man sich selbst.

Lerne zweitens an dem Instrumentenmacher: Man muss
sich, wenn man etwas ist, mit liederlichen Leuten nie in
Grobheiten gemein machen, sonst macht man sich wirklich
zu ihresgleichen. Der Zirkelschmied hatte insofern recht.

Seltene Liebe

Mit dem Leichnam eines jungen Mannes im Schweizerland,
der erschlagen wurde in einem Gefecht nicht weit vom
Vierwaldstätter See, mit dem Leichnam ging es wunderbar
zu. Dass er nach dem Gefecht war begraben worden nächst
der Wahlstatt, wussten mehr als zwanzig Männer aus dem
nämlichen Ort, die es taten und dabei waren und ein Kreuz,
wie man in der Geschwindigkeit eines machen kann, auf
sein Grab steckten, dass, wer vorüberginge, auch ein
Vaterunser für seine Seele beten sollte. Item, am Dienstag
darauf, als der Sigrist frühe morgens in die Kirche gehn und
das Morgengebet anläuten wollte, lag der nämliche
Leichnam daheim auf dem Kirchhof, vor der Kirchtüre. Man
begrub ihn noch einmal mit allen Gebräuchen und Gebeten
der Kirche in die geweihte Erde. Item, als es noch einmal
Dienstag wurde, war der nämliche Leichnam wieder aus
dem Grab und von dem Kirchhof weg verschwunden. Sonst
tut der Glaube Wunder. Diesmal aber tat's des Glaubens
fromme Schwester, die Liebe. Er war als Freiwilliger
mitgezogen, weil ihm die Gemeinde auf den Fall das
Bürgerrecht angeboten hatte. Denn er war nur Hintersass
und seiner Arbeit ein Maurer, was zwar nicht zur Sache,
aber zur Wahrheit gehört. Seine junge Frau aber ängstete
sich daheim und weinte und betete, und jeder Schuss, den
sie hörte, ging ihr schauerhaft durchs Herz, denn sie

fürchtete, er gehe durch das seinige. Einer ging da durch, und als die andern am dritten oder vierten Tag wohlbehalten nach Hause kamen, brachten sie ihr das blutige Gewand ihres Mannes, sein Gebetbüchlein und seinen Rosenkranz. "Dein Mann", sagten sie, "hat jetzt ein anderes Bürgerrecht angetreten. Er liegt im obern Ried. Ein Kreuz steht auf seinem Grab. Es hätte jeden treffen können", sagten sie. Die arme Frau verging fast in Tränen und Wehklagen. "Mein Mann erschossen", sagte sie, "mein einziges und alles—und im Ried begraben, in ungeweihter Erde!" Da raffte sie sich plötzlich auf, und in der Nacht, als alles schlief, ging sie allein mit einer Schaufel und mit einem Sack in das Ried hinauf, suchte das Grab und die geliebte Leiche und trug sie heim auf den Kirchhof. Solche Herzhaftigkeit und Stärke hatte ihr der Schmerz und die Liebe gegeben. Als sie aber hernachmals Tag und Nacht sich fast nimmer von dem Grabe entfernen und nicht essen und trinken wollte, sondern unaufhörlich das Grab mit ihren Tränen benetzte und mit dem Verstorbenen redete, als ob er sie hören könnte, alle Vorstellungen waren fruchtlos, da sagte endlich der Vorsteher des Ortes, es sei kein anderes Mittel übrig, als man grabe den Toten heimlicherweise noch einmal aus und bringe ihn auf einen andern Kirchhof, sonst vergehe noch die arme Frau. Also brachte man sie mit viel Zureden und Mühe in ihre leere Wohnung zurück und brachte in der Nacht den Leichnam auf einen andern Kirchhof. Nur wenige Menschen wussten davon, wohin er gebracht worden. Den frommen Leser rührt diese Geschichte, und er sagt, solcher beispiellosen ehelichen Liebe und Treue können nur noch Schweizerherzen fähig sein. Fehl gesprochen! Beide, die unglückliche Frau und ihr verstorbener Gatte waren Fremdlinge, und zwar aus Deutschland. Doch kein Schmerz dauert ohne Ende, der heftigste am wenigsten. Die nämliche Frau gewann in der

Deutschen, und die Gemeinde erteilte—diesem das
Bürgerrecht, das sein Vorfahrer mit seinem Leben erkauft
hatte.

Diese Geschichte hat dem Hausfreund und seinen
Reisegefährten auf dem See zwischen Winkel und Stansstad
ein Augenzeuge erzählt, und von ferne den Ort gezeigt, wo
sie vorgefallen war.

Seltsame Ehescheidung

Ein junger Schweizer aus Ballstall kam in spanische Dienste,
hielt sich gut und erwarb sich einiges Vermögen. Als es ihm
aber zu wohl war, dachte er: will ich oder will ich nicht?—
Endlich wollte er, nahm eine hübsche, wohlhabende
Spanierin zur Frau und machte damit seinen guten Tagen
ein Ende.—Denn in den spanischen Haushaltungen ist die
Frau der Herr, ein guter Freund der Mann, und der Mann
ist die Magd.

Als nun das arme Blut der Sklaverei und Drangsalierung
bald müde war, fing er an, als wenn er nichts damit meinte,
und rühmte ihr das fröhliche Leben in der Schweiz und die
goldenen Berge darin, er meinte die Schneeberge im
Sonnenglast jenseits der Klus; und wie man lustig nach
Einsiedeln wallfahrten könne und schön beten in Sasseln
am Grabe des heiligen Bruders Niklas von der Flue, und was
für ein grosses Vermögen er daheim besitze, aber es werde
ihm nicht verabfolgt aus dem Land. Da wässerte endlich der
Spanierin der Mund nach dem schönen Land und Gut, und
es war ihr recht, ihr Vermögen zu Geld zu machen und mit
ihm zu ziehen in seine goldene Heimat. Also zogen sie
miteinander über das grosse pyrenäische Gebirg bis an den
Grenzstein, der das Reich Hispania von Frankreich scheidet;
sie mit dem Geld auf einem Esel, er nebenher zu Fuss. Als sie
aber vorüber an dem Grenzstein waren, sagte er: "Frau

miteinander getrieben, von jetzt an treiben wir's deutsch.
Bist du von Madrid bis an den Markstein geritten und ich
bin dir zu Fuss nachgetrabt den langen Berg hinauf, so reit'
ich jetzt von hier weg bis gen Ballstall, Kanton Solothurn,
und das Fussgehen ist an dir." Als sie darüber sich
ungebärdig stellte und schimpfte und drohte und nicht von
dem Tierlein herunter wollte: "Frau, das verstehst du noch
nicht", sagte er, "und ich nehme dir's nicht übel", sondern
hieb an dem Weg einen tüchtigen Stecken ab und las ihr
damit ein langes Kapitel aus dem Ballstaller Ehe- und
Männerrecht vor, und als sie alles wohlverstanden hatte,
fragte er sie: "Willst du jetzt mit, welsche Hexe, und guttun,
oder willst du wieder hin, wo du hergekommen bist?" Da
sagte sie schluchzend: "Wo ich hergekommen bin!" und das
war ihm auch das Liebste. Also teilte mit ihr der ehrliche
Schweizer das Vermögen und trennten sich voneinander an
diesem Grenzstein weiblicher Rechte, wie einmal ein
bekanntes Büchlein in der Welt geheissen hat, und jedes zog
wieder in seine Heimat. "Deinen Landsmann," sagte er, "auf
dem du hergeritten bist, kannst du auch wieder
mitnehmen."

Merke: Im Reich Hispania machen's die Weiber zu arg, aber
in
Ballstall doch auch manchmal die Männer. Ein Mann soll
seine Frau
nie schlagen, sonst verunehrt er sich selber. Denn ihr seid
ein
Leib.

Seltsamer Spazierritt

Ein Mann reitet auf seinem Esel nach Haus und lässt seinen

Buben zu Fuss nebenher laufen. Kommt ein Wanderer und sagt: "Das ist nicht recht, Vater, dass Ihr reitet und lasst Euern Sohn laufen; Ihr habt stärkere Glieder." Da stieg der Vater vom Esel herab und liess den Sohn reiten. Kommt wieder ein Wandersmann und sagt: "Das ist nicht recht, Bursche, dass du reitest und lässest deinen Vater zu Fuss gehen. Du hast jüngere Beine." Da sassen beide auf und ritten eine Strecke. Kommt ein dritter Wandersmann und sagt: "Was ist das für ein Unverstand: zwei Kerle auf einem schwachen Tier? Sollte man nicht einen Stock nehmen und euch beide hinabjagen?" Da stiegen beide ab und gingen selbdritt zu Fuss, rechts und links der Vater und Sohn, und in der Mitte der Esel. Kommt ein vierter Wandersmann und sagt: "Ihr seid drei kuriose Gesellen. Ist's nicht genug, wenn zwei zu Fuss gehen? Geht's nicht leichter, wenn einer von euch reitet?" Da band der Vater dem Esel die vordern Beine zusammen, und der Sohn band ihm die hintern Beine zusammen, zogen einen starken Baumpfahl durch, der an der Strasse stand, und trugen den Esel auf der Achsel heim.

So weit kann's kommen, wenn man es allen Leuten will recht machen.

Suwarow

Der Mensch muss eine Herrschaft über sich selber ausüben können, sonst ist er kein braver und achtungswürdiger Mensch, und was er einmal für allemal als recht erkennt, das muss er auch tun, aber nicht einmal für allemal, sondern immer. Der russische General Suwarow, den die Türken und Polacken, die Italiener und die Schweizer wohl kennen, der hielt ein scharfes und strenges Kommando. Aber was das Vornehmste war, er stellte sich unter sein eigenes

Kommando, als wenn er ein anderer und nicht der
Suwarow selber wäre, und sehr oft mussten ihm seine
Adjutanten dies und jenes in seinem eigenen Namen
befehlen, was er alsdann pünktlich befolgte. Einmal war er
wütend aufgebracht über einen Soldaten, der im Dienst
etwas versehen hatte, und fing schon an ihn zu prügeln. Da
fasste ein Adjutant das Herz, dachte, er wolle dem General
und dem Soldaten einen guten Dienst erweisen, eilte herbei
und sagte: "Der General Suwarow hat befohlen, man solle
sich nie vom Zorn übernehmen lassen." Sogleich liess
Suwarow nach und sagte: "Wenn's der General befohlen
hat, so muss man gehorchen."

Teure Eier

Als zu seiner Zeit ein fremder Fürst nach Frankreich reiste,
wurde ihm unterwegs öd im Magen, und liess sich in einem
gemeinen Wirtshaus, wo sonst dergleichen Gäste nicht
einkehren, drei gesottene Eier geben. Als er damit fertig war,
fordert der Wirt dafür 300 Livres. Der Fürst fragte, ob denn
hier die Eier so rar seien. Der Wirt lächelte und sagte: "Nein,
die Eier nicht, aber die grossen Herren, die so etwas dafür
bezahlen können." Der Fürst lächelte auch und gab das
Geld, und das war gut. Als aber der damalige König von
Frankreich von der Sache hörte (es wurde ihm als ein Spass
erzählt), nahm er's sehr übel, dass ein Wirt in seinem Reich
sich unterstand, solche unverschämte Überforderungen zu
machen, und sagte dem Fürsten: "Wenn Sie auf ihrer
Rückreise wieder an dem Wirtshaus vorbeifahren, werden
Sie sehen, dass Gerechtigkeit in meinem Lande herrscht."
Als der Fürst auf seiner Rückreise wieder an dem Wirtshaus
vorbeifuhr, sah er keinen Schild mehr dran, aber die Türen
und Fenster waren zugemauert, und das war auch gut.

Teures Spässlein

Man muss mit Wirten keinen Spass und Mutwillen treiben, sonst kommt man unversehens an den Unrechten. Einer in Basel will ein Glas Bier trinken, das Bier war sauer, zog ihm den Mund zusammen, dass ihm die Ohren bis auf die Backen hervorkamen. Um es auf eine witzige Art an den Tag zu legen und den Wirt vor den Gästen lächerlich zu machen, sagte er nicht: "das Bier ist sauer", sondern "Frau Wirtin", sagte er, "könnt' ich nicht ein wenig Salat und Öl zu meinem Bier haben?" Die Wirtin sagte: "In Basel kann man für Geld alles haben", strickte aber noch ein wenig fort, als wenn sie's wenig achtete, denn sie war eben am Zwickel. Nach einigen Minuten, als unterdessen die Gäste miteinander diskurierten, und einer sagte: "Habt ihr gestern das Kamel auch gesehen und den Affen?" ein anderer sagte: "Es ist kein Kamel, es ist ein Trampeltier", sagte die Wirtin: "Mit Erlaubnis" und deckte eine schneeweisse Serviette vom feinsten Gebilde auf den Tisch. Jeder glaubte, der andere habe ein Bratwürstlein bestellt oder etwas, und "es ist doch ein Kamel", sagte ein dritter, "denn es ist weiss, die Trampeltiere sind braun." Unterdessen kam die Wirtin wieder mit einem Teller voll zarter Kukümmerlein aus dem markgräfischen Garten, aus dem Treibhaus, fein geschnitten wie Postpapier, und mit dem kostbarsten genuesischen Baumöl angemacht, und sagte zu dem Gast mit spöttischem Lächeln: "Ist's gefällig?" Also lachten die andern nicht mehr den Wirt aus, sondern den Gast, und wer wohl oder übel seinen Spass mit zehn Batzen fünf Rappen Baseler Währung bezahlen musste, war er.

Tod vor Schrecken

Als einmal der Hausfreund mit dem Doktor von
Brassenheim an dem Kirchhof vorbeiging, deutete der
Doktor auf ein frisches Grab und sagte: "Selbiger ist mir
auch entwischt. Den haben seine Kameraden geliefert."

Im Wirtshaus, wo die Schreiber beisammen sassen bei einem
lebhaften Disputat, schlug einer von ihnen auf den Tisch.
"Und es gibt doch keine!" sagte er, —nämlich keine
Gespenster und Erscheinungen.— "Und ein altes Weib",
fuhr er fort, "ist der, der sich erschrecken lässt." Da nahm
ihn ein anderer beim Wort und sagte: "Buchhalter, vermiss
dich nicht; gilt's sechs Flaschen Burgunderwein, ich
vergelstere dich und sag dir's noch vorher." Der Buchhalter
schlug ein: "Es gilt."

Jetzt ging der andere Schreiber zum Wundarzt: "Herr Land-
Chirurgus, wenn Ihr einmal einen Leichnam zum
Verschneiden bekommt, von dem Ihr mir einen Vorderarm
aus dem Ellenbogengelenk lösen könntet, so sagt mir's."
Nach einiger Zeit kam der Chirurgus: "Wir haben einen
toten Selbstmörder bekommen, einen Siebmacher. Der
Müller hat ihn aufgefangen am Rechen", und brachte dem
Schreiber den Vorderarm. "Gibt's noch keine Erscheinungen,
Buchhalter?"—"Nein, es gibt noch keine." Jetzt schlich der
Schreiber heimlich in des Buchhalters Schlafkammer und
legte sich unter das Bett, und als sich der Buchhalter gelegt
hatte und eingeschlafen war, fuhr er ihm mit seiner eigenen
warmen Hand über das Gesicht. Der Buchhalter fuhr auf
und sagte, dann er wirklich ein besonnener und beherzter
Man war: "Was sind das für Possen? Meinst du, ich merke
nicht, dass du die Wette gewinnen willst?" Der Schreiber
war mausstille. Als der Buchhalter wieder eingeschlafen war,
fuhr er ihm noch einmal über das Gesicht. Der Buchhalter
sagte: "Jetzt lass es genug sein, oder wenn ich dich erwische,
so schaue zu, wie es dir geht." Zum dritten Mal fuhr ihm der

Schreiber langsam über das Gesicht; und als er schnell nach
ihm haschte, und als er sagen wollte: "Hab' ich dich?" blieb
ihm eine kalte, tote Hand und ein abgelöster Armstümmel
in den Händen, und der kalte, tötende Schrecken fuhr ihm
tief in das Herz und in das Leben hinein. Als er sich wieder
erholt hatte, sagte er mit schwacher Stimme: "Ihr habt, Gott
sei es geklagt, die Wette gewonnen." Der Schreiber lachte
und sagte: "Am Sonntag trinken wir den Burgunder." Aber
der Buchhalter erwiderte: "Ich trink ihn nimmer mit." Kurz,
den andern Morgen hatte er ein Fieber, und den siebenten
Morgen war er eine Leiche. "Gestern früh", sagte der Doktor
zum Hausfreund, "hat man ihn auf den Kirchhof getragen;
unter selbigem Grab liegt er, das ich Euch gezeigt habe."

Unglück der Stadt Leiden

Diese Stadt heisst schon seit undenklichen Zeiten Leiden
und hat noch nie gewusst, warum, bis am 12. Jänner des
Jahres 1807. Sie liegt am Rhein in dem Königreich Holland
und hatte vor diesem Tag elftausend Häuser, welche von 40
000 Menschen bewohnt waren, und war nach Amsterdam
wohl die grösste Stadt im ganzen Königreich. Man stand an
diesem Morgen noch auf wie alle Tage; der eine betete sein:
"Das walt' Gott", der andere liess es sein, und niemand
dachte daran, wie es am Abend aussehen wird, obgleich ein
Schiff mit siebenzig Fässern voll Pulver in der Stadt war.
Man ass zu Mittag, und liess sich's schmecken wie alle Tage,
obgleich das Schiff noch immer da war. Aber als
nachmittags der Zeiger auf dem grossen Turm auf halb fünf
stand—fleissige Leute sassen daheim und arbeiteten, fromme
Mütter wiegten ihre Kleinen, Kaufleute gingen ihren
Geschäften nach, Kinder waren beisammen in der
Abendschule, müssige Leute hatten Langeweile,

im Wirtshaus beim Kartenspiel und Weinkrug, ein
Bekümmerter sorgte für den andern Morgen, was er essen,
was er trinken, womit er sich kleiden werde, und ein Dieb
steckte vielleicht gerade einen falschen Schlüssel in eine
fremde Türe—und plötzlich geschah ein Knall. Das Schiff
mit seinen siebenzig Fässern Pulver bekam Feuer, sprang in
die Luft, und in einem Augenblick (ihr könnt's nicht so
geschwind lesen, als es geschah), in einem Augenblick
waren ganze lange Gassen voll Häuser mit allem, was darin
wohnte und lebte, zerschmettert und in einen Steinhaufen
zusammengestürzt oder entsetzlich beschädigt. Viele
hundert Menschen wurden lebendig und tot unter diesen
Trümmern begraben oder schwer verwundet. Drei
Schulhäuser gingen mit allen Kindern, die darin waren,
zugrunde, Menschen und Tiere, welche in der Nähe des
Unglücks auf der Strasse waren, wurden von der Gewalt des
Pulvers in die Luft geschleudert und kamen in einem
kläglichen Zustand wieder auf die Erde. Zum Unglück brach
auch noch eine Feuersbrunst aus die bald an allen Orten
wütete, und konnte fast nimmer gelöscht werden, weil viele
Vorratshäuser voll Öl und Tran mit ergriffen wurden.
Achthundert der schönsten Häuser stürzten ein oder
mussten niedergerissen werden. Da sah man denn auch, wie
es am Abend leicht anders werden kann, als es am frühen
Morgen war, nicht nur mit einem schwachen Menschen,
sondern auch mit einer grossen und volkreichen Stadt. Der
König von Holland setzte sogleich ein namhaftes Geschenk
auf jeden Menschen, der noch lebendig gerettet werden
konnte. Auch die Toten, die aus dem Schutt hervorgegraben
wurden, wurden auf das Rathaus gebracht, damit sie von
den Ihrigen zu einem ehrlichen Begräbnis konnten abgeholt
werden. Viele Hilfe wurde geleistet. Obgleich Krieg zwischen
England und Holland war, so kamen doch von London
ganze Schiffe voll Hilfsmittel und grosse Geldsummen für
die Unglücklichen, und das ist schön—denn der Krieg soll

nie ins Herz der Menschen kommen. Es ist schlimm genug,
wenn er aussen vor allen Toren und vor allen Seehäfen
donnert.

Unglück in Kopenhagen

Das sollte man nicht glauben, dass eine Granate, die in den
unglücklichen Septembertagen 1807 nach Kopenhagen
geworfen wurde, noch im Juli 1808 losgehen werde. Zwei
Knaben fanden sie unter der Erde. Einer von ihnen wollte
sie mit einem Nagel von dem anhängenden Grunde
reinigen. Plötzlich geriet sie in Brand, zersprang, tötete den
einen auf der Stelle, nahm dem andern die Beine weg und
zerquetschte der Mutter, die mit einem Säugling an der
Brust sorglos zusah, den Arm. Dies lehrt vorsichtig sein mit
alten Granaten und Bombenkugeln.

Untreue schlägt den eigenen Herrn

Als in dem Krieg zwischen Frankreich und Preussen ein Teil
der französischen Armee nach Schlesien einrückte, waren
auch Truppen vom Rheinischen Bundesheer dabei, und ein
bayerischer oder württembergischer Offizier wurde zu einem
Edelmann einquartiert und beikam eine Stube zur
Wohnung, wo viele sehr schöne und kostbare Gemälde
hingen. Der Offizier schien recht grosse Freude daran zu
haben, und als er etliche Tage bei diesem Mann gewesen und
freundlich behandelt worden war, verlangte er einmal von
seinem Hauswirt, dass er ihm eins von diesen Gemälden
zum Andenken schenken möchte. Der Hauswirt sagte, dass
er das mit Vergnügen tun wollte, und stellte seinem Gaste

Freude machen könnte.

Nun, wenn man die Wahl hat, sich selber ein Geschenk von jemand auszusuchen, so erfordern Verstand und Artigkeit, dass man nicht gerade das vornehmste und Kostbarste wegnehme, und so ist es auch nicht gemeint. Daran schien dieser Mann auch zu denken, denn er wählte unter allen Gemälden fast das schlechteste. Aber das war unserm schlesischen Edelmann nichts desto lieber, und er hätte ihm gern das kostbarste dafür gelassen. "Mein Herr Obrist", so sprach er mit sichtbarer Unruhe, "warum wollen Sie gerade das geringste wählen, das mir noch dazu wegen einer andern Ursache wert ist?

Nehmen Sie doch lieber dieses hier oder jenes dort." Der Offizier gab aber darauf kein Gehör, schien auch nicht zu merken, dass sein Hauswirt immer mehr und mehr in Angst geriet, sondern nahm geradezu das gewählte Gemälde herunter. Jetzt erschien an der Mauer, wo dasselbe gewesen war, ein grosser feuchter Fleck. "Was soll das sein?" sprach der Offizier wie erzürnt zu seinem todblassen Wirt, tat einen Stoss, und auf einmal fielen ein paar frisch gemauerte und übertünchte Backsteine zusammen, hinter welchen alles Geld und Gold und Silber des Edelmannes eingemauert war. Der gute Mann hielt nun freilich sein Eigentum für verloren, wenigstens erwartete er, dass der feindliche Kriegsmann eine namhafte Teilung ohne Inventarium und ohne Kommissarius vornehmen werde, ergab sich geduldig darein und verlangte nur von ihm zu erfahren, woher er habe wissen können, dass hinter diesem Gemälde sein Geld in der Mauer verborgen war. Der Offizier erwiderte: "Ich werde den Entdecker sogleich holen lassen, dem ich ohnehin Belohnung schuldig bin"; und in kurzer Zeit brachte sein Bedienter—sollte man's glauben—den Maurermeister selber, den nämlichen, der die Vertiefung in der Mauer zugemauert und die Bezahlung dafür erhalten hatte.

Das ist nun einer von den grössten Spitzbubenstreichen, die der Teufel auf ein Sündenregister setzen kann. Denn ein Handwerksmann ist seinen Kunden die grösste Treue, und in Geheimnissen, wenn es nichts Unrechtes ist, so viel Verschwiegenheit schuldig, als wenn er einen Eid darauf hätte.

Aber was tut man nicht um des Geldes willen! Oft gerade das nämliche, was man um der Schläge oder um des Zuchthauses willen tut oder für den Galgen, obgleich ein grosser Unterschied dazwischen ist. So etwas erfuhr unser Meister Spitzbub. Denn der brave Offizier liess ihn jetzt hinaus vor die Stube führen und ihm von frischer Hand 100, sage hundert Prügel bar ausbezahlen, lauter gute Valuta, und war kein einziger falsch darunter. Dem Edelmann aber gab er unbetastet sein Eigentum zurück.— Das wollen wir beides gutheissen und wünschen, dass jedem, der Einquartierung haben muss, ein so rechtschaffener Gast und jedem Verräter eine solche Belohnung zuteil werden möge.

Unverhofftes Wiedersehen

In Falun in Schweden küßte vor guten fünfzig Jahren und mehr ein junger Bergmann seine junge, hübsche Braut und sagte zu ihr: "Auf Sankt Luciä wird unsere Liebe von des Priesters Hand gesegnet. Dann sind wir Mann und Weib und bauen uns ein eigenes Nestlein." —"Und Friede und Liebe soll darin wohnen", sagte die schöne Braut mit holdem Lächeln, "denn du bist mein einziges und alles, und ohne dich möchte ich lieber im Grab sein als an einem

zweiten Male in der Kirche ausgerufen hatte: "So nun
jemand Hindernis wüßte anzuzeigen, warum diese Personen
nicht möchten ehelich zusammenkommen", da meldete sich
der Tod. Denn als der Jüngling den andern Morgen in seiner
schwarzen Bergmannskleidung an ihrem Haus vorbeiging,
der Bergmann hat sein Totenkleid immer an, da klopfte er
zwar noch einmal an ihrem Fenster und sagte ihr guten
Morgen, aber keinen guten Abend mehr. Er kam nimmer
aus dem Bergwerk zurück, und sie saumte vergeblich
selbigen Morgen ein schwarzes Halstuch mit rotem Rand für
ihn zum Hochzeitstag, sondern als er nimmer kam, legte sie
es weg und weinte um ihn und vergaß ihn nie. Unterdessen
wurde die Stadt Lissabon in Portugal durch ein Erdbeben
zerstört, und der Siebenjährige Krieg ging vorüber, und
Kaiser Franz der Erste starb, und der Jesuitenorden wurde
aufgehoben und Polen geteilt, und die Kaiserin Maria
Theresia starb, und der Struensee wurde hingerichtet,
Amerika wurde frei, und die vereinigte französische und
spanische Macht konnte Gibraltar nicht erobern. Die
Türken schlossen den General Stein in der Veteraner Höhle
in Ungarn ein, und der Kaiser Joseph starb auch. Der König
Gustav von Schweden eroberte Russisch-Finnland, und die
Französische Revolution und der lange Krieg fing an, und
der Kaiser Leopold der Zweite ging auch ins Grab.
Napoleon eroberte Preußen, und die Engländer
bombardierten Kopenhagen, und die Ackerleute säeten und
schnitten. Der Müller mahlte, und die Schmiede hämmerten,
und die Bergleute gruben nach den Metalladern in ihrer
unterirdischen Werkstatt. Als aber die Bergleute in Falun im
Jahr 1809 etwas vor oder nach Johannis zwischen zwei
Schachten eine Öffnung durchgraben wollten, gute
dreihundert Ellen tief unter dem Boden, gruben sie aus dem
Schutt und Vitriolwasser den Leichnam eines Jünglings
heraus, der ganz mit Eisenvitriol durchdrungen, sonst aber
unverwest und unverändert war, also daß man seine

Gesichtszüge und sein Alter noch völlig erkennen konnte, als wenn er erst vor einer Stunde gestorben oder ein wenig eingeschlafen wäre an der Arbeit. Als man ihn aber zu Tag ausgefördert hatte, Vater und Mutter, Gefreundte und Bekannte waren schon lange tot, kein Mensch wollte den schlafenden Jüngling kennen oder etwas von seinem Unglück wissen, bis die ehemalige Verlobte des Bergmanns kam, der eines Tages auf die Schicht gegangen war und nimmer zurückkehrte. Grau und zusammengeschrumpft kam sie an einer Krücke an den Platz und erkannte ihren Bräutigam; und mehr mit freudigem Entzücken als mit Schmerz sank sie auf die geliebte Leiche nieder, und erst als sie sich von einer langen heftigen Bewegung des Gemüts erholt hatte, "es ist mein Verlobter", sagte sie endlich, "um den ich fünfzig Jahre lang getrauert hatte und den mich Gott noch einmal sehen läßt vor meinem Ende. Acht Tage vor der Hochzeit ist er auf die Grube gegangen und nimmer gekommen." Da wurden die Gemüter aller Umstehenden von Wehmut und Tränen ergriffen, als sie sahen die ehemalige Braut jetzt in der Gestalt des hingewelkten kraftlosen Alters und den Bräutigam noch in seiner jugendlichen Schöne, und wie in ihrer Brust nach fünfzig Jahren die Flamme der jugendlichen Liebe noch einmal erwachte; aber er öffnete den Mund nimmer zum Lächeln oder die Augen zum Wiedererkennen; und wie sie ihn endlich von den Bergleuten in ihr Stübchen tragen ließ, als die einzige, die ihm angehöre und ein Recht an ihn habe, bis sein Grab gerüstet sei auf dem Kirchhof. Den andern Tag, als das Grab gerüstet war auf dem Kirchhof und ihn die Bergleute holten, schloß sie ein Kästlein auf, legte ihm das schwarzseidene Halstuch mit roten Streifen um und begleitete ihn in ihrem Sonntagsgewand, als wenn es ihr Hochzeitstag und nicht der Tag seiner Beerdigung wäre. Denn als man ihn auf dem Kirchhof ins Grab legte, sagte sie: "Schlafe nun wohl, noch einen Tag oder

Hochzeitbett, und laß dir die Zeit nicht lang werden. Ich
habe nur noch wenig zu tun und komme bald, und bald
wirds wieder Tag. Was die Erde einmal wiedergegeben hat,
wird sie zum zweiten Male auch nicht behalten", sagte sie,
als sie fortging und noch einmal umschaute.

Unverhofftes Wiedersehen

In Falun in Schweden küsste vor guten fünfzig Jahren und
mehr ein junger Bergmann seine junge hübsche Braut und
sagte zu ihr: "Auf Sankt Luciä wird unsere Liebe von des
Priesters Hand gesegnet. Dann sind wir Mann und Weib
und bauen uns ein eigenes Nestlein.—"Und Friede und
Liebe soll darin wohnen", sagte die schöne Braut mit
holdem Lächeln, "denn du bist mein Einziges und Alles,
und ohne dich möchte ich lieber im Grab sein als an einem
andern Ort. Als sie aber vor St. Luciä der Pfarrer zum
zweiten Male in der Kirche ausgerufen hatte: "So nun
jemand Hindernis wusste anzuzeigen, warum diese
Personen nicht möchten ehelich zusammenkommen", da
meldete sich der Tod. Denn als der Jüngling den andern
Morgen in seiner schwarzen Bergmannskleidung an ihrem
Haus vorbei ging, der Bergmann hat sein Totenkleid immer
an, da klopfte er zwar noch einmal an ihrem Fenster und
sagte ihr guten Morgen, aber keinen guten Abend mehr. Er
kam nimmer aus dem Bergwerk zurück, und sie saumte
vergeblich selbigen Morgen ein schwarzes Halstuch mit
rotem Rand für ihn zum Hochzeittag, sondern als er
nimmer kam, legte sie es weg und weinte um ihn und
vergass ihn nie. Unterdessen wurde die Stadt Lissabon in
Portugal durch ein Erdbeben zerstört, und der Siebenjährige
Krieg ging vorüber, und Kaiser Franz der Erste starb, und
der Jesuitenorden wurde aufgehoben und Polen geteilt, und

die Kaiserin Maria Theresia starb, und der Struensee wurde hingerichtet, Amerika wurde frei, und die vereinigte französische und spanische Macht konnte Gibraltar nicht erobern. Die Türken schlossen den General Stein in der Veteraner Höhle in Ungarn ein, und der Kaiser Joseph starb auch. Der König Gustav von Schweden eroberte russisch Finnland, und die französische Revolution und der lange Krieg fing an, und der Kaiser Leopold der Zweite ging auch ins Grab. Napoleon eroberte Preussen, und die Engländer bombardierten Kopenhagen, und die Ackerleute säeten und schnitten. Der Müller mahlte, und die Schmiede hämmerten, und die Bergleute gruben nach den Metalladern in ihrer unterirdischen Werkstatt. Als aber die Bergleute in Falun im Jahr 1809 etwas vor oder nach Johannis zwischen zwei Schachten eine Öffnung durchgaben wollten, gute dreihundert Ellen tief unter dem Boden, gruben sie aus dem Schutt und Vitriolwasser den Leichnam eines Jünglings heraus, der ganz mit Eisenvitriol durchdrungen, sonst aber unverwest und unverändert war, also dass man seine Gesichtszüge und sein Alter noch völlig erkennen konnte, als wenn er erst vor einer Stunde gestorben oder ein wenig eingeschlafen wäre an der Arbeit. Als man ihn aber zu Tag ausgefördert hatte, Vater und Mutter, Gefreundte und Bekannte waren schon lange tot, kein Mensch wollte den schlafenden Jüngling kennen oder etwas von seinem Unglück wissen, bis die ehemalige Verlobte des Bergmanns kam, der eines Tages auf die Schicht gegangen war und nimmer zurückkehrte. Grau und zusammengeschrumpft kam sie an einer Krücke an den Platz und erkannte ihren Bräutigam; und mehr mit freudigem Entzücken als mit Schmerz sank sie auf die geliebte Leiche nieder, und erst als sie sich von einer langen heftigen Bewegung des Gemüts erholt hatte, "es ist mein Verlobter", sagte sie endlich, "um den ich fünfzig Jahre lang getrauert hatte und den mich

vor der Hochzeit ist er auf die Grube gegangen und nimmer
gekommen." Da wurden die Gemüter aller Umstehenden
von Wehmut und Tränen ergriffen, als sie sahen die
ehemalige Braut jetzt in der Gestalt des hingewelkten
kraftlosen Alters und den Bräutigam noch in seiner
jugendlichen Schöne, und wie in ihrer Brust nach fünfzig
Jahren die Flamme der jugendlichen Liebe noch einmal
erwachte; aber er öffnete den Mund nimmer zum Lächeln
oder die Augen zum Wiedererkennen; und wie sie ihn
endlich von den Bergleuten in ihr Stüblein tragen liess, als
die einzige, die ihm angehöre und ein Recht an ihn habe, bis
sein Grab gerüstet sei auf dem Kirchhof. Den andern Tag, als
das Grab gerüstet war auf dem Kirchhof und ihn die
Bergleute holten, (schloss sie ein Kästlein auf), legte (sie)
ihm das schwarzseidene Halstuch mit roten Streifen um und
begleitete ihn in ihrem Sonntagsgewand, als wenn es ihr
Hochzeittag und nicht der Tag seiner Beerdigung wäre.
Denn als man ihn auf dem Kirchhof ins Grab legte, sagte sie:
"Schlafe nun wohl, noch einen Tag oder zehn im kühlen
Hochzeitbett, und lass dir die Zeit nicht lang werden. Ich
habe nur noch wenig zu tun und komme bald, und bald
wird's wieder Tag. Was die Erde einmal wiedergegeben hat,
wird sie zum zweiten Male auch nicht behalten", sagte sie,
als sie fortging und noch einmal umschaute.

Vereitelte Rachsucht (Eine wahre Geschichte)

Der Amtmann in Nordheim liess im Krieg in den neunziger
Jahren fünf Gauner henken, und waren's in der ersten
Viertelstunde so gut gewohnt, dass keiner mehr
herabverlangte, und je nachdem der Wind ging, exerzierten
sie miteinander zum Zeitvertreib, rechtsum, links um, ohne
Flügelmann. Aber einem seine Beiläuferin, die einen Buben

von ihm hatte, sagte: "Wart', Amtmann, ich will dir's eintränken." Ein paar Tage darauf reitet die österreichische Patrouille gegen das Städtlein am Galgen vorbei; da sagt einer zu dem andern: "Es läuft dir eine Spinne am Hut, so gross wie ein Taubenei." So zieht der andere vor den Gehenkten den Hut ab, und die Gehenkten, weil eben der Wind aus Westen ging, drehten sich und machten Front. Indem schleicht von weitem ein Büblein von der Strasse ab hinter eine Hecke, wie einer, der keine guten Briefe hat. Aber das Büblein hatte gar keine, weder gute noch schlechte. Denn als einer von den Dragonern auch um die Hecke ritt, fiel der Junge vor ihm auf die Knie und sagte mit Zittern und mit Beben: "Pardon! Ich hab' sie alle ins Wasser geworfen." Der Dragoner sagte: "Was hast du ins Wasser geworfen?"—"Die Briefe."—"Was für Briefe?"—"Die Briefe vom Amtmann an die Franzosen. Wenn Österreicher ins Land kommen," sagte der Bursche, "muss ich dem Amtmann Boten laufen ins französische Lager. Diesmal hatte ich drei Briefe, einen an den Dürrmaier." Also holten die Dragoner, mir nichts dir nichts, den Amtmann ab, wie er ging und stand, und musste in den Pantoffeln zwischen den Pferden im Kot mitlaufen und spritzte die Rosse nicht sehr, aber die Rosse ihn, und der Bube musste auch mit. Der Amtmann war so unschuldig als der römische Kaiser selbst, hätte sich für die österreichischen Waffen lebendig schinden lassen, hatte sechs Kinder, eins schöner als das andere, und eine schwangere Frau. Aber das war die Rache, die ihm die Gaunerin zugedacht hatte, als sie sagte: "Wart', Amtmann, ich will dir's gedenken." Im Lager, als er zu dem General geführt wurde, und die Hohenzollerer-Kürassiere und Kaiser-Dragoner und Erdödi-Husaren sahen ihn vorbeiführen, sagte einer von der Patrouille seinem Kameraden vom Pferd herab: "Es ist ein Spion." Der Kamerad sagte: "Strick ist sein Lohn", und der Offizier, an spottweise schon bei ihm einen Gruss an des Teufels Grossmutter. Dem Hausfreund ist's aber bei dieser Geschichte nicht halb so angst als dem geneigten Leser, denn ohne seinen Willen kann der Amtmann nicht sterben; sondern, als er vor das Verhör geführt wurde, schaute ihn der Hauptmann Auditor mit Verwunderung und Bedauernis an und sagte: "Seid Ihr nicht der nämliche, der mich vor einem Jahre drei Tage lang im Keller hinter dem Sauerkrautstande vor den Franzosen verborgen hat, und habt Schläge genug von ihnen bekommen, und als sie Euch oben den Speck verzehrten, ass ich unten das Sauerkraut dazu samt den Gumbistäpfeln." Der Amtmann sagte: "Gott erkennt's, und ich bin so unschuldig als die Mutter Gottes in der Kirche, so doch von Lindenholz ist und ihr Leben lang noch keinen Buchstaben geschrieben hat." Indem kamen auch mehrere gute Freunde und angesehene Bürger von Nordheim ins Hauptquartier und bezeugten seine Rechtschaffenheit und Treue, und was er schon für Drangsalierung von den Franzosen habe ausstehen müssen, und wie auf seine Anordnung der letzte Sieg der Österreicher mit Katzenköpfen gefeiert wurde, dass der Kirchturm wackelte, und er selber habe keinen Rausch gehabt, aber einen Stich. Der Hauptmann Auditor, der noch immer daran dachte, wie er drei Tage lang in des Amtmanns Keller in der verborgenen Garnison lag hinter dem Schanzkorb, hinter dem Sauerkrautstande, war geneigter Ja zu glauben als Nein. Also liess er den Amtmann hinausführen und den Buben herein und tat ein paar verfängliche Fragen an ihn, sagte ihm aber nicht, dass sie verfänglich sind. Deswegen war der Bursche, so sehr er die Spitzbubenmilch an der Mutter Brüsten eingesogen hatte, mit seinem Ja und Nein so unvorsichtig, dass er in wenig Minuten nimmer links, nimmer rechts auszuweichen wusste und alles gestand. Also bekam er links und rechts fünfzehn Hiebe vom Profoss und begleitete freiwillig die Mutter ins

Zuchthaus nach Heiligenberg. Der Amtmann aber ass mit dem Hauptmann Auditor bei dem General-Feldmarschall zu Nacht und den andern Tag bei seiner Frau und Kindern zu Mittag, und der Hausfreund tut auch einen Freudentrunk, dass er wieder ein Exempel der Gerechtigkeit statuiert hat. Das Doneschinger Bier dazu hat er geschenkt bekommen vom Herrn Kusel.

Verloren oder gefunden

An einem schönen Sommerabend fuhr der Herr Vogt von Trudenbach in seinem Kaleschlein noch spät vom Brassenheimer Fruchtmarkt zurück, und das Rösslein hatte zwei zu ziehen, nämlich den Herrn Vogt und seinen Rausch. Unterwegs am Strasswirtshaus schauten noch ein paar lustige Köpfe zum Fenster heraus, ob der Herr Vogt nicht noch ein wenig einkehren und eines Bescheid tun wolle; die Nacht sei mondhell. Der Herr Vogt scheute sich weniger vor dem Bescheid als vor dem Ab- und Aufsteigen in das Kaleschlein, massen es ihm schon am Morgen schwer wird, aber am Abend fast unmöglich. Der Herr Theodor meinte zwar: "Wir wollen das Kaleschlein auf die Seite umlegen und ihn abladen", aber kürzer war es doch, man ging mit der Flasche zu ihm hinaus. Aus einer Flasche wurden vier, und die Redensarten mankierten ihm immer mehr, bis ihm der Schlaf die Zunge und die letzte Besinnung band. Als er aber eingeschlafen war, führten die lustigen Köpfe das Rösslein in den Stall und liessen ihn auf der Strasse sitzen. Früh aber, als ihn vor dem Fenster des Wirts die Wachtel weckte, kam er sich kurios vor und wusste lange nicht, wo er sei und wo er sich befinde. Denn nachdem er sich eine Zeitlang umgesehen und die Augen ausgerieben hatte, sagte er endlich: "Jetzt kommt alles darauf an, ob ich der Herr

Trudenbach bin oder nicht. Denn bin ich's, so hab' ich ein
Rösslein verloren, bin ich's aber nicht, so hab' ich ein
Kaleschlein gefunden."

Wasserläufer

Bekanntlich will es Leute geben, die im Wasser nicht
untergehen.
Einer erzählte in einem Wirtshaus, er sei in Italien von der
Insel
Capri aus eine halbe Stunde weit aufrecht durch das
Mittelländische
Meer gegangen, und das Wasser sei ihm nicht höher
gegangen als an
die Brust. Mit der linken Hand habe er Tabak geraucht,
nämlich die
Pfeife gehalten, und mit der rechten ein wenig gerudert.

Ein anderer sagte: "Das ist eine Kleinigkeit. Im Krieg in den
neunziger Jahren ist ein ganzes Bataillon Rotmäntler
oberhalb Mannheim aufrecht über den Rhein marschiert,
und das Wasser reichte keinem höher als bis an die Knie."

Ein Dritter sagte: "Solches war keine Kunst. Denn sie hatten
selbigen Tag, als sie am Rhein ankamen, schon einen Marsch
von 20 Stunden zurückgelegt. So haben sie davon solche
Blasen an den Füssen bekommen, dass es ihnen nicht
möglich war, tiefer als so im Wasser zu sinken."

Wie der Zundelfrieder eines Tages aus dem Zuchthaus
entwich und glücklich über die Grenzen kam

Eines Tages, als der Frieder den Weg aus dem Zuchthaus allein gefunden hatte, und dachte: "Ich will so spät den Zuchtmeister nimmer wecken", und als schon auf allen Strassen Steckbriefe voranflogen, gelangte er abends noch unbeschrien an ein Städtlein an der Grenze. Als ihn hier die Schildwache anhalten wollte, wer er sei und wie er hiesse und was er im Schilde führe: "Könnt Ihr polnisch?" fragte herzhaft der Frieder die Schildwache. Die Schildwache sagt: "Ausländisch kann ich ein wenig, ja! Aber Polnisches bin ich noch nicht darunter gewahr worden."—"Wenn das ist," sagte der Frieder, "so werden wir uns schlecht gegeneinander explizieren können." Ob kein Offizier oder Wachtmeister am Tor sei? Die Schildwache holt den Torwächter, es sei ein Polack an dem Schlagbaum, gegen den sie sich schlecht explizieren könne. Der Torwächter kam zwar, entschuldigte sich aber zum voraus, viel Polnisch verstehe er auch nicht. "Es geht hiezuland nicht stark ab," sagte er, "und es wird im ganzen Städtel schwerlich jemand sein, der kapabel wäre, es zu dolmetschen."— "Wenn ich das wüsste," sagte der Frieder und schaute auf die Uhr, die er unterwegs noch an einem Nagel gefunden hatte, "so wollte ich ja lieber noch ein paar Stunden zustrecken bis in die nächste Stadt.

Um neun Uhr kömmt der Mond." Der Torhüter sagte: " Es wäre unter diesen Umständen fast am besten, wenn Ihr gerade durchpassiertet, ohne Euch aufzuhalten; das Städtel ist ja nicht gross", und war froh, dass er seiner los ward. Also kam der Frieder glücklich durch das Tor hinein. Im Städtlein hielt er sich nicht länger auf, als nötig war, einer Gans, die sich auf der Gasse verspätet hatte, ein paar gute Lehren zu geben. "In euch Gänse", sagte er, "ist keine Zucht zu bringen. Ihr gehört, wenn's Abend ist, ins Haus oder unter gute Aufsicht." Und so packte er sie mit sicherm Griff am Hals und mir nichts, dir nichts

er ebenfalls unterwegs von einem Unbekannten geliehen
hatte. Als er aber an das andere Tor gelangte und auch hier
dem Landfrieden nicht traute, drei Schritte von dem
Schilderhaus, als sich inwendig der Söldner rührte, schrie
der Frieder mit herzhafter Stimme: "Wer da!" der Söldner
antwortete in aller Gutmütigkeit: "Gut Freund!" Also kam
der Frieder glücklich wieder zum Städtlein hinaus und über
die Grenzen.

Wie der Zundelfrieder und sein Bruder dem roten Dieter
abermal einen
Streich spielen

Als der Zundelheiner und der Zundelfrieder wieder aus dem
Turn kamen, sprach der Heiner zum Frieder: "Bruder, wir
wollen doch den roten Dieter besuchen, sonst meint er, wir
sitzen ewig in dem kalten Hundsstall beim Herr Vater auf
der Herberge."—"Wir wollen ihm einen Streich spielen",
sagte der Frieder zum Heiner, "ob er's merkt, dass wir es
sind." Also empfing der Dieter ein Brieflein ohne
Unterschrift: "Roter Dieter, seid heute nacht auf Eurer Hut,
denn es haben zwei Diebsgesellen eine Wette getan: einer
will Eurer Frau das Leintuch unter dem Leibe weg holen,
und Ihr sollt es nicht hindern können." Der Dieter sagte:
"Das sind zwei rechte Spitzbuben aneinander. Der eine
wettet, er wolle das Leintuch holen, und der andere macht
einen Bericht, damit sein Kamerad die Wette nicht gewinnt.
Wenn ich nicht gewiss wüsste, dass der Heiner und der
Frieder im Zuchthaus sitzen, so wollt' ich glauben, sie
seien's." In der Nacht schlichen die Schelmen durch das
Hanffeld heran. Der Heiner stellte eine Leiter ans Fenster,
also, dass der rote Dieter es wohl hören konnte, und steigt
hinauf, schiebt aber einen ausgestopften Strohmann vor

sich her, der aussah wie ein Mensch. Als inwendig der rote
Dieter die Leiter anstellen hörte, stand er leise auf und stellte
sich mit einem dicken Bengel neben das Fenster, "denn das
sind die besten Pistolen", sagte er zu seiner Frau, "sie sind
immer geladen"; und als er den Kopf des Strohmanns
heraufwackeln sah, und meinte, der sei es, riss er schnell das
Fenster auf und gab ihm eins auf den Kopf aus aller Kraft,
also, dass der Heiner den Strohmann fallen liess und einen
lauten Schrei tat. Der Frieder aber stand unterdessen
mausstill hinter einem Pfosten vor der Haustüre. Als aber
der rote Dieter den Schrei hörte, und es war alles auf einmal
still, sagte er: "Frau, es ist mir, die Sache sei nicht gut; ich
will doch hinuntergehen und schauen, wie es aussieht."
Indem er zur Haustür hinausgeht, schleicht der Frieder, der
hinter dem Pfosten war, hinein, kommt bis vor das Bett,
nimmt wieder, wie im vormjährigen Kalender, des roten
Dieters Stimme an, und es ist wieder ebenso wahr. "Frau",
sagte er mit ängstlicher Stimme, "der Kerl ist maustot, und
denk' nur, es ist des Schultheissen Sohn. Jetzt gib mir
geschwind das Leintuch, so will ich ihn darin forttragen in
den Wald und will ihn dort einscharren, sonst geht's zu
bösen Häusern." Die Frau erschrickt, richtet sich auf und
gibt ihm das Leintuch. Kaum war er fort, so kommt der
rechte Dieter wieder und sagt ganz getröstet: "Frau, es ist
nur ein dummer Bubenstreich gewesen, und der Dieb ist
von Stroh." Als aber die Frau ihn fragte: "Wo hast du denn
das Leintuch?" und lag auf dem blossen Spreuersack, da
gingen dem Dieter erst die Augen auf, und sagte: "O ihr
vermaledeiten Spitzbuben! Jetzt ist's doch der Frieder
gewesen und der Heiner, und kein anderer."

Aber auf dem Heimweg sagte der Frieder zum Heiner: "Aber
jetzt, Bruder, wollen wir's bleiben lassen. Denn im
Zuchthaus ist doch auch alles schlecht, was man bekommt,
ausgenommen die Prügel und das Essen."

der Landstrasse hat man etwas vor den Augen, das auch
nicht aussieht, als wenn man gern dran hängen möchte."
Also wurde auch der Frieder wieder ehrlich. Aber der
Heiner sagte: "Ich geb's noch nicht auf."

Wie einmal ein schönes Ross um fünf Prügel feil gewesen ist

Wenn nicht in Salzwedel, doch anderswo, hat sich folgende
wahrhafte
Geschichte zugetragen, und der Hausfreund hat's
schriftlich.

Ein Kavallerieoffizier, ein Rittmeister, kam in ein Wirtshaus.
Einer, der schon drin war und ihn hatte vom Pferd
absteigen gesehn,
ein Hebräer, sagte: "Dass das gar ein schöner Fuchs ist, wo
Ihro
Gnaden drauf hergeritten sind."

"Gefällt er Euch, Sohn Jakobs?" fragte der Offizier. "Dass ich
hundert Stockprügel aushielte, wenn er mein wäre",
erwiderte der Hebräer.

Der Offizier wedelte mit der Reitpeitsche an den Stiefeln.
"Was braucht's hundert", sagte er. "Ihr könnt ihn um
fünfzig haben." Der Hebräer sagte: "Tun's fünfundzwanzig
nicht auch?" "Auch fünfundzwanzig", erwiderte der
Rittmeister. "Auch fünfzehn, auch fünf, wenn Ihr daran
genug habt."

Niemand wusste, ob es Spass oder Ernst ist. Als aber der
Offizier sagte: "Meinetwegen auch fünf", dachte der Hebräer:
Hab' ich nicht schon zehn Normalprügel vor dem
Amtshaus in Günzburg ausgehalten und bin doch noch

koscher?

"Herr", sagte er, "Sie sind ein Offizier. Offiziersparole?" Der Rittmeister sprach: "Traut Ihr meinen Worten nicht? Wollt Ihr's schriftlich?"

"Lieber wär's mir", sagte der Hebräer.

Also beschied der Offizier einen Notarius und liess durch ihn dem Hebräer folgende authentische Ausfertigung zustellen: "Wenn der Inhaber dieses von gegenwärtigem Herrn Offizier fünf Prügel mit einem tüchtigen Stock ruhig ausgehalten und empfangen hat, so wird ihm der Offizier seinen bei sich habenden Reitgaul, den Fuchs, ohne weitere Lasten und Nachforderung alsogleich als Eigentum zustellen. So geschehen da und da, den und den."

Als der Hebräer die Ausfertigung in der Tasche hatte, legte er sich über einen Sessel, und der Offizier hieb ihm mit einem hispanischen Rohr mitten auf das Hinterteil dergestalt, dass der Hebräer bei sich selbst dachte: Der kann's noch besser als der Gerichtsdiener in Günzburg, und lautauf Auweih schrie, so sehr er sich vorgenommen hatte, es zu verbeissen.

Der Offizier aber setzte sich und trank ruhig ein Schöpplein. "Wie tut's, Sohn Jakobs?" Der Hebräer sagte: "Na, wie tut's, gebt mir die andern auch, so bin ich absolviert.

"Das kann geschehen", sprach der Offizier und setzte ihm den zweiten auf, dergestalt, dass der erste nur eine Lockspeise dagegen zu sein schien; darauf setzte er sich wieder und trank noch ein Schöpplein. Also tat er beim dritten Streich, also beim vierten. Nach dem vierten sagte der Hebräer: "Ich weiss nicht, soll ich's Euer Gnaden Dank wissen oder nicht, dass Sie mich einen nach dem andern geniessen lassen. Geben Sie mir zum vierten den fünften gleich, so bin ich des Genusses los, und der Fuchs weiss, an wen er sich zu halten hat."

Da sagte der Offizier: "Sohn Jakobs, auf den fünften könnt Ihr lange warten", und stellte das hispanische Rohr ganz ruhig an den Ort, wo er es genommen hatte, und alles Bitten und Betteln um den fünften Prügel war vergebens.

Da lachten alle Anwesende, dass man fast das Haus unterstützen musste, der Hebräer aber wendete sich an den Notarius, er solle ihm zum fünften Prügel verhelfen, und hielt ihm die Verschreibung vor. Der Notarius aber sagte: "Jekeffen, was tu' ich damit? Wenn's der Herr Baron nicht freiwillig tut, in der Verschreibung steht nichts davon, dass er muss." Kurz, der Hebräer wartet noch auf den fünften und auf den Fuchs.

Der Hausfreund aber wollt' diesen Mutwillen nicht loben, wenn sich der Hebräer nicht angeboten hätte.

Merke: Wer sich zu fünf Schlägen hergibt um Gewinns willen, der verdient, dass er vier bekommt ohne Gewinn. Man muss sich nie um Gewinns willen freiwillig misshandeln lassen.

Wie man aus Barmherzigkeit rasiert wird

In eine Barbierstube kommt ein armer Mann mit einem starken, schwarzen Bart, und statt eines Stücklein Brotes bittet er, der Meister soll so gut sein und ihm den Bart abnehmen um Gottes willen, dass er doch auch wieder aussehe wie ein Christ. Der Meister nimmt das schlechteste Messer, wo er hat, denn er dachte: Was soll ich ein gutes daran stumpfhacken für nichts und wieder nichts? Während er an dem armen Teufel hackt und schabt, und er darf nichts sagen, weil's ihm der Schinder umsonst tut, heult der Hund auf dem Hof. Der Meister sagt: "Was fehlt dem Mopper, dass er so winselt und heult?" Der Christoph sagt: "Ich weiss nicht." Der Hans Frieder sagt: "Ich weiss auch nicht." Der arme Teufel unter dem Messer aber sagt: "Er wird vermutlich auch um Gottes willen balbiert wie ich."

Wie man in den Wald schreit, also schreit es daraus

Ein Mann, der etwas gleichsah, aber nicht viel Komplimente machte, kommt in ein Wirtshaus. Alle Gäste, die da waren, zogen höflich den Hut oder die Kappe vor ihm ab, bis auf einen, der ihn nicht kommen sah, weil er gerade die Stiche zählte, die er im Mariaschen von seinem Nachbar gewonnen hatte. Und als er eben das Herz-Ass durch die Finger schob und sagte: "Zweiundfünfzig und elf sind dreiundsechzig", und bemerkte immer den Fremden noch nicht, der etwas gleichsah, fragte ihn der Fremde: "Herr, für was sehet Ihr mich an?" Der Gast sagte: "Für einen honetten Mann; was weiss ich von Euch?" Der Fremde sagte: "Das dank' Euch der Teufel!" Da stand der Gast vom Spieltisch auf und fragte: "Für was sieht denn der Herr mich an?" Der Fremde sagte: "Für einen Flegel." Darauf sagte der Gast: "Das danke dem Herrn auch der Teufel! Ich merke, dass wir einander beide für den Unrechten angesehen haben." Als aber die andern Gäste merkten, dass doch auch in einem feinen Rock ein grober Mensch stecken könne, setzten sie alle die Hüte wieder auf, und der Fremde konnte nichts machen, als ein ander Mal manierlicher sein.

Wie sich der Zundelfrieder hat beritten gemacht

Als der Zundelfrieder bald alle listigen Diebsstreiche
durchgemacht und fast ein Überleid daran bekommen hatte,
denn der Zundelfrieder stiehlt nie aus Not oder aus
Gewinnsucht oder aus Liederlichkeit, sondern aus Liebe zur
Kunst und zur Schärfung des Verstandes; hat er nicht dem
Brassenheimer Müller den Schimmel selber wieder an die
Türe gebunden? Was will der geneigte Leser oder des
Hausfreunds Reisegefährte nach Lenzkirch mehr verlangen?
Eines Abends, als er, wie gesagt, fast alles durchgemacht
hatte, dachte er: "Jetzt will ich doch auch einmal probieren,
wie weit man mit der Ehrlichkeit kommt." Also stahl er in
selbiger Nacht eine Geiss, drei Schritte von der Scharwache,
und liess sich attrapieren. Den andern Tag im Verhör
gestand er alles. Wie er aber bald merkte, dass ihm der
Richter fünfundzwanzig oder etwas zum Andenken wollte
mitgeben lassen, dachte er: Ich bin noch nicht ehrlich
genug. Deswegen verschnappte er sich noch ein wenig in
den Redensarten und gestand bei der weitern Untersuchung
nach kurzem Widerstand, wie er von jeher ein halber
Kakerlak gewesen sei, das heisst, ein Mensch, der bei Nacht
fast besser sieht als am Tag, und als ihn der Richter aufs Eis
führen wollte, ob er nicht noch von ein paar andern
Diebstählen wisse, die kürzlich begangen worden, sagte er,
allerdings wisse er davon, und er sei derjenige. Als ihm den
andern Morgen der Spruch publiziert wurde, er müsse ins
Zuchthaus, und der Stadtsoldat, der ihn begleiten sollte,
stand schon vor der Tür, denn es war zwanzig Stunden
weit, sagte er ganz reumütig: "Recht findet seinen Knecht.
Was ich verdient habe, wird mir werden." Unterwegs
erzählte er dem Stadtsoldaten, er sei auch schon Militär
gewesen. "Bin ich nicht sechs Jahre bei Klebeck Infanterie in
Dienst gewesen? Könnt' ich Euch nicht sieben Wunden

zeigen aus dem Scheldekrieg, den der Kaiser Joseph mit den Holländern führen wollte?" Der treuherzige Begleiter sagte: "Ich hab's nie weiter bringen können als zum Stadtsoldaten. Eigentlich wär' ich ein Nagelschmied. Aber die Zeiten sind schlimm." —"Im Gegenteil", sagte der Frieder, "ein Stadtsoldat ist mir respektabler als ein Feldsoldat. Denn Stadt ist mehr als Feld, deswegen avanciert der Feldsoldat in seinem Alter noch zum Stadtsoldaten. Zudem, der Stadtsoldat wacht für seiner Mitbürger Leben und Eigentum, für eigen Weib und Kind. Der Kriegssoldat zieht hinaus ins Feld und kämpft, er weiss nicht für wen und nicht für was. Zudem", sagte er, "kann ein Stadtsoldat, wenn er nichts Ungeschicktes begangen hat, mit Ehren sterben, wann er will.

Unsereiner muss sich schon drum totstechen lassen. Ich versichere Euch", fuhr er fort, "ich und meine Feinde (er meinte die Strickreiter) wir haben wenig Ehre davon, dass ich noch lebe." Der Nagelschmied wurde über diese ehrenvolle Vergleichung so gerührt, dass er bei sich selbst dachte, einen so gütigen und herablassenden Arrestanten habe er noch nicht leicht transportiert, und der Frieder ging immer mit grossen Schritten voraus, um den Nagelschmied recht müde und trocken zu machen in der Sonnenhitze. "Darin unterscheiden sich die Feldsoldaten von den Stadtsoldaten", sagte er, "dass sie an einen weiten Schritt gewöhnt sind von dem Marsch." Abends um 4. Uhr, als sie in ein Dörflein kamen und an ein Wirtshaus, "Kamerad", sagte der Frieder, "wollen wir nicht einen Schoppen trinken?"—"Herr Kamerad", erwiderte der Nagelschmied, "was Ihm recht ist, ist mir auch recht." Also tranken sie miteinander einen Schoppen, auch eine halbe Mass, auch eine Mass, auch zwei, und Brüderschaft ohnehin, und der Frieder erzählte immerfort von seinen Kriegsaffären, bis der Nagelschmied vor Schwere des Weins einschlief. Als er nach einigen Stunden wieder aufwachte und den Frieder nimmer sah, war sein erster Gedanke: "Was gilt's, der Herr Bruder ist alsgemach vorausgegangen." Nein, er stand nur ein wenig draussen vor der Türe, denn der Frieder geht nicht leicht leer fort. Als er wieder hereinkam, sagte er: "Herr Bruder, der Mond will bald aufgehen. Wenn es dir recht ist, so bleiben wir lieber hier über Nacht." Der Nagelschmied, schläfrig und träge, sagte: "Wie der Herr Bruder meint." In der Nacht, als der Nagelschmied fest schlief und alle Töne aus dem Bass in den Diskant und wieder in den Bass durchschnarchte, der Frieder aber nicht schlafen konnte, stand der Frieder auf, visitierte für Zeitvertreib des Herrn Bruders Taschen und fand unter andern das Schreiben, das wegen seiner dem Stadtsoldaten an den Zuchthausverwalter war mitgegeben worden. Hierauf probierte er für Zeitvertreib des Herrn Bruders neue Monturstiefeln an. Sie waren ihm recht. Hierauf liess er sich für Zeitvertreib durch das Fenster auf die Gasse herab und ging des geraden Wegs fort, so weit ihm der Mond leuchtete. Als der Nagelschmied früh erwachte und den Herr Bruder nimmer gewahr wurde, dachte er: "Er wird wieder ein wenig draussen sein." Freilich war er wieder ein wenig draussen, und als er den Tag erlaufen hatte, im ersten Dorf, das ihm am Weg war, weckte er den Schulzen. "Herr Schulz, es ist mir ein Unglück passiert. Ich bin ein Arrestant, und der Stadtsoldat von da und da, der mich transportieren sollte, ist mir abhanden gekommen. Geld hab' ich keins. Weg und Steg kenn' ich nicht, also lasst mir auf Gemeindekosten eine Suppe kochen und verschafft mir einen Wegweiser in die Stadt ins Zuchthaus." Der Schulz gab ihm eine Bollete an den Gemeindswirt auf eine Mehlsuppe und einen Schoppen Wein und schickte nach einem armen Mädchen. "Geh ins Wirtshaus und zeige dem Mann, der dort frühstückt, wenn er fertig ist, den Weg und die Stadt; er will ins Zuchthaus."

Als der Frieder mit dem Mädchen aus dem Wald und über die letzten Hügel gekommen war und in der Ebene von weitem die Türme der Stadt erblickt hatte, sagte er zu dem Mädchen: "Geh jetzt nur nach Haus, mein Kind, jetzt kann ich nimmer verirren." In der Stadt bei den ersten Häusern fragte er ein Büblein auf der Gasse: "Büblein, wo ist das Zuchthaus?" und als er es gefunden und vor den Zuchthausverwalter gekommen war, übergab er ihm das Schreiben, das er dem Nagelschmied aus der Tasche genommen hatte. Der Verwalter las und las und schaute zuletzt den Frieder mit grossen Augen an. "Guter Freund", sagte er, "das ist schon recht. Aber wo habt Ihr dann den Arrestanten? Ihr sollt ja einen Arrestanten abliefern." Der Frieder antwortete ganz verwundert: "Ei, der Arrestant, der bin ich selber." Der Verwalter sagte: "Guter Freund, es scheint, Ihr wollt Spass machen. Hier spasst man nicht. Gesteht's, Ihr habt den Arrestanten entwischen lassen! Ich seh es aus allem." Der Frieder sagte: "Wenn Sie es aus allem sehen, so will ich's nicht leugnen. Wenn mir aber Ihro Exzellenz", sagte er zu dem Verwalter, "einen Brittenen mitgeben wollen, so getrau' ich mir, den Vagabunden noch einzufangen. Denn es ist kaum eine Viertelstunde, dass. er mir aus den Augen gekommen ist."—"Einfältiger Tropf", sagte der Verwalter, "was nützt dem Berittenen die Geschwindigkeit des Rosses, wenn er mit einem Unberittenen reiten soll? Könnt Ihr reiten?" Der Frieder sagte: "Bin ich nicht sechs Jahre Württemberger Dragoner gewesen?"— "Gut", erwiderte der Verwalter, "man wird für Euch ebenfalls ein Ross satteln lassen, und zwar für Euer eigen gutes Geld; ein ander Mal gebt Achtung", und verschaffte ihm in der Eile ein offenes Ausschreiben an alle Ortsvorgesetzte, auf dass, wenn er Mannschaft nötig habe zum Streif. Also ritten der Strickreiter und der Zundelfrieder miteinander dahin, um den Zundelfrieder aufzusuchen, bis dem Strickreiter, auf welchem Weg der Strickreiter reiten soll, und auf welchem er selber reiten wolle. "Am Rhein an der Fahrt kommen wir wieder zusammen." Als sie aber einander aus den Augen verloren hatten, wendete sich der Frieder wieder rechts und machte mit seinem Ausschreiben in allen Dörfern Lärm und liess die Sturmglocken anziehen, der Zundelfrieder sei im Revier, bis er an der Grenze war.

An der Grenze aber gab er dem Rösslein einen Fitzer und ritt hinüber.

So etwas könnte hierzuland nicht passieren.

Willige Rechtspflege

Als ein neu angehender Beamter zuzeiten der Republik das erste Mal zu Recht sass, trat vor die Schranken seines Richterstuhles der untere Müller, vortragend seine Beschwerden gegen den obern in Sachen der Wasserbaukosten. Als er fertig war, erkannte der Richter: "Die Sache ist ganz klar. Ihr habt recht." Es verging eine Nacht und ein Räuschlein, kam der obere Müller und trug sein Recht und seine Verteidigung auch vor, noch mundfertiger als der untere. Als er ausgeredet hatte, erkannte der Richter: "Die Sache ist so klar als möglich. Ihr habt vollkommen recht." Hierauf, als der Müller abgetreten war, nahte dem Richter der Amtsdiener. "Gestrenger Herr", sagte der Amtsdiener, "also hat Euer Herr Vorfahrer nie gesprochen, solange wir Urteil und Recht erteilten. Auch werden wir dabei nicht bestehen. Es können nicht beide Parteien den Prozess gewinnen, sonst müssen ihn auch beide verlieren, welches nicht gehn will." Darauf antwortete der Beamte: "So klar war die Sache noch nie. Du hast auch recht."

Willige Rechtspflege

Als ein neu angehender Beamter zu Zeiten der Republik das erste Mal zu Recht saß, trat vor die Schranken seines Richterstuhls der untere Müller, vortragend seine Beschwerden gegen den obern in Sachen der Wasserbaukosten. Als er fertig war, erkannte der Richter: "Die Sache ist ganz klar. Ihr habt recht." Es verging eine Nacht und ein Räuschlein, kam der obere Müller und trug sein Recht und seine Verteidigung auch vor, noch mundfertiger als der untere. Als er ausgeredet hatte, erkannte der Richter: "Die Sache ist so klar als möglich. Ihr habt vollkommen redet." Hierauf, als der Müller abgetreten war, nahte dem Richter der Amtsdiener. "Gestrenger Herr", sagte der Amtsdiener, "also hat Euer Herr Vorfahrer nie gesprochen, solange wir Urteil und Recht erteilten. Auch werden wir dabei nicht bestehen. Es können nicht beide Parteien den Prozeß gewinnen, sonst müssen ihn auch beide verlieren, welches nicht gehn will." Darauf antwortete der Beamte: "So klar war die Sache noch nie. Du hast auch recht."

Zwei Erzählungen

Wie leicht sich manche Menschen oft über unbedeutende Kleinigkeiten ärgern und erzürnen, und wie leicht die nämlichen oft durch einen unerwarteten spasshaften Einfall wieder zur Besinnung können gebracht werden, das haben wir im alten Kalender an dem Herrn gesehen, der die Suppenschüssel aus dem Fenster warf, und an seinem witzigen Bedienten. Das nämliche lehren folgende zwei Beispiele. Ein Gassenjunge sprach einen gut und vornehm an, und als dieser seiner Bitte kein Gehör geben wollte, versprach er ihm, um einen Kreuzer zu zeigen, wie man zu Zorn und Schimpf und Händeln kommen könne. Mancher, der dies liest, wird denken, das zu lernen sei keinen Heller, noch weniger einen Kreuzer wert, weil Schimpf und Händel etwas Schlimmes und nichts Gutes sind. Aber es ist mehr wert, als man meint. Denn wenn man weiss, wie man zu dem Schlimmen kommen kann, so weiss man auch, vor was man sich zu hüten hat, wenn man davor bewahrt bleiben will. So mag dieser Mann auch gedacht haben, denn ergab dem Knaben den Kreuzer. Allein dieser forderte jetzt den zweiten, und als er den auch erlangt hatte, den dritten und vierten und endlich den sechsten. Als er aber noch immer mit dem Kunststück nicht herausrücken wollte, ging doch die Geduld des Mannes aus. Er nannte den Knaben einen unverschämten Burschen und Betteljungen, drohte, ihn mit Schlägen fortzujagen, und gab ihm am Ende auch wirklich ein paar Streiche. "Ihr grober Mann, der Ihr seid", schrie jetzt der Junge, "schon so alt und noch so unverständig! Hab' ich Euch nicht versprochen zu lehren, wie man zu Schimpf und Händeln kommt? Habt Ihr mir nicht sechs Kreuzer dafür gegeben? Das sind ja jetzt Händel, und so kommt man dazu. Was schlagt Ihr mich denn?" So unangenehm dem Ehrenmann dieser Vorfall war, so sah er doch ein, dass der listige Knabe recht und er selber unrecht hatte. Er besänftigte sich, nahm sich's zur Warnung, nimmer so aufzufahren, und glaubte, die gute Lehre, die er da erhalten habe, sei wohl sechs Kreuzer wert gewesen.

In einer andern Stadt ging ein Bürger schnell und ernsthaft die Strasse hinab. Man sah ihm an, dass er etwas Wichtiges an einem Ort zu tun habe. Da ging der vornehme Stadtrichter an ihm vorbei, der ein neugieriger und dabei ein gewalttätiger Mann muss gewesen sein, und der Gerichtsdiener kam hinter ihm drein. "Wo geht Ihr hin so eilig?" sprach er zu dem Bürger. Dieser erwiderte ganz gelassen: "Gnädiger Herr, das weiss ich selber nicht."—"Aber Ihr seht doch nicht aus, als ob Ihr nur für Langeweile herumgehen wolltet. Ihr müsst etwas Wichtiges an einem Orte vorhaben." "Das mag sein", fuhr der Bürger fort, "aber wo ich hingehe, weiss ich wahrhaftig nicht." Das verdross den Stadtrichter sehr. Vielleicht kam er auch auf den Verdacht, dass der Mann an einem Ort etwas Böses ausüben wollte, das er nicht sagen dürfe. Kurz, er verlangte jetzt ernsthaft, von ihm zu hören, wo er hingehe, mit der Bedrohung, ihn sogleich von der Strasse weg in das Gefängnis führen zu lassen. Das half alles nichts; und der Stadtrichter gab dem Gerichtsdiener zuletzt wirklich den Befehl, diesen widerspenstigen Menschen wegzuführen. Jetzt aber sprach der verständige Mann: "Da sehen Sie nun, hochgebietender Herr, dass ich die reine, lautere Wahrheit gesagt habe. Wie konnte ich vor einer Minute noch wissen, dass ich in den Turm gehen werde —, und weiss ich denn jetzt gewiss, ob ich drein gehe?" "Nein", sprach jetzt der Richter, "das sollt Ihr nicht." Die witzige Rede des Bürgers brachte ihn zur Besinnung. Er machte sich stille Vorwürfe über seine Empfindlichkeit und liess den Mann ruhig seinen Weg gehen.

Es ist doch merkwürdig, dass manchmal ein Mensch, hinter welchem man nicht viel sucht, einem andern noch eine gute Lehre geben kann, der sich für erstaunend weise und verständig hält.

Zwei Gehilfen des Hausfreunds

Es wird in Zukunft bisweilen von einem Adjunkt die Rede sein, was der geneigte Leser nicht verstehen könnte, wenn

es ihm nicht erklärt würde. Als nämlich der Hausfreund den
Rheinländischen Kalender noch schrieb, er schreibt ihn
noch, hat er den Bezirk seiner Hausfreundschaft diesseits
Rheins, wie die Franzosen das Land jenseits Rheins, in zwei
Provinzen geteilt, in die untere und in die obere, und hat in
die untere einen Statthalter gesetzt, einen Präfekt, der aber
nicht will genannt sein, denn er ist kein Landskind. Auch
nennt ihn der Hausfreund selber nicht leicht Statthalter,
und niemand, sondern Adjunkt, denn selten ist jeder auf
seinem Posten, sondern sitzen beieinander un schreiben
miteinander neue, hochdeutsche Reimen oder sinnreiche
Rätsel. "Zum Exempel, Adjunkt", sagt der Hausfreund:
"Ratet hin, ratet her, was ist das?"

Der arme Tropf
Hat keinen Kopf;
Das arme Weib
Hat keinen Leib;
Die arme Kleine
Hat keine Beine.

Sie ist ein langer Darm,
Doch schlingt sie einen Arm
Bedächtig in den andern ein.
Was mag das für ein Weiblein sein?

"Hausfreund", sagt der Adjunkt, "wenn Ihr mir einen
Groschen leiht, so will ich Euch für dieses Rätsel ein paar
Bretzeln kaufen. Den Wein, den wir dazu trinken, bezahlt
Ihr. Ratet hin, ratet her, was ist aber das?

Holde, die ich meine.
Niedliche und Kleine,
Ich liebe dich, und ohne dich
Wird mir der Abend weinerlich.

Auch gönnst du mir,
Nachrühm' ich's dir,
Wohl manchen lieblichen Genuss;
Doch bald bekommst du's Überdruss

Und laufst zu meiner tiefen Schmach
Ein feiles Mensch den Juden nach.
Und dennoch, Falsche aus und ein,
Hörst du nicht auf, mir lieb zu sein.

Ihr erratet's nicht", sagt der Statthalter, "wenn ich's Euch
nicht expliziere. Es ist eine Adjunktsbesoldung, zum
Exempel meine eigene, die ich von Euch bekomme."

Allein der Adjunkt hat selber wieder eine Adjunktin,
nämlich seine Schwiegermutter, die Tochter hat er noch
nicht, bekommt sie auch nicht; und der Hausfreund hat an
ihm einen ganz andern Glückszug getan, als sein guter
Freund, der Doktor, auf seiner Heimreise aus Spanien an der
Madrider Barbiergilde. Denn als er aus der grossen Stadt
Madrid heraustritt, seinem Tierlein wuchsen in dem warmen
Land und bei der üppigen Nahrung die Haare so kräftig,
dass er nach Landesart zwei Barbiere mitnehmen musste, die
auch ritten, und wenn sie abends in die Herberge kamen, so
rasierten sie sein Tierlein. Weil sie aber selber keine gemeine
Leute waren und die ganze Nacht Arbeit genug hatten, bis
das Tierlein eingeseift und rasiert und wieder mit Lavendelöl
eingerieben war, so nahm jeder wieder für sein eigenes
Tierlein zwei Barbiere mit, die ebenfalls ritten, und diese
wieder. Als nun der Doktor oben auf dem pyrenäischen
Berg zum ersten Mal umschaute und mit dem Perspektiv
sehen wollte, wo er hergekommen war, als er mit
Verwunderung und Schrecken den langen Zug seiner
Begleiter gewahr wurde, und wie noch immer neue Barbiere
zum Stadttor von Madrid herausritten und inwendig

nötig, länger zu reiten; es geht nun jetzt bergunter,—und
ging früh am Tag in aller Stille zu Fuss nach Montlouis.

Also hat der Hausfreund mit seinem Adjunkte auch die
Adjunktin des Adjunkten gewonnen, ist aber nicht
erschrocken und davon gelaufen. Wer's noch nie erlebt hat,
wie sie allen Leuten Red' und Antwort gab und schöne
Schweizerlieder vom Rigiberg singen und wie sie sich
verstellen kann, bald meint man, man sehe eine Heilige
mitten aus dem gelobten Land heraus, bald die heidnische
Zauberin Medea, und noch viel, wer's nicht gesehen hat,
stellt sich's nicht vor. Der freundlichen Schwiegermutter des
Adjunkts soll dieses Büchlein zum Dank und zur
Freundschaft gewidmet sein.

Zwei honette Kaufleute

Zwei Besenbinder hatten nebeneinander feil in Hamburg.
Als der eine schon fast alles verkauft hatte, der andere noch
nichts, sagte der andere zu dem einen: "Ich begreife nicht,
Kamerad, wie du deine Besen so wohlfeil geben kannst. Ich
stehle doch das Reis zu den meinigen auch und verdiene
gleichwohl den Taglohn kaum mit dem Binden." "Das will
ich dir wohl glauben, Kamerad", sagte der erste; "ich stehle
die meinigen, wenn sie schon gebunden sind."

Zwei Kriegsgefangene in Bobruisk

Wer viel merkwürdige Begebenheiten aus dem russischen
Feldzug wissen will, der muss ihn entweder selbst
mitgemacht haben oder aber, er muss mit vornehmen
Kriegshauptleuten bekannt sein, die dabei waren. Der

Kalendermann rühmt sich dessen, und wenn er mittags über den Paradeplatz geht zum Hofapotheker, grüssen sie ihn. Mitgemacht den Feldzug hat er nicht.

Folgendes ist ein seltener Beweis von Edelmut und Leichtsinn und noch einmal von Edelmut. Zwei polnische Offiziere wurden als Kriegsgefangene in einem russischen Dorf bis den andern Morgen einquartiert. Sonst sollen die Polen und die Russen auf den blossen Namen hin nicht immer die besten Freunde sein. Allein der russische Edelmann, der in demselben Dorf wohnt, dachte daran in seinem schönen Schloss und in seiner warmen Stube, wie er auch einmal in seiner Jugend Kriegsgefangener gewesen war in fremdem Lande ohne Geld, ohne Freund, ohne Trost, und wie er in dem Hause eines edlen Menschen eine freundliche Aufnahme gefunden hatte, und wie solches dem Herzen wohltut. Also suchte er sogleich die Gefangenen auf, nahm sie in sein Schloss, bewirtete sie wie Brüder oder Freunde und suchte sie durch Trost und teilnehmende Reden zu erheitern. Denn das ist ein schönes und heiliges Schuld- und Wechselrecht, das in dem Herzen aller gutgearteten Menschen aufgerichtet ist, dass, wer einmal unter fremden Leuten in der Not und Betrübnis eine Liebe oder Wohltat erfahren hat, sieht sie als ein empfangenes Darlehen an und zahlt sie, wenn er daheim ist, wieder an einen andern Fremdling heim, der in gleicher Not und Betrübnis zu ihm kommt, als eine Schuldigkeit, ob er gleich keine Handschrift darüber ausgestellt hat, und das nicht einmal, sondern zehnmal, wenn er kann, wie ein ausgestreutes Saatkorn nicht allein, sondern selbzehnt oder fünfzehnt aus der Erde zurückkehrt.

"Wisst ihr schon", fragte die Gefangenen der Edelmann, "wo der Ort eures Aufenthaltes sein wird?" Die Gefangenen sagten, "in den kaukasischen Gebirgen." "Seid ihr denn

auch mit etwas Reisegeld versehen auf einen so langen
Weg?" Die Gefangenen zuckten die Achseln. Hierauf sprach
der Edelmann ihnen mit heiterer Miene zu, zu essen und zu
trinken und wohl bei ihm zu schlafen, und des andern
Morgens, als der Transport weiterging und sie nun von
ihrem Wohltäter Abschied nahmen, schenkte er ihnen
fünfhundert Rubel russischen Geldes auf die Reise. Nein, er
wollte nicht einmal den Namen haben, dass er es ihnen
schenkte. "Ich will es euch leihen", sagte er; "wenn euch
einst Gott in euere Heimat und zu den Eurigen
zurückführt, so könnt ihr mir's wieder schicken."

Die Geschichte könnte hier aus sein. Sie wäre schon des
Erzählens wert gewesen. Allein sie fängt jetzt erst recht an.
Der nächste Tagmarsch der Kriegsgefangenen ging nach
einer altrussischen Grenzfestung namens Bobruisk. Man
muss schon ein fertiges Mundwerk haben, wenn man so
einen russischen Namen mit Leichtigkeit will aussprechen
können. Der Hausfreund kann's. In Bobruisk aber, wo die
Gefangenen bei guter Tagszeit anlangten, gingen die zwei
Polen noch ein wenig herum, die Stadt zu besehen, und als
sie an ein schönes, grosses Wirtshaus kamen, dachten sie,
"wollen wir nicht ein wenig hineingehen und unserm
Wohltäter seine Gesundheit trinken?" In dem Wirtshaus
aber sassen viele russische Herrn und Edelleute, die redeten
oder tranken miteinander oder spielten Pharao. Pharao aber
ist ein sehr gefährliches Spiel, in welchem man viel Geld
verspielen kann, also, dass man es nicht Pharao nennen
sollte, sondern das Rote Meer, weil viele, die hineingehen,
drin ertrinken, ausgenommen die Kinder Israel.

Selbigen Tages aber kam auch der wohltätige russische
Edelmann nach Bobruisk, um bei seinen guten Freunden
daselbst einen vergnügten Abend zuzubringen, und indem
er in das nämliche Wirtshaus hineintritt, was geschieht,

wen sieht er mitten unter seinen reichen Freunden und
Bekannten am Spieltische sitzen? Wen sieht er ein Dutzend
Rubel nach dem andern setzen und verspielen? Seine
leichtsinnigen Gäste, die zwei Polen. Die Polen hätten auch
fast lieber einen Wolf als ihn gesehen und spielten nicht um
das besser oder glücklicher, als er sich ebenfalls an den
langen Spieltisch setzte und ein Dutzend Rubel nach dem
andern gewann, wären gerne davongeschlichen, wenn sie
nicht die gute Hälfte ihres Geldes hätten müssen im Stich
lassen, das sie wieder zu gewinnen hofften. Als sie aber in
kurzer Zeit ganz vom Samen waren und die letzte Kopeke
dahin war und jetzt trostlos und verzweifelnd zur Tür
hinausschlichen, ging ihnen der russische Edelmann nach,
und mancher geneigte Leser, dem man nicht so kommen
dürfte, freut sich schon, wie er Justiz machen und den
russischen Stab wird walten lassen. Nichts nutz! Ein
Kriegsgefangener ist ohne Schläge geschlagen genug, und
Strafe erbittert nur, aber Grossmut kann beschämen und
bessern. alleine Freunde", sagte er zu ihnen sanft und gütig,
"ihr müsst wohl besser bei Geld sein, als ich gestern
geglaubt habe. Nehmt mir meine Voreiligkeit nicht übel auf.
Ich danke euch, dass ihr mein gutgemeintes Anerbieten
nicht beschämt habt." Die Gefangenen aber waren nicht
imstande, eine Silbe zu antworten, ausgenommen sie
schlugen die Augen nieder, als wenn sie sagen wollten, dass
er sich gestern nicht an ihnen versehen habe, aber jetzt. Da
sprach er zu ihnen: "Ihr seid nunmehr gewitziget, und ich
hoffe, meine Güte sei zum zweiten Mal besser an euch
angewendet als zum erstenmal"; und als er ihnen mit einem
guten Wechselbrief von fünfhundert Rubel ihren ganzen
Verlust ersetzte, konnten sie noch weniger als vorher
sprechen, sondern küssten ihm mit Tränen des Dankes und
der Rührung die Hände. Hernach aber hat er nichts mehr
von ihnen erfahren. Diese Erzählung ist unversehrt aus

Zwei Sprichwörter

aus: Schatzkästlein des rheinischen Hausfreundes Ich kenne
zwei Sprichwörter, und die sind beide wahr, wenn sie schon
einander widersprechen. Von zwei unbemittelten Brüdern
hatte der eine keine Lust und keinen Mut, etwas zu
erwerben, weil ihm das Geld nicht zu den Fenstern
hereinregnete. Er sagte immer: "Wo nichts ist, kommt nichts
hin." Und so war es auch. Er blieb sein Leben lang der arme
Bruder Wonichtsist, weil es ihm nie der Mühe wert war, mit
einer kleinen Ersparnis den Anfang zu machen und nach
und nach zu einem größeren Vermögen zu kommen. So
dachte der jüngere Bruder nicht. Der pflegte zu sagen: "Was
nicht ist, das kann werden." Er hielt das wenige, was ihm
von der Hinterlassenschaft der Eltern zuteil geworden war,
zusammen und vermehrte es nach und nach durch eigene
Ersparnisse, indem er fleißig arbeitete und zurückgezogen
lebte. Anfänglich ging es hart und langsam. Aber sein
Sprichwort: "Was nicht ist, das kann werden" gab ihm
immer Mut und Hoffnung. Mit der Zeit ging es besser. Er
wurde durch unverdrossenen Fleiß und Gottes Segen noch
ein reicher Mann und ernährt jetzt die Kinder des armen
Bruders Wonichtsist, der selber nichts zu beißen und zu
nagen hat.

Zwei Weissagungen

Die erste ist sehr merkwürdig, wenn sie wahr ist, und man behauptet's. Als vor Jahr und Tag viele vornehme polnische Herren bei Spiel und Tanz sich erlusteten, trat ein leichtes, wegfertiges Weibsbild, eine Zigeunerin, in den lustigen Saal und bot ihnen ihre Weissagungen an. Da kam auch ein feines junges Herrlein, der nachmalige Fürst Poniatowsky, der nach der Leipziger Schlacht am 19. Oktober 1813 das Leben verloren hat, und streckte ihr die zarte Hand entgegen: "Weissage mir auch etwas Gutes, Mütterlein! Was, meinst du, will aus mir werden?" Da sah die Hexe den jungen Fürsten freudig und wieder mitleidig an. "Ei, du schmuckes Herrlein", sagte sie, "du gelangst einst zu seltsamen Stand und Ehren! Möchte die Freude daran nur auch länger währen! Nimm vor den Elstern dich wohl in Acht! Eine Elster dir den Garaus macht." Darob und ob andern Weissagungen dieses Weibes lachten sie lange, und wie eine Elster daherflog, sagten zu Poniatowsky seine Freunde: "Nehmt Euch in acht, Prinz!

Seht Ihr, was dort fliegt?" Aber Poniatowsky erwiderte: "Seltsam Amt und Ehre ist noch nicht da." Als aber Polen von den drei Adlern zernichtet war, richteten die Polen ihre Augen und ihre Hoffnungen auf Frankreich, und viele nahmen französische Dienste, hoffend, dass durch Frankreich ihre königliche Republik wieder sollte zu Leben kommen. Also hatte auch Poniatowsky diese Wahl ergriffen und kämpfte in den Tagen der Leipziger Schlacht unter den Augen Napoleons, ein achtbarer Streitgenosse, mit Tapferkeit und Glück, soviel der 16. Oktober erleiden mochte, also dass ihn der Kaiser Napoleon selbiges Tages

zum Marschall von Frankreich ernannte. Das war seltsam
Stand und Würde. Aber schon am 19. auf der Flucht, als
alles drunter und drüber ging, ertrank der neue Marschall
in der Elster. Elster heisst der Fluss, in welchem er ertrank.
Mancher wohlbewanderte Leser wird sie kennen. Also ward
auf eine unerwartete Weise die Prophezeiung der Zigeunerin
erfüllt. Den Leichnam des Ertrunkenen hat nachher mit
allen seinen goldenen Ringen und Kostbarkeiten ein Fischer
im Wasser gefunden und um Geld gezeigt, aber von allen
Kostbarkeiten an seinen Fingern und in seinen Taschen hat
er nichts entwendet, sondern ein Angehöriger des Prinzen
hat ihn nachher in Empfang genommen und den Fischer
mit einer ansehnlichen Geldsumme belohnt.

Die zweite Weissagung lässt sich zwar ganz natürlich
erklären. Nicht minder aber ist sie merkwürdig.

Bekanntlich konnte man dem grossen König Friederich von
Preussen nicht nachreden, dass er leichtgläubig gewesen sei
in Ansehung der übernatürlichen Dinge. Vielmehr hatte er
manchmal gern seinen Spass mit solchen, die es waren, aber
nicht immer gelang es ihm. Eines Tages versicherte man ihn
von einem Prediger, dass er weissagen könnte. Alles, was er
vorhersage, treffe ein. Der König befahl, den neuen
Propheten vor ihn zu bringen. Unterdessen erkundigte sich
der König, ob kein Soldat im Arrest sei, der das Leben
verwirkt habe. Ja, es war einer drinnen. Also befahl er, den
Delinquenten auf die bestimmte Stunde vor sein königliches
Wohnzimmer auf die Schildwache zu stellen. Als aber der
Prediger kam, "habt Ihr den heiligen Geist empfangen?"
fragte ihn der König.—"Ihro Majestät", sagte der Prediger,
"es wäre gut, wenn ihn alle hätten."—"Besitzt Ihr die Gabe
der Weissagung?"—"Etwas davon, wie die Leute
sagen."—"Zum Exempel",—fuhr der König fort,—"was soll
ich geschwind fragen?— Man bringe den Burschen herein,

der draussen Schildwache steht! Wie alt wird dieser Mensch werden", fragte er den Prediger, "woran wird er sterben?" Der Prediger erwiderte, dieser Mensch werde nach vielen Jahren in einem hohen Alter sterben.—"Ihr seid in Eurer Probe schlecht bestanden", versetzte hinwiederum der König. "Wisst Ihr", sagte er, dass ich morgenden Tages diesen Burschen henken lasse? Er ist ein Delinquent."—Der Prediger sagte: "Es wäre der erste, der meiner Weissagung entliefe." Item, der Delinquent wurde den andern Morgen zur Hinrichtung aus Potsdam hinausgeführt. Item, die Schwestern des Königs, die Herzogin von Braunschweig und die Prinzessin Amalia, fuhren desselbigen Morgens nach Potsdam hinein, dass sie dem König einen guten Morgen sagen und ihm mit ihrem Besuch eine unvermutete Freude machen wollten. Denn derselbige Morgen war schön, fast zu schön zum Henken. Als sie aber an dem Zug vorbeifuhren und den armen Menschen auf seinem schweren Todesgang erblickten, zuckte durch ihre fürstlichen Seelen ein zarter Schmerz. "Was soll mit diesem armen Menschen werden?"—"Ihre Hoheit, nimmer viel. Er wird gehenkt."—"Was hat er begangen?"—"Das und das."— Es war zum Henken und zum Laufenlassen, wie man wollte. Die Prinzessin befahl, mit der Hinrichtung noch innezuhalten, bis neue Ordre käme. Der König aber empfing seine Schwestern mit brüderlicher Freude. "Wir haben eine Bitte an Euch, geliebter Bruder", sagten sie, "die Ihr uns wohl gewähren möget, so Ihr wollt. Gebt uns darauf Euer königliches Wort!" Der König war in guter Laune und tat's. "Wenn's möglich ist", sagte er, "so soll's nicht Nein sein." Denn er meinte, sie seien deswegen gekommen und wollten etwas verlangen für sich. Sie baten aber zu seinem Erstaunen um die Begnadigung des Delinquenten.—Was war zu tun? Das Wort war gegeben. Also schickte er einen Adjutanten mit einem weissen Tüchlein hinaus, dass man das Zeitliche den 17. August 1786.

Der Musketier kann in diesem Augenblicke noch leben.